ACTES NOIRS
série dirigée par Manuel Tricoteaux

Ouvrage publié sous la direction
de Nelly Bernard

DJOLIBA, FLEUVE DE SANG

DU MÊME AUTEUR

Homicide à bon marché, Gallimard, "Série noire", 1996.
Macchabées express, Flammarion, 1999.
Drôle de drums, Baleine / Le Poulpe, 2000.
Terminus Plage, Actes Sud, "Babel noir", 2005.
Hécatombe-les-Bains, Actes Sud, "Babel noir", 2008 (prix SGDL du roman populaire).
Comment L. A. ?, La Branche, "Suite noire", 2010.

POUR LA JEUNESSE

Classe de mer, L'Ecole des loisirs, "Neuf", 1995.
La Maison des voyages (avec Pierrette Fleutiaux), Gallimard, "Folio junior", 1997.
Onze bals pour Cendrillon, Hachette Jeunesse, 1998.
La classe connaît la musique, Gallimard, "Folio junior", 2000.
Embrouilles à ma façon, Gallimard, "Folio junior", 2005.
Le Ferry des brumes, Gallimard, "Voyage en page", 2009.

ISBN 978-2-7427-9235-1

ALAIN WAGNEUR

Djoliba, fleuve de sang

roman

ACTES SUD

Bill, nous avions parlé de ce livre.
Où que tu sois, un amical salut.

D'aucuns prétendent qu'avant de mourir on revoit sa vie, à toute vitesse. Pour lui, même en accéléré, le film avait dû être bref : il n'avait que onze ans.

D'autres encore disent que, parfois, les morts conservent dans leur regard éteint l'image de leur dernier instant. Alors ce qu'il y avait de gravé dans son regard, c'était la terreur.

La terreur d'un enfant qui se réveille dans un lieu qu'il ne connaît pas, face à un homme fou qu'il sait méchant et terriblement dangereux.

I

BLAINVILLE

1

L'homme qui sortit d'un taxi devant l'immeuble CNAR, square Patrice-Lumumba, avait quarante-trois ans, mesurait un peu plus d'un mètre quatre-vingt-dix pour quatre-vingt-treize kilos. Il avait été puissant et musclé, une belle machine à tuer avec beaucoup d'intelligence embarquée. A présent, il s'empâtait : la conséquence de son recyclage dans le monde des "affaires" et des déjeuners qui vont avec. Son visage carré aux traits marqués avait des cicatrices d'acné. Il était vêtu d'une chemise blanche sans cravate et d'un costume anthracite bien coupé qui lui donnait l'aspect d'un chef d'entreprise, d'un cadre supérieur ou d'un assez haut fonctionnaire. Il s'appelait Emmanuel Kouassy, avait un passeport ivoirien et des cartes de visite professionnelles au logo d'une multinationale spécialisée dans le commerce des matières premières.

Il appartenait à cette élite africaine que les Français aiment tant ; qui récite du Ronsard ou du Senghor en traversant les bidonvilles de Dakar ou d'Abidjan au volant d'une Mercedes climatisée… Elle disserte sur le développement, la francophonie. Elle parle une langue soutenue au vocabulaire précis, à la syntaxe impeccable et à la concordance des temps maîtrisée : le "français-comme-ça" qui fait se pâmer les académiciens et les rombières du 7e arrondissement de Paris.

Emmanuel Kouassy fréquentait assez le monde du business international, ses merveilleux félins et ses sublimes prédateurs pour savoir que celui qui n'avance pas recule et que se contenter de cent millions CFA alors qu'on peut empocher un milliard est une faiblesse sinon une erreur mortelle.

Sous cette identité, il avait fait ses humanités au lycée classique d'Abidjan, Sciences-po à Aix-en-Provence mais aussi McGill, à Montréal. Mais sous une autre identité, tout aussi vraie-fausse, il avait suivi les cours de l'école de commandement à Bouaké et plusieurs stages à l'Ecole spéciale militaire de Saint-Cyr Coëtquidan.

Pour l'heure, il avait rendez-vous avec un membre de l'ambassade ivoirienne au Mali, le conseiller pour les questions économiques et commerciales, qui était aussi le président de l'Amicale des entrepreneurs ivoiriens au Mali (l'AEIM).

Ces deux-là ne se connaissaient pas, mais ils en savaient assez l'un sur l'autre pour se faire prudemment confiance et travailler ensemble le temps d'un contrat. Tous deux gravitaient autour du pouvoir ivoirien et servaient très largement leurs intérêts en défendant ceux de leurs employeurs.

Le bureau dans lequel on fit entrer Kouassy était assez confortable, avec un mobilier moyennement déglingué tant il est vrai que les produits fabriqués en Europe ou en Asie résistent mal aux climats africains et à l'absence de crédits alloués à l'entretien.

Le conseiller pour les questions économiques était un Baoulé, d'un peu plus de trente ans, à la taille ramassée, au visage rond et souriant. Il accueillit son visiteur avec la politesse du client pour son prestataire de services. C'était lui le payeur et par conséquent le patron. Mais il ne devait pas en faire trop parce que le visiteur pouvait toujours refuser le contrat proposé, ce qui aurait été fâcheux pour le conseiller aux questions économiques et plus encore pour celui qui lui avait demandé de se charger du dossier et qui se trouvait proche, très proche de la présidence ivoirienne.

Les deux hommes passèrent quelques minutes à parler du voyage de l'un et de la vie de l'autre à Bamako, puis le visiteur aborda les raisons de sa présence ici.

— Une affaire ennuyeuse, soupira le conseiller.

— C'est-à-dire ?

— Elle concerne un ancien expatrié français, Claude Parvillier, un chercheur en développement qui a fait carrière ici, au Mali. Récemment, il a réuni des documents en vue de publier une étude qui peut avoir des conséquences fâcheuses. Je vous ai préparé un dossier sur lui.

Il tendit à son visiteur une enveloppe kraft de format A4.

Emmanuel Kouassy l'ouvrit. Elle contenait plusieurs photos d'un homme dans les soixante ans, grand et mince, le visage avenant. Il y avait aussi quelques informations biographiques et son adresse en France.

Kouassy s'étonna qu'il n'y eût rien concernant les documents en question.

— Lorsque vous serez sur place, on vous communiquera les informations nécessaires, répondit le conseiller.

— Qui "on" ?

— Les services de l'ambassade, à Paris.

Kouassy sourcilla. Abidjan, Bamako, Paris, beaucoup de monde était impliqué. Des membres des services diplomatiques. Il n'aimait pas ces fonctionnaires imbus de leurs fonctions et de leurs privilèges, en général peu fiables.

— Qu'est-ce que vous me demandez ?

— Pas seulement moi mon cher, mais aussi la présidence !

Cela dit avec emphase. Puis sur un ton beaucoup plus bas :

— Nous vous demandons de faire en sorte que l'on n'entende jamais parler des travaux de ce chercheur. Il s'agit au minimum de s'assurer de son silence, le sien et celui de tous ceux qui sont impliqués dans cette affaire. Et puis s'il le faut…

Il laissa sa phrase en suspens un instant.

— Vous me comprenez, ajouta-t-il sèchement.

Kouassy réfléchit.

— Et actuellement, cet homme se trouve en France ?

— C'est cela. Il est retourné dans sa maison de famille, dans le Sud-Ouest. A Blainville, c'est en bord de mer, en Charente-Maritime. Je vous l'ai dit, Paris est informé. Notre ambassade, mais aussi les gens de l'Elysée.

Le conseiller attendait de cette dernière information qu'elle impressionnât son visiteur. Mais Emmanuel Kouassy était plus embêté qu'impressionné. Avec les Français, c'était toujours plus compliqué. Une question de principes : démocratie, droits de l'homme, justice et presse indépendantes, fonctionnaires incorruptibles… Du moins en théorie, parce qu'au-delà d'une certaine somme et concernant certains dossiers, c'est en France comme partout ailleurs.

2

— Zamanski ? Richard Zamanski ?

Il avait soixante ans, grand et mince, la chevelure abondante et grise, un gilet ouvert sur une chemise au bleu passé, un pantalon de toile et des chaussures de marche. Il semblait ravi de cette rencontre.

Zamanski consulta son fichier mental. Le visage, le regard clair lui rappelaient quelqu'un, un lieu aussi. Ce n'était pas Blainville. Paris, peut-être. L'époque où il vivait avec Véra ? Une de ses connaissances à elle ? Un collectionneur ?

— Tu ne me reconnais pas ?

Non, et ça le contrariait. Un flic doit reconnaître quiconque a eu affaire à lui. Ce type n'était pas un truand rangé des délits, il ne le tutoierait pas. Pas un indic non plus, ça ne s'oublie pas, un indic. Un ancien collègue, alors ? Non, il ne voyait vraiment pas.

L'inconnu ne se montra pas déçu. Bien au contraire, l'embarras de Zamanski l'amusait. Il souriait, visiblement satisfait de sa mémoire et des hasards de la vie.

— Parvillier, Claude Parvillier. Le lycée de Brétigny. Tu étais élève, j'enseignais l'économie. Disons plutôt que j'essayais de vous l'enseigner !

Claude Parvillier ? Oui ! bien sûr ! Et en même temps, rien de moins sûr. C'était il y avait plus de trente ans et à plus de cinq cents bornes de cette rue venant du commissariat.

Richard sourit, serra la main que l'autre lui tendait. Une poignée de main chaleureuse, échangée par deux types qui vérifient qu'ils ne sont ni des fantômes en permission ni les victimes d'une illusion.

— Qu'est-ce que vous faites ici ? demanda Zamanski. En vacances ?

— Non non ! Je suis en retraite ! Eh oui ! Le temps a passé, je n'ai plus vingt ans. J'habite ici, à Blainville, dans le quartier du Parc. J'ai emménagé dans la maison de mes parents. Tu as le temps de prendre un verre ?

Zamanski venait de finir son service. C'était l'heure de tous les possibles : celle de la solitude, à laquelle il prenait de plus en plus goût, mais tout aussi bien celle des rencontres inattendues. Il accepta.

Ils allèrent en échangeant des banalités sur le charme de la région et l'agrément de son climat, attendant une table et des consommations pour aborder des sujets plus personnels, prévisibles et sans intérêt.

Ils prirent la direction du front de mer, traversèrent la place Charles-de-Gaulle, le boulevard Gambetta, entrèrent dans une vaste brasserie neuve qui portait un nom anglais aberrant, *Coffee Garden*, et qui venait de remplacer un café-salon de thé où Zamanski avait tué un bon nombre de dimanches après-midi. Il y avait observé les familles blainvilloises prendre un thé, un chocolat chaud et des pâtisseries raffinées qu'une serveuse plus très jeune mais en jupette et tablier blanc dentelé leur servait. Il les regardait comme on regarde un film ou une pièce de boulevard. C'était à son arrivée, lorsqu'il se sentait perdu dans sa vie, étranger dans la ville. Ce n'était pas un si mauvais souvenir.

A présent c'était un lieu prétentieux, décoré dans des teintes de mauve, d'ocre et de brun sombre. Le confort des fauteuils était à la hauteur du prix des consommations. La sono dite d'ambiance n'était pas assourdissante, c'est-à-dire que l'on pouvait se comprendre en tendant l'oreille et en y mettant du sien.

Les deux hommes s'installèrent près de la baie vitrée qui donnait sur la promenade, la plage, et plus loin le port de plaisance.

Claude Parvillier commanda un thé et Zamanski un whisky.

— Alors qu'est-ce que tu deviens ?

— Moi ? Je suis flic, flic à Blainville. Et vous ?

L'homme eut un sourire de surprise et de déception.

— Toi ? Flic ?

Zamanski haussa les épaules feignant la désillusion :

— Bah oui. Vous savez ce qu'on dit… Il n'y a pas de sot métier !

— Certes…

Puis se redressant comme pour chasser les déconvenues et les constats amers :

— Au fait, on se tutoyait, dans le temps.

C'est vrai, en ce temps-là, on se disait "tu". On se donnait du "camarade" aussi. Mai 68 n'avait pas dix ans et l'espoir d'un grand soir n'était pas encore perdu.

— Si tu veux, fit Zamanski conciliant.

A l'autre extrémité de la salle, il avait aperçu la lieutenant Laurence Fuzier attablée avec une fille plus jeune qu'elle, la vingtaine à peine dépassée, des cheveux raides et noirs, coupés mi-longs, un visage régulier mais avec une pincée de dureté, veste en jean sur un pull ne moulant rien parce qu'il n'y avait rien à mouler. Filiforme et plate. Tout le contraire de Laurence, Laurence qui faisait mine de n'avoir pas vu son chef, son chef qui faisait mine de ne pas la voir. Il savait à quoi s'en tenir concernant les amours de sa subordonnée, elle savait à quoi s'en tenir concernant sa discrétion. Il revint à Claude Parvillier.

— Et toi ? Avant d'être en retraite ?

— Moi ? Tu le sais, j'ai fait toute ma carrière en Afrique, en Côte-d'Ivoire d'abord et puis au Mali. Je travaillais sur des questions de développement, la scolarisation, la formation professionnelle…

La dernière fois qu'ils s'étaient vus, c'était à Paris, en 1977. Parvillier faisait son service dans la coopération, à Abidjan. Il espérait quitter l'enseignement pour la recherche en intégrant l'ORSA, l'Office de recherche des sciences de l'Afrique.

— Et toi, pourquoi tu es entré dans la police ? Si je me souviens bien, au lycée, les forces de l'ordre ne t'attiraient pas particulièrement.

C'était dit sans ironie. Même à l'époque, bien que de gauche, Parvillier n'était pas du genre à confondre les CRS et les SS.

— C'est la faute au 10 mai 1981. Je faisais des études de droit, avec la victoire de la gauche, j'ai pensé qu'il était temps de faire de l'entrisme chez les flics. J'ai passé le concours de commissaire mais je l'ai raté. Je suis quand même entré dans la grande maison comme officier de police adjoint. On peut dire que c'est une erreur historique.

Parvillier sourit. Un brave type, Parvillier. Il invitait ses élèves à le rejoindre au Quartier latin pour discuter politique ou cinéma autour d'un couscous. Au moment de l'addition, il payait plus que sa part, largement. Un prof "vachement sympa". Même dans les lycées de l'après-Mai 68, ils n'étaient pas si nombreux, les profs qui vous invitaient à dîner !

A l'autre bout de la salle, Laurence s'était rapprochée de la jeune femme. Elle lui avait pris les mains, les pressait. Bien plus une prière qu'une caresse. Laurence essayait de jouer la partie mais elle manquait de jeu. En face d'elle, Zamanski devinait la fille réticente, dure et froide. Il eut de la peine pour son adjointe, une bouffée de sympathie triste.

— Tu es marié ? Tu as des enfants ? Tu es peut-être même grand-père ?

Zamanski revint à son interlocuteur.

— Négatif... Aux trois questions.

Parvillier ne parut pas surpris. Pourtant, les êtres sont essentiellement faits pour se reproduire.

— J'imagine que ton travail ne favorise pas la vie de famille, dit-il.

— Ça doit être ça, fit Zamanski. Et toi ?

— Moi non plus, je ne me suis pas marié. Mais pour ce qui est des enfants, j'en ai au moins une dizaine !

Satisfait de l'effet provoqué, il poursuivit :

— ... Attention, je n'ai pas dit que j'avais fait plus de dix enfants ! Non. Disons que là-bas, je me suis intéressé aux gamins des rues, les enfants plus ou moins abandonnés et qui se débrouillent comme ils peuvent. Ce n'est pas ce qui manque, tu te doutes bien ! Certains sont des talebs, des écoliers coraniques qui font le *garibou*, tu sais la mendicité au nom de leur maître. Les autres... Je me suis occupé de quelques-uns d'entre eux.

— Félicitations. C'est vrai qu'en Afrique il y a de quoi faire, le sous-développement, la sécheresse... Bravo pour ton action. C'est vraiment bien !

Et Zamanski était sincère. Ce qu'il entendait correspondait au souvenir qu'il avait de Parvillier. Jeune prof, celui-ci ne se contentait pas du minimum syndical. Il poursuivait ses cours au troquet du lycée autour d'une partie de baby-foot, développant les points qu'il avait abordés, précisant les concepts, "plus-value", "baisse tendancielle du taux de profit", "accumulation primitive du capital". Il commentait les articles du *Monde*, de *Politique Hebdo*. Giscard était président, Chirac premier ministre, et l'Union de la gauche un grand espoir. Comme c'était loin tout ça !

De l'autre côté de la salle, la grande gisquette s'était levée, agacée. Elle sortit laissant Laurence Fuzier et l'addition. Une Laurence que Zamanski sentait proche des larmes. Il n'aimait pas que son adjointe soit malheureuse. Ah Lolo, tu n'es pas raisonnable !

— Avec une famille aussi nombreuse, j'imagine que tu retournes souvent au Mali ?

Parvillier haussa les épaules.

— Oui, c'est vrai, mais pas aussi souvent que je le souhaiterais… Les billets d'avion sont chers et ma retraite de chercheur pas très élevée. Mais enfin j'y retourne, un peu pour le boulot, beaucoup pour le plaisir. J'y étais pas plus tard que cet été, en juin-juillet.

— Je comprends… Pour le boulot ? Je croyais que tu étais en retraite ?

— Oui, c'est vrai. Mais je rédige encore quelques articles sur des recherches entreprises avant mon départ de Bamako. Je range des papiers de famille aussi. Tu sais, je m'intéresse beaucoup à l'histoire de mon père, j'ai dans l'idée d'écrire un bouquin sur lui.

— Ton père ? Qu'est-ce qu'il faisait ?

— Je ne vous ai jamais parlé de lui ? J'aurais dû. C'était un grand bonhomme, un ancien administrateur colonial. Il a participé à la décolonisation et puis à la politique de coopération, l'aide au développement, tout ça. C'est un des témoins de l'histoire franco-africaine… Enfin, tu vois, il y a de quoi dire, et moi, j'ai de quoi m'occuper.

Ces derniers mots avec une pointe de désabusement. Un bref trou d'air, le passage fugace d'une turbulence de tristesse. Malgré ce que Parvillier prétendait, Zamanski devinait de longues séances d'ennui subies par un mec paumé loin de ce qui avait été sa vie.

Richard finit son verre, claqua la table de ses mains. Il passait. Pas de jeu, pas d'atouts, rien en tête, rien en main, clair et net. Pour les distractions, Parvillier n'avait rien à attendre de lui.

— Tu m'excuses, mais je vais devoir y aller. J'ai encore du boulot à faire, des statistiques à remplir…

Sourire contrit.

— … On est bouffés par la paperasse. Evaluer, il faut tout évaluer.

Un prétexte facile, les statistiques : chiantes à établir et fondamentalement inutiles, la moyenne de la moyenne tendant vers la moyenne.

— Je comprends…

Zamanski se leva, voulut payer.

— Non, laisse, je t'en prie, c'est pour moi.

Parvillier avait retrouvé son sourire.

Il sortit son portefeuille, y prit un billet de vingt et une carte de visite qu'il tendit à Zamanski. Le flic l'empocha en remerciant. Lui aussi avait des cartes. Sa brême, bien sûr, mais elle n'est pas faite pour être distribuée aux personnes de rencontre. Et puis quelques exemplaires d'une carte professionnelle aux couleurs du ministère de l'Intérieur. Il en sortit une à peu près présentable de son portefeuille, la donna à Parvillier qui la lut avec attention.

— Commandant Richard Zamanski. C'est bien ! fit-il avec une moue d'approbation. Il faudra qu'on se revoie. A cette occasion je pourrais te parler de quelque chose, un travail que je suis en train de mener suite à mon dernier séjour et qui t'intéressera peut-être. Alors on va se revoir ?

— Bien sûr.

Là-bas, Laurence Fuzier faisait une rapide check-list pour voir ce qui avait morflé, si c'était remédiable ou pas : le cœur, l'estomac, le souffle, les joues rougies, les yeux au bord de la rupture comme un barrage après un tremblement de cœur. Pauvre Laurence, brave Lolo.

Passant près d'elle pour sortir, Zamanski lui fit un clin d'œil d'amitié, de soutien. Elle ne réagit pas, il n'insista pas.

Les deux hommes se quittèrent sur une poignée de main en se disant à bientôt. Parvillier partit en direction du marché central, Zamanski prit le front de mer vers la poste et le monument aux morts. Il habitait juste derrière ce dernier. Ça lui allait bien, les monuments aux morts. Penser cela était un peu emphatique. A Blainville, le poilu commémoratif se dresse face à la plage et ses commerces de maillots de bain, de bouées canards, de glaces et de chichis, bien loin du Chemin des Dames et de ses tranchées oubliées.

Rentré chez lui Zamanski sortit la carte de Parvillier. Il la déchira sans prendre la peine de regarder l'adresse.

Il s'était habitué à Blainville. Il avait appris à vivre entre ciel et estuaire. Il y avait pansé ses plaies, endormi sa peine et ses remords. Son boulot de policier de sécurité publique n'était pas des plus intéressants, rien à voir avec ce qu'il avait vécu à Paris en tant que chef d'un groupe d'investigation, mais ça aussi, il avait appris à faire avec. Pour ce qui était de sa carrière, elle était largement derrière lui. Et puis, vu ce que la police était en train de devenir, il était aussi bien en commissariat, en commissariat de province balnéaire. Il fallait faire du chiffre ? OK. Il traquerait les cambrioleurs de villas, les revendeurs de shit et les oublieux de pensions alimentaires.

Il lui déplaisait d'avoir un témoin de son passé pour voisin. Il ne garderait ni l'adresse ni le téléphone de son ancien prof. Il ne souhaitait pas le revoir. Mais il ne se faisait pas d'illusions. Blainville est une petite ville, et il y circulait beaucoup. Il était appelé à rencontrer le jeune retraité. Inévitablement…

3

L'avenue traversait un quartier résidentiel loti à la fin du XIXe siècle sur les dunes et sous les pins, le long de la grande plage. Les pins, il n'en restait guère. La tempête de décembre 1999 en avait dégommé beaucoup. Quant aux survivants, ils étaient tronçonnés avec un zèle imbécile mais discret par des locaux craignant de se les prendre sur le salon au prochain coup de tabac.

En ce début octobre, la plupart des villas étaient fermées. Quelques-unes résistaient cependant. Leurs habitants attendaient les chrysanthèmes pour se replier sur Limoges, Bordeaux, Paris.

Quatre bagnoles à l'arrêt tenaient compagnie aux premières feuilles mortes : le Trafic de police secours, une 307 banalisée, une Audi A4 avec un caducée sur le pare-brise et une Mercedes 260 SE plus toute jeune.

Derrière le volant de celle-ci, Richard Zamanski fumait une Camel en écoutant du Monk, le regard perdu dans la perspective mélancolique de l'avenue. Sur un panneau municipal, une affiche invitait à la réunion publique d'une ONG, Moïse sauvé des sables. Au loin, une femme, veste de laine et chevelure argentée permanentée, s'en allait vers le marché d'un pas pressé. A la devanture de la Presse du Parc, *Le Nouvel Observateur* affichait : "Grève, ADN, rugby, Cécilia… l'octobre noir de Sarkozy."

Zamanski était de repos. L'appel de Laurence Fuzier l'avait trouvé en caleçon et tee-shirt dans le commencement d'une journée qu'il consacrerait à quelques courses, à la consultation de ses relevés bancaires et à la lecture des journaux, en évitant les articles nombreux et redondants sur le président nouvellement élu. C'est ce qui aurait dû se passer mais le coup de téléphone de Laurence en décidait autrement. Pas une mauvaise chose, finalement.

Un delta-charlie-delta dans une villa, avenue de la Verrière. Elle était sur place, avec le toubib de la famille et la femme de ménage qui avait découvert le corps. Pour le principe, Zamanski avait râlé, rappelant qu'il n'était pas de service et qu'elle était assez grande pour faire ce qu'il fallait : les premières constatations et prévenir le procureur et la direction régionale de la sécurité. Il s'était habillé, avait claqué la porte sur sa journée de récupération et pris sa voiture avec une mauvaise humeur de principe.

Et il était là, dans sa Merco, à faire durer sa clope encore un peu, parce qu'une fois qu'il l'aurait écrasée dans le cendrier du tableau de bord, jeté le mégot d'un geste négligent et bien peu civique par la vitre baissée, il faudrait bien qu'il se décolle les fesses du fauteuil de cuir, qu'il ouvre la lourde portière de la berline, qu'il s'extraie de la carrosserie germanique et, sa posture de flic retrouvé, qu'il franchisse les quelques mètres qui le séparaient du portail de cette grosse villa, pas mal la villa d'après ce qu'il pouvait en voir, une construction début XXe à deux étages, avec terrasse et pergola, bignones et glycines, le tout dans un style qui évoquait le pays basque mais alors un basque plutôt chic. Il traverserait la pelouse et s'en irait rejoindre les participants habituels des macchab parties. Rien de bien exaltant, à peine mieux que les courses chez Leclerc.

Zamanski salua les deux flics en tenue qui gardaient le portail. Ça se passait au rez-de-chaussée. Il traversa la pelouse, grimpa les marches du perron, entra, traversa un hall d'entrée, un salon décoré de masques africains qui ne provenaient sûrement pas des trottoirs de Saint-Ouen. Un homme, proche de la cinquantaine, était assis dans un fauteuil, une sacoche en cuir à ses pieds. Il se leva.

— Docteur Labarthes…

— Commandant Zamanski.

— Ah Richard ! Tu es là.

La lieutenant venait d'entrer, son portable à l'oreille.

— … Je te rappelle plus tard.

Elle portait un jean serré sur ses rondeurs, un cuir ouvert sur un pull violine en V, sans chemisier, rebondi de chair dans l'échancrure.

— Viens, il est à côté, dans le bureau.

Il la suivit dans une grande pièce meublée de fauteuils club, d'un bureau et, le long de la bibliothèque, d'un lit d'une personne qui n'avait *a priori* rien à faire là.

Celui qui y reposait l'avait à peine défait. Il était vêtu d'un pantalon de toile claire, d'une chemise beige à poches et épaulettes, au col ouvert sur un tee-shirt blanc. Il était déchaussé. Les chaussures étaient rangées bien sagement au pied du lit. Il reposait sur le dos, les bras le long du corps, la tête sur un coussin. Il ne semblait pas avoir souffert au moment de lâcher prise, paraissait même détendu, presque heureux que cela ait pris fin.

Zamanski regarda la pièce. Pas de désordre, de meubles déplacés renversés, pas de traces laissées par un ou plusieurs visiteurs. Sur un guéridon qui servait de table de chevet, il y avait deux plaquettes de somnifères vides et une bouteille de Chivas bien entamée.

Zamanski regarda la bouteille, mais Fuzier était tournée vers lui. Il ne profita pas de l'occasion qui s'offrait de s'envoyer une lampée, de boire sans soif parce qu'il y a une bouteille de disponible et qu'on vient malgré tout d'avoir un choc. Qu'est-ce qu'il en avait à foutre, du mec allongé, pourtant. Il ne pouvait plus rien pour lui. C'était trop tard. Il aurait fallu venir avant de déchirer la carte de visite, avant que l'autre ne gobe ses cachets, un par un, d'un geste mécanique. A moins qu'il n'ait fait ça d'un coup, une pleine poignée de comprimés suivie d'une gorgée de Chivas pour faire passer.

Il y avait aussi un petit combiné radio-CD pas prétentieux, de ceux qu'on achète pas cher et n'importe où pour écouter de la musique et les infos. Il était allumé. Le lecteur avait lu les six plages d'un CD et il attendait qu'on lui dise quoi faire. Zamanski l'ouvrit, sortit le disque. *Le Chant de la Terre* de Mahler, l'enregistrement Decca avec Bruno Walter et Kathleen Ferrier. Zamanski se souvenait du dernier mot du lied : *Evig* (éternellement), murmuré d'une voix tendre par la sublime contralto. La grande Kathleen avait sans doute eu beaucoup de choses à dire au mourant. Zamanski souhaitait que sa voix si particulière l'ait enveloppé, berçant avec compassion sa dernière conscience.

— Suicide ?

— Ça en a tout l'air et c'est ce que pense aussi son toubib, répondit Fuzier.

— Il a laissé une lettre ?

— Non… Mais je n'ai pas fouillé.
— Généralement, on la laisse bien en vue… Pourquoi tu m'as fait venir ?
— A cause de ça…
Elle désignait des photos encadrées et disposées çà et là sur les étagères de la bibliothèque. Des photos anciennes en noir et blanc prises en Afrique ou en France. Sur chacune, on voyait un homme qui n'était pas le suicidé mais qui lui ressemblait, un air de famille très net, et Zamanski pensa qu'il s'agissait du père de la victime.
Il était en compagnie de l'Histoire de France. De Gaulle, bien sûr, Michel Debré, Pompidou, Valéry Giscard d'Estaing, Chirac jeune encore. Des chefs d'Etat africains aussi. Zamanski reconnut Bongo, Houphouët-Boigny, Senghor. Il y avait des DS, des huissiers, des officiers d'état-major, des hauts fonctionnaires, parade de costumes austères et d'uniformes bien coupés ; sorties de conférences internationales où s'étaient discutées la marche du monde et la soumission des peuples à des intérêts bien compris. Ces messieurs souriaient, conscients du chemin parcouru et de celui qui restait à faire pour que ça change un peu et que tout demeure.
Tant de grands personnages sur papier glacé avaient de quoi troubler une OPJ de station balnéaire, et Laurence Fuzier avait été troublée. Elle avait subodoré du délicat, redouté du compliqué, du client à embrouilles potentielles. Elle avait donc ouvert son parapluie et appelé son chef de groupe.
— Il s'appelle Claude Parvillier, fit-elle. C'est un chercheur en retraite, une espèce d'économiste spécialisé dans les pays d'Afrique, ou quelque chose comme ça. Il s'est installé depuis peu dans cette villa qu'il a héritée de ses parents. C'est la femme de ménage qui m'a expliqué tout ça. Elle l'a trouvé en arrivant. Elle a appelé le médecin et c'est lui qui nous a appelés.
— Fais-le venir.
Arriva le toubib qui paraissait plus ennuyé qu'attristé par la perte de son patient.
— Vous le connaissiez bien ? demanda le flic.
L'autre écarta les mains, fit une moue dubitative.
— J'ai surtout connu ses parents. Lui, il était depuis peu dans la région. Il est venu me consulter une ou deux fois pour des affections bénignes. Il avait aussi des crises de paludisme.
— Ces médicaments, c'est vous qui les lui avez prescrits ?

— Oui. La semaine dernière. Il se plaignait de troubles du sommeil.

— Dépression, crises d'angoisse ? Il avait des soucis ?

Au Coffee Garden, Parvillier n'avait pas paru déprimé.

— Il ne m'en a pas parlé. Quand je l'ai interrogé sur les causes possibles de ses insomnies, il est resté évasif. Il attribuait ça au travail.

— Au travail ? C'était un jeune retraité. En général la retraite n'est pas stressante.

— C'est vrai. Les retraités peuvent être parfois déprimés, mais rarement stressés.

— Il était malade ? Une maladie incurable et qui expliquerait un suicide ?

— Non. Pas à ma connaissance…

Le docteur hésitait à poursuivre.

— C'est-à-dire ? l'encouragea Zamanski.

— Je vous l'ai dit, il ne m'a pas beaucoup parlé de lui, néanmoins, je ne l'ai pas trouvé en forme. Je ne dirai pas qu'il était déprimé, mais il semblait mal dans sa peau, un peu anxieux, fatigué aussi.

— Comme quelqu'un qui subit une menace ?

— Non. Je ne dirais pas ça. Plutôt comme quelqu'un qui est un peu paumé, vous voyez ? J'ai pensé à la pathologie des jeunes retraités. Ils étaient actifs, engagés dans leur vie professionnelle et puis, du jour au lendemain, ils n'ont plus rien à faire. Je savais qu'il avait fait toute sa carrière en Afrique, j'ai pensé qu'il se sentait un peu perdu ici, inutile. Je vous ai dit que j'ai essayé de le faire parler de lui, de ce qu'il ressentait mais il était réticent. La seule chose qu'il a voulu me dire c'est qu'il dormait mal, alors je lui ai prescrit des somnifères en lui disant de revenir me voir s'il ne se sentait pas mieux.

Zamanski s'approcha du lit, observa le visage du défunt. Il se doutait bien qu'il reverrait son ancien prof, il n'avait pas imaginé que ce serait en cadavre.

Il regarda de nouveau la pièce : aucune trace d'une présence autre, rien qui témoigne de violences ou de discussions mouvementées. La pièce n'avait pas été fouillée. N'en déplaise à la femme de ménage, il y avait de la poussière sur les étagères.

Zamanski demanda au toubib de l'attendre dans le salon puis se tournant vers son adjointe :

— Bon, Laurence, tu m'aides ?

Et ils s'y sont mis. La rigidité cadavérique commençait à s'installer dans la nuque, les membres supérieurs. La mort remontait à quelques heures, une douzaine tout au plus... Déboutonner la chemise, relever le tee-shirt, observation du corps. Pas d'hématomes suspects, pas de blessures. Les lividités cadavériques évidemment, sur les fesses, les reins, les épaules. Zamanski observa attentivement la saignée des bras à la recherche d'une piqûre. Rien, du moins rien qui fût visible à l'œil nu.

Zamanski se releva, il avait chaud, mal aux reins, c'est lourd un corps mort. Il soupira, observa encore une fois la pièce. Il ne s'y était probablement rien passé d'autre qu'un mauvais débat entre un homme et lui-même. Il empoigna la bouteille de Chivas, s'en envoya une longue rasade et merde pour l'heure matinale et le regard désapprobateur de la lieut. Putain qu'est-ce que c'était bon. Désir violent d'en reprendre une autre, encore une, rien qu'une, la dernière.

— T'en veux ?

Elle fit non de la tête.

— Tu ne sais pas ce que tu rates ! Du Chivas et Kathleen Ferrier, il est parti en bonne compagnie, l'ami Parvillier.

Rien qu'une, la dernière. Il reposa la bouteille.

— La femme de ménage ? demanda-t-il.

— Elle est dans la cuisine.

— Tu peux lui demander de nous rejoindre, Laurence ?

Il quitta le bureau pour le salon.

Elle s'appelait Irène Demeure. Un mètre soixante-dix, des cheveux mi-longs teints au henné, un visage régulier, des lèvres fines, des yeux verts, dans les quarante-cinq ans mais faisant ce qu'il faut pour en paraître moins. Zamanski se demanda si Parvillier et elle...

Comme tous les matins, elle avait d'abord sonné et puis, comme M. Claude ne répondait pas, elle était entrée. Elle avait les clés de la villa. Mais la porte n'était pas fermée. Quand elle arrivait, M. Claude était toujours levé, habillé, souvent il était déjà allé acheter les journaux, chez Ginette, la marchande du Petit Marché... Mais là, tout de suite, elle avait senti qu'il se passait quelque chose d'anormal. Le silence. Elle avait appelé. Elle était intriguée, elle sentait qu'il s'était passé quelque chose. Dans le bureau, la lumière était allumée, celle de la table de chevet, oui c'est elle qui l'avait éteinte.

— … Il ne fallait pas ? C'est vrai, dans ce cas, il ne faut toucher à rien. Je n'aurais pas dû.

Zamanski pensa à sourire.

— Ça n'a pas une grande importance.

— … M. Claude était allongé sur le lit, il ne bougeait pas. J'ai tout de suite vu les médicaments, je l'ai appelé. Il n'a pas répondu. Je l'ai secoué un peu. Il n'a pas réagi. Alors j'ai compris qu'il était… J'ai appelé le Dr Labarthes.

— Il vivait seul ?

— Il n'était pas marié.

Parvillier le lui avait dit, l'autre jour, au café.

— Il recevait des visites ?

Zamanski pensait bien sûr à une maîtresse, voire des prestataires de services érotiques tarifés.

— Non, enfin pas que je sache… La seule personne qui venait le voir, c'était Amidou.

— Amidou ?

— Un jeune étudiant, il vit à Bordeaux, je crois. Il aidait M. Claude dans son travail.

— Son nom ?

— Dop, non Diop. Amidou Diop, ça doit être ça. M. Parvillier l'appelait toujours par son prénom. Ils se tutoyaient…

— Vous connaissez son adresse ? Son numéro de téléphone ?

— Non, mais ça doit être dans les papiers de M. Claude.

De toute façon, il ne serait pas difficile à trouver en admettant qu'il faille le trouver. Quoi qu'ait vécu Parvillier avec ce jeune type, ça ne regardait pas la police. Suicide. C'était plié bien au carré autant, presque autant, que ça peut l'être.

— Il était à Blainville depuis combien de temps ?

— Un peu plus d'un an. Il est revenu au printemps 2006. Il s'est installé ici, pour sa retraite. Avant, il venait pour les vacances, voir ses parents. Le père de M. Claude était un diplomate. Lui aussi connaissait bien l'Afrique. C'est lui qu'on voit sur les photos dans le bureau. C'était un grand homme, M. Edmond.

— Vous l'avez connu ?

— Oui, un peu. J'ai commencé à travailler ici à la fin de sa vie. Il était très diminué par la maladie mais il avait quand même beaucoup d'allure. Je venais tous les jours aider Mme Parvillier à tenir la maison. C'est qu'il y a du travail, pensez, sept chambres, dans les étages.

— Le lit dans le bureau ? C'était pour Parvillier père ?

— Oui. Il ne pouvait plus monter l'escalier, alors il avait fait installer un lit dans son bureau. Il arrivait à M. Claude d'y dormir lorsqu'il travaillait tard…

Claude Parvillier s'était passionné pour l'Afrique, comme son père. A sa retraite, il avait emménagé dans sa villa, il avait occupé son bureau, était mort dans son lit. Un bon fils. Ou un homme sans imagination, sans personnalité propre. Non, ce n'était pas ça. Claude Parvillier avait une personnalité forte. Alors ? Un type qui s'était fichu toute sa vie du matériel ? Un chercheur, un savant, obnubilé par ses recherches, vivant de peu, travaillant beaucoup et se couchant lorsqu'il avait sommeil sur le premier lit venu. Peut-être.

— A part Claude Parvillier, d'autres enfants ? demanda Zamanski.

— Une fille, Claire. Elle travaille à Grenoble, elle fait de la recherche scientifique.

— Il faudra la prévenir, fit-il en s'adressant à son adjointe.

Elle soupira. D'accord, elle porterait la mauvaise nouvelle avec l'aide de France Télécom : J'ai le regret de vous annoncer que votre frère est décédé…

Zamanski laissa Fuzier, le docteur et la femme de ménage dans le salon. Il revint dans le bureau tenir compagnie au défunt.

Il s'assit derrière le bureau. Il sourit en pensant que le lit avec Parvillier dessus évoquait le cabinet d'un psychanalyste. Pour les associations libres du patient, il faudrait attendre le Jugement dernier et la résurrection des morts. La séance risquait d'être un peu longue.

Sur le bureau, il y avait des livres. Zamanski les feuilleta. Tous traitaient des églises évangéliques et de leur rôle en Afrique. Parvillier avait souligné des passages, les avait annotés. Il n'y avait pas de dossiers. Soit ils étaient rangés, soit Parvillier rédigeait directement sur ordinateur. Justement, sur le bureau, il y avait une imprimante mais pas d'ordinateur. Sous le bureau, les diodes d'un modem haut débit clignotaient pour rien. Zamanski ouvrit les tiroirs. Il y trouva ce que l'on y trouve habituellement, crayons, gommes, stylos, une ramette de papier. Dans le premier tiroir de droite, il y avait un portefeuille de cuir fauve, patiné par l'usage. Zamanski l'ouvrit. Un passeport au nom de Parvillier, Parvillier qui s'était rendu au Mali au début de l'été. Le visa avait été tamponné à l'aéroport de Bamako. Un permis de conduire, carte Vitale, une carte de crédit Gold, mais pas de fric. Il y avait aussi une carte du ministère de l'Intérieur avec ses coordonnées à lui, Zamanski. Il la prit, la fourra dans sa poche. Dissimulation d'indices sinon de preuves.

Il se leva, jeta un œil dans les placards de la bibliothèque. Il y trouva des boîtes d'archivage étiquetées contenant de la correspondance, des articles de presse, des comptes rendus de réunions de travail. Papiers jaunis classés avec soin. Un type ordonné, Parvillier. Il n'y avait pas ce que le flic cherchait. Il se rassit.

Un grand masque africain lui faisait face. Il ressemblait au seul tableau de Véra qu'il possédait. Il était entré dans un atelier à l'occasion d'une journée portes ouvertes à la Cité des arts. Le tableau lui avait plu. Le fond rose lui rappelait les grands triptyques de Francis Bacon. Il ne connaissait presque rien à l'art contemporain. Mais Bacon, il connaissait. Les toiles de l'Irlandais lui évoquaient des scènes de crime, le grotesque sordide de certains meurtres. En rire plutôt qu'en pleurer. Mal ou bien, il faut que ça finisse. Sur un lit d'hôpital, un passage clouté ou dans les chiottes d'un hôtel de passe… Véra Traner coûtait évidemment moins cher que Bacon, beaucoup beaucoup moins cher. Mais quand même. Il avait casqué net l'équivalent de six mois de salaire, une provoc, un défi. À cause des yeux de l'artiste, ses putains d'yeux bleus qui lui disaient que ce n'était pas gagné d'avance mais que ce n'était pas non plus impossible. En lui donnant son chèque, il l'avait invitée à dîner. Elle avait accepté sans trop hésiter… *Tête n° 3 en bleu nuit et rose.* C'était dans une autre vie comme on dit, comme on l'écrit aussi. Pas si loin que ça finalement. Une douzaine d'années tout au plus.

— Alors mon pote ? Qu'est-ce que tu penses de tout ça. Tu t'en fous ! Tu as tout vu, mais tu ne diras rien… Bon masque, va !

Laurence Fuzier entra.

— Je te dérange ?

La lieut était intriguée par ce qu'elle voyait : son chef de groupe le regard perdu dans elle ne savait quel territoire mental, parlant tout seul.

Zamanski s'ébroua.

— J'interrogeais le témoin… Mais je crois bien qu'il va garder le silence !

— Tu le connaissais, dit-elle en désignant le corps de Parvillier.

C'était plus une constatation qu'une question. Allusion à l'autre soir, au Coffee Garden.

— … C'est aussi pour ça que je t'ai appelé.

Il soupira.

— Une vieille histoire, Laurence. Qui remonte à l'époque où tout semblait possible… Bon. Tu mets les boîtes de médocs sous scellés. Tu as visité les autres pièces ?

Elle fit non de la tête.

— Alors, allons-y.

Sept chambres et trois salles de bains, de quoi loger du monde, avait dit la femme de ménage, Mme Demeure, un nom bien adapté pour une femme de ménage, même que ça s'appelait une aide à domicile. Les pièces sentaient plus l'inoccupé que le renfermé, une fragrance légère d'insecticide, de poussière et de literies jamais ouvertes, une décoration et un ameublement qui dataient des années soixante, papiers peints à fleurs discrets, passés, meubles en chêne clair, fauteuils bridge. Aux murs, des gravures de marine ou de scènes champêtres sous verre. Les armoires et les penderies étaient vides pour la plupart. Certaines contenaient des édredons, des couvertures, des oreillers. Dans une pièce, quelques jouets anciens attendaient des petits-enfants qui semblaient n'être jamais venus. Une chambre était "en service". Il y faisait plus chaud et son armoire-penderie contenait des vêtements : deux costumes, des chemises, des pulls. Sur la table de chevet, il y avait un bouquin de poche ouvert à la page 138.

— Tu connais ?

Laurence consultait ses SMS sur son portable. Elle sursauta.

— Quoi ?

Il lui montrait le bouquin, *Ebène* d'un nommé Kapuscinski. Elle fit non de la tête. Pas une grande lectrice, la lieut. Cela dit, Richard ne connaissait pas non plus. Il feuilleta le livre, un recueil d'articles traitant de l'Afrique. Là encore, de nombreux passages avaient été soulignés et annotés. A part cela, aucun objet personnel.

Zamanski appela la femme de ménage, elle les rejoignit.

— C'est la chambre qu'occupait Claude Parvillier, n'est-ce pas ?

Elle confirma.

— A part l'étudiant qui venait l'aider, vous m'avez dit qu'il ne recevait personne. Vous en êtes vraiment sûre ?

Elle se troubla, hochant la tête, soupirant :

— Je sais pas moi. En fait j'ai jamais vu M. Claude avec quelqu'un d'autre que ce jeune étudiant. Mais vous savez, je ne le voyais que le matin.

Zamanski réfléchit.

— Les masques dans le salon et dans le bureau, ils étaient déjà là du temps des parents ?

— Oui.

— Claude Parvillier n'a rien rapporté de son domicile africain ? Il n'a rien modifié quand il a emménagé ici ?

— Non, pourquoi ?

Il ne répondit pas.

A sa retraite, le fils Parvillier était venu s'installer chez ses défunts parents. Il y avait posé sa personne et quelques fringues. Rien d'autre. Pas de meubles, pas de souvenirs. A croire qu'il n'avait rien conservé de son passé.

— Madame Demeure, Claude Parvillier travaillait avec quoi ?

Elle le regarda, intriguée :

— Comment ça, avec quoi ?

— Quand il travaillait dans son bureau, il écrivait sur quoi ? Des cahiers avec un stylo ? Une machine à écrire ?

— Non. Avec un ordinateur, bien sûr ! Vous savez, un de ces petits ordinateurs portables.

— Il est où ?

— L'ordinateur ? Sur son bureau !

— Non, madame Demeure, il n'y est pas.

La femme sourcilla.

— Comment ça ?

— Si vous voulez bien me suivre.

Tous trois retournèrent dans la pièce où patientait le mort.

— Vous voyez, il n'y est pas, constata Zamanski. Il y a une imprimante, le modem pour une connexion Internet, mais il n'y a pas d'ordinateur. Quand est-ce que vous êtes venue, la dernière fois ?

L'aide ménagère prit le temps de répondre.

— Hier, hier matin, je vous l'ai dit, je viens tous les jours.

— Et hier matin, Parvillier avait son ordinateur ?

Là encore elle prit son temps. Avec les flics mieux vaut réfléchir à ce que l'on dit.

— Oui, je crois. Oui, oui, je me souviens ! Je le revois encore. Je suis entrée pour lui demander ce qu'il voulait que j'achète au marché. Il était en train de taper sur son ordinateur…

— Il est peut-être tombé en panne et Parvillier l'aura porté à réparer ? fit Laurence Fuzier.

— Tu as prévu de te foutre en l'air et ta bécane tombe en panne. Tu la portes quand même à réparer ?

Laurence eut un petit sourire penaud.

— Non. Je crois que j'en ai rien à foutre.

— Remarque, Laurence, on peut toujours vérifier auprès des réparateurs.

Puis s'adressant à Mme Demeure.

— Il était comment ces jours derniers, Parvillier ? Soucieux, déprimé ?

— Je ne saurais pas bien dire… Vous savez, nous ne nous parlions pas beaucoup. C'était un homme un peu secret… Mais oui, peut-être qu'il était préoccupé.

— Sa mort vous surprend ? demanda Laurence.

— Oui, j'aurais pas pensé que… Enfin je sais pas. Peut-être pas. Il vivait ici un peu comme un exilé. Il n'avait pas d'amis dans la région et il ne cherchait pas à s'en faire. Alors bien sûr… Pourtant il n'était pas âgé, il aurait pu avoir des amis.

— Et avec vous ? demanda Zamanski.

La question la troubla.

— Bah… Comment dire ?… Il était distant… Un peu comme s'il avait peur d'être trop familier. Mais sinon, il était gentil, très poli ! Pas non plus indifférent. Quand je lui ai dit que mon fils avait des difficultés au lycée, il s'est proposé de lui donner des cours.

Prof un jour, prof toujours ! pensa Zamanski.

Un portable sonna, une musiquette insupportable que Zamanski connaissait.

Laurence, gênée, sortit.

Zamanski réfléchit. Sonner le branle-bas ? Appeler la cavalerie en renfort ? Ça coûtait cher, tout ça. Et il était rappelé aux OPJ qu'en ces périodes de limitation budgétaire, il convenait d'agir avec circonspection. Si jamais il se plantait, il risquait de se faire sèchement engueuler par Mouson. Plus simple de conclure au suicide. Quelques rapports et une croix dans la colonne appropriée. Pourtant…

Laurence était revenue.

— Ça y est ? Elle peut patienter ? Bon ! Alors on ne touche plus à rien. Tu préviens Mouson, la proc et l'état-major régional. Homicide.

La lieutenant sourcilla.

— Tu es sûr ?

— Non. Mais on fait comme si.

L'aide ménagère pâlit. Voilà qu'elle avait découvert un meurtre ! Celui de son employeur. Ça lui ferait toujours une histoire à raconter chez le coiffeur ou ailleurs. On a le quart d'heure de notoriété qu'on peut et les emmerdes qui vont avec.

— Je peux rentrer chez moi ? bredouilla-t-elle. Mon fils n'est pas allé au lycée ce matin, il est mal fichu, je voudrais savoir où il en est… Quand je vais lui dire, pour M. Claude, ça va lui faire quelque chose.

— Je comprends, fit Richard. Oui, vous pouvez rentrer. Vous allez donner votre numéro de téléphone et votre adresse au lieutenant Fuzier. Des collègues vont venir vous interroger et il faudra que vous passiez au commissariat pour que l'on prenne votre déposition.

4

Emmanuel Kouassy était attablé dans une brasserie du centre de Blainville. Il regarda sa montre. 10 heures. Il avait hâte que Patrick Martin le rejoigne pour qu'il puisse partir de cet établissement pas habitué à la présence d'Africains dans ses murs. C'est pour cette raison qu'il avait envoyé Martin repérer la villa de Parvillier. Patrick était blanc, avait des papiers français et un patronyme on ne peut plus commun, il passait inaperçu.

Tous les deux avaient fait connaissance à Bouaké en 2004 lorsque l'amitié indéfectible franco-ivoirienne était mise à mal par le président de la Côte-d'Ivoire. Martin était sergent-chef dans les troupes de la force Licorne basées au lycée Descartes. A cette époque, Kouassy "travaillait" auprès des forces gouvernementales ivoiriennes. Les deux hommes avaient sympathisé. Le bombardement de la base française par l'aviation ivoirienne (deux Sukhoï 27 pilotés par des mercenaires ukrainiens) n'avait pas affecté leurs relations. Tous deux étaient conscients que cette affaire était bien trop absurde pour ne pas être tordue. En tout cas, cela prouvait le rôle que pouvaient jouer de bons professionnels quelle que soit leur nationalité.

A cette époque, Patrick Martin était à la fin de son engagement. Kouassy et les gens pour qui il travaillait avaient besoin de professionnels comme lui. Il lui avait donc proposé un emploi beaucoup plus rémunérateur que sa solde de sergent-chef. Patrick Martin avait réfléchi. Une fois libéré, il avait rejoint Emmanuel Kouassy à Abidjan.

Patrick Martin entra dans le café. Trente-deux ans, un peu plus petit que Kouassy, la même carrure mais pas empâté. Sa forme physique et sa science du combat étaient son capital. Il entretenait l'une dans les salles de sport et l'autre dans les stands de tir et dans les dojos. Un bel homme, un beau soldat, Patrick Martin. Kouassy laissa de la monnaie sur la table et se leva pour le rejoindre. Tous deux sortirent. Ils montèrent dans la Peugeot 407 de location garée en double file. Martin prit le volant et démarra après avoir regardé attentivement dans ses rétroviseurs.

Ils traversèrent la ville, prirent la direction de Rochefort. Martin respectait les feux orange, les priorités à droite et les limitations de vitesse.

— Alors ? demanda l'Ivoirien.

— La merde, mon frère.

— C'est-à-dire ?

— Il est mort.

Le Noir encaissa sons broncher.

— Mais encore ?

— Lorsque je suis arrivé dans l'avenue de Parvillier, il y avait plusieurs voitures dont une de la police. Elles étaient stationnées devant la porte de sa villa. J'ai ralenti et j'ai interrogé un des deux flics en tenue qui montaient la garde devant le portail. Il m'a répondu que le propriétaire avait été trouvé mort par sa femme de ménage, un suicide.

Kouassy grimaça.

— Un suicide, tu es sûr ?

— Comment veux-tu en être sûr ?

Le Noir était contrarié.

Son ami le rassura :

— Remarque, Emmanuel, quoi qu'il ait eu à dire, il ne le dira plus. Mission accomplie.

L'Ivoirien éclata de rire.

— Je reconnais bien là ton optimisme, mon frère ! Souhaitons qu'il s'agisse vraiment d'un suicide ! Autrement, cela signifierait qu'une autre équipe est sur l'affaire et que notre mission se complexifie. Par ailleurs, tu oublies les dossiers. Nous avons pour mission de nous les approprier. Je suis désolé, mon cher, mais la mort de Parvillier n'est pas une bonne nouvelle.

Emmanuel Kouassy avait espéré régler l'affaire à l'amiable. Il disposait d'une ligne de crédit pour acheter le silence et les documents de Claude Parvillier. Sa mort compliquait sa tâche. Il lui fallait rendre compte au conseiller de Bamako.

5

Zamanski rattrapa la rocade. Les chênes verts et les pins maritimes laissaient la place aux parcelles cultivées et aux bosquets de feuillus, principalement des chênes. Changement de sol. Le bord de mer était sableux, en s'éloignant on trouvait des sols calcaires propices à la culture de la vigne et des céréales. En ce milieu d'octobre, les maïs attendaient d'être fauchés.

C'était une matinée lumineuse et mordorée avec cette douceur bienveillante qui vous console de la fin des beaux jours. Une lumière comme une vieille berceuse qui tente d'éclairer le bourdon de l'âme. Un car devant lui avançait paresseusement. Un car plein de mômes qui chahutaient. Il ne chercha pas à le doubler.

Le car, les paysages, Parvillier.

C'est peut-être à cause de lui que j'ai fini par aimer ce coin, se disait-il, vaguement contrarié.

Par y prêter attention d'abord, puis par l'aimer.

A cause de leur voyage en car, non pas en Charente, mais en Lorraine. Décidément, il pensait beaucoup à Parvillier.

Les gosses en général ne s'intéressent pas aux paysages, mais leur prof, pas beaucoup plus âgé qu'eux, une petite dizaine d'années tout au plus, les leur décrivait avec des mots nouveaux, savants. C'était plus qu'une plaine qu'ils traversaient, bien autre chose que des champs labourés. C'était un objet de savoir, le résultat de la géologie et de l'histoire, une réalité sociologique et économique subtile. Il leur expliquait comment s'était constitué ce paysage qui s'exposait derrière les vitres, cette alternance de couches tendres et dures, marnes et calcaires ; le comté de Champagne, terres d'Empire et royaume de France mêlés, avec les différentes cuestas bordant la plaine sédimentaire du Bassin parisien comme autant de remparts faciles à défendre, plus faciles encore à pénétrer.

Côtes de la Meuse, de la Moselle avec leurs buttes-témoins surplombant la plaine de la Woëvre. Qui les contrôlait dominait la plaine. D'où les nombreuses batailles qui s'y étaient déroulées. Le jeune prof était intarissable. Les autres, cette trentaine de lycéens de seconde inscrits dans ce voyage d'études en Lorraine (ses mines de fer, ses aciéries), écoutaient distraitement. Ils avaient mieux à faire. Il y avait les filles, avec de l'acné sous le fond de teint bon marché, un peu boudinées dans leurs minijupes, leurs petits pulls de laine ou leur pantalon écossais au tissu qui peluchait. Ils espéraient "sortir avec", rouler une pelle rapide sur les fauteuils du car. Lui écoutait le prof, fasciné par son érudition.

Il venait d'avoir seize ans et se croyait malin. Soudain, il réalisait qu'il ne savait rien ou si peu. Il découvrait aussi que le savoir peut être désirable, que c'est un moyen de séduction et qu'il donne du pouvoir sur ceux qui n'en ont pas.

Il admirait ce jeune type sympathique qui expliquait pourquoi, au sommet de ces collines, se trouvaient des forêts de résineux à rendement rapide, plantées sur un terrain rendu inculte par les obus. Les cimetières militaires témoignaient de la violence des combats. Ici, on s'était battu avec une opiniâtreté démente qui avait retourné les sols, les avait truffés d'acier et de cadavres, quatre ans de batailles d'inégale intensité mais incessantes.

Et le prof avait vu l'intérêt qu'il suscitait chez ce jeune adolescent. A un moment, ils s'étaient trouvés assis côte à côte. Ils avaient parlé de musique. Mozart, la grâce du génie, et Bach, plus appliqué, plus méthodique. Il y avait de l'artisan obstiné chez Bach. Claude préférait Bach et Haydn à Mozart... Un peu plus tard, Parvillier l'avait invité lui et quelques potes à le rejoindre à Paris pour dîner. Durant deux ou trois ans, ils s'étaient revus quelques fois et puis Parvillier était parti en Afrique.

Zamanski, hypnotisé par le car, faillit oublier de sortir de la rocade. Il passa devant le centre de secours, dépassa le marché central et arriva au commissariat.

Chez Parvillier, Laurence et lui avaient attendu la proc, le légiste et les collègues du SRPJ. Tous l'avaient regardé de haut. Pour eux, le suicide était flagrant. Richard Zamanski avait passé pour le couillon de l'histoire, le flic local un peu borné qui trompe la médiocrité de sa fonction en s'inventant des homicides. Il avait laissé pisser. Ils avaient peut-être raison et il le savait.

Arrivé à la turne, il rendit compte au commissaire Mouson de la mort du fils d'un ancien haut fonctionnaire de la République. Le patron le remercia d'avoir répondu à l'appel du lieutenant Fuzier, et ce bien qu'il fût en congé. Lui aussi le regardait avec un peu de condescendance. Il s'était évidemment entretenu par téléphone avec les enquêteurs du SRPJ, avec la proc. Il savait leurs doutes quant à l'homicide. Il ne fit aucune remarque désobligeante. Mouson se méfiait de son adjoint et tous les deux le savaient.

Zamanski rejoignit la lieutenant, laissant le patron à son téléphone. Ensemble, ils se mirent au travail, soignant la rédaction de leurs rapports, l'enfer se cache derrière les adverbes et les virgules. Vers le milieu de l'après-midi, la procédure était cloutée. Mouson demanda à lire les PV. Zamanski les lui monta et puis il décida de plier les gaules et de rentrer chez lui sans attendre la fin du service. Après tout, il était en repos. Au moment de partir, Denis Ribière du SRPJ d'Angoulême se présenta.

Zamanski lui dit de s'asseoir et lui proposa un café.

— Vous n'avez pas autre chose ?

Ribière était nouvellement nommé au service de recherche. Il remplaçait Langlois, ce dernier ayant été récemment promu à la criminelle à Paris. Une belle promotion. C'est fou ce que l'élection à l'Elysée de l'ex-premier flic de France provoquait comme mouvements ascensionnels. Du moins pour ceux qui avaient la bonne carte et les bonnes relations !

Très bien, tout ça. Langlois était un sale con prétentieux, bon débarras ! Il avait été remplacé par Ribière, plus jeune, beaucoup plus sympathique et qui avait l'air compétent. Zamanski l'avait vu travailler. Le nouveau nommé ne donnait pas l'impression qu'il était là pour compter les crayons en attendant mieux.

— Je vous offre un pineau des Charentes ? C'est l'apéritif local, proposa Zamanski.

Et il sortit d'un tiroir de son bureau une bouteille de pur malt et deux gobelets.

— Vous vous servez. Je n'ai pas de glaçons ni de crackers. Autre chose. Ici, c'est un bureau fumeurs.

Il prit son paquet de Camel et s'alluma une tige sans demander au collègue s'il en voulait une.

— Alors ? Quoi de neuf depuis ce matin ?

Ribière fit la moue.

— *As usual*… L'IJ est venue sur les lieux. Ils ont trouvé plusieurs jeux d'empreintes exploitables. On s'intéresse aux relevés bancaires de Parvillier, à ses échanges téléphoniques… A part ça…

— L'enquête de voisinage ? sourit Zamanski.

— Mon cul ! Toutes les villas à la ronde sont fermées et vous le savez !

— Reste Amidou Diop, l'étudiant qui venait chez Parvillier pour l'aider dans son travail.

— On a prévenu Bordeaux, qui le recherche… Je peux vous demander pourquoi vous nous avez appelés ?

Zamanski haussa les épaules, moue dubitative mêlée de lassitude.

— Je m'emmerdais, Ribière. Un homicide, c'est plus funky qu'un simple suicide, non ?

L'autre eut la bonté de sourire.

— J'espère pour vous que vous ne vous êtes pas planté. Les moyens chefs ont horreur de savoir que la cavalerie s'est déplacée pour des nèfles.

— J'emmerde les moyens chefs et même les grands !

— Belles paroles et forte pensée. Vous avez raison. Santé ! Il n'est pas mal votre apéro local.

— Vous pouvez vous resservir…

— Merci, mais j'ai de la route à faire. Alors pourquoi ?

Zamanski réfléchit.

— L'absence de lettre… En général les désespérés laissent du courrier, surtout lorsqu'ils se tuent chez eux.

— Oui ?

Ribière n'était pas convaincu, Zamanski n'en espérait pas tant.

— On saura bientôt à quoi s'en tenir, fit le flic d'Angoulême. Le corps est à l'IML. On verra bien ce que dira l'autopsie. En attendant, vous connaissez la musique, nous faisons ce que le procureur nous a demandé de faire, nous enquêtons même si c'est pour rien.

— Eh oui mon vieux, chacun sa croix. La vôtre, ce sont les homicides, moi je fais plutôt dans la petite délinquance, les violences conjugales et les fraudes à la carte de crédit. Chacun son taf.

Une façon de rassurer Ribière, de lui faire comprendre qu'il n'avait pas l'intention de jouer au plus fin avec lui et ses troupiers et cela malgré sa réputation. Quelles que soient les suites données par le parquet, Claude Parvillier demeurerait l'affaire de Ribière et ses hommes.

L'autre reçut le message cinq sur cinq et se montra satisfait.

Zamanski trouva dans sa boîte une lettre de son propriétaire qu'il fourra dans la poche de son jean. Arrivé chez lui, il abandonna sa veste sur la patère, chopa la bouteille de Glenfiddich et un verre dans la cuisine et alla se poser sur le fauteuil qui trônait au milieu de la pièce qui lui servait de salon-salle à manger-bureau.

Chichement meublée, la salle à vivre du commandant Zamanski : un fauteuil club fatigué, une table ronde et quatre chaises achetées plutôt cher dans une brocante (elles ne manquaient pas dans la région, il faut bien meubler les résidences secondaires avec des meubles qui ont le charme et l'authenticité des objets anciens). Le long du mur, sur une planche posée sur des parpaings, il y avait une chaîne hi-fi ancienne, gros amplituner Marantz d'avant la miniaturisation, une platine tourne-disque d'avant les CD et une collection de trente-trois tours. Au-dessus, une toile, 100 x 150 sur un fond rose et bleu nuit, un visage taillé en trapèze, rectangle bleu de Prusse avec un trait rouge vermillon pour la bouche, des fentes plus que des yeux, deux taches triangulaires pour les narines, des traits grattés pour la chevelure, gestes urgents, nécessaires, qui ne peuvent être différés. *Visage n° 3*, Véra Traner 1994.

Zamanski se versa un verre, parcourut sa discothèque, sortit un disque des Soft Machine, se cala dans son fauteuil.

Il avait commencé sa journée sous le regard vide de masques africains dans la villa Parvillier, il la finissait en contemplant *Visage n° 3* qu'il avait dès le début renommé “Gros Masque”. Ces représentations puissantes de la figure humaine encadraient une journée de repos ratée à constater que le temps a passé et que ça se finit d'une façon ou d'une autre, allongé sur un brancard, un drap recouvrant le visage. A bien y réfléchir, c'était pas si mal un brancard et un drap parce qu'on ne comptait plus les millions de pauvres bougres qui ne bénéficiaient pas de ce luxe, la pudeur d'un drap sur leur visage éteint.

Bon, la lettre. M. Desplanche l'informait qu'il désirait reprendre son logement. Autrement dit, il le fichait à la porte. Contrariant ! Ce n'était pas qu'il se plût tellement dans ce deux-pièces situé en centre-ville, mais il n'avait pas envie de déménager. Surtout, il n'avait pas envie de chercher un nouvel appart. Une journée de merde, décidément. Il était encore tôt, la nuit tombait à peine. Qu'est-ce qu'il pouvait bien encore lui arriver comme tuile ?

6

Au volant de son Land Cruiser Toyota, Stéphane Hubert Marie de Villedieu de la Renaudière entra à Blainville. Il avait quarante-six ans, le visage rond et jovial sous une chevelure brune qui commençait à s'éclaircir. Depuis deux ans, il possédait un garage spécialisé dans la vente de 4x4 surdimensionnés équipés de pare-buffles chromés, de pelles à désensabler, de projecteurs et de treuils pour barouder sur les parkings de supermarchés et les routes de Charente-Maritime. Stéphane de Villedieu, Stéph pour ses proches, n'avait pas toujours été garagiste tout-terrain. Il avait d'abord étudié la médecine. En troisième année, il avait répondu à un appel pour une mission humanitaire en Somalie. Ç'avait été une double révélation. D'abord il avait trouvé ce que son grand-père lui avait si souvent décrit : l'Afrique, celle de la chaleur intense et des sables infinis. Ce grand-père, à dix-neuf ans, avait rejoint Londres et de Gaulle. Il avait fait partie des toutes premières troupes de ce qui allait devenir la 2e DB. Au côté de Leclerc, il avait combattu à Koufra, libéré Paris et conquis le Nid d'aigle du Führer.

En Somalie, Stéphane avait rejoint le passé glorieux de son grand-père. Il avait découvert la dureté de la réalité africaine. Il avait vécu les longs trajets en camion sur les pistes, affronté l'impensable chaleur, et connu la pureté adamantine de la nuit sur les dunes. Il avait eu une seconde révélation : il n'était pas fait pour la médecine. Par contre il était doué pour l'organisation, trouvant solution à tout problème. Il avait appris que, pour soigner des réfugiés, nourrir des affamés, il faut des médicaments, de l'eau, de la nourriture, des tentes, des lits, du linge. Il faut aussi des camions pour transporter tout cela, des autorisations pour faire circuler ces camions, de l'essence et puis aussi des avions, des pilotes pour les piloter, des aérodromes. C'est ainsi que Stéph était entré dans le club prestigieux et restreint des "logs", des logisticiens, ces hommes et ces femmes capables de trouver n'importe quoi et de l'acheminer n'importe où, pas tout à fait n'importe comment. Il avait appris à tout acheter : de la seringue à l'hélicoptère en passant par les ânes et les tampons hygiéniques sans oublier l'alcool et le shit. Il avait appris à négocier avec les fonctionnaires locaux, à les corrompre sans les humilier, à entrer en relation et à sympathiser avec toute personne pouvant aider à l'opération : pilote, chauffeur de taxi, patron de bar, attaché d'ambassade, militaire, patronne de bordel. Plus difficile encore, il avait appris à patauger dans le marigot des couloirs et des commissions des grands organismes internationaux, HCR, ONU, Unicef, FAO, CICR. Vingt années passées à barouder de bureaux en lobbies, sur les pistes, dans la jungle, de guerres civiles en tremblements de terre, de famines plus ou moins provoquées, en inondations plus ou moins prévisibles mais toujours dévastatrices. Vingt années durant lesquelles le monde avait changé. Les équipes devenaient de plus en plus lourdes et leurs membres de plus en plus exigeants, s'éloignant ainsi des idéaux et de l'esprit des premiers humanitaires pour devenir des espèces de fonctionnaires détachés, plus attentifs à leurs droits et à leur confort qu'à la détresse des populations locales. Ça avait culminé lors du tsunami de décembre 2004. Ebahi, révolté, Stéph avait assisté au déferlement de fric, de médias, d'organisations en tout genre, et des profiteurs de toute espèce qui s'étaient abattus sur les régions dévastées. Il avait alors claqué la porte de "l'humanitaire", était rentré en France, s'était installé à Cognac, où, avec un copain ancien logisticien comme lui et tout aussi écœuré, ils avaient monté cette entreprise de vente de 4x4.

Mais la mode du gros tout-terrain était en train de passer chez le bourgeois charentais. Celui-ci lorgnait de plus en plus du côté du cabriolet, plus *fun* et moins gourmand. L'affaire périclitait, doucement mais sûrement. Ce n'était pas encore la faillite mais elle menaçait. Et puis la vie de concessionnaire de bagnoles commençait à peser sur les épaules de Stéph de Villedieu. Lui manquaient les voyages, les expéditions, l'expression de son talent. Lui manquaient les longs trajets en camion ou en tout-terrain sur les pistes du Sahel, la chaleur du désert, les virées dans les bars dessoiffants où des déjantés revenus de tout racontent leurs naufrages magnifiques.

C'est alors qu'il avait rencontré une Antillaise installée en Charente : Marie-Dominique Becquerelle. Elle aussi avait beaucoup voyagé mais pas en Afrique, aux Antilles d'abord et puis en métropole et enfin aux Etats-Unis. Elle avait beaucoup tourné, la guitare à la main et le zouk en tête pour enfin se poser à Saint-Gilles, en bord de plage. Elle y avait ouvert un restaurant : la Cabane. Elle servait à une clientèle décontractée des fricassées de poulet, des colombos de cabri, des tchokas d'aubergine et, au milieu du service, elle empoignait sa guitare pour chanter le zouk mais aussi le gospel. De moins en moins de zouk et de plus en plus de gospel. C'était un peu l'ennui avec Marie-Do. Sur le chemin de Blainville, elle avait rencontré Jésus et s'était mise à chanter ses louanges et son amour entre deux acras. Stéph de Villedieu n'avait rien contre la religion. Chez les Villedieu de la Renaudière, l'Eglise catholique romaine apostolique était l'ancestrale alliée du sabre. D'ailleurs, l'un des frères de Stéph était dominicain. Mais l'Antillaise mettait Jésus et son amour à toutes les sauces. A part cela une fille formidable, courageuse, entreprenante, belle métisse dans la quarantaine, et, au lit, un sacré bon coup ! Surtout, elle avait un projet, un projet un peu fou qui ne pouvait que plaire à Stéphane de Villedieu, un projet qui était en phase de réalisation : "Moïse sauvé des sables" !

Stéph gara le Land Cruiser au pied du stade municipal, devant un ensemble de préfabriqués grisâtres qui constituaient la maison des associations.

Une salle était éclairée. On n'attendait plus que lui. La réunion pouvait commencer.

Il y avait une trentaine de participants, des couples mais aussi des personnes seules hommes ou femmes, tous assis sur des chaises récupérées dans un collège avant rénovation.

C'est Marie-Do qui les avait accueillis. Elle avait offert à chacun une tranche de gâteau à l'ananas avec une tisane ou un café. Elle avait installé l'écran, branché l'ordinateur portable, le vidéoprojecteur. Tout était prêt.

Lorsqu'il entra, elle accueillit Stéphane d'un vibrant "Christ est ressuscité". Il ne répondit pas Alléluia, se contenta d'un chaleureux "bonsoir à toutes et à tous". Marie-Dominique expliqua qu'il n'était pas nécessaire de présenter le logisticien de l'opération, Stéphane de Villedieu, plus de vingt ans dans l'humanitaire. Les participants approuvèrent. Ils le connaissaient, ils n'en étaient pas à leur première réunion. L'Antillaise lança le PowerPoint.

Il y avait d'abord des chiffres, ceux de l'OMS et de l'Unicef décrivant la réalité de l'enfance dans le Sahel.

Puis, entrecoupé de photos d'enfants prises dans les camps de réfugiés, le rappel de l'opération "Moïse sauvé des sables".

Il s'agissait de sauver un grand nombre d'enfants, aux alentours de deux cents, de la malnutrition, de l'analphabétisme, de la maladie et de leur offrir, dans des familles d'accueil françaises, des conditions de vie décentes, un avenir possible.

Stéphane prit alors la parole. Il revenait d'un séjour de trois semaines dans la région frontalière entre Mali, Niger et Algérie. Trois semaines durant lesquelles il avait pu établir un camp de base grâce à une église amie de Bamako qui faisait sur le terrain un boulot formidable : la Case du Christ Sauveur. A Bamako, il avait pu acheter et réunir le matériel nécessaire pour établir un camp avancé à Ti-n-Essako près des trois frontières. A l'heure où il parlait, le camp était en cours d'installation dans une caserne abandonnée de la gendarmerie malienne. Par ailleurs il avait noué des contacts avec des fonctionnaires sûrs, il s'était lié avec les chefs des villages. A tous il avait confié la même mission : recenser les enfants les plus malheureux, les plus en danger.

Une main se leva :

— Oui ? fit Marie-Do. Vous pouvez dire votre nom pour que nous nous connaissions mieux les uns les autres ?

— Claudine Manseron, fit la dame, trente-cinq quarante ans, au visage carré équipé de lunettes tout aussi carrées. Je croyais que les Africains n'abandonnaient pas leurs enfants.

— C'est vrai, madame, répondit Stéphane de Villedieu. Pas plus les Africains, que les Européens ou les Océaniens, ou encore les Esquimaux n'abandonnent leurs enfants. C'est vrai aussi qu'on parle souvent de la solidarité des Africains, il faut tout un village pour élever un enfant, etc. Mais ce qu'il faut comprendre, c'est qu'on accueille dans la mesure où l'on peut accueillir et que l'on partage lorsqu'on a quelque chose à partager. Or, les populations des régions dans lesquelles nous allons intervenir n'ont plus rien à partager. C'est bien pour ça que nous agissons. Il y a urgence, un vrai péril humanitaire.

— Justement, fit un homme d'une voix forte, dans les quarante ans lui aussi, grand et sec, très brun. Il y a des ONG, l'aide internationale. Ils sont peut-être plus à même que nous, surtout ils ont plus de moyens, de venir en aide aux populations… Au fait, je suis Jérôme Gauthier.

— Les ONG, parlons-en Jérôme, reprit Stéphane. Je connais bien les ONG, j'ai travaillé près de vingt ans avec elles. Et ce que je vais vous dire, malheureusement, je ne suis pas le seul à le dire. Les ONG ? Au début, c'était une très belle idée, des gens formidables de dévouement et d'implication sur le terrain et puis elles se sont développées, les ONG. Elles ont eu besoin de plus en plus de moyens, alors elles ont fait appel aux gouvernements, à des multinationales pour avoir des subventions, à tous ceux qui sont en grande partie responsables des situations dont elles combattaient les conséquences, un peu comme si les pompiers demandaient de l'argent aux compagnies pétrolières et aux fabricants d'allumettes, vous voyez. Mais ce n'est pas le pire du problème. Le pire du problème c'est qu'en se développant elles se sont sclérosées, elles ont fait de plus en plus appel à des "volontaires", qui étaient de moins en moins motivés, qui trouvaient que faire de l'humanitaire, c'est une façon sympa de passer pour pas cher des vacances intéressantes, vous voyez le genre. Je ne parle pas de margoulins aux motivations beaucoup plus louches. C'est comme ça que j'ai vu des dispensaires dans une zone de tremblement de terre qui étaient ouverts cinq jours sur sept, de 8 heures à midi et de 16 à 20 heures. Le seul problème, n'est-ce pas, c'est que, tout autour du dispensaire, les populations mouraient vingt-quatre heures sur vingt-quatre ! Nous, à Moïse sauvé des sables, nous sommes dans un tout autre esprit, celui des premiers humanitaires, justement.

— Oui, reprit Marie-Dominique. Cette histoire, Jérôme, c'est un peu comme le Christ et son Eglise. Au début ils étaient seulement douze avec lui et ils faisaient des miracles. Et puis, les douze ont construit des communautés, et puis il y a eu Rome, le pape, et le Vatican, les évêques, les cardinaux… On voit ce que c'est devenu maintenant. Nous, nous nous situons dans l'esprit des toutes premières églises.

La comparaison ne pouvait que plaire à une assistance composée en majorité de membres de l'église évangélique locale.

— A propos d'argent, reprit Stéphane de Villedieu, nous l'avons dit à chaque réunion, et nous le disons encore une fois, Moïse sauvé des sables ne bénéficie d'aucune subvention de l'Etat, de la région ou d'une organisation internationale. Le budget s'élève à huit cent mille euros et il est entièrement couvert par les dons des membres de l'association. Ces dons sont d'un montant variable, bien sûr. Ça va de six cents euros à cinq mille euros. A ce jour, quatre cent trente familles nous ont rejoints et, parmi elles, deux cent soixante-huit se sont engagées à accueillir un, voire deux enfants. Elles ont signé la charte et ont rencontré des psychologues et des travailleurs sociaux amis qui se sont portés garants de leur moralité et de leur capacité à s'occuper d'un enfant. Elles ont aussi accepté le fait qu'elles n'auront peut-être pas à la fin de la mission l'enfant qu'elles souhaitaient accueillir. Je vous le rappelle : notre but est de ramener autour de deux cents enfants en France. Dans un premier temps. Si tout se passe bien, nous renouvellerons l'opération.

Puis Marie-Dominique Becquerelle sortit les dossiers et appela les "accueillants". Pour ceux qui ne l'avaient pas encore fait, c'était le moment de s'engager, le moment d'entrer dans le club des familles prêtes à délivrer un enfant de la misère et du désespoir.

Deux couples et une femme seule se levèrent. Ils s'approchèrent de la table où les documents et un stylo les attendaient.

— Dans trois semaines, à cette heure, fit Stéphane de Villedieu, vous aurez dans vos foyers un hôte de marque, un petit enfant à qui il vous appartiendra de donner du bonheur et un avenir...

La réunion se terminait.

Ciel indigo et mer calme, douceur des alizés et murmure des palmes. Do l'enfant dormira bientôt. Il était un petit berceau, qui tout bientôt, tôt, rejoindrait une maman aimante... De sa voix légère, sur un rythme tendre et chaloupé, Marie-Do chanta une berceuse louant le Christ et son amour. L'amour qui emplissait le cœur des participants. Une réunion formidable. Tout le monde se sépara confiant, content.

7

La stèle racontait une tragédie familiale en quelques dates à demi effacées. D'abord, il y avait eu Pauline. Elle était morte le 15 avril 1863, elle avait vingt-six ans. Puis, le 18 avril, Léonie avait trépassé, elle n'avait que trois jours. On pouvait penser à un accouchement difficile qui avait tué la mère avant de tuer l'enfant. Mais Lucien était mort à son tour, le 17 juin 1864, il avait cinq ans. Et puis encore, à l'automne de cette même année, Anne, âgée de trois ans. Enfin Jacques avait rejoint son épouse et ses enfants. Il avait trente-deux ans. Impressionné par cette hécatombe familiale, Zamanski poursuivit sa visite sans déranger les chats, gardiens sourcilleux des défunts et de leurs pensées.

En plein centre-ville, dans une rue paisible, une grille entre deux immeubles ouvrait sur un petit cimetière dont les sépultures les plus anciennes remontaient au XVIIIe siècle : le cimetière protestant. Il fallait savoir qu'il était là pour le trouver. Blainville est une vieille terre parpaillote, Zamanski ne l'ignorait pas. A son arrivée, il avait logé dans un hôtel du front de mer tenu par une protestante, Anne Rédalier, avec qui il avait sympathisé*. Elle lui avait raconté l'histoire de ce gros bourg et de son château plusieurs fois détruits pendant la guerre de Cent Ans puis durant celles de Religion. A la fin du XIXe, le village de pêcheurs s'était transformé en station balnéaire à la mode. Anne Rédalier avait décrit les fastes passés avant la destruction de la ville, une nuit de janvier 1945. Elle l'avait fait sans aucune nostalgie. Contrairement à la majorité des Blainvillois, elle ne regrettait pas un monde qu'elle n'avait pas connu et qui de toute façon n'aurait pas été le sien.

* Voir *Terminus Plage*, Babel noir, 2005.

Mais dans ce cimetière, le souvenir des défunts était maintenu sans ostentation, les noms gravés résistaient à l'érosion et les tombeaux bravaient les tempêtes.

Zamanski avait lu l'annonce nécrologique dans le *Loire-Océan* de la veille. Claude Parvillier (1946-2007) serait inhumé dans le caveau de famille au cimetière protestant de Blainville.

Suicide. C'est ce qu'avait conclu l'autopsie. Absorption létale de somnifères. La procureur de Saintes avait classé l'affaire sans suite. Ribière avait eu l'amabilité d'en informer Zamanski. Ce dernier, grand seigneur, avait reconnu qu'il s'était planté. Mieux vaut pécher par excès de suspicion que par négligence, avait répondu Ribière. Le commissaire Mouson n'avait fait aucune remarque et la hiérarchie n'avait pas bronché.

Il était en avance. Le cimetière était au flanc de la colline où s'élèvent l'église et le temple. La "colline de la Foi", c'est ainsi que l'avaient désignée les reconstructeurs cités dans les dépliants touristiques. Entre l'église très verticale, "un élan vers le ciel", et le temple protestant très horizontal, "l'égalité des hommes face à Dieu", se trouve le commissariat de police, "Fais ta prière avant d'entrer". Un ajout du flic, pas de l'office de tourisme. Zamanski se posa sur un banc à l'ombre d'un acacia aux feuilles jaunissantes. Il faisait très doux, les insectes et lézards faisaient une dernière sortie.

Il ne regrettait pas d'être venu. C'était un lieu reposant et ordonné. En deux dates, les tombes disaient l'essentiel d'une vie : la naissance et la mort avec, parfois, une indication biographique : "Veuve d'Untel", "Mort au champ d'honneur", "Lieutenant à bord du cuirassé *Courbet*", "Disparu en mer", "Tué à Verdun", "Mort en déportation"... Pour le reste : prières et méditations, et les taches de lichen sur la pierre.

En contrebas, il y eut enfin un peu d'agitation, bien peu en réalité. D'abord un pick-up avec des outils de terrassement et trois bonshommes, puis un minibus avec des employés sombrement endimanchés, enfin un corbillard sans fleurs suivi par trois endeuillés en tout et pour tout. On était bien loin de funérailles nationales. Difficile d'imaginer plus de simplicité.

Zamanski se leva à regret de son banc. Il y aurait bien fini son après-midi sinon ses jours. Il s'approcha du maigre cortège.

Donc seulement trois personnes avaient jugé nécessaire de rendre un dernier hommage à l'économiste. Zamanski reconnut Irène Demeure, la femme qui entretenait la villa familiale. Ils se saluèrent d'un discret signe de tête. Il y avait un homme en costume sombre, un livre à la main : le pasteur et puis un autre homme, âgé, le crâne chauve constellé de tavelures, et qui semblait le plus affecté de tous. Le fils de la femme de ménage, élève occasionnel de Parvillier, n'était pas parmi eux, non plus qu'Amidou Diop. Au moment qu'il se faisait cette réflexion, Richard Zamanski comprit que c'était pour ce dernier qu'il était venu, bien plus que pour son ancien prof.

La cérémonie fut brève. Le pasteur évoqua Claude Parvillier. Il parla de sa carrière en Afrique, rappela combien, là-bas, il était aimé de tous. Il évoqua aussi ses parents, des fidèles appréciés de la communauté. Des réflexions très générales qui prouvaient qu'il connaissait peu le défunt. Sans doute le regrettait-il. Il demanda si quelqu'un voulait dire une parole d'adieu. Ni la femme de ménage ni le vieux ne répondirent à son invite. Alors il lut un psaume : "De ses ailes il te fait un abri, et sous ses plumes tu te réfugies", puis il fit silence. L'ordonnateur des pompes funèbres fit un signe de tête et les fossoyeurs soulevèrent la dalle de granit qui avait été préalablement descellée. Ils firent descendre le cercueil avec ce qu'il faut de solennité. Ainsi Claude retrouva-t-il Edmond (1920-1998) et Clémence née Dellerue (1926-2004), ses parents.

Les ouvriers lovèrent leurs cordes puis roulèrent la dalle avec difficulté et les vivants reprirent le chemin de leurs occupations.

Zamanski se rapprocha du vieil homme. Il allait l'aborder lorsque celui-ci se retourna, le dévisageant en plissant les yeux.

— Monsieur, je ne crois pas vous connaître, vous êtes de la famille Parvillier ? Un ami de Claude, peut-être ?

Il parlait mezza-voce mais avec assurance.

— Je suis l'officier de police qui est intervenu sur les lieux.

Le vieil homme était intrigué.

— Vous êtes là pour enquêter ?

Zamanski le rassura.

— Non, je suis venu à titre privé. Il se trouve que j'ai connu Claude Parvillier lorsqu'il était jeune professeur.

L'homme eut un sourire.

— Vous étiez un de ses élèves ?

— Oui.

Le vieux parut content.

— La vie n'est pas avare de ce genre de coïncidences. Claude n'a pas enseigné très longtemps, deux ou trois ans tout au plus, avant de partir en Afrique faire son service militaire dans la coopération.

— Vous le connaissiez bien ? demanda Zamanski.

— Oh ! Je connaissais surtout Edmond, son père. C'était un grand ami. Nous étions ensemble à l'Ecole de l'outre-mer et puis nous avons été collègues dans l'administration coloniale. Nous étions très proches. Bien sûr, j'ai connu ses enfants. Claude et Claire. Claude a contracté le virus lui aussi, le virus de l'Afrique, une drôle de maladie qui marque une existence, vous impose un destin. Claude a été votre professeur, vous me l'avez dit. Vous n'avez pas connu Edmond, son père ?

Dans ses cours, Claude Parvillier n'avait jamais évoqué son père. Pourtant les discussions politiques autour du néocolonialisme n'avaient pas manqué. Un silence à mettre au compte d'une relation père-fils difficile. Peut-être.

— C'est dommage, poursuivait le vieux. Un grand bonhomme, mon ami Edmond ! Une de ces grandes figures discrètes qui ont fait l'histoire du XXe siècle. Un homme d'arbres à palabres et de cabinets ministériels. De ces hommes inconnus du public mais qui agissent et font beaucoup. D'une certaine façon, la décolonisation de l'Afrique, c'est lui.

Il s'arrêta soudain, de parler et de marcher. Zamanski pila net. L'autre regardait le sol, l'air songeur. Il regarda aussi, mais ne vit rien. Un temps passa, puis soudain :

— Si vous avez du temps à perdre, nous pourrions prendre un café et je vous en dirai un peu plus. Mais je ne me suis pas présenté. Cazenave, Jean-Claude Cazenave. J'habite Paris et je repars ce soir.

Echange de poignées de main. Le vieux avait l'air tout ragaillardi, joyeux presque. L'idée d'une bonne conversation sur le passé, pensa Zamanski. Un monologue plus qu'une conversation mais qu'importe !

Sortant du cimetière, ils prirent la rue Pierre-Loti en direction du marché et de ses brasseries. Le vieux marchait d'un bon pas. Un octogénaire solide sur ses jambes et dans sa tête. Zamanski suivait.

En ce milieu d'après-midi, le marché était fermé. La place finissait de sécher après le passage des employés de la voirie.

A l'angle du boulevard Gambetta, la brasserie des turfistes sommeillait, elle aussi. Quelques accros suivaient sur les écrans les résultats de la Française des jeux et ceux du PMU dans une attente même pas fiévreuse alimentée de ce qu'il faut de déception pour entretenir l'espoir.

Une affiche du *Nouvel Obs* scotchée sur la vitrine du marchand de journaux se demandait "Comment être encore de gauche avec BHL". La réponse n'était pas évidente.

Les deux hommes s'assirent en fond de salle, Cazenave aussitôt se lança :

— Bien, bien. Je vous l'ai dit, Edmond Parvillier et moi, nous nous sommes connus à l'Ecole nationale de la France d'outre-mer, c'était en 1938. Gamin, j'avais visité l'Exposition coloniale. Grande démonstration à la gloire de l'empire. C'était en 1931, et Lyautey en était le commissaire. C'est là que j'ai eu envie de faire l'école, je sais que, pour Edmond, ç'a été la même chose.

Jean-Claude Cazenave interrompit son récit par une gorgée prudente de thé, une pause qui servit à amorcer la pompe à souvenirs. Il était content, le vieux colonial. Retraité du quatrième âge, il ne devait pas avoir beaucoup d'occasions de projeter le film de ses souvenirs, un film en noir et blanc semblable aux actualités Pathé avec la voix du speaker bien articulée, mais nasillarde, une voix d'avant le dolby stéréo : "Dans l'empire colonial, le progrès avance à grands pas. Là où, il y a encore peu de temps, régnaient les vieilles croyances et la maladie, de courageux administrateurs créent des écoles et des dispensaires pour le bien-être des populations locales..." Plus beaucoup de témoins de cette époque. Les metteurs en scène, les accessoiristes, les acteurs étaient morts depuis longtemps. Lui seul survivait, c'en était une malédiction. Il en était à enterrer les enfants de ses amis !

Zamanski l'avait suivi sans barguigner. Non pas qu'il n'eût rien à faire. Une bande organisée se servant dans les entrepôts de la région causait des soucis à Mouson. Une bande très organisée, tellement organisée qu'elle donnait à penser. On parlait de fuites, de flics achetés. Désagréable.

Et puis l'agité devenu président mettait une grosse pression sur tous les services. L'ambiance était exécrable : pluie de circulaires, regain d'autoritarisme et la cellule de communication au cul pour un oui ou pour un non. Chaque crime était suivi d'une con de presse et de l'annonce d'un projet de loi préventive.

Zamanski, pendant une heure ou deux, échappait à la démagogie ambiante en suivant Cazenave dans sa remontée du temps. Il le retrouva jeune homme frais émoulu de la prestigieuse Ecole de la France d'outre-mer qui formait les administrateurs coloniaux. Avec lui il prit le train gare d'Austerlitz en direction de Bordeaux. Il s'embarqua sur un paquebot des Chargeurs Réunis à moins que ce ne fût un cargo mixte de la compagnie Fraissinet. Ils naviguèrent donc sur le *Brazza* ou le *Foucauld*, peu importe. Ils auraient pu prendre un DC-7 de l'Union aéromaritime de transport. Non. Ils choisirent le bateau parti du Havre avec une escale à Bordeaux avant Dakar, Abidjan, Pointe-Noire, Landana…

L'Oubangui charriait le bois flotté du temps passé. Le Maroc doublé, le jeune diplômé faisait connaissance avec celle qui allait partager ses jours et ses nuits : la chaleur, cette compagne omniprésente et tyrannique, insupportable jusqu'à l'affolement. La traversée devenait une sorte de voyage initiatique. La lente navigation du paquebot lui laissait le temps de mesurer ses forces et d'éprouver son caractère. Il apprenait à pactiser avec cette oppression moite pour ne pas lui succomber.

— A partir du début des années cinquante, on a eu dans les postes des climatiseurs. Des machines américaines qu'on faisait tourner sur les groupes électrogènes. Vous savez, ça a complètement changé la vie des coloniaux. Avec le climatiseur il était possible de dormir. Avant, vous savez, hein, des nuits où le thermomètre ne descend pas en dessous de 35°, pas d'air, irrespirable, une fournaise ininterrompue, de quoi vous rendre fou et méchant.

Et puis l'on arrivait enfin au poste, le chef-lieu du cercle, ce territoire dont on allait être l'administrateur pour deux ans. Il y avait eu le premier matin, ô le premier matin en brousse, ce premier matin du premier jour, attendu et appréhendé pendant les longs mois d'étude à l'école du boulevard de l'Observatoire.

Le jeune Cazenave comme le jeune Parvillier l'avaient vécu, ce premier matin. Alors que le soleil émergeait de la terre rouge et jaune, éclairant les concessions du village indigène, ils s'étaient réveillés, hébétés d'inquiétude. Ils réalisaient pleinement qu'ils étaient commandants de cercle, c'est-à-dire les administrateurs de milliers d'hommes éparpillés sur un territoire grand comme deux ou trois départements.

— … Nous restions deux ans en poste, le temps d'apprendre à connaître le pays, les hommes, leurs coutumes, leur langue. Et puis lorsqu'on commençait à comprendre comment ça marchait tout ça, au moment où l'on devenait efficace, paf, on rentrait en métropole pour un congé de six mois et puis, au retour, on était nommé à un autre poste et tout était à refaire. Une absurdité, un gâchis !

— Et à la décolonisation ?

— La décolonisation ? Cela a pris plusieurs années. En réalité, dès la moitié des années cinquante, en particulier grâce à Gaston Defferre, nous procédions à une africanisation des administrations locales, nous formions des fonctionnaires africains susceptibles de nous seconder, pas de nous remplacer parce que, très longtemps, nous avons pensé qu'il n'y aurait pas d'indépendance, vous comprenez ?

Zamanski comprenait. Mais l'autre n'avait pas besoin de son approbation pour continuer.

— Je dois dire que Parvillier était plus clairvoyant que la plupart d'entre nous. Lui avait saisi que l'indépendance était inéluctable. L'histoire lui a donné raison.

Soupir. "Bien, bien", et c'était reparti.

— En Afrique ça s'est passé plutôt en douceur, rien à voir avec l'Indochine et l'Algérie, hein ! Lorsque le corps des administrateurs d'outre-mer a été aboli, nous avons eu le choix entre plusieurs possibilités. Nous pouvions rejoindre l'administration métropolitaine ou intégrer le conseil aux affaires administratives, un corps spécialement créé pour nous recycler ou bien le corps des affaires d'outre-mer. Et puis il y a eu la Coopération, parfois simple secrétariat d'Etat, parfois ministère, ça a dépendu des gouvernements. Bien sûr, bon nombre d'anciens élèves de l'Ecole de l'outre-mer se sont retrouvés dans ce ministère. Il y a eu aussi des organismes plus discrets, la cellule africaine de l'Elysée par exemple. Tout le monde connaît le nom de Foccart, vous connaissez ?

Hochement de tête de Zamanski. On pouvait continuer.

— Enfin, d'anciens administrateurs se sont mis au service des gouvernements locaux. Ils œuvraient à titre de conseillers mais évidemment ils ménageaient surtout les intérêts de la mère patrie. Au tout début des indépendances, au Sénégal, au Tchad, en Côte-d'Ivoire, il y a eu des Français ministres des Finances, de l'Education, de l'Information. Ils étaient payés par la France. Et d'ailleurs, les présidents qu'ils servaient étaient eux-mêmes d'anciens ministres de la République française. C'était bien pratique pour tout le monde. Edmond Parvillier, lui, a rejoint la bande à Foccart. Il était un collaborateur très proche et très écouté.

— Et Claude ? interrompit Zamanski, qui commençait à craindre l'ouverture du chapitre vingt du tome trois de l'histoire coloniale complète de la France.

— Claude ?

Le vieil homme sembla perdu un instant, mais retrouva vite son aplomb.

— Le petit Claude, oui. Bien évidemment, il n'était pas de la même génération. Il a rejoint l'Afrique en tant que coopérant. Je vous l'ai dit, il est devenu chercheur, d'abord en Côte-d'Ivoire puis au Mali. Il a commencé par faire de la carte. A cette époque-là, je vous parle de la fin des années soixante-dix, il n'y avait pas encore de satellites ni d'ordinateurs, hein ! Il fallait encore aller sur le terrain, faire des relevés. Il y avait la photographie aérienne, avec les avions de l'IGN, l'Institut géographique National, un fameux institut…

— Et alors, Claude ? interrompit Zamanski.

— Oui, eh bien, figurez-vous, au Mali, il s'est livré à des travaux plus sociologiques. Entre autres, il s'est intéressé aux questions d'éducation, il a travaillé sur la délinquance juvénile, les enfants des rues. Enfin, c'est ce qu'il a dit. Etonnant, non ?

Le vieux avait maintenant le regard flou, il tapotait du doigt sur la table. “Bien, bien”, répétait-il. Zamanski comprit qu'il était fatigué. Il avait parlé sans discontinuer plus d'une heure, il était temps de prendre congé. Zamanski voulut payer, l'autre s'y refusa absolument, sans doute voyait-il son compagnon comme un petit jeune, comme le fils de son ami Edmond peut-être, des années auparavant.

Le flic se demanda si cela lui était agréable, ou le contraire. Il y avait si longtemps qu'on ne l'avait traité comme un petit-fils. En fin de compte, jamais peut-être.

— Si vous passez à Paris, venez me voir, dit le vieil homme. Ça me fera plaisir.

C'était sincère.

8

Le pavillon se trouvait dans un faubourg miteux de Bordeaux. C'était une maison d'allure médiocre d'un étage construit sur un sous-sol, au milieu d'un verger à l'abandon. Elle appartenait à une connaissance de Patrick Martin et hébergeait ponctuellement quelques activités illicites. Son propriétaire avait assuré qu'elle n'était l'objet d'aucune surveillance. Ce dernier point était évidemment important. Emmanuel Kouassy avait pris la peine de le vérifier plusieurs jours plus tôt en inspectant longuement le voisinage. Il n'avait rien remarqué qui aurait pu évoquer une surveillance policière.

Martin et lui avaient besoin d'un lieu protégé des regards et des oreilles. Ils n'y demeureraient pas très longtemps, deux jours tout au plus, le temps de faire ce qu'ils avaient à y faire.

En face du pavillon s'étendait un terrain qui avait servi de dépôt à une entreprise de travaux publics. Une bétonneuse et un camion éventré y rouillaient, protégés par une clôture tout aussi ruinée que l'entreprise qui les avait possédés.

Mitoyennes au pavillon, il y avait des bicoques habitées pour la plupart par des personnes âgées. Ce qui avait décidé Kouassy et Martin : on pouvait entrer une voiture dans le jardin et la maison était dissimulée de la rue par des arbres fruitiers malades, vieux et improductifs qui méritaient d'être abattus.

Il était 2 heures du matin passées. Kouassy roulant à vitesse modérée dépassa le pavillon et alla garer la 407 quelques dizaines de mètres plus loin. Il la quitta et revint vers le pavillon à pied. Il faisait humide, froid déjà. La rue était éclairée à cette heure très tardive par seulement un lampadaire sur deux. L'Ivoirien pensa qu'il n'aimerait pas mourir ici. Cette pensée l'invita à une compassion certaine pour la cible.

La cible, Martin et son associé, un Marocain qui se faisait appeler Kader, l'avaient logée deux jours plus tôt aux alentours de la cité universitaire. Le matin même, ils étaient passés à l'action, l'avaient approchée, maîtrisée puis emmenée dans ce pavillon où elle était en cours de conditionnement. Emmanuel Kouassy, informé par Patrick Martin, avait quitté Paris en début d'après-midi et parcouru cinq cents kilomètres pour venir rejoindre l'équipe légère.

Martin avait demandé à Kouassy s'il préférait que l'équipe en question l'attende pour interroger la cible. Kouassy avait répondu que ce n'était pas nécessaire. Il lui faisait entière confiance pour mener l'interrogatoire. Il connaissait les enjeux poursuivis et l'objet de la recherche. Au reste, Emmanuel Kouassy n'aimait pas une certaine forme de violence. Trop salissant. Si Patrick Martin pouvait faire le travail, le sale travail, en dehors de sa présence, c'était aussi bien.

Kouassy appela Martin sur son portable pour lui dire qu'il était arrivé. Martin vint au-devant de lui, il lui tendit des gants en latex, des chaussons et une coiffe semblables à ceux que l'on utilise en milieu stérile.

— Pour les traces d'ADN. Autant éviter d'en laisser. On ne sait jamais…

C'est à ce genre de détail que l'on mesure le niveau de professionnalisme d'un partenaire. Kouassy répugnait à l'accoutrement, mais apprécia.

Il suivit le Français à l'intérieur du pavillon et entra dans une salle à manger à l'ameublement cafardeux de médiocrité. Les deux hommes avaient pris soin de recouvrir une partie de la pièce et les meubles avec un film en plastique acheté en rouleau dans un magasin de bricolage. Il y avait deux chaises, une table avec des restes de sandwichs, des canettes de bière et de soda vides. Les volets étaient clos et la lumière de la lampe était atténuée de façon à ce qu'on ne perçoive pas sa lueur de l'extérieur. Bref, c'était parfaitement sinistre.

Le nommé Kader était assis. Vingt-cinq ans au maximum, taille moyenne, vêtu d'un jean et d'un pull à col roulé, le visage méfiant. Il ne jugea pas nécessaire de se lever, Kouassy ne prit pas la peine de le saluer. Ils ne se connaissaient pas mais, entre eux, il y avait un long passé de mépris et de haine hérité du temps où les Arabes faisaient le commerce de l'"ébène". Mais Patrick Martin s'était porté garant du Marocain qu'il appelait son binôme et c'est lui qui assurait la liaison entre Kouassy et l'équipe.

L'Ivoirien se posa sur une chaise en allongeant les jambes. Il bâilla.

— Comment ça va ? demanda Martin. T'as l'air crevé.

Emmanuel Kouassy passa sa main sur le visage.

— Je suis un peu fatigué par la route, mais, à part cela, je vais bien. Est-ce que notre ami vous a dit ce que nous voulions savoir ?

— Non, pas vraiment, Emmanuel.

Kouassy soupira.

— C'est un obstiné ?

Patrick eut un sourire, un triste sourire.

— Disons plutôt que c'est un ignorant. Il n'a pas parlé parce qu'il n'avait rien à dire. Il ne savait pas où est l'ordinateur du Français. En tout cas, ce n'est pas lui qui l'a pris.

— Tu en es sûr ?

— Autant qu'on peut l'être dans ce type de situation.

Sur son siège, Kader semblait ailleurs. Martin l'avait engagé pour effectuer une tâche, il l'avait en partie accomplie. Le reste, en dehors de son salaire, ne le concernait pas.

— Est-ce qu'il a dit sur quoi travaillait Parvillier ?

— Oui. Parvillier le payait pour l'aider à classer des documents qui appartenaient à Parvillier père. Des manuscrits, de la correspondance, des verbatims qui remontent au temps de la décolonisation. Enfin, quand Parvillier ne le baisait pas.

Kouassy sourcilla.

— C'est-à-dire ?

— Parvillier était une tarlouse.

Kouassy haussa les épaules.

— Que veux-tu, Patrick, tous les goûts sont dans la nature.

— Tu veux voir le mec ? Il est au sous-sol.

Emmanuel Kouassy n'en avait pas envie. Mais il ne pouvait pas ne pas le voir. Il ne fallait pas que Patrick Martin se sente seul dans l'accomplissement du sale travail. Il lui devait cette complicité.

Il suivit donc l'ancien militaire.

Dans le sous-sol, recouvert partiellement du même film en polyane, ça sentait, comme toujours dans ce cas, une odeur âcre et infecte d'urine, d'excréments, de sueur et de sang.

Un jeune Africain était torse nu, pendu par les mains à une solive. Il n'était pas encore mort, mais il n'était déjà plus des vivants.

— C'est une boucherie, grimaça Kouassy.

— Emmanuel, tu voulais qu'on l'interroge à fond.

— Je sais, mon ami, je sais. Vous n'avez fait qu'exécuter mes ordres… Mais en vain, tu l'as dit toi-même. Il ne savait rien.

Léger reproche dans la voix du commanditaire.

L'autre s'empressa :

— Il nous a tout de même dit quelque chose qui peut être intéressant. Avant de mourir, Parvillier a rencontré un ancien pote à lui et qui est flic à Blainville. Ils se sont connus dans leur jeunesse. Parvillier semblait très heureux de ces retrouvailles. C'est ce qu'il lui a dit.

Il désignait le jeune supplicié.

— Ce policier, tu as son nom ?

— Zamanski, Richard Zamanski.

9

Le dispositif s'était mis en place un peu avant la fermeture des bureaux et ateliers de la zone d'activité. Trois voitures dans un premier périmètre et puis, dans les parages, deux patrouilles de la BAC en renfort, en cas de besoin. Mais ces dernières seraient opérationnelles seulement à partir de 21 heures. Peu probable que ça se passe avant. Aspéréghi et Diaby se trouvaient dans la Peugeot banalisée stationnée sur le parking d'un carrossier, parmi d'autres véhicules en attente de réparations. Da Silva et Laurent Hamel étaient dans une camionnette, devant les bureaux d'un entrepreneur de BTP. Zamanski se trouvait dans sa Mercedes en compagnie de Fuzier. Il s'était garé parmi les véhicules d'occasion du concessionnaire Peugeot. Les stationnements avaient été choisis avec soin. Après 20 heures, la zone d'activité est un lieu mort et la plupart des parkings sont vides. Une bagnole qui stationne avec deux passagers attire l'attention. Ne parlons pas de trois voitures au voisinage d'un bâtiment stockant de l'électroménager haut de gamme. L'entrepôt appartenait à la société Mainguenaud qui commercialisait des produits de marques qu'on ne trouve pas en grande surface : home cinémas sophistiqués, installations pour audiophiles friqués, frigidaires, tables de cuisson, lave-linge et lave-vaisselle très designés et pas encore fabriqués en Chine.

Aspéréghi avait eu l'info. La bande des entrepôts avait l'intention de faire ses courses sans payer, les siennes et celles de quelques autres. Ils avaient à leur actif plusieurs cambriolages de zones commerciales des Charentes, mais on les disait jeunes et pleins d'ambition, dangereux. Pour le moment, ils étaient encore en apprentissage. Les dépôts de centres commerciaux, c'était pour se faire la main, se constituer un CV. Ils ne demandaient pas mieux de passer à plus lourd mais, pour ça, ils avaient besoin d'un employeur sérieux qui leur donnerait les moyens techniques et la logistique qui leur manquaient.

C'était une nuit sans lune, seulement éclairée par les lampadaires et la réverbération des lumières de la ville sous la couche nuageuse. Une nuit douce d'octobre un peu brumeuse, plus orangée que blanche, une nuit de planque urbaine...

— Alors ? Et tes problèmes d'immobilier ? Ça se règle ? demanda Laurence.

— Ouais... Enfin pas vraiment...

A Blainville, les agences immobilières ne manquent pas. Sans aucun doute plusieurs dizaines ayant vitrine sur rue, rien qu'à Blainville. Alors dans la région... Il a hésité, pesé le pour, le contre, il a poussé la porte de l'agence de Jacqueline Bissel, une femme divorcée avec qui il a eu une liaison assez brève et qui ne s'est pas très bien terminée*.

— Sans déc ? Vous vous êtes revus ?

Laurence était au courant de cette histoire et cela pour deux raisons. D'abord parce qu'ils pouvaient se dire ce genre de choses, sans donner trop de détails, mais quand même, ensuite parce que la dame en question s'était trouvée indirectement impliquée dans une enquête. Elle avait participé à quelques soirées échangistes *middle-class* avec des individus pas très recommandables. On assume sa sexualité comme on peut mais tout finit par se savoir.

Lorsqu'il est entré dans l'agence, elle lui a demandé ce qui l'amenait d'une voix aimable, très commerçante. Il cherchait un logement. Non, ce n'était pas un prétexte fabriqué un soir de manque, après consultation du répertoire des ex.

Donc, un logement. Appartement ? Une villa ? Une maison de ville ? A Blainville ? Dans la région, dans l'arrière-pays, du neuf, de l'ancien, du récent ? Il avait peut-être vu quelque chose en vitrine. Elle ne lésinait pas sur le questionnement, en faisait beaucoup, presque trop. Elle s'amusait, il s'ennuyait. Il pensait plutôt à un appartement, quelque chose en ville, deux ou trois pièces maximum... Il n'avait pas l'intention de fonder une famille nombreuse dans les jours à venir...

* Voir *Hécatombe-les-Bains*, Babel noir, 2008.

Toujours bien, l'ancienne maîtresse. De l'allure. Pas une histoire si ancienne, après tout. Quelques mois. Pas le temps de prendre des rides. Tout au plus une nouvelle coupe de cheveux, un changement de nuance dans la couleur. Ça ne lui allait pas mal. Chaussures à talons plats, pantalon noir, veste cintrée rouge vif ouverte sur un chemisier ivoire. De la classe, du charme et du Chanel derrière l'oreille peut-être même au creux des seins…

— Et alors ? C'est toujours un bon coup, la belle Jacqueline ?

— Pas autant que toi, Laurence, je suis prêt à le parier. Quand est-ce qu'on essaie ?

Elle rit :

— Ta gueule Richard !

Il y a eu plusieurs visites d'appartements. Très vite Jacqueline et lui ont délaissé le voussoiement, tout aussi vite, elle l'a convaincu d'acheter plutôt que louer. L'immobilier est à la baisse et les taux d'intérêts sont encore bas. Autant en profiter. D'autant que c'est un placement sûr, la pierre. Les Français aiment la pierre, celle des pavillons et des caveaux !

Ils ont visité des appartements sympas, des programmes immobiliers prometteurs, des pavillons à rafraîchir, des maisons bien situées, à quelques minutes de la plage, de tout commerce, des écoles, du cimetière. Agréable trois-pièces cuisine tout confort. Très belle maison riche en potentiel. Villa rénovée, garage, piscine, terrain arboré, résidence de standing, appartement coquet dans un immeuble très bien tenu. Du récent, de l'ancien. Mais rien qui donnait envie d'investir une bonne dizaine d'années de salaire. Nul lieu dans lequel il pouvait imaginer vivre. Elle allait finir par se lasser, il ne l'avait toujours pas invitée à dîner. Avait-il envie de passer une soirée avec elle, de finir la nuit dans ses draps ?…

— Attention, ça bouge !

C'était Aspéréghi.

Une voiture ralentit, s'arrêta le long du dépôt de Maingueнaud. Une Fiat Uno rouge immatriculée 16.

— Aperçu, répondit Zamanski.

La Fiat fut rejointe par une Clio blanche immatriculée dans le 17.

— Une Clio et une Fiat… On a connu cavalerie plus puissante, bougonna Fuzier.

La conductrice sortit de la Renault. D'après ce qu'ils pouvaient en voir, une femme, la trentaine un peu boulotte. Elle monta dans la Fiat, côté place du mort.

— Alors ? demanda Diaby.

— Rien.

Dans la Fiat, ça ne bougeait pas. Ou plutôt si, ça bougeait. La voiture, sur ses suspensions. Zamanski sourit. Ces deux-là avaient autre chose en tête qu'un braquage. Ça sentait le rendez-vous volé à la vie de famille… Un coup rapide, à la voyouse. Rapide mais intense !

Et puis la dame sortit de la Fiat, rejoignit sa Clio avant ses pénates. La Fiat démarra, prit la direction de Saintes, la Renault fit demi-tour vers le centre-ville.

— Nada !

— Que dalle !

— On continue, fit Zamanski d'une voix neutre.

La rosée se déposait sur les vitres, la carrosserie. A l'intérieur de la voiture il commençait à faire froid, odeur de corps qui seraient mieux allongés dans leur lit, temps qui traîne des minutes. Un 2,5 tonnes passa au ralenti, réveillant le dispositif. Il tourna à droite. Zamanski vit ses feux s'éloigner sur la route de Saintes.

Et puis ce fut une patrouille de la police municipale.

— Gaffe les Apaches ! Les cow-boys sont de sortie !

C'est da Silva qui se marrait.

— Un petit tour à la fraîche, ça fait passer la choucroute garnie.

Zamanski se dit qu'il n'avait pas prévenu les municipaux. Il avait eu tort. Au cas où ça tournerait vinaigre, la mairie ferait la gueule. Tant pis. Il rappela ses troupes à l'ordre.

— Silence !

Arriva une Nissan Primera, ils étaient deux à bord. La bagnole fit une bonne vingtaine de fois le tour du pâté d'entrepôts puis s'en retourna vers la ville.

— Un père qui apprend à conduire à son môme !

— Les pères de famille sont les grands aventuriers des temps modernes…

Et le temps passa, à rien. Lentement, très lentement… 3 h 10… Zamanski en avait marre. Rester était inutile, il le sentait. Une impression, à moins que ce ne fût la fatigue. Encore vingt minutes, interminables, et puis :

— Allez on rentre.

— Tu es sûr ? demanda Laurence Fuzier un peu surprise mais pas mécontente.

— Ouais. Le tuyau d'Aspéréghi était nase.

— Comme tu veux.

Elle sortit de la Mercedes, s'étira et fit quelques pas avant de sortir son portable. Elle obtint qui elle souhaitait parce que, lorsqu'elle remonta dans la bagnole, c'était Noël dans ses yeux !

— C'est un bon coup ?

— Meilleur que toi ! Ça, je parie sans risque !

Et elle rit, brave Laurence heureuse.

Richard lança les bourrins du six cylindres : direction l'écurie.

Le lendemain matin, à 10 h 45, Philippe Mainguenaud, commerçant à Blainville, déposait plainte. Le local commercial qui lui servait d'entrepôt 25, *bis*, rue Lavoisier, zone d'activité de Blainville II, avait été cambriolé au très petit matin. Montant estimé du préjudice, cent cinquante mille euros. Minimum !

Mouson ne dit rien, l'équipe fit la gueule, Zamanski encaissa. Et merde ! Rater un flag parce que le chef de groupe est fatigué !

Deux fois. Ça faisait deux fois en quelques jours qu'il se plantait. La première avec ce connard de Parvillier lorsqu'il avait envisagé un homicide et puis là, ce foirage intégral de l'opération Mainguenaud !

Aspéréghi lui en voulait d'avoir douté des infos de radiocousin. Diaby, magnanime, déclara que ça arrivait à tout le monde. Laurence était soucieuse. Ce qu'ils pensaient, tous, c'est qu'il était en train de perdre la main, qu'il virait mariolle, une vraie brêle !

Zamanski s'enferma dans son bureau et dans une songerie morose et désagréable. Envie d'être ailleurs sans trop savoir où, de tout plaquer. Et puis une pensée vague mais désagréable se pointait sans qu'on le lui ait demandé, prête à l'emmener là où il n'avait pas envie d'aller. 4 heures du matin, ce n'était quand même pas une heure pour cambrioler. Il monta chez le patron, au deuxième.

Le commissaire le reçut, aimable, embêté. Il n'avait pas envie de dire ce qu'il pensait, pas les moyens non plus. Zamanski l'intimidait. Il représentait ce qu'il n'avait jamais été, et n'aurait jamais pu être : un fondu de la rue et de son bitume. Tous les deux le savaient. Mouson fit signe à Zamanski de s'asseoir, il resta derrière son bureau. Les dossiers empilés et les cadres avec les photos de ses enfants et petits-enfants lui faisaient un rempart efficace contre les emmerdements. L'échec de la nuit passée en était un.

— Vous êtes fatigué, Richard.

Simple constatation avec ce qu'il faut de bienveillance.

Zamanski haussa les épaules.

— C'est peut-être une circonstance atténuante, ce n'est pas une explication.

Le commissaire sourit.

— Vous parlez de cette nuit ? Une simple erreur d'appréciation. Ça arrive à tout le monde. Aux flics comme aux autres...

Qu'est-ce qu'il foutait là, face à ce type ramolli par trente ans de police locale. Trente années de petits compromis et de grande compréhension. La fatigue, oui sans doute, l'ennui aussi. Zamanski s'ennuyait. Une envie de changer de peau comme on change de veste, en profitant des soldes. Mouson poursuivait.

— Vous avez des jours de repos à prendre. Vous devriez le faire. Changez d'air. Ça vous permettra de prendre de la distance, de voir les choses à leur plus juste mesure...

— Oui. Je suis venu pour ça.

Mouson approuva d'un signe de tête. Il sortit les formulaires de demandes de congés. Inutile de dire qu'il apposerait un avis favorable. Aspéréghi prendrait les commandes du groupe d'investigation, et pour le reste : *business as usual.* Personne n'est irremplaçable.

Richard renseigna des papelards photocopiés sans soin, de traviole avec des taches dues aux saletés sur la vitre du copieur.

Il foutait le camp, abandonnait le terrain des petites escarmouches avec les crimes et délits, une fuite pas très glorieuse.

Il signa, comme on signe une reddition. Sans conditions mais avec soulagement. Qu'on en finisse ! En congé ? Bonne idée et qu'ils aillent se faire foutre !

Sortant de chez Mouson, il fit venir Aspéréghi dans son bureau. Il lui expliqua la situation, fit un point rapide sur les dossiers en cours. L'autre eut l'amabilité de ne pas faire de commentaires. Le départ en congé de son chef de groupe ne lui semblait pas une mauvaise idée.

A la fin de la journée, Zamanski sortit du commissariat dans une espèce d'euphorie. Il était en vacances, libre de son temps, du moins pour quelques jours. Brève l'euphorie, parce que très vite il se demanda ce qu'il allait bien pouvoir faire de ses loisirs. Question futile parce que, ses loisirs, on n'allait pas tarder à les lui occuper. Mais, ça, il ne le savait pas. Pas encore.

10

Pour le moment, au volant de sa 260 SE, Richard Zamanski suivait la Mini Cooper revisitée BMW de Jacqueline Bissel sur la route de Rochefort. La dame avait une conduite détendue qui donnait le loisir de penser. Et il avait de quoi penser, Richard Zamanski.

La veille, il avait reçu un appel sur son fixe, une voix mâle et africaine parlant un français policé. Elle lui disait, la voix, qu'elle savait qu'en tant qu'officier de police judiciaire il avait fait les premières constatations lors du décès de Claude Parvillier. Elle savait aussi que l'ordinateur de M. Parvillier avait disparu. Or, cet ordinateur contenait des documents qui l'intéressaient et qu'elle voudrait bien posséder. Zamanski avait rencontré M. Parvillier quelques jours avant sa mort. M. Parvillier lui avait peut-être remis une copie de ces documents, peut-être même qu'il était en possession de l'ordinateur ?

Richard avait demandé à qui il avait affaire. L'autre avait répondu que son nom ne lui dirait rien et que de toute façon, s'il insistait, le nom qu'il lui donnerait serait faux. Il avait aussi dit une somme : cent mille euros. En échange de renseignements exploitables. Il proposait un rendez-vous pour discuter de tout cela de façon constructive et détendue.

Zamanski avait répondu qu'il n'avait pas pour habitude de répondre aux invitations anonymes. Et puis, il n'avait rien à vendre. Fin de la communication.

Qui était ce type ? Et surtout comment savait-il ce qu'il savait ?

Désagréable impression que le commissariat de Blainville avait un sérieux besoin de plombier. Des fuites, il y avait des fuites… Mais pour le moment il était en congé et il suivait la bagnole de Jacqueline Bissel, presque aussi sexy que sa propriétaire, la Mini Cooper, un petit air de suivez-moi mon cher et c'est ce qu'il faisait, il suivait la dame et ils arrivaient à proximité d'un bourg posé en bordure du marais, une nichée de maisons accrochées au pied d'une motte dominée par une imposante demeure ancienne.

"J'ai quelque chose à te montrer. C'est plutôt atypique, mais ça devrait te plaire." Ils avaient pris chacun leur voiture pour préserver leur autonomie. Je te montre ce que j'ai à te montrer et ensuite on repart chacun de son côté.

En entrant dans le bourg, Zamanski pensa au préfabriqué d'un lotissement, mais la Mini continuait vers le centre du village. Il songea alors à une maison de marin qui sait faire le gros mur face aux intempéries. Il l'imaginait au bout d'une ruelle, blottie dans l'angle de son jardinet, ses pierres tavelées par le lichen. Les deux voitures dépassèrent la halle médiévale, doublèrent l'église romane (elles le sont toutes dans la région), descendirent sur le port, une simple esplanade bordant un canal envasé. De l'autre côté, rien. Le marais avec son damier de prairies et de claires dans lesquelles s'affinent les huîtres.

La Mini prit une route qui longeait le canal, passant en revue des baraques peintes de couleurs vives, à l'origine des fonds de pots de peinture à bateau, jolis rouges, bleus guillerets, verts tendres et jaunes pétants. A l'origine, parce qu'à présent... Zamanski pressentait une opération réglementée concertée par le conseil municipal général régional dans le cadre de la sauvegarde du paysage portant sur la conservation, voire la réhabilitation des cabanes ostréicoles.

Car ici, on était dans le royaume de l'huître. Plates amarrées le long du chenal, bassins avec leurs tables sur lesquelles reposent les casiers où s'affinent les précieux mollusques. Tas de coquilles vides pilées concassées qui servent à remblayer les chemins, gargotes de dégustation, beurre demi-sel et pain bis, échalotes et blanc sec... Tout chantait les louanges de l'huître, la spéciale, la fine de claire, la verte, laiteuse ou non, grasse ou pas trop, à l'incomparable arrière-goût de noisette, paraît-il.

Zamanski connaissait l'endroit, l'un des plus fréquentés de l'arrière-pays blainvillois, surtout les jours de pluie, lorsque la flotte empêche le touriste de tuer le temps sur la plage. Jacqueline Bissel arrêta sa voiture devant une cabane retapée, peinte en jaune pâle, posée entre route et canal. Il gara sa Mercedes un peu plus loin et sortit pour rejoindre la marchande de biens.

— Voilà, c'est ici, fit-elle, visiblement très fière de son affaire. Ce n'est pas mal non ? Qu'est-ce que tu en penses ?

A dire vrai, il ne voyait pas très bien quoi penser.

Elle ouvrit la porte de la cabane et le fit entrer dans un vaste espace vide séparé par un bar qui délimitait un coin cuisine.

— Ça appartient à un couple d'avocats qui sont fous de mer. Ils ont acheté cette cabane, ils ont fait les travaux pour la rendre habitable. Et puis avant que le chantier ne soit fini, ils se sont séparés.

Histoire classique du couple victime de l'immobilier, pensa Zamanski. Au moins, de ce côté-là, il ne risquait rien.

— Quatre-vingts mètres carrés au sol et à l'étage, sur la mezzanine, il y a trente mètres carrés pour une chambre et une salle de bains. Comme tu peux le voir, la cuisine est équipée, l'électricité a été refaite, la plomberie également. Les murs ont été isolés, les fenêtres sont en triple vitrage. A l'étage, la salle de bains et les sanitaires sont installés. En fait, il n'y a plus qu'à peindre le placo et poser tes meubles.

Bah voyons. Peindre le placo, poser ses quelques meubles et regarder la mer monter. Zamanski alla à la fenêtre d'un pas rêveur. Tripe vitrage ! La "cabane" donnait sur le marais et ses canaux moirés. Un paysage indolent, une étendue vaste avec peu de choses pour distraire le regard : une clôture vermoulue au loin, quelques vaches pâturant, une bicoque ruinée, un arbre noué. Et puis le ciel immense et doux.

— Combien ? demanda Zamanski.

— Tu peux l'avoir pour trois cent mille.

— Quoi ? Trois cent mille euros pour cette bicoque !

— Elle a été complètement réhabilitée par des artisans qui ont fait ça très bien. Des ouvriers de grande qualité en qui j'ai toute confiance. Mais il n'y a pas que la cabane.

Elle ouvrit un petit placard encastré dans le muret qui séparait le futur living de la cuisine, prit un trousseau de clés.

— Suis-moi. Je vais te montrer.

Ils sortirent de la cabane, traversèrent la route, descendirent le talus qui bordait le chenal.

— Pour le prix, tu as ça aussi.

Et là, Richard éclata de rire.

— Ecoute, Jacqueline. Je t'explique. Mon propriétaire me fout à la porte de son deux-pièces. Bon, ne me sentant pas d'humeur à devenir SDF, je cherche un appart à louer. Je viens voir la professionnelle que tu es en me disant que tu devrais pouvoir faire quelque chose pour moi. D'abord tu me convaincs d'acheter plutôt que louer. Qu'à cela ne tienne, j'avais justement chez moi, dans une boîte à sucre, plusieurs centaines de milliers d'euros dont je ne sais que foutre. Va pour acheter. Là-dessus, tu me proposes d'acheter un rafiot accroché à une bicoque en chantier !

— C'est un voilier, Richard. Impeccablement entretenu. Viens, je te montre !

Ils franchirent un ponton, sautèrent sur le pont du voilier. Jacqueline Bissel ouvrit le panneau du rouf, quelques marches et Zamanski se retrouva dans le carré. Les aménagements étaient en bois blond décoré de tissu écossais beige. C'était un espace restreint, chaleureux, réconfortant. Au-dessus de la table à cartes étaient disposés des appareils électroniques. Richard n'y connaissait rien, mais il reconnut néanmoins le GPS, l'écran radar, la radio VHF.

— A l'avant, il y a deux petites cabines qui ont chacune deux couchages superposés. A l'arrière tu as deux autres cabines plus spacieuses qui ont chacune un lit à deux places. C'est un douze mètres âgé d'une petite dizaine d'années. Ça se revend très bien. Pour finir, j'ajoute que tu es à un quart d'heure du commissariat de Blainville.

Comme il ne disait rien, elle poursuivit :

— Je t'ai montré ça parce que j'ai cru comprendre que les pavillons dans les lotissements ne t'enthousiasmaient pas…

Il la regarda avec juste ce qu'il faut de défi.

— Tu peux me laisser les clés ?

Zamanski dîna dans une crêperie pizzeria aménagée dans un ancien moulin. La nourriture lui sembla correcte en même temps que le décor agréable et le propriétaire du lieu, un quadragénaire originaire de Tour, sympathique. Son repas fini, et comme il était un peu tôt pour aller se coucher, il arpenta les rues du bourg en se convainquant que c'était le nouveau décor de son quotidien.

Comme il n'y avait vraiment rien à faire sinon compter les lampadaires et qu'il commençait à faire frisquet, il regagna la cabane devant laquelle sa Merco patientait mais il n'alla pas dans ce qui pouvait devenir sa future maison. Il préféra le voilier.

Avant de partir, Jacqueline Bissel lui avait montré comment brancher le câble d'alimentation à la borne du ponton. Elle avait mis le chauffage électrique en marche. Il entra dans le carré, alluma les appliques et s'installa sur une banquette. Il défit son blouson, regarda autour de lui, façon renard qui renifle un possible terrier. Peu à peu, il se détendit. Il se sentait bien à l'intérieur de ce bateau. L'éclairage diffusait une lumière réchauffée par le bois et les tissus. C'était étonnamment protecteur. Zamanski sourit. Sans doute qu'au beau milieu d'une tempête océane il se sentirait moins protégé. Mais là, solidement, du moins il l'espérait, amarré au ponton, sur ce canal au milieu du marais, le bateau était un abri amical et accueillant. La proue était partagée en deux cabines étroites équipées chacune de couchettes superposées et d'un minuscule lavabo. C'est là qu'il avait envie de passer la nuit. Il choisit la cabine de droite, celle qui donnait sur le large, c'est-à-dire le marais. Il trouva dans le coffre, sous la bannette inférieure, un duvet.

Il le déroula sur la couchette supérieure, se déshabilla bien vite et se hissa sur son lit. Bien sûr il se cogna le crâne au plafond, rien de méchant, juste un rappel à l'ordre du voilier. Il était un intrus, il devait faire gaffe. A moins que ce ne soit une façon de l'accueillir, lui le flic urbain, une sorte d'initiation percutante, une manière un peu brusque de lui souhaiter la bienvenue, un baptême au nom de la mer. Se frottant le sommet du crâne, il se glissa dans son sac de couchage.

Zamanski repensa à ce que lui avait dit Jacqueline Bissel à propos des propriétaires. Un couple d'avocats "fous de mer". Il les imaginait radieux, sympathiques, sûrs de leur existence et de ce qui leur était dû. Ils s'étaient acheté un voilier, avaient trouvé une bicoque à retaper dans un village charmant, authentique, pas trop pollué par le tourisme de masse. Et puis monsieur avait flashé sur une jeune consœur, une stagiaire peut-être. A moins que ce ne soit madame. Toujours est-il qu'ils se séparaient et qu'ils étaient contraints de brader les biens de la communauté. Il renifla le duvet à la recherche d'un parfum passé, une fragrance féminine qui lui aurait murmuré des histoires pour s'endormir. Mais ça sentait l'humidité et aussi le mazout, comme sur tous les navires.

Juste au-dessus de son visage, à un mètre tout au plus, il y avait un hublot s'ouvrant sur le ciel. Des nuages lunaires passaient voir qui était ce mec allongé sur le dos, la tête sur les mains, essayant de lire son avenir dans le ciel étoilé.

C'était marée montante. Le bateau dansait gentiment, éprouvant sans grande conviction ses amarres. Il n'y avait pas de vent. Zamanski se sentait bien, détendu, presque heureux. Lassé du ciel et de ses constellations pâlichonnes, il se ramassa en chien de fusil et s'endormit sans même s'en rendre compte.

C'est le jour qui le réveilla. Zamanski se sentait étonnamment reposé, neuf et disponible au monde.

Il sortit de son couchage, s'habilla bien vite en pensant au café qu'il allait prendre au troquet du village. Il replia le duvet, le remit dans son coffre et sortit.

— C'est vous, le nouveau propriétaire du *P'tit Galu* ?

Une fille, non, une femme jeune, se tenait sur le ponton et le regardait, circonspecte. Un peu plus de trente ans, grande, solide dans ses baskets, son jean, sa veste de quart rouge ouverte sur un pull, un visage carré et grave sous une chevelure châtain clair bouclée.

— Oui, c'est possible…

Elle sourit.

— Félicitations. C'est un bon bateau. Pas très rapide, mais confortable et très bien entretenu.

— Vous le connaissez ?

— Ça oui ! J'ai beaucoup navigué avec François et Paola, les anciens propriétaires. Ils m'ont plusieurs fois demandé de convoyer le *P'tit Galu* en Angleterre ou sur la côte espagnole et eux me rejoignaient pour quelques jours de croisière. C'était sympa. Des gens bien les Zeyer. De bons marins, faciles à vivre à bord. Dommage, ce qui leur est arrivé.

— Et qu'est-ce qui leur est arrivé ?

— Paola est tombée amoureuse d'un de ses étudiants. Un coup de foudre dévastateur. Elle a décidé de tout larguer pour vivre avec lui. La maison, le voilier, c'étaient vraiment leur truc, leur rêve commun à François et à elle. Ni l'un ni l'autre ne veulent les garder, alors ils les ont mis en vente. Tant mieux pour vous ! Vous faites une bonne affaire.

Cette dernière phrase avec une pointe d'hostilité. Elle imaginait un opportuniste, une espèce de naufrageur profitant des couples échoués.

— Il y a juste un problème, grogna Zamanski.
— Lequel ? L'argent ?
— Pas seulement… Je n'ai jamais fait de bateau.
Elle le regarda, vraiment contrariée.
— C'est bien ce que je pensais. Vous allez le revendre et faire une belle plus-value.
Il voulut la détromper.
— Non non ! Si je l'achète, c'est pour le garder. En réalité je cherche un toit pour me loger. On m'a proposé d'acheter la cabane et le voilier qui va avec.
Qu'est-ce qui lui prenait de raconter sa vie ?
Elle réfléchissait. Une lente. Non. Une posée.
— Pourquoi pas ? Un douze mètres, c'est un peu comme un mobile home ! Mais ça serait dommage de ne pas naviguer avec… Vous savez, la voile, c'est comme tout le reste, ça s'apprend. Si vous voulez, je vous montrerai. Je vous ferai faire un baptême de l'eau. Au fait, je ne me suis pas présentée, je m'appelle Sandrine, Sandrine Lemarchand. Et vous ?
— Richard Zamanski… A l'heure qu'il est, j'ai besoin d'un café. Je vous invite ?
Elle regarda sa montre.
— Désolée mais ça va pas le faire. Je suis à la bourre. Il faut que je rejoigne l'école de voile, j'ai du taf. Une autre fois ?
Oui une autre fois. Il devait le reconnaître, il était déçu, un peu comme un ado qui vient de se faire rembarrer. Il ferma le voilier et se dirigea vers le bourg.

Il entra dans le seul troquet digne de ce nom, c'est-à-dire un lieu consacré à la consommation de boissons et aux discussions de comptoir. Au comptoir, précisément, Zamanski s'y posa. Il commanda un double crème et adopta le dernier croissant. Il prit un *Loire-Océan* défraîchi qui traînait sur le comptoir. Il le feuilleta en prenant son café. Un journal intéressant, *Loire-Océan*, vraiment. La preuve, il apprit dans la rubrique “faits divers” que, le 17 au matin, le corps d'un jeune Africain avait été trouvé mort le long d'une voie ferrée, dans la banlieue de Bordeaux. L'unité de recherche de la gendarmerie, sous les ordres du lieutenant Karvejian, avait identifié le corps. Il s'agissait d'un étudiant en histoire à Bordeaux, un Malien nommé Amidou Diop.
Zamanski sortit son portable.

11

L'unité de Karvejian était basée à la périphérie de Bordeaux, dans un bâtiment des années trente au crépi jaunâtre égayé d'un drapeau déprimé. Le lieu semblait désaffecté mais dans la cour plusieurs voitures de gendarmerie stationnaient et, en haut du perron, il y avait un interphone commandant une porte vitrée. Zamanski sonna. Il se trouva quelqu'un pour lui ouvrir et lui demander ce qu'il voulait.

Richard présenta sa brême. Il avait rendez-vous avec le lieutenant Jean-Marc Karvejian.

Deuxième étage.

Après sa volée de marches, Zamanski longea un couloir bruissant d'auditions et de rédactions de PV. Il croisa une grande fille au visage ingrat, se présenta, demanda Karvejian. Elle lui dit de patienter. Il s'assit sur un banc fixé au mur sur lequel étaient empilées des pièces sous scellés. Au milieu, une paire de menottes attendait son interpellé. Plus loin, un môme, un Black, était assis, menotté à sa chaise, sans illusion aucune. Il s'était fait serrer. Désormais, l'attente serait son lot et son temps soumis à la volonté d'autrui, les enquêteurs, les magistrats, les matons. Zamanski aussi attendait. Juste assez pour se dire que sa démarche était complètement conne. Une pensée à vous faire vous lever et rejoindre discrètement la sortie, ni vu ni connu.

— Commandant Zamanski ? Lieutenant Karvejian.

Trente-cinq ans, beau mec, chevelure brune et drue taillée réglementairement, chemisette aux plis impeccablement repassés. Sourire aimable et main tendue.

Zamanski se leva et la serra, cette main. Il suivit le gendarme dans un bureau semblable à tout bureau de flic, encombré de pièces à conviction, de dossiers, de notes de service. Deux bureaux avec leurs fauteuils, des chaises. Il y avait un second gendarme dans la pièce, un type plus petit, plus âgé aussi et qui tapait de deux doigts appliqués sur le clavier de son PC.

— Patrice, je te présente le commandant Zamanski, un collègue du commissariat de Blainville. Brigadier-chef Patrice Lecointre… Asseyez-vous, commandant.

Karvejian déplaça un dossier, façon de montrer qu'il faisait place nette pour fournir à son interlocuteur toute l'attention qu'il méritait.

— Qu'est-ce que je peux pour vous ?

— Je vous l'ai dit au téléphone. Le 13 octobre, à Blainville, nous avons été appelés pour un suicide… Un économiste en retraite qui avait fait carrière au Mali, Claude Parvillier.

— Et puis ?

Karvejian se montrait intéressé : bras croisés sur le bureau, le buste légèrement tendu vers son interlocuteur, le regard attentif, le visage souriant de bienveillance. L'attitude du flic qui vous écoute raconter qu'une soucoupe volante stationne sur votre pelouse.

A l'autre bureau, le brigadier-chef s'était arrêté de taper. Lui aussi suivait la conversation avec attention, quelquefois que son chef ait besoin de renfort pour se foutre de la gueule du flic. Zamanski poursuivait. Autant boire le vin jusqu'à la lie quitte à avaler le verre pour finir.

— … Parvillier était à la retraite. Il occupait ses loisirs en classant ses archives et celles de son père, un ancien administrateur colonial.

Karvejian montrait qu'il suivait par de discrets hochements de tête. Sympa, ce Karvejian. Un vrai gendarme au service de la République et des citoyens.

— … Et pour ce faire, il était aidé par un étudiant de Bordeaux, un certain Amidou Diop.

— Ah ! je comprends. Vous faites le rapprochement avec “notre” Amidou Diop. L'enquête concernant votre suicidé est relancée ? Vous avez une commission rogatoire ?

— Non.

Karvejian sourit. Zamanski poursuivit.

— Comme vous l'avez dit, j'ai fait le rapprochement. Un type se suicide et, quatre jours plus tard, on retrouve, disons son secrétaire particulier mais bénévole, assassiné après avoir été malmené.

— Malmené est un euphémisme. Vous pouvez dire qu'il a été torturé.

— Oui. Torturé. J'ai pensé que ces faits vous intéresseraient. Une façon de coopérer.

— C'est aimable à vous commandant, fit Karvejian. C'est vrai que la police et la gendarmerie vont être amenées à travailler de plus en plus souvent ensemble. Vous êtes au courant, n'est-ce pas ?

La flicaillerie nationale ne parlait que de ça. Nicolas le frénétique et son ineffable ministre de l'Intérieur venaient d'annoncer leur intention de regrouper la police et la gendarmerie sous une même autorité, celle du ministre de l'Intérieur. Cependant, les gendarmes resteraient des militaires. Karvejian poursuivait :

— Etes-vous sûr que notre homme est bien... le vôtre ?

— Amidou Diop, étudiant en histoire à Bordeaux.

— Vous savez, les noms, surtout chez les Africains... Quant aux études, aujourd'hui tout le monde en fait !

Il se leva pour aller ouvrir une armoire. Il en sortit un dossier qu'il feuilleta, en tira une photo 15 x 21 qu'il tendit à Zamanski. Un jeune type aux traits forts, le regard évidemment éteint.

— Je vous présente notre bonhomme. Vous le reconnaissez ? demanda le gendarme.

— Je ne l'ai jamais vu.

Zamanski allait rendre la photo.

Karvejian sourit.

— Vous pouvez la garder, en cas de besoin. En attendant, ça ne nous aide pas beaucoup.

Zamanski se trouvait de plus en plus bête. Mauvaise opinion de lui-même que partageait sans aucun doute ce grand con de gendarme. Zamanski décida de le détester, pour passer le temps, s'échapper de ce bureau où ces deux mecs n'allaient pas tarder à se foutre ouvertement de sa gueule. Mais qu'est-ce qu'il était venu faire dans cette caserne ? Une erreur à mettre sur le dos des congés, une aberration due aux loisirs. Il y en a qui partent une semaine en Turquie faire du golf ou en Egypte faire de la plongée. Lui, il visitait une caserne de gendarmerie à Bordeaux. Chacun son aliénation.

— Pour le moment, nous pensons plutôt à un règlement de comptes. Notre type traficotait. Rien de très important mais tout de même. Dans ce milieu, les rapports commerciaux sont parfois tendus. Nous avons déjà eu à enquêter sur ce genre d'affaires avec le brigadier-chef.

Celui-ci approuva :

— Des individus expéditifs. Ils ne connaissent pas l'usage des avocats.

— Vous savez où il a été tué ? demanda Zamanski.

— En tout cas, pas là où nous l'avons trouvé, répondit Karvejian. Il a été probablement jeté d'une voiture ou d'une camionnette, nu comme au jour de sa naissance. A part les coups, aucune trace laissée par son ou ses assassins. Rien d'utilisable.

— Des prudents...

— Oui. Des professionnels ou des individus relativement informés sur les techniques de la police scientifique. Les séries policières à la télé ne manquent pas... Cela pour dire qu'au point où nous en sommes, la relation entre cet homicide et le suicide de votre bonhomme ne nous semble pas évidente. Comment il s'appelait déjà, votre type ?

— Parvillier, Claude Parvillier.

Karvejian écrivit le nom sur un bloc-notes.

— On ne sait jamais...

Ils passèrent quelques minutes à évoquer la délinquance et la criminalité sur leurs terrains respectifs. Les enquêteurs de Bordeaux, qu'ils soient flics ou gendarmes, n'intervenaient pas à Blainville qui ne dépendait pas de leur juridiction. Pur échange de politesses destiné à se prouver qu'ils étaient collègues, appartenaient tous les trois à la flicaille.

Karvejian, estimant qu'il avait assez perdu de temps en amabilités, griffonna quelques mots, déchira le feuillet qu'il tendit à Zamanski.

— Voici mon téléphone, la ligne directe. Au cas où, n'est-ce pas ? S'il y a du nouveau, je vous en informerai. En attendant je vous remercie encore une fois pour votre aide.

Zamanski se leva, soulagé. Se tirer d'ici vite fait et ne plus penser à cette démarche ridicule. Il salua les deux "collègues" par un échange de chaleureuses poignées de main puis il sortit du bureau. Au bout du couloir, sur sa chaise, le môme était en passe de devenir invisible.

Zamanski récupéra sa Mercedes. Installé derrière son volant, il déplia le mot que Karvejian avait griffonné.

Il y avait un numéro de téléphone, mais pas seulement. “17 heures brasserie des Arcades, cours du Médoc.”

Zamanski s'installa en terrasse. Il faisait bon, le soleil d'octobre s'attachant à donner un peu de couleur à cette ville qui en manquait quelque peu. Les maisons de ville à deux étages, murs de pierres grises et toit d'ardoises, lui paraissaient austères, une espèce de tristesse recuite comme les histoires indémêlables des familles anciennes. A tout prendre, Zamanski préférait la modernité amnésique de Blainville. Sur cette pensée momentanément définitive, une gamine dont le très petit pull noir s'arrêtait juste au-dessus d'un nombril rebondi, décoré d'un piercing, lui demanda ce qu'il voulait avec une indifférence calculée. Eh quoi, on était à Bordeaux et qui plus est à la brasserie des Arcades. Il ne fallait pas l'oublier. Ce n'était pas n'importe où. Il commanda un whisky, double.

Karvejian arriva un peu après. Il était en civil, jean et polo rose pâle, de marque le polo, sous une veste en toile. Il se faufila entre les tables, prit une chaise et s'assit, mouvements souples, décidés. Le monde lui appartenait.

Zamanski sortit son paquet de Camel, le tendit vers son interlocuteur.

Le lieutenant ne fumait pas. Zamanski prit une clope, l'alluma. La môme nombril revint avec le whisky. Karvejian demanda un Perrier rondelle. Il faisait vraiment gaffe, le mec.

Une fois servi, Zamanski dégaina le premier pour payer la demoiselle. Karvejian ne protesta pas. La môme rendit la monnaie, murmura un merci et alla s'occuper de deux mecs beaucoup plus jeunes, bien plus funky que ces deux nases qui n'étaient même pas des habitués.

— Vous donnez souvent des rendez-vous comme ça ? demanda Richard de façon à ouvrir les dossiers et passer aux choses peut-être sérieuses.

Karvejian sourit.

— J'ai un temps voulu intégrer la DGSE. Il doit me rester quelque chose de mes espoirs contrariés, un goût pour les contacts discrets… Plus sérieusement, je voulais parler au commandant Zamanski et cela en dehors du service.

Karvejian l'observait. Zamanski savait ce qu'il voyait : veste de marque aux boutons sur le départ et aux coudes râpés, chemise propre mais col et poignets râpés d'usure. Etat de santé générale médiocre, un peu de surcharge pondérale pas encore de mauvaise graisse. Abus d'alcool sans doute, et mauvaise bouffe. Pas de couperose mais quelque chose dans le regard, de la fatigue qui ne part pas au sommeil et qui se combat à la picole. Les doigts qui tiennent la clope ne tremblaient pas.

— Alors ? fit Zamanski. Ce que vous voyez correspond à ce que vous saviez ?

Karvejian eut une moue d'approbation.

— Un grand flic qui a connu des jours meilleurs et qui se retrouve placardisé dans un commissariat de province.

— Balnéaire, la province. Je connais des placards moins aérés.

— Une sale histoire…

— Laquelle ?

— Celle de votre compagne… Suicide. Circonstances douteuses. Vous ne vous en êtes pas trop mal tiré.

Ce que disait Karvejian, n'importe qui pouvait le dire. Merci Google !

— C'est pour ça que vous m'avez proposé ce rendez-vous ?

L'autre sourit.

— Non. Bien sûr que non. Vous vous intéressez à Amidou Diop. C'est méritoire. Les flics qui s'intéressent à l'étudiant ne sont plus très nombreux, alors vous êtes le bienvenu.

Ironie désabusée. Ce n'était pas son genre, à Karvejian. Il était de ceux qui y croient. Grandeur de la mission, protection du citoyen et poursuite des criminels, tout ça dans le respect de la procédure, méchants appréhendés, déférés au parquet, mis en examen et jugés au nom du peuple français. Ce genre de flic était en voie de disparition, détruits par la LOLF et la nécessité de rentabiliser les services encore publics.

— Je n'ai jamais connu de truc comme ça Zamanski, vous pouvez me croire…

— Qu'est-ce que vous appelez "truc" ?

— L'affaire Amidou Diop. Elle commence le 17, à 5 h 16 du matin. Une patrouille de la sécurité urbaine trouve en bordure d'une voie de chemin de fer désaffectée, proche de la base sous-marine, le corps d'un jeune homme de type africain, seulement vêtu d'un slip. Mort par strangulation, avec une cordelette en acier, c'est le service médicolégal qui l'a établi. Les marques de sévices visibles sur son corps en disent long sur ce qu'ont été ses derniers moments : brûlures de cigarette, coups au visage, sur le corps. Le substitut est informé, il saisit le service de recherche de la gendarmerie.

— Pourquoi pas les flics ?

— Le parquet a le choix, flics ou gendarmes, ça dépend des circonstances, des disponibilités des services, de l'opinion qu'il a des enquêteurs. Il n'y a rien à en déduire. Les collègues de la PN étaient déjà pas mal chargés, bref ça tombe sur nous. Nous commençons l'enquête. Nous découvrons assez facilement l'identité de la victime. Amidou Diop, un Malien étudiant en histoire à Bordeaux 3. Il est en master. Il travaille sur la scolarisation en A-OF. Il est arrivé en France, il y a un peu plus de deux ans. Il bénéficie d'une bourse versée par une association caritative, la Case des enfants, une espèce d'ONG établie à Bamako. Il suit ses cours de façon régulière mais pas de façon très intensive. Autrement dit, il semble faire autre chose en dehors de ses études. On cherche quoi. On ne lui trouve pas d'emploi genre McDo ou centre de loisirs pour gamins.

— Son compte en banque ?

— Très modeste. Le compte d'un étudiant impécunieux. Deux cent quatre-vingts euros en milieu de mois. Nous avons fouillé sa piaule, dans la cité U.

— Alors ?

— Alors rien, Zamanski. Je vous l'ai dit, il recevait mensuellement une bourse, cinq cents euros, à peine de quoi survivre. Pour ce qui est de l'enquête de voisinage, à la cité U, notre type était peu connu. Il allait en cours mais ne participait pas à la vie étudiante. Un jeune solitaire. Pas de relations connues, qu'elles soient amicales ou amoureuses.

— Vous pouvez peut-être chercher du côté de Claude Parvillier.

— Oui, on pourrait mais on ne le fera pas.

Une affirmation avec une grimace amère.

— Pourquoi ?

Karvejian prit le temps de finir son Perrier.

— Parce que nous avons reçu l'ordre de passer à autre chose.

Zamanksi regarda le beau lieutenant.

— Vous voulez dire qu'on vous empêche d'enquêter ?

— Non. Pas en ces termes. Mais ma hiérarchie a estimé qu'il y avait des dossiers plus urgents. Manque d'effectifs et puis nécessité de faire du chiffre. Vous savez ce que c'est, Zamanski. La gendarmerie, c'est comme la police nationale. Nous sommes entrés dans la culture de l'évaluation. Nos chefs ont décidé qu'il n'était pas nécessaire de mettre une dizaine d'enquêteurs sur un jeune Africain qui s'est fait tabasser à mort. Une victime à mettre sur le compte des relations conflictuelles entre immigrés, embrouilles de petits dealers. Dont acte. Sauf que l'enquête n'a pas révélé que Diop entretenait des relations suivies avec la communauté africaine immigrée et son train de vie n'était pas celui d'un trafiquant même modeste. N'empêche. Les ordres sont les ordres. Le dossier Amidou Diop est donc mis en attente avant d'être oublié puis classé en vaine recherche par le proc. Ça, ce sont les faits.

Zamanksi sourit :

— Il y a autre chose ?

— Oui… mais je ne voulais pas en parler dans le cadre de mon service, pas devant un subordonné.

— D'où le rendez-vous dans cette brasserie.

— Exact.

— A quoi vous pensez ?

— Avant de vous le dire, qu'est-ce que vous savez sur votre type, à Blainville ?

— Rien de plus que ce que je vous ai déjà dit. Claude Parvillier est un chercheur qui a fait toute sa carrière en Afrique, principalement au Mali. A sa retraite, il est rentré en France, à Blainville où il disposait d'une maison familiale. C'est dans celle-ci qu'il s'est tué. C'est la femme de ménage qui l'a découvert le 13 octobre, au matin. Nous avons été appelés. J'ai d'abord envisagé un possible homicide, prévenu le parquet de Saintes, le SRPJ d'Angoulême. A tort. L'autopsie a confirmé le suicide par absorption de médocs.

— Votre hiérarchie a dû apprécier !

Zamanski haussa les épaules.

— … Au reste, nous avons appris que Parvillier occupait sa retraite à ranger les archives de son père, un ancien haut fonctionnaire. Un "Africain" lui aussi. Jeune administrateur colonial dans les années cinquante, puis, après les indépendances, il a participé à la politique de coopération. Donc Claude Parvillier classait les documents de son père en prévision d'une publication. Il se faisait aider par un étudiant, un certain Amidou Diop, peut-être celui que vous avez retrouvé mort en bordure d'une voie de chemin de fer.

— C'est à vérifier...

— Facile à faire. Vous m'avez laissé une photo de la victime. J'interrogerai la femme qui entretenait la maison de Parvillier. Si votre type est l'étudiant qui travaillait pour Parvillier, elle le reconnaîtra... A vous maintenant.

Karvejian regarda Zamanski, essayant de mesurer la confiance qu'il pouvait avoir dans ce flic déchu. Zamanski adopta l'attitude du mec qui n'en a rien à battre. Et c'était à peu près vrai. Il était en congé, il faisait bon à cette terrasse de brasserie bordelaise. Les petites étaient de sortie. Dernières jambes nues avant l'hiver, dernier soleil avant la pluie et le froid relatif de la Gironde, avant le teint Doliprane pour six longs mois minimum. Et sera-t-on encore de ce monde en mars ? Donc rien à battre. Qu'il dise ce qu'il avait à dire, le gendarme, ou sinon qu'il retourne se faire voir à sa caserne.

— Deuxième degré d'interprétation : l'histoire d'Amidou Diop est un bâton merdeux que personne ne veut tenir en main. Alors on l'enveloppe de Sopalin et on le planque bien profond sur les étagères d'une armoire qu'on boucle à double tour... Quinze ans de service Zamanski. Je n'ai encore jamais rien vécu de tel. Une telle rapidité pour enterrer le dossier. Circulez, il n'y a rien à voir. Défense de chercher, rien de bon à trouver.

— On ne sait jamais, un type va peut-être se présenter spontanément en expliquant que c'est lui qui est l'auteur des coups et blessures ayant entraîné la mort.

— Il est toujours permis de rêver.

Zamanski finit son verre. Il avait envie d'en commander un autre mais il n'avait pas envie de rester en compagnie de Karvejian. Il n'avait plus rien à lui dire, ou plutôt il n'avait pas envie d'évoquer la disparition de l'ordinateur, le coup de fil anonyme. Etre attablé avec quelqu'un à qui on n'a rien à dire le mettait mal à l'aise. Souvenirs de dîners en ville en compagnie de Véra. Dans leur couple, c'était elle l'intéressante, elle que l'on invitait, que l'on désirait avoir comme convive. Elle était belle, intelligente, talentueuse, pleine de promesses. Lui, il ne faisait que l'accompagner. Il se retrouvait généralement assis entre deux dames à qui le savoir-vivre exigeait qu'il fît la conversation. Et cette obligation le mettait au supplice. Ses voisines de table sentaient bon l'argent, une essence discrète d'assurance sociale. Lui, flic du bitume, qu'avait-il à leur dire ? Que pouvaient-elles comprendre de son quotidien. Pas question d'évoquer les rapports sociaux, on était entre gens bien élevés, n'est-ce pas ? La conversation se devait d'être légère et spirituelle, si possible. Mais comment pouvait-on vivre et travailler à l'est de la plaine Monceau ?

— Bien, Karvejian. Je vous remercie pour votre rancard et votre confiance. Il faut que je rentre. Je vais vérifier que votre Amidou Diop était bien celui qui aidait l'économiste retraité à classer ses documents de famille. J'ai votre téléphone, je vous dis ce que j'ai trouvé.

L'autre approuva. Lui non plus n'était pas mécontent que ça s'arrête là. Il n'aurait même pas à payer sa tournée.

— Comme vous voulez. De mon côté, si l'affaire Diop redevient une priorité, je vous préviens.

12

Zamanski quitta la nationale Bordeaux-Blainville pour une route qui longe l'estuaire en direction de Saint-Gilles. Les centres de vacances appartenant à des comités d'entreprise étaient fermés, pareil pour les terrains de camping. L'été fini, ces lieux avec leurs baraques à frites, locations de bicyclettes, boutiques de maillots de bain et de souvenirs avaient des allures d'usine à vacances abandonnée, même impression désolée qu'une friche industrielle post-mondialisation des échanges. Mais ici, c'était provisoire. Avec les beaux jours et un coup de peinture, de nouvelles enseignes et des affiches annonciatrices du *fun* à venir, tout revivrait.

Richard prit une allée à travers bois qui le mena à un bungalow défraîchi devant lequel était garée une R21 tout aussi défraîchie. C'est là qu'habitait le lieutenant da Silva, à l'abri de son ex qui, à ses dires, le rackettait par le biais d'une pension alimentaire exorbitante obtenue grâce à l'habileté de son avocate et la complicité de la juge des affaires familiales. Une belle brochette de salopes, toujours selon da Silva.

Olivier da Silva : pas tout à fait quarante ans, le teint mat, un mètre soixante-dix, cheveux courts, drus et bruns, la silhouette ramassée d'un poids moyen, petit taureau de Porto plus que de Toulouse, avec une sûreté de soi plutôt agaçante. Zamanski avait d'abord subi les affirmations péremptoires du bonhomme où perçaient le sexisme et la xénophobie, cette méfiance latente assez répandue dans les commissariats pour tout ce qui n'est pas mâle européen hétéro et flic ! Et puis Zamanski avait appris à travailler avec ce fils de maçon portugais comme il avait appris à travailler avec Philippe Aspéréghi, Laurent Hamel, Laurence Fuzier, les membres de la brigade d'investigation du commissariat de Blainville. Et eux aussi avaient appris à vaincre leur méfiance, oublier leurs a priori envers leur chef de groupe parachuté de Paris. Pas sûr pour autant qu'ils constituent une équipe. Bon. Ils étaient là pour gagner de quoi rembourser le pavillon, payer les traites de la bagnole et élever les mômes. Les collègues étaient réticents à prendre un verre à l'annexe de la turne. D'ailleurs, à Blainville il n'y avait pas d'annexe. Les tournées en fin de service étaient rarissimes, plus encore les restaus. Pas bons et chers, les restaus à Blainville. Et puis il y avait toujours un portail à repeindre, une pelouse à tondre, des géraniums à planter. S'il y avait dû y avoir une annexe où se retrouver après le service, il aurait fallu la chercher du côté du Bricorama ou de la Jardinerie. Pas très disponibles les collègues. Tous mariés sauf la lieutenant Fuzier. Mais elle menait la vie discrète et compliquée d'une flic lesbienne dans une toute petite ville de province. Finalement le plus disponible, c'était da Silva. Da Silva qui était sorti sur le seuil de son bungalow à l'arrivée de la 260 SE de Zamanski.

Richard gara sa voiture à côté de la Renault du lieutenant. Les deux hommes se saluèrent.

— Qu'est-ce que je peux faire pour vous ?

Zamanski n'avait pas établi le tutoiement au sein de l'équipe. Une façon de montrer qu'il était à Blainville comme un passager en transit sur une plateforme aéroportuaire régionale. Mais l'aéroport était en grève et la carrière du flic parisien semblait ne plus jamais devoir reprendre son vol. Richard avait fini par poser ses valises mais le voussoiement perdurait. Sauf avec Laurence. Ils faisaient équipe ensemble. Entre compliqués, ils se comprenaient. Et puis Fuzier était une brave fille et un bon flic. Tous les deux se tutoyaient et s'appelaient par leurs prénoms, du moins lorsqu'ils étaient seuls.

Da Silva fit entrer Zamanski.

— Je vous l'ai dit, je voudrais faire des recherches sur Internet.

Da Silva sourit :

— Vous savez, un abonnement, ça ne coûte pas très cher. Et maintenant, même à Blainville, il y a des connexions haut débit.

— Je viens à peine de défaire mes valises et il me faut déjà déménager. Alors l'achat d'un PC, la souscription d'un abonnement et le siège d'une hot-line pour parvenir à installer une connexion, n'y pensons pas.

— Une bière ?

— Une !

Zamanski prit le risque de se poser sur le canapé épuisé qui meublait avec difficulté un coin de la salle dite de séjour, une pièce meublée de bric et de broc, l'ex-Mme da Silva ayant tout emporté. Qu'est-ce que da Silva lui avait fait pour qu'elle le pillât à ce point ?

Seul luxe dans cet intérieur difficilement recomposé : un Mac. Un G5 très costaud sur lequel da Silva passait ses loisirs en allant d'un site porno à un autre site porno. Mais ça, c'étaient ses oignons.

Da Silva revint avec un pack de Leffe, deux verres.

— Alors les congés ?

— Je les passe à chercher une baraque où me poser.

— Et vous avez trouvé ?

— Peut-être. Une cabane, à Mornac.

Da Silva sourit.

— Vous voulez vous reconvertir dans l'élevage d'huîtres ?

— Mais non, da Silva. C'est une cabane transformée en résidence secondaire par des avocats parisiens tunés. Ils se sont séparés…

— Et ils bradent les biens de la communauté. Je connais. C'est un bon plan. Enfin pour vous !

— C'est pas encore fait.

Il avait toujours les clés de la cabane et du bateau. Il fallait qu'il les rende à Jacqueline Bissel. Qu'il les rende et qu'il donne sa réponse. Oui ou non. La baraque avec son rafiot. Pourquoi pas ? Il n'en était plus à une absurdité près. Et celle-ci avait de l'allure. Il lui faudrait aussi contacter le marchand de Véra Traner, se séparer de Gros Masque.

Da Silva s'installa devant son Mac. Il l'alluma, tapa son code, ouvrit un moteur de recherche.

— Qu'est-ce que je tape ?

— Parvillier.

Da Silva sourcilla.

— Parvillier ? C'est le…

— Oui, le retraité qui s'est suicidé au début du mois.

Da Silva s'abstint de faire la moindre remarque.

Google trouva aux environs de 163 450 occurrences en 0,45 seconde. Vite fait bien fait mais, 163 450 articles, c'était beaucoup.

Zamanski s'installa à côté de da Silva. Ensemble, ils parcoururent les premières pages. La plupart des liens avaient trait à Edmond Parvillier, le père de Claude.

— Vous permettez ?

Zamanski s'installa derrière le clavier, il cliqua sur le premier lien que lui proposait Google. Il s'agissait d'un article de Wikipédia, l'encyclopédie électronique. Zamanski le parcourut puis il retourna à la page de Google, ouvrit un article sur une bibliographie, puis lut une annonce concernant un office religieux donné en mémoire de l'administrateur, des articles de journaux archivés en ligne, des comptes rendus d'ouvrages historiques, politiques. Richard se retrouvait au centre d'une nuée virtuelle de noms : de Gaulle, Pompidou, Mitterrand, mais aussi Houphouët-Boigny, Senghor, Mobutu, Bongo ; des sigles SDECE, DGSE, SAC ; des noms d'entreprises, Elf, Alsthom, Framatome, des partis, UNR, UDR, RPR, PS… Tout ce qui compose ce qu'on appelle la Françafrique, cette politique des intérêts bien compris cimentée par la corruption et les coups d'Etat.

— Pas mal ! fit da Silva. Mais ce n'est pas notre mec ?

— Non. C'était son père.

Vingt, trente ans plus tôt, Edmond Parvillier avait pesé lourd. Il devait être informé de dossiers brûlants. Il y avait sans doute beaucoup à dire sur lui, à dire et à écrire.

Zamanski tapa Claude Parvillier.

Pour le fils Parvillier, Google ne proposa que 46 327 occurrences en 0,46 seconde.

Claude Parvillier n'avait pas le même environnement que celui de son père. Les serveurs de la Toile le connaissaient en tant qu'universitaire ayant publié des livres et de nombreux articles, dirigé des thèses et participé à plusieurs jurys de doctorat.

Claude Parvillier avait d'abord été détaché auprès du ministère de l'Economie de la Côte-d'Ivoire. Puis en 1992, à la chute de Moussa Traoré et de son régime communiste, il était allé travailler au Mali. Là, il s'était intéressé à l'agriculture, avait étudié les moyens de la moderniser pour que celle-ci entre dans les échanges mondialisés. Il avait aussi travaillé sur les moyens de transport. Enfin, face à l'explosion des villes provoquée par la ruine du monde rural à laquelle il avait contribué par ses études expertes, Parvillier s'était intéressé au développement urbain. L'économiste s'était fait sociologue.

En tant que tel, il avait étudié l'histoire de la scolarisation au Mali mais aussi les enfants des rues et la délinquance juvénile. Il avait participé à de nombreuses tables rondes et colloques organisés par des institutions internationales ou par des associations venant en aide à l'enfance du tiers ou du quart-monde.

— Vous trouvez ce que vous cherchiez ? demanda da Silva.

— Ouais, à peu près… répondit Zamanski avec une moue dubitative.

— Et je peux vous demander ce que vous cherchez ? Il y a des trucs pas clairs avec le delta-charlie-delta du Parc ?

— Pour l'aider dans ses travaux, le fils Parvillier employait un jeune Malien étudiant à Bordeaux, un nommé Amidou Diop. Il a été retrouvé en bordure d'une voie de chemin de fer désaffectée dans la banlieue bordelaise. Nu comme un ver et tout à fait mort… Da Silva, j'aurais besoin de l'adresse de sa femme de ménage. Elle s'appelle Irène Demeure.

— Ça doit pouvoir se trouver.

13

C'était à la sortie de Blainville, sur la route de l'hôpital. Ici comme ailleurs, la ville s'était étendue avec de multiples lotissements destinés à des vacanciers pas très fortunés et de futurs retraités plutôt modestes. Ici comme ailleurs, la plupart des maisons étaient fermées. Difficile de ne pas penser que tout cela constituait un formidable gâchis immobilier bouffeur de terres cultivables, destructeur de paysage.

La femme de ménage de Parvillier habitait dans un pavillon posé sur un carré de pelouse agrémenté d'un cerisier frileux. Il aurait pu y avoir des nains de jardin mais il n'y en avait pas. Il n'y avait pas non plus de chien. Zamanski sonna à la grille, peu sûr qu'il y ait quelqu'un pour lui répondre. On lui répondit cependant. Un ado, aussi vif qu'un hibou en plein midi.

— Ouais ?

— Je suis le commandant Zamanski du commissariat de Blainville. Je voudrais parler à Mme Demeure.

— Qu'est-ce que vous lui voulez ?

Il y avait de la méfiance, peut-être même de l'inquiétude dans cette question.

— Je préfère le lui dire. Elle est là ?

— Non non. Elle est absente. En fait, elle est partie faire des courses.

Le jeune ne semblait pas disposé à faire les quelques mètres et venir ouvrir au flic. Zamanski n'aimait pas qu'on ne lui et pas les portes. Détenteur du pouvoir régalien de l'Etat, du moins de ce qu'il en restait, il n'appréciait pas de rester sur le trottoir.

— Je peux entrer l'attendre, non ?

Le jeune réfléchit.

— Oui. Si vous voulez.

Et il se mit en mouvement. Il vint au-devant de Zamanski, Zamanski qui ouvrait la porte du jardin et marchait vers le pavillon.

— Tu t'appelles ?

— Etienne.

Un garçon gracile, pas loin du mètre quatre-vingts, les cheveux châtains bouclés, dix-sept, dix-huit ans, la tête rentrée dans les épaules, le regard fuyant. Bref l'ado dans toute sa splendeur touchante.

— Je peux entrer ? demanda Zamanski d'une voix qui se voulait chaleureuse et sympa.

— Ouais, si vous voulez…

Chez les Demeure, c'était propre, rangé, un intérieur agréable meublé nordique à monter soi-même rapport qualité-prix imbattable.

Dans la bibliothèque il y avait des bouquins rangés comme à la parade et qu'on ne devait pas ouvrir souvent, une collection ancienne de l'*Encyclopædia universalis* achetée en prévision des études du ou des gamins. Un canapé en cuir attendait un postérieur.

— Je peux ? fit Zamanski.

— Oui.

Et le flic se posa.

Le gamin se demanda s'il devait rester debout ou assis. Il prit une chaise, se posa face à Zamanski de biais et à distance respectable.

Le malaise ou l'hostilité du jeune incitait le flic à le questionner. Non pas hostilité, mais malaise. Compréhensible. Après tout personne n'aime la présence d'un flic chez soi.

— Tu as des frères, des sœurs ?

— Non… Je vis seul avec ma mère.

— Ton père ?

— Il est mort.

Dont acte. Zamanski dit qu'il était désolé. Phrase toute faite, facile. C'est fou ce qu'il y avait de désolés dans ce bas monde, surtout face à la mort.

— Accident de voiture ? Maladie ?

— Non. Accident de travail. Il était chef de chantier. En fait il s'est tué en tombant de l'immeuble qu'il construisait.

Un fait simplement énoncé sans aucun pathos.

— Il y a longtemps ?

— J'avais sept ans.

— Ça ne doit pas être facile pour ta mère, ni pour toi d'ailleurs.

Le jeune haussa les épaules.

— Ça va, on n'a pas à se plaindre. Mon père avait une assurance et ma mère a du boulot. On se débrouille.

Zamanski dit que c'était bien, le jeune approuva. De là à dire que tout allait dans le meilleur des mondes…

— Qu'est-ce que vous lui voulez, à ma mère ?

— Rien de grave, le rassura Zamanski. Je suis venu pour lui poser quelques questions sur Claude Parvillier.

— Le prof chez qui elle faisait des ménages ?

— Il n'était pas prof.

Le môme sourit en haussant les épaules.

— Ouais, je sais. Il était économiste, en Afrique.

— Tu le connaissais.

Rehaussement d'épaules :

— Ouais, un peu… Il m'a filé des cours particuliers. C'était une idée de ma mère. Il m'aidait en éco, en histoire-géo. Il me faisait travailler.

— C'est marrant, fit Zamanski. Figure-toi qu'il a été mon prof aussi. J'avais ton âge.

— Ah ouais ?

Il montrait une incrédulité polie. Ne surtout pas exprimer de façon trop évidente son étonnement. La forteresse ado n'abaisse pas si facilement le pont-levis de ses sentiments.

— Les hasards de l'existence. C'est comme ça, des fois. En tant que flic je suis venu constater le décès d'un homme qui avait été autrefois, à cinq cents kilomètres de là, mon professeur d'économie. Il était bien avec toi, Parvillier ?

Quelque chose de sombre passa sur le jeune garçon. Bref, indéfinissable, presque imperceptible.

— Bof, ouais il était sympa. Comme tous les profs… Il voulait m'aider. C'est ce qu'il disait. Enfin il est pas parvenu à me faire avoir mon bac. Mais c'était pas sa faute.

A ce moment, il y eut du bruit dans l'entrée.

— Tiennou ? Tu es là ? Il y a quelqu'un ?

Irène Demeure entrait, en imper et chargée de sacs du supermarché.

Zamanski se leva, bizarrement troublé par cette intrusion. Le môme aussi était troublé à moins que ce ne soit du soulagement.

— Bonsoir, madame Demeure. Je suis le commandant de police Richard Zamanski. Vous me reconnaissez ?

La femme posa ses courses, retira son imper, le regard interrogatif posé sur le flic.

— Oui. Vous êtes un des policiers qui sont venus pour constater la mort de M. Parvillier.

— … Je ne vais pas vous déranger longtemps. Je veux juste vous poser une question.

Il sortit de sa veste la photo d'Amidou Diop.

— Est-ce que vous reconnaissez cet homme ?

Elle n'eut pas besoin de la regarder longtemps.

— Oui, c'est Amidou, Amidou Diop, l'étudiant qui venait travailler avec M. Parvillier. Qu'est-ce qui lui est arrivé ?

— Vous ne lisez pas les journaux ?

— Si, enfin non. Qu'est-ce qui s'est passé ?

— On l'a retrouvé mort. A Bordeaux. Assassiné après avoir été battu.

La dame était consternée, son fils intéressé.

— Et… Vous pensez que ça a un rapport avec la mort de M. Parvillier ?

— On ne sait pas, pour le moment. Claude Parvillier s'est suicidé, Amidou Diop a été tué quatre jours plus tard. Et vous, qu'est-ce que vous en pensez ?

Elle ne savait pas que penser. Elle le montra plus qu'elle ne le dit.

— Vous connaissiez Amidou Diop ?

— Non… Pas vraiment. Comme je vous l'ai dit l'autre jour, il m'est arrivé de le voir chez M. Parvillier.

— Vous m'avez dit aussi que vous veniez le matin travailler chez Parvillier.

— Oui, c'est exact.

— Ce qui veut dire que si Amidou Diop se trouvait chez Parvillier à votre arrivée, vu qu'il habitait Bordeaux, c'est qu'il avait passé la nuit à Blainville.

— Oui, sans doute. D'ailleurs, il y avait de la vaisselle sale, celle du dîner. Je pense que dans ces cas-là, Amidou devait travailler tard avec M. Parvillier, et comme il n'avait plus de moyen de rentrer à Bordeaux, il devait passer la nuit à la villa. Ce n'est pas les chambres qui manquent.

— Oui, je sais. Sept chambres avec salle de bains.

Zamanski se tourna vers le fils de la maison.

— Et toi ? Tu le connaissais ? Lorsque tu venais pour tes cours particuliers, tu l'as vu chez Parvillier.

— Non, non. Je ne l'ai jamais vu.

Zamanski expliqua à Irène Demeure que son fils lui avait dit que Parvillier lui donnait des cours. Ils avaient en commun d'avoir été les élèves de Claude Parvillier.

Irène Demeure se montra intéressée par la coïncidence. M. Parvillier était quelqu'un de bien. Il avait été vraiment gentil avec Etienne. Il avait tout fait pour l'aider à remonter la pente. L'an dernier, lors de sa première terminale, le gamin avait été malade longuement, un décollement de la plèvre, ça arrive parfois durant l'adolescence, alors bien sûr il avait beaucoup manqué le lycée. M. Parvillier lui avait proposé de lui donner des cours. Gratuitement. C'était vraiment très gentil de sa part.

L'évocation des gentillesses parvilliériennes semblait importuner le jeune Demeure. Il est vrai que les ados supportent mal que l'on parle d'eux. Surtout lorsque c'est leur mère qui le fait, à un étranger et, qui plus est, à un flic.

Zamanski acquiesça cependant.

— Madame Demeure, une dernière question. Est-ce que Claude Parvillier et Amidou Diop étaient amants ?

Elle ne fut pas choquée, en tout cas elle ne le montra pas.

— Amidou et M. Parvillier ? Comment voulez-vous que je le sache ? Je vous l'ai déjà dit, M. Parvillier était très discret sur sa vie privée. Par exemple il ne voulait pas que je fasse son lit. Il tenait à le faire lui-même en se levant… Amidou et lui… En tout cas, les quelques fois où je les ai vus ensemble, rien dans leurs manières ne pouvait le faire penser.

Vérité, ou loyauté d'employée ? Vérité, pensa-t-il.

Il ne restait plus qu'à remercier la mère et son fils pour leur accueil, s'excuser de les avoir importunés. La femme le raccompagna jusqu'au seuil du jardin. Le fils était resté à l'intérieur du pavillon. Mais Zamanski le vit qui surveillait son départ, derrière la fenêtre. Il regagna sa voiture.

Une fois installé, il sortit son portable et fit le numéro du gendarme de Bordeaux. Chose promise, chose due.

— Karvejian, Zamanski à l'appareil. Je suis allé chez l'employée de maison de Parvillier. Amidou Diop était bien le mec qui venait chez Parvillier pour l'aider dans ses recherches.

Il ne mit aucune parenthèse audible à l'expression “aider dans ses recherches”.

Le lieutenant le remercia d'être allé vérifier ce fait.

— C'est à prendre en compte, mais ça ne fait pas beaucoup avancer le dossier, fit Karvejian fataliste, peut-être même indifférent. Peut-être qu'il regrettait les confidences faites au flic à la terrasse de la brasserie bordelaise.

Zamanski raccrocha, déçu. De quoi il n'aurait su le dire… De toute façon, une chose était sûre. Quelles que soient les raisons du meurtre de l'étudiant malien, ce n'était pas Parvillier qui l'avait tué.

Zamanski regarda sa montre. Avec un peu de chance, Jacqueline Bissel n'avait pas encore fermé son agence. Il démarra.

14

La marchande de biens s'entretenait avec un couple de quinquagénaires à la recherche d'un appartement avec vue sur mer. Richard s'assit sur une chaise et, plutôt que feuilleter des magazines défraîchis de déco, il suivit la discussion en regardant la maîtresse des lieux.

Une belle femme, Jacqueline Bissel, dans le bel été de sa féminité. Jupe droite et chemisier sage, décolleté sur un bronzage entretenu de septembre à septembre. Les bracelets cliquettent, les mains pianotent sur le clavier du PC. Elle le voit qui la regarde, lui fait un clin d'œil des plus discrets.

— Je suis à vous dans quelques instants, dit-elle pour le faire patienter mais elle devine qu'il est prêt à attendre le temps qu'il faudra pour qu'elle soit "à lui".

Pas très longtemps. Le couple décarre après un échange de considérations sur le charme de la région et le marché de l'immobilier dont on dit qu'il a fini d'être à la hausse. Il s'en va le couple, muni d'une carte professionnelle offerte par Jacqueline Bissel. Zamanski le remplace devant le bureau.

— Alors, ta nuit à bord s'est bien passée ? Es-tu convaincu du charme de la maison et de son environnement ?

Il fit oui de la tête.

— Je crois que j'ai bien envie de suivre tes conseils.

— Tu ne le regretteras pas. C'est une bonne affaire, je te l'ai dit.

— Tu as déjà vu un marchand de biens immobiliers qui promettait autre chose que de bonnes affaires ?

— Non. Mais cette affaire, c'est à toi que je l'ai proposée. Alors ?

— C'est quoi la suite ? Je veux dire au cas où nous faisons… affaire, justement.

— Eh bien c'est la signature d'une promesse de vente. Il faudra que tu verses 10 % du montant. Tu as ensuite quarante jours pour te dédire. Après quoi, il restera à signer chez un notaire. D'ici deux ou trois mois, tu pourras emménager. Si tu te décides à acheter, bien sûr.

— Qu'est-ce que tu fais ce soir ?

Elle ne s'attendait pas à cette question. Lui non plus. Ou bien ils n'attendaient que ça.

— Tu veux visiter d'autres maisons ?

— Je pense qu'on pourrait dîner ensemble. Pour reprendre la conversation où nous l'avions interrompue, la dernière fois.

Elle fit la moue et un mouvement de tête comme pour chasser le désagrément d'un souvenir.

— La dernière fois, je préfère ne pas m'en souvenir.

— Alors disons l'avant-dernière fois.

Elle réfléchit.

— En général, je n'aime pas mêler les affaires et…

— Et quoi ? Les sentiments ? Qui parle de sentiments ? Et puis, tu l'as dit toi-même, c'est une affaire particulière que tu n'as proposée qu'à moi. Alors, ce soir ?

Elle acquiesça.

— Tu connais chez Marie-Do ? C'est un peu après Saint-Gilles, un endroit qui devrait plaire au futur propriétaire d'un voilier.

Au-delà de Blainville, en remontant la Gironde, la rive nord de l'estuaire est bordée de falaises peu élevées souvent boisées, percées d'habitations troglodytes. Le fleuve a creusé dans les falaises des plages de sable très fin.

Chez Marie-Do était une paillote bariolée, posée sur la plage, à l'abri de la falaise, et ombragée par de vieux platanes. Des guirlandes électriques donnaient à l'endroit un air de kermesse permanente. Les meubles récupérés étaient peinturlurés de couleurs passées à l'usage.

C'était baba en diable et l'endroit évoquait les vacances aux Antilles. Il faisait un peu frais pour dîner en terrasse, Zamanski et Jacqueline Bissel s'installèrent en salle. Un grand jeune type leur donna la carte. Sans même la consulter, Jacqueline commanda des acras de morue, des tchokas d'aubergine, un colombo de cabri et du bœuf au coco.

Richard s'occupa des boissons. Il choisit un côte-de-bourg et des punchs au citron vert pour commencer.

— Marie-Do a beaucoup tourné avec des groupes de zouk, c'était une chanteuse assez connue, et puis un jour elle a atterri ici. Elle a eu le coup de foudre pour cet endroit et elle a décidé de créer un restaurant musical, expliqua Jacqueline en sirotant son punch. Dans la soirée, elle chante. Tu verras, c'est pas mauvais du tout.

— La cuisine ? demanda Zamanski qui avait quelques prévenances envers les mets exotiques.

— Non, la musique ! Bon, la cuisine c'est pas terrible. Mais reconnais que l'endroit est magique.

Ce qui est magique, c'est toi, ma belle, pensa Zamanski, remonté par le vieux rhum et les deux whiskys qu'il s'était envoyés en solitaire juste avant de venir. Deux verres pour taire sa crainte de faire une connerie, ce restau avec l'agent immobilier, cette tentative de réchauffer une liaison au micro-ondes des bonnes volontés et du besoin de tirer un coup, il fallait bien le dire. Connerie ajoutée à la connerie bien plus grave qui consistait à acheter un bateau dont il ne saurait que faire.

Mais il adorait les restaus sur les plages, adorait les paillotes. Souvenirs de vacances avec Véra, en Grèce ou au Portugal, là où le soleil vous lave momentanément de la vie quotidienne. Ils se baignaient, rêvassaient, lisaient des romans oubliables et, le soir venu, rejoignaient main dans la main des gargotes qui leur proposaient des poissons à griller, des vins pas terribles mais tellement agréables à boire dans la douceur du soir et la complicité des nuits d'été. *Quand viendra la saison nouvelle / quand auront disparu les froids / tous les deux nous irons ma belle / pour cueillir le muguet au bois... Les Nuits d'été* chantées par Régine Crespin. Décidément, ce soir, Richard Zamanski avait l'âme lyrique.

Il faut dire que Jacqueline Bissel l'aidait. Un pantalon corsaire noir très simple et très chic, des ballerines, un chemisier sans manches de soie grège, un gilet négligent sur ses épaules, toujours aussi belles. Zamanski lui devait de l'avoir converti au charme des épaules féminines, la douceur de leur courbe, cette peau douce et satinée qui appelle une caresse, un baiser.

Arriva un Noir sans âge, maigre, le visage émacié, une Gibson à la main, aussi flottant qu'une Cad aux amortisseurs usés et aux triangles de direction déréglés. Il s'assit sur un tabouret, brancha le jack de sa guitare qu'il commença à accorder en des gestes attentifs, le regard noyé dans le souvenir de concerts passés. Revenu de tout et de partout, échoué après une interminable tournée des bars et des boîtes, Dallas, Kinshasa, Ouagadougou, le *New Morning*, allez savoir. Jamais redescendu de son premier shoot pris l'avant-veille de Woodstock. Ça ne rajeunissait personne, surtout pas lui. Et le pire, l'incroyable, le miracle, c'est qu'il n'était pas mauvais, et même plutôt bon, avec une voix plus proche de Chet Baker que de Tom Waits, une voix qui vous emmenait très loin en vous racontant des histoires, toujours les mêmes, mais tellement bonnes à chanter pour peu qu'on sache y faire. Et le type savait y faire.

Jacqueline souriait, Zamanski planait. Il commanda une deuxième bouteille au jeune serveur. Laisser aller. Après tout, les excès ne sont pas nécessairement mortels. Sur son tabouret, le guitariste pouvait le prouver. Pas en très bon état, certes, mais vivant.

Et puis arriva une métisse, la quarantaine longue et mince dominée par une coiffure afro grisonnante. Elle tenait par le manche une guitare électroacoustique. Le brumeux *bluesman* lui fit une place à ses côtés.

— C'est Marie-Do, fit Jacqueline, ravie.

Zamanski l'avait deviné.

La chanteuse commença par remercier les clients d'être présents. C'était formidable de voir tous ces gens qui aiment la nourriture, le punch, l'amour. Et elle commença à chanter. Ce n'était pas désagréable à écouter. Bien sûr il y eut la chanson douce que lui chantait sa maman, d'autres titres aussi que les clients semblaient connaître mais pas Zamanski qui n'avait jamais eu de passion marquée pour les musiques créoles. Marie-Do avait une jolie voix. Avec quelques punchs et plusieurs verres de vin, ça se laissait écouter, en laissant filer les notes et le temps dans la douceur d'un soir d'octobre. Et puis elle interpréta ses propres compositions. Il y était beaucoup question de Jésus, cet éternel amoureux. Entre deux titres, Marie-Do commentait. Elle expliquait comment à une époque elle s'était retrouvée sans argent et sans amour, ne sachant que faire de sa vie. Alors Jésus était venu à sa rencontre et il lui avait dit Tu es en vie, et la vie est belle et moi je t'aime. Alors elle avait composé ces chansons pour dire à tous et à chacun qu'il était en vie et qu'il était aimé et qu'il n'y avait rien d'autre à faire que se laisser porter par son amour. Entre deux titres, les commentaires s'allongeaient, devenant un pêchi-prêcha indigeste, surtout pour un athée.

Marie-Do était passée de l'amour de Jésus à celui des petits enfants, parce que nous sommes tous de petits enfants dans la main de Dieu. Riche ou pauvre, jeune ou vieux, moche ou bien fichu, aucune importance ! Nous sommes des enfants et notre Père nous aime, oui nous sommes aimés par notre Père.

Le guitariste la laissait dire. Lui, il avait trouvé Dieu dans l'héro et ils ne s'étaient plus lâchés, OK.

— Elle est tout le temps comme ça, la belle Marie-Dominique ? demanda Zamanski avec agacement.

Jacqueline grimaça :

— Non elle n'a pas toujours été comme ça, mais une communauté évangélique s'est installée dans la région. Ils ont beaucoup de succès. Apparemment, ils l'ont embrigadée. Elle chante leur propagande entre deux plats.

Et Marie-Do poursuivait. Elle avait posé sa guitare pour mieux parler d'une action qui lui tenait vraiment à cœur. Il y avait dans le monde des petits bébés qui étaient malheureux, des enfants qui souffraient de la guerre, de la misère, une misère pas possible. Alors elle avait décidé de faire quelque chose, d'agir. Oui, avec des amis, des frères dans l'amour de Dieu et de la vie, ils allaient chercher près de deux cents de ces enfants vraiment malheureux et ils les ramèneraient ici, en France, où des gens merveilleux les recevraient et leur donneraient tout ce qu'il faut pour qu'ils grandissent dans l'amour.

Marie-Dominique Becquerelle encourageait ses clients qui étaient aussi ses amis, tous ceux qui aiment la musique, le vin, la vie, elle les encourageait à soutenir cette action. Ça s'appelait "Moïse sauvé des sables", on pouvait donner l'argent dans une tirelire, faire des chèques aussi, venir aux réunions annoncées par voie d'affiches partout dans la région.

— On se tire ? demanda Zamanski en sortant sa Visa Gold.

Jacqueline Bissel acquiesça de la tête.

— Chez toi ou chez moi ? demanda-t-il très simplement. Même quelconque, le vin aide à la simplicité.

— Chez toi. Je suis curieuse de voir à quoi ça ressemble, répondit Jacqueline tout aussi simplement. Mais n'espère pas obtenir de moi un rabais sur le montant de la vente.

15

Comme annoncé au téléphone, la voiture, une Renault Vel Satis avec chauffeur, immatriculée 75, l'attendait en bas de chez lui. Il y avait un gyrophare bleu sur la planche de bord et un passager sur la banquette en cuir : Antoine Delarive, un collègue, l'ami des débuts, le camarade de la fac de droit. Mais Zamanski et lui ne jouaient plus dans la même cour. L'un faisait des pâtés dans le bac à sable d'un commissariat, l'autre caracolait dans la cour de la direction nationale. Plus rien de commun entre le flic de bouclard et l'inspecteur général. Rien, sinon un certain passé et une amitié qui survivait, une forme de respect mutuel aussi. Zamanski devait à Delarive sa nomination à Blainville, une sorte de sanction qu'il avait prise pour telle mais qui l'avait sorti du pétrin, il était bien obligé de le reconnaître.

La portière arrière s'ouvrit.

— Je n'ai pas très bien compris ce que tu me voulais, fit Zamanski.

— Pas ici, Richard. Et pas moi… Embarque.

Zamanski s'installa et la portière se referma dans le bruit sourd qui convient à une bagnole de près de quarante mille euros. Bagnole qui démarra pour se joindre à la circulation très fluide de ce matin d'octobre.

— J'ai appris ta promotion, fit Zamanski. Félicitations.

— Au cas où cela t'aurait échappé, notre ancien ministre est devenu président de la République.

— Tu as donc bénéficié d'un courant ascendant qui te permet de planer dans les hautes sphères.

— Tu sais, le vol à voile…

— Oui, je sais. Il y a des hauts et des bas.

La voiture traversa Blainville et son faubourg huppé, finalement très petit-bourgeois malgré son casino et son restaurant qui se voulait gastronomique.

Route de Marennes par la côte. Dans la forêt de la Coubre, les vastes parkings destinés aux vacanciers étaient vides. Zamanski commençait à avoir une idée de l'endroit où ils allaient. Restait à savoir pourquoi ils y allaient et ce qui lui valait la visite d'Antoine Delarive.

La berline prit une voie privée qui donnait accès à une clairière où était posée une imposante villa recouverte de vigne vierge flamboyante. Elle avait appartenu à une famille au nom historique et prestigieux puis avait été vendue et transformée en hôtel pour personnes à fort potentiel économique en quête de repos ou de discrétion.

La Vel Satis s'arrêta devant le perron. Personne ne vint au-devant de ses occupants, non qu'on manquât de personnel, mais des consignes avaient dû être données.

A la suite d'Antoine, Zamanski traversa le salon d'accueil très cosy. Ils délaissèrent l'ascenseur pour les marches tapissées de l'escalier qui les conduisit au premier. Ils longèrent un couloir, s'arrêtèrent devant la porte de la suite 2, trois coups discrets, un "entrez" prononcé par une voix féminine et assurée.

Il s'attendait à un costume-cravate, ce fut un tailleur avec jupe au-dessus du genou. Elle avait une trentaine d'années d'origine africaine très bien portées. Zamanski était au courant. Elles étaient quelques-unes au gouvernement ou dans la très haute administration, appartenant aux "minorités" d'autant plus "visibles" qu'elles étaient agréables à regarder. On les disait brillantes et bosseuses. Ça s'appelait "l'ouverture" et ça plaisait beaucoup aux magazines.

— Bonjour, commandant Zamanski. Asseyez-vous. Café ? Thé ?

Elle désignait sur la desserte un service complet en argent et des tasses et soucoupes du plus fin Limoges. Dans une corbeille, quelques viennoiseries qui ne semblaient pas industrielles s'offraient à la gourmandise. Posées juste à côté, des chemises cartonnées attendaient qu'on les ouvre.

— Café…

— Antoine ? Vous voulez bien faire le service ?

Ça valait le déplacement. Voir le grand Delarive servir cette donzelle qui aurait pu être sa fille !

— Vous avez de la chance, commandant. Vous habitez une bien belle région !

— J'y ai été nommé. On pourrait même dire que j'y ai été déplacé d'office.

La jolie personne sourit :

— Plaignez-vous ! L'océan, la douceur du climat, je connais des sanctions plus désagréables.

Elle désignait la fenêtre et c'est vrai que, de son point de vue, il n'était pas à plaindre. Avec ses pins maritimes et les yeuses inclinés sur les promontoires rocheux, ses villas cossues, ce coin de Charente s'offrait des airs de Riviera.

Zamanski se sentait peu enclin au badinage.

— Que me voulez-vous ?

Delarive ouvrit le bal.

— Le 13 octobre, tu as été appelé par ton adjointe pour constater le décès de Claude Parvillier. Tu as informé le parquet de Saintes et prévenu l'état-major régional. Exact ?

— Exact…

— Mais ?

— Mais j'avais tort. Ce n'était pas un homicide mais un suicide. C'est ce qu'a conclu la légiste. Le parquet n'a pas cru devoir poursuivre.

— Correct. L'autopsie médicolégale et les analyses toxicologiques ont conclu à une mort provoquée par une absorption létale de médicaments. Je te fais grâce du nom des molécules chimiques.

Mme Tailleur observait, le dos bien droit, décollé du dossier, le visage impavide, le sourire en stand-by. Elle prit la main :

— Vous connaissiez Claude Parvillier.

Pas une question, une affirmation.

— Je l'ai connu, il y a très longtemps.

— Au lycée de Brétigny ?

— Exact.

— Et à Blainville, vous vous êtes revus.

Elle sourit, un sous-entendu déplacé, une erreur de sa part, la première.

— Ça n'entrerait pas dans une procédure.

Le café était ordinaire. Mais il faisait son office : ponctuer les silences.

La dame croisa ses longues jambes. L'ourlet de la jupe remonta, un peu, juste ce qu'il faut pour présenter la marchandise.

Un produit de luxe, de très grand luxe, précieux et réussi, peut-être pas tout à fait inaccessible. Delarive reprit :

— Richard, tu rencontres par hasard un de tes anciens profs. Et quelques jours plus tard, lorsque tu es appelé pour constater son décès, contre toutes les apparences, tu soupçonnes un homicide et tu préviens le parquet. Lors de ta rencontre avec Parvillier, qu'est-ce que vous vous êtes dit qui t'a conduit à penser à un homicide ?

— Rien d'autre que ce que l'on se dit dans ce genre de situation, un résumé très succinct de trente années passées. Rien d'intéressant.

— Alors pourquoi as-tu pensé à un homicide ?

— Il n'y avait pas de lettre expliquant les raisons de son geste.

— Vous êtes sûr qu'il n'y a rien d'autre, commandant ? Un fait qui vous a incité à prévenir le parquet de Saintes ?

Richard prit le temps de peser le pour, le contre. Ils étaient informés, alors…

— Il manquait l'ordinateur. Sur le bureau de Parvillier, il y avait une imprimante, un modem, mais il n'y avait pas d'ordinateur.

La très jolie jeune femme approuva en souriant.

— Un disque dur externe ? Une clé USB ?

— Rien.

— Richard, tu es resté seul dans le bureau de Parvillier, un moment suffisamment long pour effectuer une fouille rapide. Tu n'as rien trouvé ? Tu n'as rien pris ?

— C'est une question injurieuse, monsieur l'inspecteur général.

Tout bien pesé, le café était dégueulasse malgré la cafetière en argent, dégueulasse comme tout le reste.

Carré Hermès fit un sourire d'apaisement :

— Personne ne vous accuse, commandant, rassurez-vous. Claude Parvillier était en retraite, néanmoins il poursuivait ses recherches. Les documents qu'il avait réunis et le brouillon de ses derniers travaux ont disparu. Nous avons pensé qu'il vous en avait peut-être parlé lors de votre entrevue, qu'il vous avait peut-être remis des copies sous forme d'une disquette ou de pièces jointes à un courrier électronique. Suppositions bien naturelles, n'est-ce pas ?

— Peut-être, mais fausses. Vous ne manquez pas de moyens pour apprendre sur quoi Parvillier travaillait et ce que sont devenus ses documents.

Antoine Delarive regarda la femme. Elle lui donna le feu vert d'un très gracieux mouvement de tête.

— Justement, Richard, nous avons pensé que tu pouvais nous aider à découvrir ce qu'il était advenu de l'ordinateur de Claude Parvillier.

Zamanski sursauta. Ce que ces deux-là lui demandaient était tellement loufoque !

La belle personne attendait. Delarive considérait la pointe de ses chaussures.

— Monsieur l'inspecteur général, vous plaisantez ? Vous me demandez, à moi, flic en charge de la sécurité publique dans un commissariat de province, d'enquêter sur la disparition d'un ordinateur, sans commission rogatoire et en dehors de ma juridiction ! Il n'en est pas question.

Antoine Delarive lui tendit une des chemises posées sur la desserte.

— Si tu veux bien jeter un œil, ça risque de t'intéresser.

Zamanski l'ouvrit. Elle contenait plusieurs photos prises au téléobjectif. On y voyait, dans divers lieux, Laurence Fuzier en compagnie de la grande bringue du Coffee Garden.

– Que ta lieut soit homosexuelle ne nous importe pas. En revanche, son amie devrait t'intéresser. Samantha Vernet. Ça te dit quelque chose ?

— Négatif.

— Dommage pour toi. Samantha Vernet est étudiante, enfin c'est ce qu'elle prétend. En réalité, elle deale sur Poitiers et sa région. Elle n'est pas encore dans la grande distribution mais elle n'est déjà plus dans le petit commerce de proximité. Les stups du SRPJ la suivent avec intérêt. Ils ont découvert qu'elle entretenait des relations avec une OPJ du commissariat de Blainville, le lieutenant Laurence Fuzier. Ils ont averti l'Inspection générale. Mais ce n'est pas tout. Samantha Vernet est en relation avec l'un des mecs qui pillent les entrepôts de ta région. Elle est du genre à voile et à vapeur. Ton équipe et toi, vous essayez de les coincer en flag. A mon avis, vous n'êtes pas près d'y arriver… Les photos que tu as en mains sont de l'Inspection générale.

L'ordure ! La triple ordure ! Zamanski ne distinguait pas clairement à qui s'adressait cette insulte qui lui brûlait la tête. Samantha Vernet ? Fuzier ? Delarive ?

Delarive poursuivait avec l'autorisation tacite de Beau Tailleur :

— Ce n'est pas tout. Le bruit court que dans le meurtre de Berger, ton prédécesseur, Fuzier et toi avez appréhendé un suspect. Mais vous ne l'avez pas déféré au parquet. Vous auriez préféré laisser pisser. Ça peut se comprendre. L'instruction aurait révélé les dysfonctionnements graves des services de police locaux. Et puis le suspect, la suspecte, était une victime de Berger. Tu as fait ce que tu croyais devoir faire, il n'empêche. Ton adjointe et toi avez commis une destruction de preuves et une entrave à la justice. Ne nous force pas à demander aux services d'enquêter sur ces rumeurs.

Zamanski se leva.

— Tu peux me ramener chez moi ?

La jolie dame était contrariée. Ces derniers mois, elle avait pris l'habitude de lever séance. Elle acquiesça néanmoins. M. l'inspecteur général Delarive pouvait reconduire son ami.

Comme Richard allait sortir, elle l'arrêta pour lui tendre une carte professionnelle.

— Si vous avez besoin de me contacter.

— Je ne crois pas en avoir l'utilité.

Et Zamanski les planta, elle et son bristol.

Il sortit, suivi de Delarive.

Le chauffeur attendait devant la Renault. Delarive lui fit signe de laisser tomber. Il s'installa au volant, Zamanski prit place à son côté.

La bagnole démarra.

— Tu as eu tort, pour la carte. Elle est vexée, et elle n'aime pas être vexée.

— Identité, fonctions ?

— Bernadette Saar. Conseillère aux affaires africaines auprès de la présidence de la République.

— Elle suce bien ?

Delarive le regarda, consterné.

— Richard, parfois, tu es un peu lourd. Avec un diplôme de Sciences-po et l'ENA on n'a pas besoin de passer par le divan pour assouvir son ambition. Elle est brillantissime et très dangereuse. Méfie-toi. Bernadette, ça t'évoque quelqu'un ? Son père était un homme politique africain très proche du grand Jacques. Quant à la jeune Bernadette, elle a su modifier à temps ses parrainages. Elle est très appréciée du président, très écoutée de lui pour tout ce qui concerne les dossiers africains.

Zamanski soupira. Il voulut sortir son paquet de clopes. Delarive le stoppa.

— Madame ne supporte pas l'odeur de la cigarette…

Zamanski rengaina ses Camel.

— Ne me dis pas que vous êtes venus à Blainville juste pour me voir ?

— Non. Tout de même pas. Le président connaît bien la région. Il y a passé de nombreuses vacances durant son enfance et sa mère y séjourne régulièrement. Il a l'intention d'y venir pour un week-end durant lequel il rencontrera un grand ami de la France en voyage privé. Nous sommes ici pour préparer le terrain.

— Qu'est-ce que je viens foutre dans ces histoires ?

— Dans le séjour en question, rassure-toi, rien. En revanche pour Claude Parvillier, je te demande de faire ce que tu sais faire : le flic. Et du mieux que tu le peux. Il ne s'agit pas d'arrêter Jack l'Eventreur mais de déblayer le terrain. Juste déblayer le terrain. Trouve sur quoi travaillait Parvillier et ce qu'est devenu son ordinateur. D'ailleurs, tu as déjà commencé. Tu es allé à Bordeaux interroger le gendarme qui était en charge de l'assassinat d'un étudiant malien, Amidou Diop, le jeune type avec qui Parvillier travaillait.

— C'est vous qui avez bloqué l'enquête ?

— Disons que nous l'avons mise en sommeil. Alors Richard ? Qu'en dis-tu ? Tu es en congé, tu as des loisirs, rien ne t'empêche de t'y coller. Ce faisant, tu rends service.

Un court silence.

— … Tu rends surtout service à ta lieut. Elle le mérite. C'est une fille bien, d'après ce que j'en sais. Un bon flic.

Et comme Zamanski ne répondait pas, il lui tendit une carte avec un numéro de portable.

— Ligne très réservée. Un vrai privilège d'en avoir le numéro ! Ouverte vingt-quatre heures sur vingt-quatre. Sinon tu laisses un message et je te rappelle.

Ce carton-là, Richard Zamanski l'empocha. A regret mais il l'empocha.

Sur la promenade, mer plate, ciel clair, peu de promeneurs.

16

Delarive le laissa en centre-ville. Et Zamanski se retrouva seul, sur la place Charles-de-Gaulle, comme une feuille de journal froissée jaunie que le vent chahute. Il se sentait étourdi par ce qu'il venait de vivre, agacé aussi. Il prit la direction du commissariat. Chemin marchant, il sortit son portable, appela Laurence. La lieut n'était pas sur messagerie.

Richard lui demanda où elle était.

— A la *factory*, pourquoi ?

La *factory* !!! N'importe quoi !

— Tu sors du bercail et je t'offre un café.

Une seconde de réflexion :

— Tu es au courant, Richard ? Je suis en service ! Je ne suis pas en congé, moi !

— S'en fout ! Je te signerai un billet d'absence… Dépêche, Laurence, j'ai deux ou trois mots à te dire et c'est urgent. Tu prends ta bagnole et tu me rejoins sur le port.

Là, il la devinait inquiète. Tant pis, tant mieux.

— Ça urge à ce point ?

— Affirmatif, lieutenant.

Elle soupira.

— Fais chier, Richard ! OK, j'arrive.

Quelques minutes plus tard, il repéra la Ford Fiesta de Laurence qui descendait la rue de l'Eglise. Il s'avança sur la chaussée, fit signe à la conductrice de s'arrêter. Elle obtempéra.

— Qu'est-ce que tu veux me dire ? demanda la jeune lieut, en jetant un œil appuyé à sa montre.

— Plus loin Laurence, au troquet. On va aux Voûtes du Port.

Elle obéit sans rechigner. Ils parcoururent les quelques centaines de mètres dans un silence hostile, elle concentrée sur sa conduite, lui sur ce qu'il allait lui dire.

Elle gara sa Ford sans difficulté. Charme de Blainville hors saison, on peut se garer n'importe où, presque n'importe comment. Ils descendirent sur le quai, s'installèrent en terrasse. Laurence commanda un déca crème, Richard un expresso.

— Tu te souviens de Claude Parvillier ?

— Parvillier ? Le suicidé de la villa du Parc ?

— Exact.

— Oui, bien sûr. Pourquoi ?

— Qu'est-ce qui s'est passé, après ?

— Après ?

Le garçon apporta les consommations, Zamanski sortit un billet de dix, le type rendit la monnaie. Front plissé, Fuzier déballait son sucre.

— Bah, on a fait les rapports. C'est toi qui as signé les PV, tu te rappelles. Même que tu faisais la gueule parce que tu étais en récup.

— Ça pour faire la gueule je la faisais. Et ce n'était qu'un début. Ensuite ?

— Ensuite quoi, Richard ?

— Qu'est-ce que t'a demandé Mouson et qu'est-ce que tu lui as dit ?

Elle rougit. Mal à l'aise, pas fière. Elle touillait son crème. Peut-être qu'elle espérait y trouver des réponses adéquates.

— Accouche Laurence. Les collègues t'attendent.

Elle se redressa, piquée.

— Il m'a demandé si tu avais pris des documents chez Parvillier.

— Et qu'est-ce que tu lui as répondu ?

— Je l'ai envoyé promener. Je lui ai dit que ce n'était pas ton genre de soustraire des indices sur les lieux d'une enquête.

Il rit. Tous les deux avaient fait bien pire.

— Tu es formidable lieutenant. Je te remercie de te porter garante de ma morale professionnelle ! Et vous en êtes restés là ?

— Non... Comme il insistait, j'ai fini par lui dire que tu étais resté un moment dans le bureau, tout seul avec le macchabée...

— Et puis ?

Le plus dur était à venir, pour elle. Zamanski lui s'en foutait. La suite, il la devinait, elle n'était pas non plus très intéressante, la suite. Une indiscrétion plus qu'une trahison. Il le savait, Laurence n'était pas capable de trahison.

— Bah, ça l'a étonné… Alors je lui ai expliqué que tu connaissais le décédé. Je lui ai dit que tu l'avais rencontré quelques jours plus tôt… C'est tout ce que tu voulais savoir, commandant ?

En insistant lourdement sur le grade.

— Ça ira comme ça, lieutenant ! La prochaine fois que Mouson t'interrogera sur mon compte, sois sympa, préviens-moi.

Elle se leva sans finir son crème.

— Une dernière chose, Laurence.

Elle se rassit. L'agacement, peut-être même la colère allait remplacer l'ennui. Pas très douée pour la contrition, la lieut. Une qualité. Quand on fait une connerie, à supposer que jacasser sur un collègue auprès du patron soit une connerie, quand on fait une connerie autant l'assumer en montrant les dents.

— Ta copine, Samantha Vernet, deale. Tu le sais ou tu ne le sais pas. Moi, j'en ai rien à foutre, je serai plutôt pour la défense du petit commerce. En revanche, les stups de Poitiers ne sont pas de cet avis. Elle les a au cul. Ils vous ont vues plusieurs fois ensemble. Du coup, toi, c'est l'IGS que tu as aux fesses.

Laurence n'avait plus envie de mordre.

— Comment tu le sais ?

— Tout se sait, Laurence.

— Ils t'ont interrogé, c'est ça ?

— Pas encore et pour le moment je te rappelle que je suis en congé. Mais il y a encore plus emmerdant…

— Ah oui ? Je peux savoir quoi ?

— Le groupe n'est pas près de coincer en flag les rigolos qui se font les entrepôts de la région. Ta copine Samantha Vernet est en relation avec l'un de ces joyeux drôles.

Elle encaissa. Elle ne jura pas sur ce qu'elle avait de plus cher qu'elle ne le savait pas. Pas son genre. Elle se taisait, additionnant les faits, posant les retenues, envisageant les conséquences et les possibles dégâts collatéraux.

— Qu'est-ce que tu crois ? Que je balance l'équipe ?

— Pas vraiment, mais je vois bien un truc du genre : "Allô ? Laurence chérie ? On passe la soirée ensemble ? – Oh non, Samantha je peux pas, pas ce soir. Je planque avec les collègues pour choper ton copain en flagrant délit !"

C'était odieux, inutilement odieux, il le savait. Mais la planque devant l'entrepôt de Mainguenaud lui restait en travers de la gorge. Il fallait bien la lui faire payer.

Elle se tassa sur son fauteuil. Elle était au bord des larmes. La trahison n'était pas son truc. L'amour, oui. Si possible, vache à souhait, sans espoir et un brin destructeur. Mais pas la trahison. Il eut pitié, et honte de cette pitié.

— Ecoute, Laurence. Finalement, tout ça je m'en fous. Toi, en revanche… Je te l'ai dit, tout se sait. Alors fais gaffe !

Il lui prit la main, la serra. Plus fort que lui, ça aussi il le regrettait. Mais il aimait bien Laurence, il l'aimait vraiment bien. Et tant pis si elle voyait dans son geste une espèce de paternalisme déplacé.

Elle retira sa main, un retrait lent qui disait son trouble. Elle eut un petit sourire tout chiffonné.

— OK… Merci pour l'info.

Elle se leva, lourdement. Ce qu'elle avait dans le crâne pesait des tonnes. Elle s'était fait baiser et ça ne lui était pas agréable. Elle passa son sac à l'épaule, fourra ses mains dans les poches ventrales de son blouson comme pour contenir une blessure. Il la regarda s'éloigner. Elle avait mal, il était emmerdé. Il repensa à l'entrevue avec Delarive et la superbe conseillère. Il n'était pas en meilleure posture que Laurence. Tout se sait et tout un chacun tient l'autre avec des histoires plus ou moins anciennes. Dans les tiroirs, les placards, ça sentait le parfum des petites compromissions, des médiocres trahisons et des grands renoncements. Une odeur douceâtre à laquelle on s'habituait au point de n'y plus faire attention. Ceux qui n'y parvenaient pas, il y en a toujours eu, il y en aura toujours, ceux-là se retrouvaient chez le toubib avec une ordonnance et des cachets. Il arrivait aussi qu'on les retrouve pendus, ou la boîte crânienne explosée par une balle tirée par leur arme de service. Delarive le tenait, d'autres tenaient Delarive. Il avait prévenu Laurence, le premier pas dans l'acceptation.

Il se leva et partit en direction de sa rue.

En déverrouillant sa porte, il ne fit pas attention au jeu du cylindre dans le canon de la serrure. Très léger, le jeu. Presque imperceptible, anodin. Il entra chez lui.

Il n'aperçut pas non plus l'enveloppe 13 x 22 en kraft qui était posée sur la table. Il faut dire qu'elle se trouvait parmi le fouillis raisonnable de son existence : une pochette de disque, le *Loire-Océan* de la veille, la tasse vide du café matinal et puis le courrier (factures et publicités inutiles) reçu pas encore traité.

Il alla dans la cuisine pour se refaire un café neuf, comme pour reprendre la journée à zéro. Même les jours calamiteux ont droit à une seconde chance. Ça infusait dans la Krupp, quand il commença à prendre conscience d'une gêne. Des signes, presque invisibles : le désordre n'était pas tout à fait son désordre. Dans l'élément, au-dessus de l'évier, la pile d'assiettes avait été déplacée. De même les quelques conserves, le sucre, l'huile et autres condiments qui constituaient ses modestes provisions de célibataire n'aimant pas cuisiner.

Il passa dans la pièce principale, observant, reniflant avec de plus en plus de suspicion. Et les traces de leur passage se révélaient. Pas un mais plusieurs individus. Ils avaient pris des précautions mais pas assez, la preuve. Ils n'avaient pas tout chamboulé, n'avaient rien cassé. Une perquisition qui s'était voulue discrète. Ils avaient cherché quelque chose, quelque chose d'assez gros pour ne pas avoir à éventrer le matelas, les coussins du fauteuil. Ils avaient ouvert les placards, regardé sous la baignoire, dans le coffrage des tuyaux d'écoulement, sous le lit aussi (les moutons de poussière avaient été éparpillés).

Une équipe envoyée par Delarive et la jeune et jolie conseillère ? Pendant que monsieur et madame le retenaient – Vous prendrez bien un café, commandant ? – les guignols fouillaient son appart à la recherche de... Il savait quoi. Facile à deviner.

Les Delarive's boys, donc. Possible, à moins que... Peu importait, finalement. Ils étaient entrés chez lui, avaient "violé" son "domicile". Dès lors, ce n'était plus chez lui. Marrant ! Il ressentait précisément ce que des dizaines de plaignants lui avaient décrit en pareil cas. Lui tapait le PV en faisant semblant de compatir parce qu'il n'en avait rien à foutre, en réalité. Et il avait bien tort. Il le comprenait à présent : une violation de domicile, c'est vraiment traumatisant. Rien de tel qu'un mois d'hospitalisation pour comprendre ce qu'est la maladie, surtout quand on est toubib !

Son portable sonna. Numéro masqué.

— Commandant Zamanski ? Alors, comment ça va ?

La voix bien posée de l'inconnu d'Afrique.

— … Je ne vous dérange pas ? Je voulais simplement vous dire que je maintiens mon offre pour l'ordinateur du professeur Parvillier. Son ordinateur, ou toute copie de son disque dur, voyez-vous.

— Je vous ai déjà dit que je ne l'avais pas… Qui êtes-vous ?

Il criait presque.

— Calmez-vous commandant. Vous énerver ne servirait à rien, pas plus que mon identité d'ailleurs. Au fait, est-ce que vous avez regardé ce que contenait l'enveloppe posée sur votre table ?

Non, cette enveloppe, il ne l'avait même pas remarquée.

— Eh bien faites-le ! Je me permettrai de vous contacter un peu plus tard pour en parler.

Zamanski prit l'enveloppe sur la table, il l'ouvrit sans précautions. De toute façon, ils n'étaient pas assez cons pour laisser leurs empreintes. Elle contenait plusieurs photos de Jacqueline Bissel, prises devant son agence, prises aussi chez Marie-Do. Il n'avait pas remarqué le type ou la fille (pourquoi toujours un homme ?) qui les avait shootés. La dernière était particulière. Elle était sans aucun doute tirée d'un site sadomaso plutôt violent, et représentait une fille nue, ligotée sur une chaise, le corps marqué par les coups. Son visage était remplacé par celui de Jacqueline avec, pour faire plus vrai, plus mal, des coulures de Rimmel, des hématomes. Merci Photoshop !

Message transmis : "Je sais que tu y tiens, je peux lui faire du mal quand je veux." Message reçu cinq sur cinq.

Cœur battant, il fit le numéro de la marchande de biens. Messagerie. Il passa une demi-heure à l'appeler dans un état d'énervement et d'angoisse montante. Il finit par obtenir sa voix, fraîche, plutôt joyeuse. Elle semblait en pleine forme. Il lui demanda tout de même comment elle allait.

— Pourquoi ? Tu t'inquiètes pour moi ? C'est nouveau, Richard. Qu'est-ce qui t'arrive ?

Il resta allusif. Et comme elle ne comprenait pas très bien ce qui l'agitait, elle revint sur des terrains mieux connus d'elle.

— Alors ? Qu'est-ce que tu décides pour la cabane et le bateau ?

Ah oui, c'est vrai. Ils étaient en affaire.

— Oui, écoute, je vais être occupé pendant quelques jours.

Il ne fallait pas qu'il tarde parce que les vendeurs étaient vraiment pressés. A ce propos il avait gardé les clés ! Pas grave mais il ne fallait pas qu'il les perde.

Il ferait gaffe, puis d'une voix un peu trop dramatique à son goût :

— Jacqueline, tu ne pourrais pas partir quelques jours dans un lieu connu de toi seule, la villa d'amis en Sicile ou alors chez ton vieil oncle du côté maternel ?

Elle éclata de rire.

— Qu'est-ce que tu me fais Richard ? C'est une invitation à partir en vacances avec toi ?

Il se trouvait bête à en crever, bête à ne savoir que dire. Dire quoi ? Qu'on essayait de l'influencer en se servant d'une photo trafiquée d'elle ? Lui dire qu'il ne réussissait pas aux femmes, qu'il nuisait gravement à la santé de celles qui l'avaient aimé, l'aimaient bien, ou se contentaient de l'apprécier. Véra, Laurence, Jacqueline…

Véra s'était tuée. Delarive tenait Laurence par la touffe, quant à Jacqueline… Il bredouilla :

— Je voulais simplement te dire de prendre soin de toi, c'est tout… Je vais être absent deux ou trois jours. Je te rappelle à mon retour.

17

Antoine Delarive avait fait des choix, ses choix. Peut-être sans être vraiment conscient de ce que cela entraînerait, au moins au début. Une porte s'était ouverte, il l'avait poussée, elle avait donné sur un couloir qui donnait sur d'autres portes s'ouvrant sur d'autres couloirs conduisant à d'autres portes. Chemin faisant, il avait quitté la tenue du flic en civil pour le costume-cravate, de confection d'abord puis de marque avant le sur-mesure chez des tailleurs de plus en plus réputés.

Il avait quitté la rue pour les bureaux, des burlingues de plus en plus spacieux, protégés par des portes aux capitons de plus en plus épais. Parrainé par les frangins de l'obédience et protégé par ceux du parti qui appréciaient son intelligence et sa rapidité à apprendre les manières, bonnes et moins bonnes. Delarive était franc-mac et de gauche. Une gauche suffisamment pâle pour, en cas d'alternance politique, se mêler au bleu clair et former le gris léger des technocrates pour qui la complexité du monde est le cache-sexe de leurs intérêts.

Il avait abandonné les bétaillères de la RATP pour la bagnole de service, la bagnole de service pour la voiture de fonction. A présent il avait un chauffeur qui lustrait la 607 Peugeot bleu nuit entre chaque course.

Dans la panoplie du haut fonctionnaire, il y avait aussi une épouse, fille de quelqu'un qui avait décelé le potentiel du jeune Antoine, une femme plus charmante que jolie, pas sotte et très décorative, qui se surveillait et exigeait beaucoup. Il y avait enfin un appartement dans une rue perpendiculaire à l'avenue Marceau, un peu plus de cent mètres carrés dans un immeuble récent situé dans un quartier excellemment fréquenté et très loin des violences urbaines.

Le prix de tout ça, le prix à payer, n'avait finalement pas été si élevé. Delarive n'était pas assez romantique pour mépriser ce que son miroir lui montrait le matin, à l'heure du rasage. D'ailleurs, il y avait peu de choses méprisables dans l'ascension de cet homme compétent qui assumait son ambition et son amour du pouvoir. Pas de quoi rougir. Il n'avait pas trahi, n'ayant jamais rien eu à trahir. Bien sûr, ses réflexes s'étaient émoussés, malgré le golf au Country-Club, les séances en salle de muscu et le jogging au Bois. Il avait perdu de sa technique en close-combat et en tir instinctif. Plus aussi performant, l'ancien flicard devenu très haut fonctionnaire.

Par exemple, sortant de sa voiture, il n'avait pas vu qu'on l'attendait dans le hall de son immeuble. Un homme, passablement énervé. Après tout on avait fait effraction chez lui et il venait de se taper les cinq cents bornes qui séparent une station balnéaire de Charente-Maritime de cette rue du 16e.

Antoine Delarive congédia son chauffeur, fit le code d'entrée, pénétra dans le hall spacieux qui justifiait les charges astronomiques de la copropriété, passa devant les colonnes de boîtes à lettres du pas fatigué de celui qui sort d'une réunion tardive.

— Antoine, je veux te parler.

Si Delarive fut surpris, il ne le montra pas. Il se contenta de jeter un œil à sa très belle montre, une Rollex bien évidemment, puisque cette tocante était en passe de devenir le marqueur de la réussite.

— Tu as vu l'heure, Richard ? Ça peut attendre demain, je suppose. Tu as mon téléphone, appelle-moi.

Avec ce sourire de condescendance polie que l'on apprend très vite dès que l'on a un peu de pouvoir.

Zamanski balança un coup de pied fouetté plutôt réussi qui explosa une boîte aux lettres.

Delarive était ahuri.

— Tu es complètement con ou quoi ?

— Je sais. C'est pour cette raison que tu es venu me chercher dans mon trou à rats.

Et il se prépara pour une deuxième boîte.

— Dépêche-toi Antoine, tes voisins vont appeler les flics. Ça tombe bien, j'ai plein de trucs à raconter aux collègues du 16e, ça risque de les intéresser.

Delarive soupira :

— OK. Je te donne un quart d'heure, pas plus.

Et ils sortirent pour un tour de ce quartier plein de charme. Calme, luxe et volupté à chaque coin de rue, inestimable plaisir d'être entre soi.

Et donc, deux hommes, qui marchaient côte à côte, entre Etoile et Chaillot, sur le bord du flot tranquille des voitures, devisant comme le font les hommes, sans un regard pour le vieux couple croisé qu'aucune fortune immobilière ou boursière ne pourrait redresser et qui en gardait une vague indignation sur leur visage pincé.

— Quand je suis rentré chez moi, je me suis aperçu que mon appart avait été visité. C'est ta copine et toi qui avez monté ce coup foireux ?

Delarive intégra l'information avec un air étonné, un peu surjoué.

— Tu délires, mon pauvre vieux. Tu crois vraiment qu'on a du temps et du fric à perdre pour envoyer une équipe te perquisitionner ? Qu'est-ce que tu imagines ? Le jour où nous voudrons te pourrir l'existence, une simple commission rogatoire suffira. Il n'y aura pas besoin de coup tordu pour trouver de quoi te traîner devant un juge d'instruction.

— Que contenait l'ordinateur de Parvillier ?

— Je n'en sais pas plus que ce qui t'a été dit à Blainville. Nous ne savons pas exactement sur quoi Parvillier travaillait, mais ce qui est sûr, c'est que c'était brûlant.

— Pour qui ? Pour les Maliens ?

— Non, les Ivoiriens, l'entourage du président Gbagbo. Les travaux de Parvillier agaçaient nos amis d'Abidjan et Paris redoute leur agacement. La situation, là-bas, est très instable. Les troubles et les combats peuvent reprendre d'un moment à l'autre et c'est très mauvais pour la communauté française qui se trouve sur place, très mauvais pour nos soldats qui y sont stationnés et encore plus pour les affaires en général. De plus, Parvillier avait un père…

— Edmond Parvillier qui a travaillé avec Foccart ?

— Je vois que tu es au courant. Edmond Parvillier en avait vu beaucoup, il en savait plus encore. Dès que la mort de son fils a été connue des services, il a été décidé d'envoyer une équipe pour faire le ménage.

— Les mêmes que chez moi ?

— Non. Pour chez toi, nous n'y sommes pour rien, je te l'ai déjà dit. Il n'est pas dans notre intérêt que tu perdes du temps en fausses pistes et c'est une fausse piste.

Zamanski soupira.

— Admettons. Qui pilote le dossier Parvillier ?

— La cellule Afrique. Le grand patron a doublé tous les services. Tu lis les journaux, je suppose. Tu sais qu'il veut tout contrôler, ça s'appelle la super-présidence, une gestion à l'américaine. Le dossier Parvillier est suivi par la cellule chargée de l'Afrique subsaharienne. L'équipe envoyée sur place a fouillé la villa des Parvillier de fond en comble. Elle n'a rien trouvé. Surtout elle a constaté que l'ordinateur avait disparu. Un fait inquiétant. Les responsables ont d'abord pensé que les flics qui étaient intervenus l'avaient saisi. Mais l'objet n'était signalé dans aucun PV de la procédure, ni au SRPJ d'Angoulême, ni au commissariat de Blainville. Ils se sont renseignés sur les fonctionnaires qui étaient intervenus sur l'enquête.

— Qui les a renseignés ?

— Ton patron à Blainville et puis ta hiérarchie. Ce qu'ils ont appris sur toi ne les a pas rassurés. La décision a donc été prise de t'approcher. Ils savaient que nous nous connaissions. On m'a demandé d'accompagner l'émissaire, Bernadette Saar. Mais tu l'as envoyée chier et ça ne lui a pas plu.

— Je lui ai dit ce que j'avais à dire, Antoine. Je n'ai rien trouvé chez Parvillier. Je n'ai rien trouvé parce que je n'ai rien cherché. Les magouilles avec l'Afrique, je n'en ai rien à foutre. Mon boulot, c'est de rassembler les preuves et d'appréhender les coupables. Le boulot d'un bon petit flic de la République. Rien de plus. Autre chose, la mort d'Amidou Diop, l'étudiant qui aidait Parvillier ? C'est aussi la cellule ?

— Abandonner un mec après l'avoir torturé, ce n'est pas le genre de la maison.

Zamanski sortit son paquet de Camel, alluma une clope.

— Antoine, convaincs tes amis que je n'ai rien sur moi. Rien qui puisse leur nuire. Je suis un baltringue et tu le sais. Un baltringue n'est une menace pour personne.

— Ce ne sont pas mes amis.

— Juste assez pour que tu leur serves le café... Un dernier point : un Africain à la voix bien posée, qui parle un français impeccable, ça t'évoque quelqu'un ?

Delarive sourit.

— Des Africains comme tu le décris, il y en a quelques milliers. Pourquoi ?

Zamanski parla des deux messages téléphoniques anonymes.

Delarive haussa les épaules d'impuissance :

— Le continent africain ne manque pas de barbouzes, d'agents spéciaux et de supplétifs. A t'écouter, il y a une autre équipe sur le dossier Parvillier, probablement pilotée depuis Abidjan. Je te l'ai dit, Claude Parvillier a suscité beaucoup d'émoi.

Il réfléchissait.

— Ecoute, je vais essayer de me renseigner, de savoir qui est derrière. En attendant, permets-moi un conseil, fais gaffe. Et fais ce que je t'ai suggéré, mon vieux. Fais ce que tu sais faire. Enquête, trouve ce qu'est devenu l'ordinateur de Parvillier. Au pire, trouve sur quoi travaillait Parvillier. Au point où tu en es, c'est le meilleur service que tu puisses te rendre.

Ils étaient revenus devant l'immeuble de Delarive.

— Tu as toujours mon numéro de portable. La ligne est sécurisée. Tu n'as rien à craindre. Utilise-le plutôt que casser des boîtes à lettres.

Au dernier moment :

— Zam ?

— Oui ?

— Surveille tes arrières.

— Déjà dit.

— Oui. Et je te le redis. Je n'ai pas envie de te retrouver en macchabée.

Zamanski hocha la tête.

Les deux hommes se quittèrent.

Richard remonta la rue en direction de l'avenue Marceau. "Surveille tes arrières !" C'était un quartier parfait pour se faire descendre. A cette heure tardive, pas un passant, aucun commerçant. Aussi animé que le carré VIP d'un grand cimetière parisien. Sur l'avenue, il y avait encore de la circulation. Des humains qui avaient affaire quelque part avec quelqu'un, quelqu'une.

Zamanski récupéra sa Fiat Croma de location au parking. Il rejoignit l'Est parisien en empruntant de préférence des rues peu fréquentées pour vérifier qu'il n'était pas suivi. Il ne se faisait pas d'illusions. Avec les systèmes de télésurveillance, les fichiers informatiques, les banques de données, il devenait difficile de passer inaperçu. Tout dépendait des moyens dont disposaient les “enquêteurs”. Quels qu'ils soient, ils n'en manquaient certainement pas.

Après avoir téléphoné à Jacqueline, il avait pris une douche, fait un bagage léger. A la Caisse d'Epargne de la place Charles-de-Gaulle, il avait sorti deux mille euros d'argent liquide, avait filé à la gare où il avait loué une bagnole chez ADA puis il avait pris la direction de Paris.

Il avait l'intention de rendre la voiture et d'en louer une autre, mais dans une entreprise de location différente. Une précaution possiblement inutile mais, en cas de pépin, il s'en voudrait de ne l'avoir pas prise et Richard Zamanski détestait s'en vouloir.

Il arriva place Gambetta devant la mairie du 20e arrondissement. A l'angle de la place et de la rue des Pyrénées, il y avait un hôtel encore ouvert, le Moderne Hôtel. Il gara sa Fiat devant un chantier, rue des Gâtines.

La déco de l'hôtel datait des années soixante-dix. Le flic fatigué pénétra dans un décor très pop, appliques champignons en aluminium, papier peint à motifs géométriques lourdingues orange et marron. Le patron, lui, datait des années quarante et la jouait Parigot jovial. Zamanski lui demanda une chambre au calme. Il raconta qu'il remontait de Toulon et qu'il allait à Bruxelles. Il avait un coup de pompe d'enfer et il avait décidé de s'arrêter pour dormir un peu.

L'hôtelier lui donna raison.

— Mieux vaut perdre quelques heures à se reposer et arriver entier. Surtout que, l'autoroute du Nord, c'est pas une route facile, hein, avec tous ces bahuts ! Je vais vous donner la 12, elle donne sur la cour. Vous verrez, vous serez peinard.

C'était une chambre propre et reposante de banalité. Zamanski s'allongea après avoir fumé une dernière cigarette. Il écouta la rumeur urbaine qui filtrait de la fenêtre à double vitrage, une chanson familière et un peu oubliée. Il s'endormit. Une chute rapide et profonde. Black-out sur la journée et ses événements.

18

Lorsqu'il se réveilla, il faisait jour. Le radio-réveil de l'hôtel indiquait 8 h 53. Qu'il ait pu dormir autant le contrariait. A Blainville, les collègues prenaient leur service. Jacqueline se préparait pour sa journée et, pendant ce temps, lui dormait !

Le patron de l'hôtel était déjà au front, derrière son comptoir. Il lui proposa de prendre un petit-déjeuner. Il avait du pain frais et des confitures faites maison, enfin à la campagne parce que, faire des confiotes à Paris, ça faisait belle lurette qu'il n'y avait plus de cerisiers rue des Panoyaux, pas vrai ?

Zamanski déclina l'offre, régla la chambre et sortit. Au tabac de la place, il acheta des clopes. Affiché sur le kiosque à journaux, *L'Express* titrait sur “La solitude du président” avec une photo de l'intéressé en plan américain, le visage consterné sur fond de rideaux sombres.

Zamanski prit un café sur le zinc, appréciant l'ambiance d'un café parisien, un peu plus électrique que celle des troquets de Blainville. Même en plein rush, les Blainvillois donnaient toujours l'impression d'être en vacances et de jouir de la vie. Apparence trompeuse. A Blainville comme ailleurs les rapports sociaux étaient tendus et la situation économique difficile. En tant que flic, il était bien placé pour le savoir.

Il sortit son portable, fit le numéro de Cazenave. En attendant que le vieux décroche, Richard essaya de se souvenir du nom du flic du 20e qui les avait aidés, lui et son groupe, à appréhender un vraiment méchant logé dans le fameux 146, rue de Ménilmontant. C'était un petit mec sympa et courageux, un voltigeur de la flicaille qui ne craignait pas les interventions à risque et qui y allait sans poser de questions inutiles. Cette partie de saute-dessus s'était bien passée. Ce n'était pas toujours le cas. On ne sait jamais comment ça peut tourner, ces histoires-là. Gomez, c'est ça : le lieutenant Philippe Gomez. Zamanski se demanda si le flic couillu était toujours dans le 20e.

Cazenave répondit. Il était chez lui, il pouvait le recevoir dans la matinée. Richard fit ensuite le numéro de Jacqueline Bissel. Il obtint sa messagerie. Il ne laissa pas de message.

Il récupéra sa Fiat Croma. Il y avait une agence ADA à Montreuil, près de la Croix-de-Chaveau. Il démarra. Il se concentra sur sa conduite à cause des deux-roues. Il ne se souvenait pas qu'il y en ait eu tant. Depuis qu'il était parti, un peu plus de deux ans, leur nombre s'était étonnamment accru. Les gens, dans les rues, le surprenaient aussi. Il avait oublié la foule mélangée des rues de Paris. Il réalisa à quel point Blainville était un monde à part, une bulle relativement prospère et paisible. Il se sentait égaré parmi les immeubles commerciaux récents bordant le périphérique extérieur et qui s'étaient édifiés à l'emplacement des pavillons bancals et des entrepôts noirâtres de l'ancienne zone. Avec le boom de l'immobilier, la banlieue rouge et malfamée était soudainement devenue attrayante. Il sentait que le grand Paris, cette ville où il était né, avait vécu et travaillé, qu'il avait parcourue au volant d'une voiture de patrouille ou dans une voiture banalisée, cette ville n'était plus la sienne, ou plus précisément il ne lui appartenait plus. C'était comme une amante vacharde que l'on retrouve après une longue absence, qui ne vous rejette pas, non, mais vous reçoit plutôt fraîchement. Tiens ? Te voilà, toi ! Elle ne vous claque pas la porte au nez mais ne vous invite pas à rester. Alors, dépité, chagriné, on se demande ce qu'on a bien pu lui trouver.

Zamanski avait envie de regagner Blainville. C'était incroyable mais c'était ainsi. Il avait envie de revoir l'estuaire, le gris perle de son ciel. Besoin de retrouver ses rues ennuyeuses, de revivre ses nuits solitaires avec pour seule distraction les signaux mystérieux des feux du chenal. Il repensa à la cabane et au bateau que lui avait proposés Jacqueline Bissel. Il réalisa alors qu'il avait envie de se réfugier dans la cabine à la proue du bateau, son bateau, envie de s'endormir dans cette petite niche qui ouvrait sur les étoiles.

Le flic laissa à un employé les clés et les papiers de la Fiat, avec un gros paquet de fric parce que l'entreprise de location ne reprenait pas les voitures louées dans une autre agence.

Il repartit à pied en direction de la porte de Bagnolet. Là, il loua une Citroën C4, air climatisé, deux mille bornes au compteur et qui sentait le neuf. Il prit la direction de la villa Raynouard dans le 16e, où habitait Jean-Claude Cazenave, le vieil ami de la famille Parvillier. De temps à autre, il regardait dans le rétro pour voir s'il était suivi mais la circulation rendait cette mesure inopérante.

Richard se gara sur une place réservée aux livraisons, marcha quelques dizaines de mètres et franchit les grilles de la villa. Il s'avança dans une cour entourée d'immeubles datant des années trente, de l'époque où la colline de Chaillot et ses alentours avaient été chamboulés du fait de l'Expo universelle de 1937. C'était aussi gai que le mausolée de Lénine, un ensemble d'immeubles de six étages plus un pour les chambres de bonne, le tout en pierre de taille avec des pilastres entourant des portes en fer forgé. Peint en noir, le fer forgé.

Zamanski repéra "Cazenave" sur l'interphone du dernier immeuble de gauche. Il sonna, la voix du vieil homme lui répondit "Cinquième étage" et le grésillement d'une clenche électrique l'invita à entrer.

Une odeur de propre aux fragrances de Javel et d'encaustique l'accueillit. Il grimpa quelques marches jusqu'à un palier où se dressait la cage grillagée d'un ascenseur. Zamanski entra dans la cabine, une cabine à l'ancienne en bois verni et vitrée, fermée par un rideau de fer en accordéon qui lui rappela les visites chez le dentiste de son enfance. Il appuya sur le "5" et tout cela se mit en branle dans le zézaiement du moteur électrique et le chuintement graissé des câbles. Il passa en revue des paliers aux portes closes sur des silences de mort. Au cinquième, il n'y avait que deux portes. Une double vernie, face à la cage d'ascenseur et une de taille plus modeste, simplement peinte d'une couleur marronnasse, l'entrée de service. Zamanski frappa à la grande porte, le vieux Cazenave lui ouvrit.

Il suivit le vieil homme dans un vaste appartement meublé Louis quelconque où s'entassaient des cartons.

— Vous seriez venu deux semaines plus tard, vous ne m'auriez pas trouvé. Ma femme et moi déménageons. Nous allons habiter un appartement dans une résidence pour personnes âgées. La dernière station avant le caveau de famille. C'est ainsi. Allons dans ce qui est encore mon bureau.

La pièce n'échappait pas au grand chambardement. La mise en carton avait attaqué la bibliothèque qui voyait ses étagères gravement décimées. L'ancien administrateur n'avait pas encore défait sa discothèque. Zamanski remarqua une jolie collection de coffrets de disques, des enregistrements de Furtwängler, de Ginette Neveu, Victoria de Los Angeles, du jazz aussi, Gil Evans, Count Basie…

— Asseyez-vous.

Zamanski se posa sur un fauteuil "retour d'Egypte", son hôte choisit une chaise Louis-Philippe.

Sur le mur, derrière le bureau, il y avait la photo en couleurs agrandie d'une villa néo-Trianon avec pelouse et piscine. C'était la seule décoration de la pièce, peut-être le souvenir réconfortant d'un lieu de vacances heureuses. Pas de sagaies ni de masques, aucun objet ethnique rappelant le passé colonial de Cazenave.

— Vous voulez boire quelque chose ? Une eau minérale ? Un soda ? quelque chose de plus fort ? Un whisky ?

Zamanski choisit un whisky.

Et tant pis pour l'heure encore matinale.

Cazenave se leva, ouvrit la porte et d'une voix étonnamment forte :

— Mariette, tu peux nous apporter un scotch avec des glaçons !

Il revint s'asseoir.

— Je ne vous accompagnerai pas. A mon âge, l'alcool est interdit.

Une femme menue apparut tenant un plateau avec un verre, un seau à glace et une bouteille de Laphroaig.

— Mme Cazenave…

Cela dit sur le ton que l'on prend pour désigner le mont Blanc ou les usines Michelin, comme ça, en passant. Une évidence sans intérêt. Cazenave ne prit pas la peine de dire qui était son visiteur, madame paraissait n'en avoir rien à fiche.

Elle posa le plateau sur un coin du bureau et sortit sans un mot, ni un regard pour Zamanski. Peut-être que le couple se faisait la gueule à cause du déménagement ou d'une querelle ancienne et jamais éteinte.

— Qu'est-ce que je peux pour vous ? demanda le vieil homme en passant une main sur son crâne tavelé.

— Des gens s'intéressent aux recherches que Parvillier menait juste avant de se tuer. Ils sont prêts à beaucoup pour mettre la main dessus. Le jeune étudiant qui aidait Parvillier a été tué. Question : sur quel sujet travaillait Parvillier ? Est-ce qu'il vous en a parlé ? Il vous a peut-être même confié une copie de ses travaux ?

— Qu'est-ce que c'est que cette histoire ? Qu'est-ce que vous me dites là ?

Zamanski pensa qu'il avait peut-être mal entendu. Il enfonça le clou.

— Le jeune étudiant, l'assistant de Parvillier, il a été torturé et assassiné.

Mais Cazenave n'était pas effaré, il songeait. Il songeait en marmonnant.

— Oui... Parvillier, le petit Parvillier. C'était un chercheur. Et un chercheur fait des recherches, même à la retraite. C'est une façon d'être au monde qui s'acquiert durant de nombreuses années d'étude. On ne s'en débarrasse pas facilement et d'ailleurs il n'y a pas lieu de s'en débarrasser, n'est-ce pas. Ce n'est pas une maladie honteuse, la curiosité. Ce n'est pas une addiction aux effets secondaires regrettables comme... comme l'alcoolisme.

Le vieux colonial sembla revenir à ses devoirs d'hôte.

— Au fait, servez-vous ! fit-il en désignant la bouteille et le verre. Je sais ce que c'est. On parle souvent de l'alcool comme un manque, un vice alors que c'est tout simplement une gourmandise, n'est-ce pas. C'est le whisky que l'on aime, pas l'ivresse. Le whisky comme d'autres aiment le chocolat ou les gâteaux. Une gourmandise... Moi c'était la liqueur de banane. Le croiriez-vous ? La liqueur de banane ! Oui, servez-vous.

Zamanski se servit. Une dose raisonnable. Il était à peine 11 heures, il n'aimait pas que ses faiblesses soient percées à jour, qu'on les condamne ou qu'on les excuse. Cazenave poursuivait :

— Donc les recherches de Claude... Oui, je disais qu'il se soit donné un sujet d'étude même en retraite, même après avoir quitté Bamako, mon Dieu, quoi de plus normal.

Zamanski soupira. Il n'était pas venu pour ces généralités. L'autre sembla s'apercevoir de son impatience. Il releva la tête :

— Je ne sais pas sur quoi il travaillait. Il ne m'en a pas parlé. Pour moi il existait en tant que fils de mon vieil ami. Du vivant de ses parents, lorsque nous nous rencontrions, il me disait ce qu'il faisait au Mali, mais en des termes très généraux.

— L'autre jour, vous m'avez pourtant dit que Claude avait l'intention de publier un livre sur son père, qu'il travaillait sur des documents que son père lui avait laissés.

Cazenave réfléchit.

— Oui, c'est vrai. Il y a un peu moins d'un an, il m'a téléphoné. Ça me revient maintenant. Il voulait que je lui parle de l'Ecole de la France d'outre-mer. Mais vous savez, je serais surpris que l'on tue quelqu'un pour cela. Certes, Edmond, après les indépendances, a rejoint les services dirigés par Foccart. En tant que tel, il a été un acteur important des relations franco-africaines et de la vie politique française. Il a travaillé avec des gens comme Marie-France Garaud et Charles Julliet. Mais sur la Françafrique, comme on l'appelle parfois, tout a été dit, presque tout écrit. Et puis Edmond a pris sa retraite en 1990, ça fait plus de quinze ans. Ce qu'il savait appartient à présent à l'histoire, pour ne pas dire à l'histoire ancienne. Quoi qu'ait pu trouver son fils, je n'imagine pas que l'on puisse torturer un individu pour ça…

Cazenave se frottait rêveusement les mains, des mains fines et tachées de vieillesse.

— Qu'est-ce que faisait Edmond Parvillier auprès de Jacques Foccart ? Il avait un rôle important ?

— Sans aucun doute. Vous savez, il n'y avait pas d'organigramme officiel dans le service de Foccart mais Edmond avait un rôle de tout premier plan. Il agissait pour préserver les intérêts de la France. Pour des hommes comme Foccart, qu'il y ait eu dans l'ex-A-OF et A-EF des Etats avec des gouvernements souverains était anecdotique, un "détail" de l'Histoire. Pour Foccart, mais pas seulement pour lui, pour de Gaulle et ses successeurs, pour tous ceux qui avaient sur le continent africain des intérêts, l'important était que tout continue comme avant. Et même mieux qu'avant puisque les tensions et les conflits provoqués par la situation coloniale avaient disparu avec celle-ci. Au reste, il importait d'exploiter les matières premières nécessaires à notre industrie et cela au moindre coût, il s'agissait aussi d'assurer des débouchés à nos produits manufacturés. A cette époque, tout le continent roulait en Peugeot ou en camion Berliet. A présent, c'est en Toyota mais enfin… Vous avez une Toyota, jeune homme ?

Zamanski secoua la tête. Le vieux colonial avait débité son discours d'une traite, maintenant il semblait perdu de nouveau.

Attendre qu'il se remette sur ses rails. Silence. Il reprit son discours :

— Il fallait aussi maintenir une présence militaire pour s'assurer que le continent ne tombe pas sous l'influence du bloc communiste. L'URSS était une vraie menace. Pour toutes ces raisons, il fallait des gouvernements locaux qui sachent préserver nos intérêts ou qui les favorisent, d'où la corruption, les coups d'Etat, les assassinats politiques. Par ailleurs, il faut bien avoir à l'esprit que les hommes politiques mis en place et soutenus par les gouvernements français reversaient à la France, plus précisément aux partis politiques français, une partie des sommes considérables qu'ils détournaient. Il est amusant de penser que les campagnes électorales de notre pays ont pendant longtemps été en partie financées par les Africains. Elles le sont sans doute toujours.

Zamanski louchait en direction de la bouteille. Cazenave et ses belles phrases l'ennuyaient. Ce qu'il racontait était bien trop général et il n'y avait rien dans le récit qu'il ne sût déjà. On sait toujours tout et l'on s'en fout. Bien sûr, il y avait une relation entre la mort d'un enfant victime d'une lointaine guerre civile et le confort de sa vie de fonctionnaire d'un des pays les plus riches du monde. Mais ce qu'évoquait le vieux Cazenave ne le renseignait pas sur ce que contenait l'ordinateur de Claude Parvillier ni sur les raisons de sa mort et de celle d'Amidou Diop. Il se sentait sombrer dans la somnolence, comme si on l'hypnotisait. Il essaya de se reprendre.

— L'ordinateur, dit-il un peu sèchement.

L'autre eut un geste autoritaire. L'habitude de commander, de ne pas être contredit. La susceptibilité des vieillards peut-être.

— Je sais ce que je dis. Tout cela est beaucoup trop ancien ! La plupart des gens que connaissait Edmond sont morts ou sont proches de l'être, je suis bien placé pour vous le dire, non ? Pourquoi tuer pour ça ? Vous voyez bien. Lorsqu'un scandale éclate, une affaire d'Etat, ça fait les premières pages des journaux durant quelques jours et puis tout le monde oublie. Autour de la Françafrique, quelques poursuites judiciaires ont été entamées. Les instructions sont entravées par tous les moyens possibles et imaginables. Elles durent des années et aboutissent généralement à des non-lieux ou à des condamnations qui sont renvoyées en appel. Les mis en examen mourront probablement de leur belle mort avant d'avoir purgé la moindre peine.

— Pourtant il y a eu des assassinats, des journalistes entre autres.

— Pfff ! Ils sont dus à des responsables locaux qui perdent leur sang-froid. Pour la plupart, les potentats africains ne sont pas habitués à la liberté de la presse. Ils imaginent que la vérité est une menace. Ils se trompent bien sûr. La vérité, encore une fois, tout le monde s'en contrefiche.

Amertume perceptible dans la voix. Etait-ce l'expression d'un ancien haut fonctionnaire intègre et désillusionné ou celle d'un grand bourgeois très à droite, convaincu que tous les hommes politiques sont corrompus ?

— Bien, bien, disait maintenant Cazenave, fatigué ou désireux de mettre fin à l'entretien.

Zamanski espéra une autre mouche dans la pièce. Il n'y en avait pas et le cadavre de la première, aplati sur le bureau, ne ressuscitait pas. Il voulait revenir à Claude Parvillier.

— Qu'est-ce que faisait Claude au Mali ? demanda-t-il.

— D'après ce que je crois savoir, en dernier il étudiait les problèmes de scolarisation. Là-bas, il y a près de 50 % d'analphabètes !

— Il s'intéressait à la vie politique locale ?

— Ça, je ne crois pas. Si tel avait été le cas, il aurait eu des ennuis et se serait fait rapidement expulser.

— De l'espionnage ?

Cazenave sourit, ragaillardi par cette sottise.

— Que voulez-vous qu'il espionne ? Les plans du dernier sous-marin nucléaire de la marine malienne ? Soyons sérieux. Je vous rappelle que le Mali est l'un des pays les plus pauvres du monde. En général, dans ce genre de pays, ce que l'on cherche à savoir, ce sont les influences qui s'exercent sur le gouvernement en place. On cherche aussi à connaître les possibles prochains putschistes et quelle sera leur attitude envers la France. Un chercheur implanté dans le pays ne me semble pas le plus apte à traiter ce genre de questions. C'est plutôt le travail des ambassadeurs et de leurs attachés militaires…

Parvillier s'était pourtant tué et le jeune qui travaillait avec lui avait été assassiné. Zamanski ne voyait plus dans quelle direction chercher. Au hasard, il lança :

— Claude Parvillier n'était pas marié. Pas de femmes, pas de maîtresse.

— Claude ? Bien sûr que non !

Cette idée semblait à Cazenave des plus saugrenues.

— Il était homosexuel, n'est-ce pas ?

Cazenave sourit.

— Vous savez, chez les Parvillier, ça ne se disait pas et Claude n'y faisait jamais allusion, mais oui, bien sûr, il était homosexuel.

19

La Citroën était toujours à la place où il l'avait laissée. Les vautours de la fourrière ne l'avaient pas soulevée mais il y avait quand même un PV pour stationnement sur une place de livraison. Zamanski le déchira.

Il décolla du caniveau.

Dans la poche de sa veste, il y avait un bouquin donné par Cazenave : *Empereurs sans sceptre*, d'un certain William Cohen, un historien américain.

Cazenave avait expliqué :

— En défaisant ma bibliothèque, je suis tombé sur cet ouvrage et j'ai repensé à notre conversation de l'autre jour, vous savez, à la sortie du cimetière. Prenez-le, vous verrez, c'est sur les administrateurs coloniaux et l'Ecole de la France d'outremer. Vous apprendrez ce que nous étions, Edmond et moi, dans notre jeunesse. Le livre a été écrit par un universitaire américain, au milieu des années soixante. Je l'ai connu, ce William Cohen. Un homme très sympathique, très pointu sur notre histoire coloniale. Lui-même avait eu l'expérience des colonies, si je puis dire. Il avait été élève au lycée français d'Addis-Abeba… Je pense que son livre vous intéressera.

Zamanski avait remercié. Il avait aussi demandé à Cazenave l'adresse et le numéro de téléphone de Claire, la sœur de Claude Parvillier. Le vieux avait dû mobiliser Mariette en soutien logistique, mais il était parvenu à retrouver les renseignements demandés. Claire Bronsard (elle avait été mariée), allée des Vignes, à Champagnier, un village en sortie sud de Grenoble. Il avait aussi un numéro de téléphone, de téléphone fixe.

Avant de démarrer, Richard appela Claire Parvillier. Il obtint un répondeur, ne laissa pas de message. C'était la fin de la matinée, elle était sans doute à son travail. Cazenave avait rappelé que c'était une scientifique de haut niveau employée dans un labo de physique à Grenoble. Zamanski remonta en voiture et prit la direction du périph pour attraper l'A6 à la porte d'Orléans. Que personne n'ait répondu à son coup de fil ne changeait rien. Il avait l'intention de se rendre à Grenoble pour interroger cette femme qui n'était pas venue aux obsèques de son frère. Pour ce faire, il n'avait que cinq cent soixante-cinq bornes à couvrir. Une paille !

A hauteur de Rungis, Richard Zamanski repensa à ce que lui avait dit le vieux Cazenave. Claude Parvillier était homosexuel. Une évidence tellement "évidente" qu'elle n'avait pas besoin d'être énoncée. Sauf pour lui et ses copains de lycée.

Zamanski revit les soirées passées avec le jeune prof. C'était au milieu des années soixante-dix, en pleine "révolution sexuelle". N'empêche, ses copains et lui étaient puceaux et l'approche de l'autre sexe, ou du même, n'était pas facile. Ils étaient des mômes boutonneux et timides. Tout au plus seize ans. Pas simple de sortir avec une fille ou un garçon. Quant à l'amener dans un lit…

Entre lycéens, ils ne parlaient pas de sexe. Ils discutaient de politique ou de voyages. Prendre la route, voyager en stop, était à la mode, *on the road again*. D'abord en Angleterre puis la Grèce ou le Maroc, l'Afghanistan (on disait l'Afgha) pour les plus aventureux, les plus âgés. De grandes gueules, des "révolutionnaires". Mais pour les relations amoureuses : pudeur et timidité ! Dans ce domaine, ils étaient loin d'être précoces. De quoi parlaient-ils avec Claude, dans ces restaus du Quartier latin, autour d'un couscous ou d'un poulet aux amandes-riz cantonais ? Les luttes dans les usines ? Le Joint Français en grève, le combat exemplaire des Lip, à Besançon ? Du Viêtnam ? Claude Parvillier leur avait décrit l'enquête menée par Yves Lacoste au Nord-Viêtnam, à propos des bombardements des digues du fleuve Rouge, en amont de la baie de Haiphong. Le travail de Lacoste l'enthousiasmait. Mettre ses connaissances, son savoir, au service du peuple en lutte, c'était précisément ce que devait faire tout intellectuel, un exemple à méditer, à suivre… Ils parlaient cinéma aussi. Grande époque des salles d'art et d'essai. Bergman, Antonioni, Rivette. Claude leur avait dit d'aller voir *Teorema* de Pasolini. Zamanski avait suivi le conseil. Le film l'avait bouleversé. L'homme d'affaires joué par Massimo Girotti se dénudant en plein milieu de la gare de Milan restait un de ses grands souvenirs cinématographiques.

Claude Parvillier ne faisait jamais allusion à une copine, à une fiancée, à sa femme. Il n'y avait pas de "nous" dans ses histoires. Finalement, ce grand garçon gentil et généreux ressemblait davantage à un aumônier de lycée qu'à un prof d'éco gauchiste.

Lui, Richard, à cette époque, essayait de sortir avec une certaine Claudine, une fille beaucoup plus mature, plus expérimentée aussi mais qui ne voulait pas, même si elle voulait bien quand même. Alors qu'il dépassait Corbeil-Essonnes, il se souvint de ces après-midi passés dans la chambre de la bandante, plongée dans le noir, la chambre, volets tirés et porte close, des heures à écouter Leonard Cohen et Léo Ferré avec le temps va tout s'en va, à lire Boris Vian, je ne voudrais pas crever…

Aux environs d'Auxerre, il se mit à pleuvoir. La Citroën était une bonne bagnole, facile à conduire. Mais sa Mercedes lui manquait. Il repensa au jour où Véra et lui étaient allés la chercher chez un copain cinéaste. Ce dernier n'en avait plus l'usage. C'est ce qu'il disait. Mais la réalité, c'est qu'il n'avait plus les moyens d'entretenir l'Allemande exigeante en fioul. Son film, un incroyable navet qui se déroulait sur l'île de Pâques, avait été un four, un four mérité. Comment pouvait-on faire un film aussi nul et prétentieux dans d'aussi beaux paysages ! Le cinéaste vendait donc sa Merco. Ils étaient allés la chercher du côté de Montmorency, avaient fait une promenade motorisée dans les alentours de Compiègne Ermenonville. Véra exultait dans son fauteuil aussi confortable que celui d'un fumoir de première sur un paquebot d'avant les charters. Il avait viré dans une allée forestière qui, en cet après-midi de semaine, promettait d'être tranquille. Il avait arrêté le six cylindres en ligne, avait fait basculer le siège de sa passagère. "Tu connais le coup de la panne d'essence ?" Ils avaient fait l'amour. Il se souvenait qu'il avait en tête un refrain des Beatles : *Baby you can drive my car / And maybe I'll love you / Beep beep beep yeah !*

Dépassé Lyon, il s'arrêta sur une aire d'autoroute pour faire le plein, manger un sandwich, boire un café. Il appela Claire Parvillier qui ne répondit pas. Il téléphona aussi à Jacqueline Bissel. Une fois de plus il trouva la voix enregistrée de son répondeur, ce qui ne le rassura pas. Vaincu, il feuilleta le bouquin que lui avait laissé Cazenave. L'ouvrage portait sur l'histoire de l'administration coloniale française et celle de l'école qui formait ces administrateurs. C'était une vision plutôt positive de la colonisation qui ne s'attardait pas sur les exactions nombreuses qui l'avaient accompagnée. Edmond Parvillier et Jean-Claude Cazenave étaient cités plusieurs fois. Un livre sans doute intéressant, mais qui ne disait rien sur les travaux de Claude Parvillier. Zamanski le referma, il démarra.

Champagnier était un bourg néorural situé à une dizaine de kilomètres de Grenoble. Zamanski eut du mal à trouver l'allée des Vignes. C'était davantage un chemin agricole qu'une rue. Il finit par garer la Citroën sous un platane qui perdait ses feuilles. Dehors, ça sentait le feu de cheminée, le retour de l'hiver, une atmosphère à rentrer chez soi et fermer sa porte. Le pavillon, une construction d'une vingtaine d'années, était situé en contrebas de l'allée. Sur la boîte à lettres il y avait une étiquette à demi décollée, aux caractères passés : *Daniel et Claire Bronsard.* Il poussa la porte de jardin, descendit sur quelques mètres une allée bordée de massifs de dahlias finissants. Arrivé à un perron protégé par un auvent, il sonna à la porte, prêt à subir les assauts d'un clébard furibard.

Mais il n'y avait pas de chien et personne ne répondit. Il sonna à nouveau, inquiet d'avoir fait tout ce chemin pour rien. Il perçut une présence, des mouvements hésitants puis une voix féminine :

— Oui ? C'est à quel sujet ?

— Madame Parvillier ? Commandant Zamanski de la police nationale. Je voudrais vous parler.

La porte s'entrouvrit sur une femme de taille moyenne, proche de ses soixante ans, les cheveux grisonnants coupés court, le visage aux pommettes hautes qui soutenaient des lunettes à monture fine et dorée. Elle était vêtue d'un shetland bleu ciel, d'un jean et d'une paire de bottines à talons plats. Pas de maquillage. Elle portait davantage attention à la réalité des équations et des formules savantes qu'à son aspect physique : une scientifique dure.

Zamanski présenta sa brême.

— Qu'est-ce que vous me voulez ?

— Je voudrais vous interroger sur votre frère, Claude Parvillier.

Elle ne parut pas étonnée. Importunée, peut-être même agacée, mais pas surprise. Elle le fit entrer.

Au portemanteau du vestibule pendaient un ciré, une veste de laine. Sur le meuble à étagères destiné aux chaussures stationnaient une paire de mocassins bordeaux, des chaussures de footing blanc et rose, des grolles de randonnée. Personne d'autre qu'elle ne semblait habiter cette maison trop grande, sans doute construite à la naissance du deuxième enfant et qui s'était vidée avec les études des mômes et le départ de monsieur.

A la suite de la femme, il pénétra dans une salle à manger-salon meublée en pur style Camif. Il y avait un ficus devant la baie vitrée donnant sur une terrasse au barbecue protégé par un sac-poubelle maintenu par deux pierres. Les canapés et les fauteuils étaient en tissu fleuri un peu passé. Une bibliothèque à modules hébergeait quelques beaux livres, des photos d'enfants grandis, une petite chaîne hi-fi et des CD de musique classique. Les peintures étaient jaunies, ça sentait le tabac froid. Ce n'était pas sale, de là à dire que c'était soigné… Claire Parvillier habitait ce pavillon comme son frère avait habité la maison familiale : en simples passants. Ces deux-là partageaient un inintérêt marqué pour les biens mobiliers. Bizarre pour les héritiers d'un haut fonctionnaire.

Elle l'invita à s'asseoir. Il se posa dans un fauteuil à l'assise mollassonne. Elle choisit une chaise près de la table. Elle dominait la situation. Richard ne changea pas de siège pour autant.

— Vous voulez me poser des questions sur mon frère, dit-elle d'une voix sourde et vindicative. C'est un peu tard, vous devez savoir qu'il est mort. Il s'est suicidé !

— C'est moi qui ai constaté son décès, répondit Zamanski.

Elle leva les bras dans un geste d'impuissance.

— Alors je ne vois pas très bien ce que je peux vous dire de plus !

Elle décolla de sa chaise, sortit de sa poche un paquet de Gitanes et un briquet jetable. Elle prit un cendrier sur l'étagère de la bibliothèque, un gros bloc de verre coloré rapporté d'un voyage à Venise et s'alluma une clope. Les fumeurs de Gitanes tendaient à se faire rares. Zamanski oublia ses Camel.

— Alors ? Je vous écoute.

Son agressivité rentrée commençait à être pénible. Zamanski se lança :

— En début d'été, votre frère s'est rendu au Mali. Il y est allé pour un travail de recherche. Est-ce qu'il vous a dit sur quel sujet il travaillait ?

Elle secoua la tête.

— Non. Il ne m'a rien dit. Je ne sais pas ce qu'il est allé faire au Mali. Mon frère était socioéconomiste, je suis physicienne. Vous voyez, ce sont des domaines très différents.

Zamanski retourna à l'attaque :

— Certes, mais vous pouviez parler de vos travaux comme on parle de la pluie et du beau temps, non ? Par politesse et sans entrer dans les détails. "Et toi, tu travailles sur quoi en ce moment ?"

— Non. Nous n'avions pas ce genre de relations, mon frère et moi.

Richard soupira.

— Pardonnez-moi d'insister mais vous êtes sûre qu'avant de mourir Claude Parvillier ne vous a pas fait parvenir de documents par la poste ou par courrier électronique ? Il ne vous a vraiment rien dit sur ses travaux ?

— Je vous ai déjà dit que non. Et même s'il l'avait fait, je pense que je les aurais jetés à la poubelle sans même prendre la peine de les lire.

Carrément ! Zamanski était estomaqué.

— Et je peux vous demander pour quelle raison ?

Elle écrasa sa cigarette, se leva agacée, alla devant la baie vitrée regarder tomber la nuit sur les montagnes avoisinantes.

— Eh bien, disons que mon frère et moi étions en froid. Un ricanement : Oui, c'est cela, nous étions en froid.

Zamanski s'enfonçait dans son fauteuil mou.

— Pour quelle raison ?

Elle se retourna, un mouvement de tout son corps, à l'arraché.

— Vous tenez vraiment à me faire dire ce que vous savez déjà très bien ? Vous êtes ici à cause des plaintes déposées contre mon frère au Mali ! Alors cessez de tourner autour du sujet, posez vos questions et ensuite partez !

Richard était un peu perdu. La seule chose qu'il percevait c'était ce bloc de colère méchante et désespérée.

— Je ne suis pas sûr de comprendre, madame.

Elle reprit mezza-voce mais avec autant d'énergie rageuse :

— Vous ne savez pas ? Vous n'êtes pas au courant ? Claude, mon cher frère, ce savant respecté, cet homme généreux que tout le monde admirait, était l'objet de plusieurs plaintes pour viols sur mineurs. Il encourait quinze à vingt ans de prison. Eh oui ! Mon frère abusait des gamins qui venaient se réfugier chez lui.

Zamanski essaya d'intégrer l'information. Claude Parvillier, un pédophile…

— Des plaintes déposées où, et par qui ?

— Par de jeunes Maliens, ses anciens protégés, auprès du parquet de Bamako.

Comment se faisait-il qu'à Blainville personne n'ait été au courant ? Les lenteurs de la justice malienne ?

— C'étaient peut-être de fausses accusations ? Une rumeur calomnieuse ?

Elle haussa les épaules.

— Oui, on pourrait le penser, imaginer un complot des autorités maliennes visant à se débarrasser d'un expatrié devenu gênant. Mais ce n'est pas le cas.

Zamanski sourcilla.

— Vous en êtes sûre ?

— Oui, Claude a reconnu lui-même les faits !

— Quand ça ?

Elle écrasa sa Gitanes dans le cendrier.

— A la mi-septembre, la dernière fois que nous nous sommes vus. Claude m'avait téléphoné, il voulait me voir, il avait quelque chose d'important à me dire. Au téléphone, il avait l'air bouleversé, déprimé aussi… J'ai d'abord pensé qu'il avait des soucis de santé, qu'il s'ennuyait en retraite, que l'Afrique lui manquait. J'étais loin de me douter… Quand il est arrivé ici, c'était un samedi matin, il m'a expliqué qu'il était accusé de viols sur mineurs. Une histoire sordide. Le ciel m'est tombé sur la tête ! Claude était homosexuel, ça je le savais, les femmes ne l'attiraient pas mais…

Elle alluma une autre Gitanes.

— Mais ce que je ne savais pas, c'est qu'il n'aimait pas non plus les hommes. Ce qui l'intéressait, mon frère, c'étaient les très jeunes garçons, les enfants. Ce genre de perversion était sans doute plus facile à assouvir dans un pays sous-développé qu'en Europe. Je savais qu'à Bamako il avait transformé sa maison en refuge pour enfants des rues : la Case des enfants. Il les accueillait chez lui, il les nourrissait. Il faut reconnaître aussi qu'il essayait de les envoyer à l'école, c'était son côté bon prof. Mais ce que j'ignorais, ce que tout le monde ignorait, c'est que, pour tout cela, les enfants devaient payer. Je vous passe les détails... Il abusait de ces pauvres gamins ! Ça a duré comme ça des années jusqu'à ce que plusieurs de ses victimes décident enfin de porter plainte.

Richard revit Parvillier, dans la brasserie, à Blainville. Il lui avait expliqué en souriant qu'il avait une dizaine d'enfants, pas les siens mais des gamins livrés à eux-mêmes dans les rues de Bamako. Des gamins dont il s'était occupé. Ce jour-là, il n'avait pas l'air d'un coupable qui a des ennuis avec la justice. Mais c'était au tout début du mois de septembre.

— Et vous, qu'est-ce que vous lui avez dit ?

— Que voulez-vous que je lui dise ? Que ça m'ennuyait que le nom de notre famille soit cité dans une affaire criminelle ? Que ça me contrariait d'être la sœur d'un sale type ? Non, j'ai essayé de le réconforter, je lui ai dit qu'il était malade et qu'il fallait qu'il se soigne mais qu'il devait assumer ses actes et leurs conséquences. Je lui ai même dit que je serai à ses côtés. Quelle idiote ! Lui ne voyait pas les choses de cette façon. Pas du tout.

Plus besoin de la questionner. Il lui avait demandé ce que contenait son sac, elle l'avait ouvert, avec réticence. Maintenant, elle le vidait.

— ... Pas question de plaider coupable et de demander pardon. Non ! Ce n'était pas son genre ! Bien au contraire ! Il s'est mis en colère, m'a dit que je ne comprenais rien, que je ne pouvais pas comprendre. Il m'a traitée de petite-bourgeoise, il m'a dit que je ne savais pas ce qu'était la réalité de ces gamins, que je n'en avais aucune idée. Un gosse des rues de treize ans, ça n'a rien à voir avec un collégien de Grenoble. Il fallait que je comprenne que ces jeunes se prostituaient, que tout le monde en profitait, les utilisait. Lui, il les aimait, il les protégeait en les hébergeant chez lui, en les nourrissant, en leur donnant des vêtements, une éducation. Et on allait le condamner pour ça ! Un siècle après Freud, la société occidentale ne voulait toujours pas admettre que les humains n'attendent pas dix-huit ans pour avoir une sexualité ! Lui, il n'était pas malade, il n'était pas un criminel. Non ! Il était une victime ! La victime d'un coup monté, d'un complot destiné à le faire taire ! C'est ce qu'il disait. J'ai fini par le mettre à la porte. Je pouvais accepter d'être la sœur d'un malade mais pas d'un pervers paranoïaque, pas d'un salaud doublé d'un escroc…

— Un escroc ?

— Bien sûr un escroc ! Vous ne savez donc rien ? A quoi ça sert d'être flic, on se demande !

Zamanski fit le dos rond.

— Comme il avait besoin d'argent pour faire vivre son "refuge" pour enfants, il a créé une association, la Case des enfants, une sorte d'ONG, soutenu par une voisine de nos parents, Jeannine Morel. Elle se chargeait de trouver des subventions avec l'aide de l'église réformée de Blainville. Et elle en a trouvé. Pensez ! Là-bas, dans cette Afrique si pauvre, Claude Parvillier, ce brillant scientifique faisait un travail extraordinaire de dévouement et de générosité. Autant vous dire que les braves protestants blainvillois ne rechignaient pas à faire des dons. Pour ça aussi je lui en veux. Il a trompé tout le monde et il a souillé la mémoire de mes parents dans ses histoires sordides…

Elle se tut, s'enferma dans ses pensées. Elle eut un sanglot, violent. Elle renifla, ôta ses lunettes, essuya une larme à la commissure d'un œil.

— Excusez-moi. Vous pouvez comprendre que tout cela me bouleverse.

— Vous n'êtes pas allée à ses obsèques, dit Zamanski d'une voix neutre. Pas un reproche, une simple constatation.

— Non. Ce ne m'était pas possible. Lorsque j'ai appris sa mort, j'ai décidé que mon grand frère, celui que j'avais aimé, était mort depuis bien longtemps, le jour où il a pris l'avion la première fois pour Abidjan. Celui qu'on a enterré dans le caveau familial était un inconnu…

— Et la voisine qui soutenait l'œuvre de votre frère…

— Jeannine Morel ?

— Oui. Elle habite toujours Blainville ?

— Elle est décédée.

Elle eut un mouvement de tête d'exaspération. Elle poursuivit :

— A elle aussi, sa mémoire est salie. C'était pourtant une femme bien, une institutrice en retraite. Elle avait enseigné en Algérie dans les années cinquante. Mon frère et elle avaient sympathisé. Ils se voyaient lorsque Claude venait à Blainville pour les vacances. Elle aimait beaucoup mon frère, le trouvait formidable. La pauvre ! Si elle avait su !

Affaire de mœurs, de fric aussi. Avec des implications politiques. Ça commençait à faire beaucoup pour les épaules d'un ancien prof d'économie.

Claire Bronsard avait éteint sa clope. Elle mordillait son pouce.

— Vous pouvez me parler de l'association de votre frère, la Case des enfants ?

— Non. Je dois dire que ça ne m'intéressait pas beaucoup. J'ai dû verser quelques centaines de francs, mais à part ça…

— Et vos parents ? Ils soutenaient l'œuvre de votre frère ?

Elle haussa les épaules.

— Pas non plus vraiment. Les relations entre Claude et eux étaient difficiles. Claude avait de grandes idées sur l'Afrique, la colonisation, le rôle de la France gaulliste, ce qui exaspérait mon père. Quant à maman, elle reprochait à son fils de ne s'être pas marié et de ne pas lui avoir donné de petits Parvillier.

Un homo de gauche dans une famille bourgeoise de droite…

— Vous savez qui pourrait me renseigner sur l'association ? demanda Zamanski.

— Le pasteur de Blainville, je pense. Je vous l'ai dit, Jeannine Morel était très engagée dans la vie de la communauté. A l'époque c'était le pasteur Quiétin. Mais je crois qu'il a changé de paroisse. Mais enfin, il doit y avoir toujours d'anciens membres à Blainville.

Richard s'extrait de son siège mou. Il remercia Claire Bronsard de l'avoir reçu. Il allait s'en aller lorsque :

— Une dernière question, madame Bronsard. Vous avez dit que votre frère se prétendait victime d'un coup monté, d'un complot.

Elle soupira :

— Je suppose qu'il en est toujours ainsi avec les pervers. Ce n'est jamais leur faute ! Ce sont les autres qui voient le mal partout !

— Il vous a dit quand les plaintes avaient été déposées contre lui ?

— Oui. C'était juste avant qu'il vienne me voir. Courant septembre.

Richard réfléchissait :

— Donc après son séjour au Mali.

— Oui…

Quelque chose la gênait.

— Inspecteur. Je voulais vous demander… Pour la plainte ? Qu'est-ce qui va se passer à présent ?

Zamanski haussa les épaules.

— L'accusé est mort. L'action de la justice est donc éteinte.

— Bien sûr… Si c'était possible… J'aimerais que cette histoire ne soit pas rendue publique… Vous comprenez, le nom de ma famille…

Zamanski voulut la rassurer.

— Il n'y a pas de raison…

Au tribunal des morts, il n'y aura que des souvenirs à décharge.

— Je ne vous l'ai pas dit, reprit Richard, mais il se trouve que j'ai connu votre frère, il y a longtemps. Il était jeune prof, et moi j'étais lycéen. Le hasard a voulu que nous nous retrouvions à Blainville et que ce soit moi qui ai été appelé pour constater son décès.

L'information la troubla.

— Est-ce que vous aussi, il vous a…

Il la rassura :

— Non, non ! Il n'a jamais essayé de…

De quoi ? Richard avait du mal à dire le mot. Draguer ? Peloter ? Tripoter, toucher ? Parvillier et lui, assis côte à côte, dans l'autocar…

— Non, il n'a jamais eu d'attitude répréhensible à mon égard, pas le moindre geste ambigu. J'ai le souvenir d'un bon prof, d'un type bien.

Claire Parvillier eut un faible sourire.

— Oui, mon grand frère était un type bien. C'était avant qu'il ne parte là-bas…

Elle le raccompagna à la porte. Dehors, il faisait nuit, froid. Richard grelotta.

— Vous vivez seule ?

— Mon mari m'a quittée pour aller vivre avec une de ses étudiantes… Je me demande ce que les hommes ont en tête. Lorsque ce ne sont pas des enfants, ce sont des gamines de vingt-cinq ans…

Déprimé, grelottant, Richard regagna son véhicule. Dans le bourg, tout semblait mort, victime d'une contamination radicale, celle de la saloperie du monde. Il exagérait bien sûr. Il y avait encore des vivants. La preuve, en rejoignant la nationale, il croisa une voiture, une Peugeot 407 gris anthracite avec deux hommes à l'intérieur.

20

Pour retourner à Blainville, Zamanski avait le choix entre rattraper l'axe rhodanien et contourner le Massif central par le sud ou passer par le nord en rejoignant Clermont-Ferrand, Limoges, et Blainville. La route du nord était plus directe, celle du sud plus facile. Il choisit le nord, préférant la difficulté des nationales en moyenne montagne à la monotonie des autoroutes en plaine.

Jusqu'à Clermont-Ferrand, ce fut une partie de plaisir autant que peut l'être un voyage lorsqu'on a déjà cinq cents bornes sous la pédale d'accélérateur. Richard avait fait le trajet Paris-Grenoble dans la matinée, faut-il le rappeler. Après Clermont-Ferrand, il s'enfonça dans la nuit des transversales. Bien peu de bagnoles. Les phares révélaient les abords de la route, vallées et plateaux, forêts inquiétantes d'où pouvait surgir l'endormissement sournois.

Claude Parvillier. Accusé de viol par d'anciens protégés. Parvillier qui avait avoué sa pédophilie à sa sœur. Il revoyait le jeune prof d'éco à la table d'un restau chinois du Quartier latin. Est-ce qu'il organisait ces rendez-vous dans l'espoir de finir la nuit avec l'un d'eux ? Ni Zamanski ni ses potes ne s'en étaient aperçus. Ils n'avaient rien compris au film. Ils avaient beau lire Henry Miller ou Wilhelm Reich, c'étaient des niaiseux. Quant à Parvillier, quelles que fussent ses intentions, il se devait de faire gaffe ! A cette époque, la majorité était à vingt et un ans et on ne plaisantait pas avec les relations prof-élève et le détournement de mineur. Une enseignante avait été inculpée et mise en détention pour avoir eu une relation amoureuse avec l'un de ses lycéens. Elle s'était suicidée. Zamanski se souvenait vaguement du film *Mourir d'aimer* avec

Annie Girardot. Il se souvenait aussi que lors d'une conférence de presse, le président de la République, Georges Pompidou, avait répondu à la question d'un journaliste en citant des vers de Paul Eluard. On n'écrit pas une anthologie de la poésie française pour rien !

En Afrique, c'était moins risqué. Pas victimes de vingt siècles de judéo-christianisme, les Africains. Les jeunes, pas maintenus dans une enfance à rallonge. Les relations humaines plus simples, sans préjugés ! Zamanski pouvait entendre le discours que Parvillier servait à ceux qui le critiquaient. Mais y avait-il eu des Africains ou des coopérants français, pour condamner ses agissements ?

Il avait fait toute sa carrière sans le moindre ennui. Tout le monde s'en foutait de ce que l'éminent chercheur faisait aux mômes qui se réfugiaient chez lui. Ce n'est qu'après son retour en France que plusieurs de ses anciens protégés avaient porté plainte. Pourquoi si tard ? Pourquoi maintenant ? Juste avant, en juin-juillet, Parvillier était allé au Mali pour enquêter sur le terrain, une recherche qui embêtait certains milieux africains et français. Un hasard ?

La Case des enfants. Karvejian, le gendarme de Bordeaux, lui avait parlé de cette association. C'est elle qui versait une bourse d'études à Amidou Diop, l'étudiant qui venait régulièrement chez Parvillier. Pour l'aider !

Lumière pour ombre, un ado franchit le seuil d'une maison, un commissariat. Il veut porter plainte. Du pouce le flicard lui désigne une pièce où des gens attendent la fin du monde. Il fait si chaud, si sombre, pourquoi bouger ? Un compresseur ronfle, bruit régulier de moteur bien réglé. Le jeune garçon hésite, il se met en marche, traverse un patio, longe un couloir qui sent la sueur, pénètre dans la pièce. Assise derrière un bureau de métal peinturluré, une matrone maintient l'ordre des choses. Il fait chaud. Ça pue la garde à vue et les jours de merde. La femme se lève. Enorme fessier menaçant dans son pantalon d'uniforme bleu. Elle fait signe au gamin de la suivre. Ils entrent dans une pièce. Parvillier, nu, est assis derrière un bureau. Torse blanc et maigre. Il se lève, il bande. Il vient vers le jeune : "Attention, tu es en train de t'endormir !"

Zamanski fit une embardée en freinant. Le semi-remorque le croisa en gueulant de tous ses phares et avertisseurs. Richard, le cœur battant, se redressa sur son siège, cramponna le volant, ouvrit la fenêtre. Il fallait qu'il s'arrête pour se reposer quelques minutes, ça devenait urgent. Il reprit un quatre-vingt-dix de croisière. Et, de nouveau, il subit la fascination de la ligne discontinue, rythme hypnotique des traits blancs qui scandent le retour de l'inconscience. L'autoradio calé sur une chaîne de jazz diffusait à fond du Cliff Jordan, *Blue Shoes*.

Un peu avant Aubusson, il trouva une station-service-restoroute ouverte. Elle faisait aussi hôtel, du moins c'est ce que prétendait une enseigne lumineuse qui clignotait au sommet d'un chalet en béton. Richard s'arrêta devant les pompes à essence. Le froid et l'humidité des montagnes le saisirent. Il regarda passer un camion frigorifique dans le feulement de son V6 et puis plus rien, le silence. Moteur électrique de la pompe. En contrebas, un torrent cascadait. Réservoir rempli, Zamanski entra dans la boutique restaurant pour payer.

A l'intérieur, ils étaient deux, un homme d'une cinquantaine d'années, une femme ni belle ni laide, fatiguée. Par la vie, par sa nuit à tirer. Zamanski régla son plein d'essence puis se dirigea vers le comptoir où la femme l'attendait, prête à bien peu pour le satisfaire. Au-dessus du comptoir, un écran plat diffusait un match du championnat anglais. Richard commanda un double café et s'intéressa à la rencontre Leeds-Manchester. Une tasse arriva devant lui. Il la prit et alla s'asseoir dans la salle éclairée par des lustres en verre orange rescapés des *seventies*. Il découvrit un type fluet en jean et en tee-shirt noir qui récupérait des forces avec un steak au poivre aussi racorni qu'une fille oubliée sous son lampadaire.

Pourquoi n'était-il pas passé par le sud ? Contourner Toulouse, c'est quand même mieux que dépasser Aubusson ! Richard envisagea de demander une chambre puis il y renonça. Il préférait rentrer dans ce qui était encore chez lui. Il paya la femme qui lui souhaita bonne route d'une voix de somnambule et rejoignit le parking. Avant de remonter en voiture, il sautilla sur place en se battant les flancs autant pour se réchauffer que se réveiller. Il démarra.

Dans son rétro, la station-service s'amenuisa à la vitesse des souvenirs oubliables, une parenthèse insignifiante passée dans un décor à la Hopper. Edward Hopper qui n'avait pas uniquement peint des cafés et des stations-services habités par des êtres enfermés dans leurs songes indicibles mais aussi le cap Cod et ses yachts appartenant aux grandes familles de la

Nouvelle-Angleterre. Aucune illusion à avoir. Même s'il achetait la cabane et son voilier, même s'il apprenait à naviguer, il n'aurait jamais l'allure de Kennedy barrant son yacht sous le regard admiratif de Jacqueline. Kennedy... Beaucoup plus de classe qu'un Pompidou récitant du Paul Eluard. Et Claude Parvillier qui avait tripoté durant plus de vingt ans les gamins, les petits négrillons des rues. Comme ça qu'il disait ? "Négrillons" ? Non, pas Claude Parvillier. Négro, négresse, négrillon, ce n'était pas dans son vocabulaire. Il était de gauche, Parvillier. Il enseignait la théorie économique marxiste à ses jeunes lycéens. Il voulait mettre son savoir au service des peuples du tiers-monde en lutte contre l'impérialisme et le néocolonialisme. Il s'était porté volontaire pour la coopération. Il était allé transpirer en Côte-d'Ivoire ce qui est tout de même mieux que troufionner à Lunéville. Devenu chercheur, il avait étudié le rôle des églises dans la scolarisation des petits Africains. Images grisâtres et commentaires nasillards des actualités Pathé : "A l'appel de la cloche de la mission, les enfants accourent pieds nus. Si joyeux, si pleins de vie malgré la chaleur, la pauvreté et la malnutrition, tellement désirables ! Bien sagement, ils s'asseyent à l'ombre du grand baobab pour réciter le Notre Père et lire l'abécédaire..."

Mais qu'est-ce que Parvillier était allé faire à Bamako en juin-juillet ? Qu'est-ce qu'il y avait trouvé ? Son ordinateur avec tous ses travaux avaient disparu. Evidemment ce n'étaient pas les services du bel Antoine qui l'avaient piqué. Ni l'Africain beau parleur. Alors qui ? Un troisième groupe de nuisibles ? Delarive et l'Africain palabreur le soupçonnaient, lui, Richard Zamanski. Quelle connerie ! Mais la connerie est une maladie qui fait des ravages. Amidou Diop en avait été victime.

Son portable sonna. Il se gara sur le bas-côté de la route, pensant que c'était Jacqueline Bissel. Ce n'était pas elle mais un gendarme de Grenoble, le brigadier-chef Wastel.

Le cœur de Zamanski rata un temps. Et merde ! Qu'est-ce qui se passait ? L'autre poursuivit d'une voix autoritaire qui incitait à se mettre au garde-à-vous :

— Pouvez-vous me communiquer votre identité et l'adresse de votre domicile ?

Zamanski les lui donna. Il perçut de l'étonnement à l'annonce de son grade et de sa fonction. Le ton changea :

— Nous sommes donc collègues, commandant. Aujourd'hui, vous avez téléphoné deux fois au domicile de Mme Claire

Bronsard. Une fois, à 11 h 23 et la seconde à 15 h 16. Chaque fois vous n'avez laissé aucun message. C'est exact ?

Zamanski confirma.

— Le premier appel a été émis du 16e arrondissement de Paris, le second sur une aire d'autoroute à Saint-Quentin-Fallavier, au sud de Lyon. Est-ce que vous vous êtes rendu chez Mme Bronsard-Parvillier ?

Le gendarme l'inquiétait de plus en plus.

— Pourquoi vous me posez ces questions, brigadier-chef ?

Mais l'autre poursuivait :

— Et moi, je vous demande si vous avez rendu visite à Mme Bronsard.

— Exact.

— Et pour quelle raison ?

— Il s'agissait d'une visite privée…

Il y eut un bref silence.

— Qu'est-ce qui se passe, brigadier-chef ? demanda Zamanski.

— Faut-il parler d'une audition de l'intéressée ?

— Non. Je suis actuellement en congé. Je vous l'ai dit, c'était une visite privée.

— Donc sans commission rogatoire ?

— Exact, brigadier-chef. Sans commission rogatoire. Je suis arrivé, il était un peu plus de 17 heures et je suis parti une heure plus tard.

— C'était donc une "visite privée" brève !

Ironie perceptible. L'autre poursuivait.

— Et en quittant Mme Bronsard, vous n'avez rien remarqué ?

Qu'y avait-il à remarquer ? La tombée de la nuit et la fraîcheur de l'air. Connard ! Zamanski s'énervait.

— Encore une fois, vous pouvez me dire quel est le problème, brigadier-chef ?

— Le problème, commandant Zamanski ? C'est une balle dans une boîte crânienne. Celle de la femme à qui vous avez rendu une "visite privée". Vous êtes à notre connaissance la dernière personne à l'avoir vue vivante. Il faudrait que nous nous rencontrions très vite…

21

Richard Zamanski arriva à Blainville à l'ouverture des boulangers. Il avait faim, il était crevé. Il fila directement place du marché, à la brasserie le Jockey Club, où il prit un café-crème et deux croissants. Le jour se levait, le marché s'éveillait. Un jour que ne verrait pas Claire Parvillier. Il se revit assis à la terrasse de cette même brasserie en compagnie de Cazenave, le vieil administrateur colonial. C'était à la sortie du cimetière. A ce moment-là, sans le savoir, il avait mis les doigts dans les rouages grinçants d'une sale machine, une machine à tuer. Et maintenant, elle l'avait happé et menaçait de le broyer, lui et quelques autres. Il finit son crème, paya ses consommations et récupéra sa voiture pour rejoindre le cours de l'Europe.

L'agence de Jacqueline Bissel n'était pas encore ouverte. Il se gara et resta derrière son volant en écoutant France Info qui signalait régulièrement le meurtre d'une physicienne à Grenoble. Chercheuse de haut niveau au CERN, elle avait accès à des dossiers très sensibles. Mais les enquêteurs pensaient plutôt à un cambriolage qui aurait mal tourné.

Zamanski attendait comme l'aurait fait un type chargé d'exécuter un contrat. Il était attentif, concentré sur son environnement immédiat cherchant à repérer toute présence hostile. Il essayait aussi de se rassurer. Il n'y avait pas de raisons qu'on attente à la vie de Jacqueline. En revanche, on pouvait l'utiliser pour faire pression sur lui, passer des menaces vagues à l'agression.

Enfin, il aperçut la Mini qui débouchait de la route de Saintes. Elle se gara à la diable sur le parking Delattre-de-Tassigny. La femme sortit. Un imper demi-saison jeté sur un tailleur beige, le fourre-tout de cuir clair apparié aux ballerines. Jolie personne, Jacqueline Bissel.

Elle traversa l'avenue sans porter attention à ce qui l'entourait. Bien peu de circulation à cette heure encore matinale. Zamanski sortit. La femme s'était accroupie pour déverrouiller la porte vitrée. Accaparée par le trousseau de clés, le sac qui voulait glisser de son épaule, l'imper qui ne demandait qu'à le suivre et la nécessité de garder les genoux serrés dans cette position délicate, elle n'entendit pas venir Richard. Il aurait pu sortir une arme munie d'un réducteur de bruit, tirer une balle puis une seconde pour l'achever à coup sûr et partir très paisiblement.

— Jacqueline !

Elle se releva en sursaut.

— C'est toi ? Tu m'as fait peur !

Il s'excusa.

— Entre, j'ai à te parler.

— Tu viens pour la promesse de vente ?

— Non.

Sans même lui laisser le temps de retirer son imper, de s'asseoir, il lui expliqua la situation. Leur relation était connue. Des individus, il ne savait pas encore lesquels, pouvaient l'utiliser pour obtenir de lui ce qu'il ne voulait, ce qu'il ne pouvait pas leur donner. Ils pouvaient la menacer, lui faire du mal.

Elle l'écouta, d'abord incrédule puis inquiète, apeurée enfin. Pas tant par ce qu'il lui disait que par son allure à lui. Pas rasé, l'œil sautant de fatigue, la voix sèche.

— Tu peux fermer l'agence ou la confier à quelqu'un pour quelques jours ?

— Encore cette histoire ! Tu me l'as déjà demandé avant-hier !

— Exact. Mais cette fois-ci, j'insiste. Il faut que tu partes, Jacqueline. Et tout de suite

Elle était ébahie !

— Comment ça, tout de suite ? Tu plaisantes ?

Mais il était évident que ce n'était pas une plaisanterie.

— Ecoute-moi, tu prends quelques affaires et tu fiches le camp de Blainville. Tu passes une petite semaine, pas chez tes parents ni tes frères et sœurs si tu en as. Plutôt chez un oncle ou une cousine qui ne s'appellent pas Bissel. Et là, tu attends.

Elle se demandait s'il n'était pas devenu barge, victime d'une crise de paranoïa subite.

— J'attends quoi, Richard ? Que tu siffles la fin de l'alerte ? C'est incroyable ce que tu me demandes là ! Tu t'en rends bien compte ?

Ses lèvres frémissaient. Pas de peur mais de colère.

— … Je ne te vois pas durant plusieurs jours, et soudain, tu apparais dans mon dos pour m'annoncer que je suis menacée pour je ne sais quelle raison, tu ne le sais pas toi-même ! Mais qu'importe, il faut que je plaque tout et que je m'en aille à toute vitesse, au fond d'un trou, le plus loin possible ! Tu ne crois pas que tu te fiches du monde, commandant Richard Zamanski ?

Il écarta les mains en signe d'apaisement, reprit son souffle, parla plus lentement.

— Tu as raison, Jacqueline, totalement raison. Je me fiche de toi, si tu veux. N'empêche, je ne veux pas que tu coures le moindre risque. J'enquête sur une sale histoire. Un type a été assassiné après avoir été torturé. Hier soir, une femme s'est fait descendre chez elle, dans la région de Grenoble. Je ne veux pas qu'il t'arrive du mal juste parce que nous avons dîné et passé la nuit ensemble, tu comprends ? Je ne le veux pas.

Il lui prit les bras, fermement, la regardant dans les yeux pour la convaincre. Il essayait d'y mettre toute sa force de persuasion, tout le crédit qu'il pouvait avoir auprès d'elle. Mais les baltringues de son genre n'ont pas beaucoup de crédit.

— Et la police ? A quoi elle sert ? Si je suis en danger, je n'ai qu'à aller au commissariat.

— Il y a un instant, devant ta porte, pendant que tu ouvrais la serrure, tu ne m'as même pas entendu approcher. J'aurais pu te tuer, te forcer à me suivre sous la menace d'un flingue. Tu imagines que le commissariat de Blainville va attacher un flic à ta personne vingt-quatre heures sur vingt-quatre ? S'il te plaît. Fais ce que je t'ai demandé.

Elle réfléchit.

— C'est si grave que ça ?

Il haussa les épaules, mimique d'impuissance et de doute :

— Il vaut mieux faire comme si c'était le cas.

— Tu m'as parlé d'une enquête. De quoi il s'agit ?

— Jacqueline, moins tu en sais, mieux ça vaut.

Réponse toute faite, facile, pas forcément fausse. Mais elle devait être sûre qu'il n'avait commis aucun crime et délit. Il n'était pas recherché par la police et ces menaces n'étaient pas dues à une quelconque compromission de sa part avec le grand banditisme.

Elle capitula.

— OK. Tu me donnes deux heures pour prendre quelques dispositions ?

Ils convinrent d'utiliser le répondeur de l'agence pour se tenir informés. Elle devait laisser un message bref toujours le même, si possible passé d'une cabine de téléphone publique, jamais la même. Lui, il interrogerait le répondeur à distance. Pour ce faire, elle lui donna le code d'accès à distance.

Il passa les heures suivantes dans l'ombre de la femme, surveillant l'agence et ses abords. Lorsqu'elle rentra chez elle pour prendre quelques fringues, il la suivit pour s'assurer que personne ne la collait au pare-chocs. Peu probable, c'est ce qu'il pensait. Mais en même temps lui revenait une liste de trois noms : Claude Parvillier, Amidou Diop, Claire Bronsard-Parvillier. Qu'est-ce qu'avait déterré le chercheur au Mali qui nécessitait qu'une équipe fasse le ménage et cela de façon aussi radicale ?

Claire Bronsard ne savait rien et elle avait été tuée. Lui, Zamanski, en savait bien peu. Il risquait donc de se trouver sur la liste des problèmes à effacer et avec lui ceux et celles qu'il avait fréquentés ces jours derniers.

Il accompagna Jacqueline Bissel jusqu'à l'entrée de l'A10 puis fit demi-tour en direction de Blainville. Il ne repéra aucun véhicule suspect. Plus que la nuit de conduite et la mort de Claire Parvillier, la discussion avec Jacqueline puis les préparatifs de son départ l'avaient épuisé aussi la tension née de la crainte sourde d'une attaque.

De retour à Blainville, il alla déjeuner au Norway, une brasserie à formule quinze euros tout compris où il avait ses habitudes puis il rentra chez lui.

Il passa dans sa rue plusieurs fois pour vérifier que personne ne l'attendait. Il abandonna sa Citroën un peu avant l'entrée de l'immeuble puis continua à pied. Le hall était dégagé, *idem* l'escalier. Avant d'ouvrir la porte de son appart, il tenta de percevoir une présence indésirable. La serrure n'avait pas été forcée, il n'entendait rien. Il aspira un grand coup puis entra, décidé, prêt au pire. Personne !

Il se jeta dans son fauteuil pour récupérer un peu en écoutant un disque de Bill Evans.

Lorsqu'il se réveilla, il était perdu, abruti, ankylosé. Sur la platine, la tête de lecture parcourait inlassablement le sillon final du trente-trois tours. Il se leva de son fauteuil, arrêta le tourne-disque. A sa montre, il était 15 h 10. Il avait dormi un peu plus de trois heures. Il se leva en grimaçant. Dans la salle de bains, il trouva l'image d'un type qui avait une sale gueule. Plus un constat qu'un délit. Il se sourit, manière de dire qu'entre lui et lui, ce n'était pas encore fini.

Il prit une douche, bien chaude d'abord et puis glacée, enfin disons froide, ce qui était tout de même courageux. En s'habillant il regarda par la fenêtre de la salle de séjour. La rue de Verdun, l'avenue de la Plage. La marée était montante et le ciel barré par une couverture grise et orangée. Il eut comme un bref regret à l'idée qu'il allait quitter ce point de vue qui lui était devenu familier. Sur son mur, Gros Masque se fichait de lui. Grinçant, Gros Masque, mais pas vraiment méchant. De lui aussi il allait devoir se séparer. Partout tout le temps, ça meurt. Il haussa les épaules à cette pensée de bazar.

A ce moment-là, un break Renault de la gendarmerie déboucha de l'avenue de Verdun et ralentit à la recherche d'une adresse. Le gendarme Wastel, de Grenoble, avait dit qu'il voulait l'auditionner, au plus tôt. Mais Zamanski n'avait aucune envie de répondre à ses questions.

Il alla dans sa chambre prendre son arme personnelle, un Beretta chambré en 9 mm. Il enfila son holster, engaina le PA. Il récupéra sa veste. Au moment de sortir, il se souvint qu'il avait toujours les clés de la cabane de Mornac et du voilier.

La Renault s'était garée sur le parking, en face de l'immeuble. Deux gendarmes en sortaient. Richard dévala l'escalier. Les deux pandores sonnaient à l'interphone. Richard sortit dans la cour arrière. Il franchit sans trop de difficultés le muret qui la séparait d'un pavillon inhabité pendant l'hiver. Il traversa le jardin du voisin, contourna la maison fermée. Sa grille, doublée des inévitables thuyas, donnait sur la route de Bordeaux. Il prit le temps d'observer les environs immédiats. A droite, à l'entrée du supermarché de proximité, il y avait l'habituel SDF avec un chien bien plus en forme que son maître. Zamanski connaissait les deux. Le type se disait lieutenant, le chien ne se prétendait rien. L'un picolait, l'autre le regardait faire avec un amour patient, éperdu. Il arrivait que les municipaux les ramassent tous les deux, les municipaux ou les bleus de la sûreté urbaine. Auquel cas, le maître et le clébard finissaient au commissariat. Zamanski avait trouvé un moyen pour que le chien n'atterrisse pas à la fourrière. Blainville ne manque pas d'amis des bêtes. Pour ce qui est des SDF…

Le lieut et son clebs étaient vautrés à l'entrée de la supérette. A part eux, rien à signaler. Richard escalada la grille et atterrit sur le trottoir d'un mouvement plutôt souple qui le contenta.

— Ouais !!! Mais c'est le commandant Zamanski du commissariat !

Et allons-y !

— Du calme, lieutenant, ou je vous embastille pour trouble à l'ordre public !

Le locdu se redressa d'un bond et salua. Un garde-à-vous impeccable, vestige d'une autre vie.

— Repos ! ordonna Zamanski.

L'autre lui fit un clin d'œil, le salua en levant sa canette. Zamanski se mit en marche, direction le centre-ville et la colline de la Foi.

Le temple protestant était un bâtiment avec un péristyle qui entourait une avant-cour tels des bras ouverts. Il y avait aussi un clocher en béton blanc, plus pylône que clocher à vrai dire. Le tout était simple et dépouillé jusqu'à l'austérité. Zamanski se mit à la recherche du bureau du pasteur McFerlen. Le bureau, il ne le trouva pas mais le pasteur, celui qui avait accompagné Claude Parvillier à sa dernière demeure, oui. Il était dans une petite salle de réunion adjacente, en compagnie de six jeunes, garçons et filles. Ils discutaient des vacances de novembre et de l'animation d'un groupe de gamins qui devaient faire un mini-camp dans le désert. Zamanski comprit que ce n'était pas le désert africain avec ses sables tout aussi infinis que son ciel mais cette région des Cévennes où les membres de la RPR, la "religion prétendument réformée" selon l'appellation de l'époque, avaient résisté à Louis XIV, à ses édits et ses dragons. Il entra.

— Monsieur le pasteur ?

L'homme prit le temps de considérer l'intrus.

— Oui. Qu'est-ce que je peux pour vous ?

Zamanski sortit sa carte de flic, se présenta et dit qu'il voulait lui parler.

Il obtint un sourire de compréhension polie :

— Bien sûr. Vous me permettez de finir cette réunion de travail ? Nous n'en avons plus pour très longtemps.

Le flic demeura dans la pièce de façon à écourter l'attente. Et puis la politesse professionnelle du pasteur l'avait agacé. Ce dernier sourcilla mais ne protesta pas. Zamanski patienta donc une dizaine de minutes en suivant d'une oreille distraite les questions de rendez-vous, d'horaires de cars, les duvets aussi, il ne fallait pas oublier les duvets. Et puis la séance fut levée, tout le monde se salua dans la paix du Seigneur et le flic se retrouva enfin seul avec le bon berger qui l'invita à s'asseoir et lui redemanda ce qu'il pouvait faire pour lui.

Il n'y avait aucune inquiétude dans sa voix, ni même de la surprise. Neutre, posée. Cet homme n'avait rien à se reprocher, enfin rien qui regardât la loi et ses flics !

— J'enquête sur une association de Bamako avec laquelle votre église avait des relations, la Case des enfants. Elle s'occupait d'aider les enfants abandonnés.

McFerlen sourit.

— Oui, je vois. Il s'agit de l'association créée autour de M. Parvillier ? A ce propos, vous savez qu'il est décédé.

Puis fronçant les sourcils :

— Mais il me semble vous avoir vu lors de ses obsèques. Est-ce que votre enquête a un rapport avec sa mort ?

— Il ne m'est pas possible de vous répondre.

— Je comprends… Donc vous voulez que je vous renseigne sur la Case des enfants.

— Quand est-ce que l'association a été créée ?

— Dans le courant des années quatre-vingt-dix, je crois. Je n'étais pas encore à Blainville. A cette époque, c'est mon prédécesseur, Robert Quiétin, qui était pasteur. Je sais que c'est une de nos paroissiennes, Jeannine Morel, qui a créé cette association. Elle était la voisine de la famille Parvillier dans le quartier de la grand-plage. C'était, je crois, une amie de Claude

Parvillier et comme elle était très proche du pasteur Quiétin, celui-ci s'est beaucoup engagé pour soutenir l'association. Durant l'office, il évoquait la Case des enfants, il incitait les fidèles à la soutenir, il était peut-être adhérent mais il n'a jamais été membre du bureau de l'association, pas plus que je ne l'ai été.

— Et cette association existe toujours ?

— Oui, sans aucun doute. Encore une fois, c'est Mme Morel qui maintenait le lien entre notre assemblée et la Case des enfants. A sa mort, je dois dire que le lien s'est distendu. Dans le cadre de notre paroisse, nous menons beaucoup d'actions sociales. La réunion de travail à laquelle vous avez assisté peut en témoigner. Oui, je crois que tant que Claude Parvillier était au Mali, l'association a continué d'exister. J'imagine qu'elle existe encore et qu'elle continue son action. Claude Parvillier avait pris sa retraite, mais pas la misère, malheureusement.

Zamanski entendait bien la volonté du pasteur de mettre de la distance entre lui et l'association de Parvillier.

— Est-ce que vous connaissez des personnes qui pourraient me donner plus de renseignements ?

Le pasteur prit le temps de réfléchir. Il avait beau vouloir se montrer homme de très bonne volonté, donner des noms à un flic, c'est toujours délicat.

— Je pense que vous pourriez voir Mme Viaud, Bernadette Viaud. Je sais qu'à un moment, elle a été la trésorière de l'association.

— Vous avez son adresse, son téléphone ?

Le pasteur prit un air d'impuissance attristée :

— Non, je regrette, je ne l'ai pas… Mais vous trouverez sans peine. Elle habite Saint-Gilles.

Zamanski allait se lever mais se ravisa. Il regarda son interlocuteur. Un homme bien propre sur lui, poli-policé.

— Monsieur le pasteur, vous connaissiez bien Claude Parvillier ?

L'autre s'offrit un temps de réflexion.

— Oui, enfin un peu. Au début de mon pastorat, à Blainville Mme Morel était encore vaillante et elle venait souvent à nos réunions. Elle m'a parlé plusieurs fois de Claude Parvillier, de son travail de chercheur au Mali, de son action auprès des enfants. Elle avait beaucoup d'admiration pour lui. Quant à Claude Parvillier lui-même, il est venu quelques fois au temple, durant ses congés. Il accompagnait sa maman à l'office.

— Que pensez-vous de son suicide ?

McFerlen leva les mains au ciel, les laissa retomber.

— Vous êtes policier, vous devez savoir que le suicide est une réalité complexe. Mettre fin à ses jours est une décision terrible et elle nous interpelle tous. Comment se fait-il qu'il ne se soit trouvé personne pour lui venir en aide ? Comment se fait-il que nous l'ayons laissé seul à ce point ! Cela dit, vous savez que la retraite pour les personnes qui ont eu une vie professionnelle très active, et je ne doute pas que c'était le cas pour Claude Parvillier, oui la retraite peut être une épreuve difficile, voire terrible. Je pense que ça a été le cas pour lui. Claude Parvillier a dû subir une très grave dépression. Je préfère penser qu'il est mort des suites d'une longue et terrible maladie.

C'était gentiment dit. Pourtant, un membre connu de la communauté avait été porté en terre dans la plus grande des solitudes. Sans fleurs ni couronnes.

— Ça ne vous a pas étonné qu'il y ait eu si peu de monde à ses obsèques ?

— Oui, certes et puis… J'ai pensé que Claude Parvillier était finalement un étranger à Blainville. Ses parents étaient bien connus mais ils sont décédés et les gens qu'ils fréquentaient, leurs amis, leurs relations, tous ceux qui auraient pu porter le deuil de cette disparition eh bien, ils ne sont plus guère nombreux parmi nous.

Une question de génération. Le fils Parvillier appartenait à un autre monde, un autre temps. Pourtant, des habitants de la région – combien ? une dizaine ? une centaine ? – avaient soutenu son œuvre des années durant. Et le jour de sa mort, personne.

Zamanski se leva, pour de bon cette fois. Il remercia le pasteur et sortit du temple. Une fois dans la rue, il vérifia qu'il n'y avait pas de voiture de gendarmerie. Une précaution inutile. Comment Wastel aurait pu deviner qu'il était au temple ?

Richard prit la direction du marché en faisant un détour pour éviter le commissariat. A l'usine, on devait savoir qu'il était recherché comme témoin dans l'affaire de Grenoble et il n'avait aucune envie de répondre aux questions de Mouson et des collègues.

Il entra au Jockey Club, se planta devant le comptoir, commanda un baby au garçon et aussi l'annuaire de la Charente-Maritime. Il ne faut pas avoir une vision négative de la vie, la preuve, le troquet avait un exemplaire fatigué de cet outil en voie de disparition.

A Saint-Gilles, il n'y avait qu'un abonné du nom de Viaud.

Richard sortit son portable, fit le numéro de Bernadette Viaud. Il obtint une voix masculine. Désolé, mais madame n'était pas à la maison.

Zamanski demanda quand elle rentrerait.

— Tard. Ce soir, il y a une réunion des Moïse à la salle communale de Breuillet. Alors, hein, elle n'est pas près de rentrer ! Qu'est-ce que vous lui vouliez ?

Richard expliqua qu'il avait justement oublié le lieu de la réunion. C'est pour ça qu'il appelait Bernadette.

— Bah, je viens de vous le dire, hein !

La voix était enjouée, chaleureuse, genre tout le monde il est mon frère.

— ... Vous aussi vous êtes dans le coup ? Vous en faites partie ?

Pour un peu Zamanski aurait répondu "je veux mon neveu", il se contenta d'un "oui bien sûr", une affirmation d'attente.

— ... C'est super, hein ? Encore quelques jours et ils seront parmi nous ! On croise les doigts, pas vrai !

Bien sûr qu'il croisait les doigts et deux fois plutôt qu'une. Mais il les décroisa pour raccrocher. L'expression de l'enthousiasme par téléphone a un coût !

Zamanski sécha son verre, appela Laurence. Il obtint sa messagerie. Il raccrocha sans laisser de message.

Il alla s'asseoir à une table. Dans le troquet, c'était l'heure des fausses amitiés, des fraternisations de comptoir, ce moment où, pour ne pas rentrer, l'on s'accroche à n'importe quoi : un dernier verre, une vague nouvelle, des considérations brumeuses, tout plutôt que sortir affronter le vide ou le trop-plein d'ennuis. Zamanski avait un coup de fatigue. Lui aussi commençait à ne plus trop bien savoir ce qu'il faisait, ce qu'il cherchait. Il commanda un deuxième whisky, appela à nouveau la lieut, tomba à nouveau sur la voix qui le rassurait sur le fait qu'il avait bien fait le bon numéro, lui conseillait de laisser un message... C'est au troisième verre qu'il obtint Fuzier.

— C'est toi ? Qu'est-ce qui t'arrive ? Elle parlait à voix basse, stupéfaite, inquiète. Pour lui, pour elle aussi. Dans quelle merde son chef de groupe avait-il mis le pied ?

Il lui demanda s'ils pouvaient parler librement.

— Non…

— Alors tu sors et tu me rappelles. Je t'attends.

Le temps de régler ses consommations et son téléphone sonna. Il sortit sur le trottoir.

— Qu'est-ce qui t'arrive, Richard ? On a eu la visite des gendarmes du SR de Grenoble, ils veulent t'interroger à propos de la mort de cette femme, Claire Parvillier. C'est bien la sœur du mec qui s'est suicidé dans sa villa du Parc ?

Laurence n'était pas Jacqueline Bissel. Le "moins-tu-en-sais-mieux-c'est" ne fonctionnerait pas avec elle. Il lui dit donc ce qu'il pensait qu'elle pouvait entendre. Il ne lui parla pas de Delarive ni des menaces de l'Africain anonyme.

— Tu te souviens que je n'ai pas cru au suicide. J'ai voulu profiter de mes congés pour rencontrer la sœur de Claude Parvillier, lui poser quelques questions. J'y suis allé hier. Je peux t'assurer que lorsque je l'ai quittée, elle était en vie. Tu me crois ?

Elle soupira.

— T'es comme la Française des jeux, Richard. Avec toi, toutes les semaines c'est le gros lot !

— Sauf que je ne tire jamais le bon numéro. J'ai un service à te demander. En fait, deux.

— Dis toujours partenaire !

Elle avait appuyé sur ce dernier mot. Partenaire. S'entendait le plaisir qu'elle avait à ce qu'il l'appelle à l'aide.

— Un : tu gardes pour toi ce coup de téléphone. Pour le moment, je n'ai pas envie de rencontrer les mecs de Grenoble. Je le ferai, mais pas tout de suite. Je peux compter sur ta discrétion ?

Ni l'un ni l'autre n'avaient oublié les soupçons de fuite à propos de la bande des entrepôts.

— Comme d'hab, Richard. Tu peux compter sur moi… C'est quoi le deuxième service ?

Il ne pouvait pas récupérer la Citroën de location. Elle avait sans doute été repérée par des voisins de Claire Parvillier et puis elle était stationnée en face de chez lui. Et son immeuble était probablement surveillé. Quant à la Mercedes, mieux valait ne pas y penser…

— Tu peux me prêter ta bagnole ? J'ai pété l'embrayage de ma Merco.

C'était plus difficile à obtenir. Laurence faisait partie de ces femmes qui tiennent à leur voiture non pas en tant qu'objet mais comme signe de leur indépendance, de leur autonomie. Et puis vivre dans une petite ville de province sans bagnole…

— Pour combien de temps ?

— Disons, pour la soirée. Tu la récupères demain dans la journée.

Elle soupira.

— OK. Je me démerderai sans. Je te l'apporte en fin de service.

Une brave fille, Laurence. "Une bonté", comme on dirait "une beauté".

— Vers 20 heures, ça ira ?

— D'accord, Laurence. On se retrouve place du Marché.

Il avait un peu plus d'une heure à perdre. Il sortit de la brasserie et se dirigea vers le cimetière protestant. Il entra dans l'enclos paisible d'oubli. Le flic se fit le plus discret possible pour ne pas déranger la population féline qui vaquait à ses occupations. Il ne se rendit pas sur la tombe des Parvillier. Il n'avait rien à dire à son ancien prof et puis le souvenir qu'il avait de lui s'était quelque peu altéré ces jours derniers. Il grimpa la pente en direction du banc où il avait stationné le jour des obsèques de Claude Parvillier. Il remonta le col de sa veste et s'allongea, blotti sous la protection de Jules Frémiot (1908-1965) et Marguerite Frémiot née Poulet (1913-1981). Il essaya de faire le vide dans sa tête, pour récupérer. Il y parvint presque, aidé par les trois whiskys qu'il avait consommés au troquet.

"On ferme !"

L'employé municipal le regardait d'un air soupçonneux. Les chats errants étaient acceptés en ces lieux, pas les baltringues.

Zamanski se redressa, montra d'un signe de tête qu'il comprenait et quitta son banc en remerciant le couple Frémiot de son hospitalité. Il se dirigea vers la sortie, suivi du regard par l'employé municipal. Et merde ! les clodos vont tout de même pas venir ici pour cuver !

Richard regarda sa montre. 19 h 25. Il était en avance pour son rancard. Ce n'était pas plus mal. Il aurait le temps de vérifier les environs. Il avait confiance en Laurence, mais il la savait fragile. C'était le revers de sa volonté de bien faire, de son besoin d'être appréciée de tous. Elle ne résisterait pas longtemps à un entretien poussé avec Mouson.

Au marché central, il s'abrita sous l'auvent d'une entrée. Il observa les environs. Il ne repéra rien d'anormal. Quinze minutes plus tard, il aperçut la Ford Fiesta de son adjointe qui s'arrêtait sur le parking. Laurence était seule, aucun véhicule ne l'accompagnait.

Il sortit de sa planque et se dirigea vers la Ford.

Laurence l'aperçut. Elle ouvrit sa porte, sortit et attendit, les bras croisés sur la poitrine. Elle n'allait pas courir au-devant de lui, non ?

— Salut, Richard. Tu me la rends quand ?

— Je te l'ai dit, je ne te l'emprunte que pour ce soir. Demain, je trouverai une solution pour me dépanner.

— Tu sais, maintenant, ils font des bagnoles fiables et pas très chères.

Elle sourit, lui lança les clés qu'il rattrapa au vol de la main gauche.

— Pas mal… Désolée, mais je n'ai pas fait le plein.

— *No problemo !* Comment ça se passe au commissariat ?

— Tu veux dire pour toi ? En tout début d'après-midi, deux képis sont venus. Ils ont demandé à parler avec Mouson. Le patron les a reçus. Un peu plus tard, le commissaire est redescendu pour nous demander si nous avions de tes nouvelles. Il nous a expliqué que la gendarmerie voulait t'interroger à propos d'une affaire, dans la région de Grenoble. La mort de cette physicienne, Claire Parvillier. Evidemment tout le monde a fait le rapprochement avec Claude Parvillier. Du coup chacun a dû penser que tu n'avais peut-être pas eu tort de soupçonner du pas clair dans le suicide du mec. Enfin, c'est ce que j'ai pensé, moi. Dans le groupe, ta cote est remontée, commandant !

Ces derniers mots prononcés avec une espèce de jubilation. Elle était contente pour lui et elle lui faisait cadeau de ce contentement.

— Tu es gentille Laurence, mais fais gaffe. A ta place je ne miserais pas mes économies sur Zamanski.

Il s'installa derrière le volant, régla les rétros.

Et avant qu'il ne démarre :

— … Richard, je voulais te dire… J'ai repensé à ce que tu m'as dit l'autre fois… J'ai été conne. Je voudrais pas que tu imagines…

Il l'interrompit :

— Ce que j'imagine ou pas, on s'en fout. La preuve, je suis venu te demander ta bagnole. Nous travaillons ensemble et, pour beaucoup, je suis une mauvaise fréquentation. Alors sois prudente. Renifle bien où tu fous les pieds. Le terrain est plutôt miné, par ici !

Elle acquiesça d'un signe de tête.

— Je te ramène ta bagnole chez toi ?

— Non. Tu n'as qu'à la laisser ici, sur le parking du marché, la clé sous le tapis, côté conducteur.

Une planque vieille comme le vol mais Zamanski ne dit rien. Il démarra laissant la jeune femme sur place. C'est ce qu'elle voulait. L'autre devait l'attendre dans sa propre voiture pour la ramener à leurs histoires. Des histoires de merde, c'était à craindre. On fait avec ce qu'on a et Laurence le faisait de tout son cœur, sans le moindre calcul.

Richard sortit de Blainville, fit les quelques kilomètres qui le séparaient de Breuillet à travers une campagne que les lotissements et les zones d'activité grignotaient avec voracité. Il jetait de temps à autre un coup d'œil dans le rétro. Il y avait trop de circulation pour qu'il lui soit possible de repérer une voiture suiveuse.

Il gara la petite Ford sur le parking de la salle communale. Il entra. Une cinquantaine de personnes étaient assises sur des chaises disposées en demi-cercle devant un écran sur lequel étaient projetés les images et messages d'un PowerPoint. Une femme, une métisse coiffée à la Angela Davis commentait la présentation. Zamanski reconnut Marie-Do, la patronne chanteuse du restaurant antillais où il avait dîné avec Jacqueline, quelques soirs plus tôt.

Sauf qu'elle n'était pas en train de vanter les mérites de sa cuisine créole ni de chanter l'amour inaltérable de Jésus. Elle présentait les détails de l'opération "Moïse sauvé des sables" qui visait à sauver de la misère et de la mort plus de cent cinquante petits enfants du Sahel. A cette heure, l'opération était enclenchée. Un certain Stéphane était déjà sur place à Bamako où il regroupait l'équipe. Elle, Marie-Dominique (Marie-Do pour les amis), devait le rejoindre dans deux jours. Si tout se passait comme prévu, avec l'aide du Seigneur, ils réuniraient les enfants au début de la semaine prochaine et alors commencerait leur voyage pour la France, l'amour et le mieux-être. Bamako d'abord puis Bordeaux où l'avion acheté par l'association se poserait. Alors, les familles pourraient accueillir les enfants qu'elles s'étaient engagées à élever.

Zamanski écouta avec intérêt. Il savait que dans l'humanitaire, comme dans tous les domaines, il ne manquait pas d'allumés et de margoulins pour prospérer sur la misère et les bons sentiments. *A priori*, cette action ne paraissait ni douteuse ni délirante. En revanche, celle qui la présentait avait l'air allumée. Mais cela ne gênait pas l'assistance qui buvait ses paroles comme on s'abreuve à une source d'eau claire et fraîche après une marche éprouvante sur le chemin de la vérité. Zamanski essaya de repérer Bernadette Viaud, la trésorière de la Case des enfants. Décidément, les enfants qu'est-ce qu'on les aimait ces temps-ci !

Il se tourna vers son voisin, un type au visage grave et au cheveu rare.

— Bernadette Viaud est là ? Je ne la vois pas.

Le type le regarda, intrigué.

— Bernadette ? Si bien sûr ! Elle est là !

De fait, la femme qu'il désignait était bien visible. Forte pour ne pas dire obèse, la trentaine dépassée mais avec ce visage ferme et ce teint lumineux qu'ont parfois les femmes très pondéralement surchargées.

Zamanski n'insista pas. Il continua de faire semblant de suivre ce que disait Marie-Do tout en observant l'assistance. En majorité des couples de petits-bourgeois dans la maturité qui écoutaient en se tenant la main, les doigts crispés sur leur espoir. Il y avait aussi quelques femmes seules. La réunion se poursuivait. Il y avait deux types de participants : ceux qui soutenaient l'action avec du fric et ceux qui s'étaient engagés à accueillir et élever un ou plusieurs enfants. Richard comprit que ces derniers avaient versé plusieurs milliers d'euros. Pour beaucoup, l'action humanitaire se doublait d'un esprit de croisade. Certes, il s'agissait de sauver des enfants, mais de les sauver au nom de Dieu. Ils allaient rendre au Seigneur plusieurs dizaines de ses créatures en perdition. Ces enfants, dans l'Afrique de la corruption et des guerres, c'était un peu les Hébreux maintenus en esclavage en Egypte. Il s'agissait de les en faire sortir. C'était la mission que Dieu avait confiée à Marie-Do et au fameux Stéphane, Stéphane de Villedieu de la Renaudière, mais Marie-Dominique le nommait le plus souvent Stéph. On pouvait penser que le Stéph en question était pour la patronne de la paillote musicale un peu plus qu'un associé : un collaborateur proche, très proche. Mais peu importait, car ce soir, on était réunis dans l'urgence pour sauver des enfants en danger de mort !

L'animatrice avait donné la parole à la salle. Des mains se levèrent, des questions furent posées. Des questions dont tout le monde connaissait les réponses mais il fallait bien les poser pour se convaincre de l'issue heureuse de l'opération. Un peu comme un gang qui, la veille d'un hold-up, répète encore et encore les diverses phases du braquage pour se convaincre que tout se déroulera comme prévu, qu'il ne peut en être autrement.

Donc, au plus tard le 10 novembre, l'avion de ligne spécialement acheté pour l'occasion se poserait sur le tarmac de Bordeaux avec, à son bord, cent cinquante petits Moïse, condamnés à être aimés par des "parents" qu'ils ne connaissaient pas, dont ils ignoraient encore l'existence à l'heure qu'il était, mais qui les attendaient le cœur ferme et les bras ouverts. C'était bien sûr un peu moins que les deux cents initialement prévus mais il ne pouvait en être autrement du fait de problèmes techniques. Cent cinquante enfants sauvés d'un coup, évacués ensemble, accueillis, aimés ! C'était formidable, non ! Les autorités maliennes étaient prévenues, bien entendu, et les autorités françaises aussi. Des personnalités haut placées, très haut placées même, étaient au courant. Elles avaient donné leur feu vert, un feu vert officieux bien sûr. Et puis quand bien même ? Lorsque les enfants arriveraient en France, quel douanier, quel policier aurait le cœur de renvoyer ces petits innocents dans l'enfer qu'ils venaient de quitter ?

Non, il n'y avait vraiment rien à craindre. Et puis Dieu était à leurs côtés, parce que l'amour, Dieu ça le connaît. Et "Moïse sauvé des sables", c'est l'opération de l'amour !

A chaque réponse, les participants hochaient la tête d'approbation, un peu comme des pantins à ressort que le souffle verbeux de Marie-Do aurait mis en branle. Certains exprimèrent le regret de ne pouvoir se joindre à l'expédition, d'aller là-bas les chercher. Oui, ils auraient aimé s'embarquer dans l'aventure, prendre l'avion, affronter la chaleur et la soif pour se porter au-devant des enfants.

La belle Antillaise les consola. Ils participaient en priant et en versant de l'argent, ce n'était pas rien, c'était beaucoup, et puis ils s'étaient engagés dans la plus grande des aventures, ils s'étaient portés volontaires pour élever un enfant, l'éduquer, faire d'une petite créature fragile et sans défense un homme.

Alors ils n'avaient rien à regretter. Eux aussi étaient courageux, ils étaient formidables, d'ailleurs tout le monde était formidable ! Et Marie-Do prit sa guitare. Il fallait chanter une chanson pour se donner de la force, et puis pour louer le Seigneur, lui demander son aide aussi. Ils en avaient besoin.

22

Bernadette Viaud était secrétaire médicale dans une PMI, elle avait trente-neuf ans, l'âge où il est presque déjà trop tard pour avoir un enfant, le premier enfant. Lorsqu'elle était déprimée, Bernadette Viaud se disait avec amertume qu'elle avait passé ces douze dernières années, le pied dans les étriers et les cuisses ouvertes, à se faire ausculter, tripoter, triturer par tout ce que l'ordre des médecins comprenait de sommités dans le traitement de la stérilité. Elle avait tout connu de la procréation médicalement assistée, suivi au jour le jour les avancées de la recherche, le développement des techniques. Elle avait pris l'habitude d'avoir des rapports à dates et heures scientifiquement déterminées pour être au rendez-vous de l'ovulation. Capricieux, les ovules ! Un comportement de grandes courtisanes lunatiques ! Autre chose que les spermatozoïdes, disponibles en nombre et à volonté, ces connards ! Elle avait collectionné les traitements qui lui avaient fait prendre quinze kilos, faisant d'une femme costaud une obèse, "grosse" mais pas pour neuf mois, grosse de vide, de rien. Et tout ça, presque en vain. Presque, car elle avait été enceinte, une fois, une grossesse qui s'était terminée à quatre mois. Elle n'oublierait jamais ces quatre mois d'espoir suivis d'un horrible chagrin dépressif. Chagrin à la suite duquel elle avait retrouvé le Dieu de son enfance, pas au temple protestant où elle allait avec ses parents mais à l'église évangélique qui s'était édifiée à côté de l'ancienne caserne des pompiers, un temple où l'on vivait sa foi d'une façon beaucoup plus profonde, beaucoup plus chaleureuse que dans le temple luthérien de Blainville. Et puis, avec Jean-Louis, son mari, ils avaient fini par opter pour l'adoption.

Cadeau de la providence : alors qu'ils entamaient l'épuisant parcours administratif, un membre de la communauté mettait sur pied une opération visant à sauver des enfants d'Afrique et à les confier à des familles françaises d'accueil. L'humanitaire, Bernadette connaissait. Elle avait été la trésorière d'une petite association locale, à vrai dire plus un groupe d'amis et de connaissances qu'une vraie association de type loi 1901 : la Case des enfants. Et les enfants aussi, elle connaissait du fait de son travail à la PMI de Blainville. Alors, Jean-Louis et elle, surtout elle, s'étaient engagés à fond dans le projet "Moïse sauvé des sables". Ils avaient versé de l'argent et ils allaient accueillir un enfant, peut-être même l'adopter si la situation familiale du petit le leur permettait. Elle aussi aurait à s'user dans les tâches quotidiennes de l'éducation. Elle aurait à nourrir, vêtir l'enfant, prendre rendez-vous avec ses enseignants pour les écouter dire toujours les mêmes sornettes, l'aider à faire ses devoirs, à apprendre ses leçons, l'emmener à la danse ou au foot, rentrer ses larmes à chaque départ en colo, ouvrir ses bras à chaque retour, bref tout ce qui use une maman, cette poussière de temps qui vous échappe pour s'en aller nourrir la croissance de l'enfant. Car, si les parents vieillissent, les enfants, eux, c'est bien connu, grandissent.

Dans une vingtaine de jours tout au plus, cela serait car il fallait qu'il en soit ainsi et ce serait bon. En attendant, il fallait aider Marie-Dominique à ranger la salle.

Un homme la rejoignit, un homme qui avait participé à la réunion mais qu'elle ne connaissait pas.

— Madame Viaud ?

Il sortit un porte-cartes de sa veste.

— ... Commandant Zamanski de la police nationale. Je peux vous parler ?

La femme pâlit, c'est souvent comme ça lorsqu'on sort sa brême, et qu'on dit : "Police nationale."

— Des questions ? Mais sur quoi ? Sur les Moïse ? Sur notre projet d'adoption ?

Zamanski la rassura :

— Non. Sur l'association La Case des enfants. Je sais que vous en avez été la trésorière.

Elle sourit, momentanément soulagée. Richard prit une chaise et se posa, il invita Bernadette Viaud à faire de même.

Marie-Dominique vint alors à eux, souriante, intriguée. Elle avait aperçu la sortie de carte tricolore.

— Nadette, ma chère, quelque chose ne va pas ? Tu as des ennuis ?

Bernadette Viaud la rassura d'un sourire.

— Non, non. Monsieur est du commissariat de Blainville. Il veut me poser quelques questions.

— Sur les Moïse ?

— Non. Sur l'association la Case des enfants.

L'Antillaise ne sembla pas rassurée pour autant.

— Ah je vois !... OK ! Je te laisse.

Elle s'éloigna vers l'un des participants à qui elle dit quelques mots, jetant du côté de Zamanski un regard méfiant. Puis elle sortit son portable et quitta la salle.

— Vous pouvez me parler de la Case des enfants, je veux dire de l'association ? demanda Zamanski.

— Oui ! C'est une histoire très simple, vous savez. Il y a une quinzaine d'années, Jeannine Morel, une femme dynamique, très engagée dans la vie de notre communauté, nous a parlé du fils de ses voisins, un chercheur nommé Claude Parvillier et qui travaillait à Bamako. Il s'intéressait aux enfants des rues. Ça le révoltait de voir tous ces gamins abandonnés, livrés à eux-mêmes, luttant pour survivre. Alors, il a commencé à leur ouvrir sa porte, à en héberger quelques-uns pour commencer, puis de plus en plus. Il avait besoin d'aide. Il fallait nourrir les enfants bien sûr, mais aussi les vêtir, leur trouver des chaussures, et pour certains de quoi les envoyer à l'école. Jeannine Morel nous a proposé de soutenir son action en récupérant des vêtements, du matériel scolaire, ici à Blainville. Nous nous y sommes tous mis.

Les yeux de la dame brillaient. Maintenant qu'elle était lancée, elle serait intarissable. Zamanski se mit en mode écoute passive, veillant cependant à maintenir une lueur d'encouragement dans le regard,

— Au début on collectait dans les familles les vêtements trop petits, les manuels scolaires périmés, des stylos, des cartables, tout ce qui traîne dans les maisons, les chambres d'enfants, les écoles, et plusieurs fois par an, nous expédiions le tout au Mali. Ça a commencé comme ça la Case des enfants. Et puis Claude Parvillier a développé son action, il y a eu jusqu'à trente enfants chez lui. Il lui a fallu engager des aides pour la cuisine, pour s'occuper de tout son monde. Bref, il lui fallait de l'argent. Ici, à Blainville, nous ne pouvions plus le soutenir de la même façon. Il nous fallait plus de moyens. Avec Jeannine Morel, nous avons créé une association qui nous a permis d'obtenir des subventions. C'est Jeannine qui en était la présidente. Elle avait besoin d'un trésorier pour les comptes, j'ai accepté de m'en charger.

— Et Claude Parvillier, qu'est-ce qu'il était dans cette association ? Vice-président ?

— Non, nous l'avons nommé directeur de la Case des enfants. Ainsi, l'association a pu lui verser un salaire. Son traitement de chercheur n'aurait pas suffi. Ça ne paraît pas, mais s'occuper quotidiennement d'une trentaine de gamins qui n'ont pour toute éducation que la rue, ce n'est pas une sinécure !

Bernadette Viaud précisa qu'en une dizaine d'années, c'était près de quatre cent mille euros qui avaient été réunis par Jeannine Morel pour soutenir les bonnes œuvres du chercheur.

Quatre cent mille euros ! Claire Parvillier avait accusé son frère d'escroquerie. Zamanski n'avait pas imaginé une somme aussi importante.

— J'imagine qu'il vous rendait des comptes sur l'utilisation de cet argent ?

Un léger nuage passa sur le rond visage.

— Oui, bien sûr. Enfin à peu près. Bon, je pouvais avoir des comptes précis sur les rentrées, mais les sorties… Lorsque j'en parlais à M. Parvillier, il m'expliquait que la pratique des factures n'était pas encore très développée au Mali. C'est vrai, j'avais du mal à obtenir des justificatifs pour l'utilisation des sommes versées. Il faut comprendre, aussi.

— Lorsque Claude Parvillier a pris sa retraite, l'association a été dissoute ?

— Pas du tout ! A la retraite de M. Parvillier, l'association a confié la Case des enfants à un pasteur ivoirien installé à Bamako, Honoré Mandarrou. Il s'est engagé à poursuivre l'œuvre de M. Parvillier. Il l'a beaucoup développée, toujours en direction des enfants mais aussi en direction de l'évangélisation. L'association a changé de nom. A présent elle s'appelle la Case du Christ Sauveur. Et nous, ici, à Blainville, nous continuons de soutenir son action. En retour, la Case nous aide aussi. Par exemple pour l'opération "Moïse sauvé des sables", la Case de Bamako va servir de base logistique…

Elle souriait, Bernadette Viaud, du bon gros sourire lumineux de ceux qui ont foi en la providence. Elle vivait dans un monde voué à l'amour, ça éclaire vos journées. Pour un peu, Zamanski l'aurait enviée, lui qui s'était voué aux crimes et délits. Et pourtant…

— Madame Viaud, vous savez que Claude Parvillier s'est tué ?

— Oui, je l'ai appris.

— Comment vous expliquez que personne ne soit venu à ses obsèques ? Pas le moindre paroissien, pas un seul membre de l'association qui avait soutenu son action durant des années ?

Même dans les univers iréniques, il arrive qu'une mauvaise question voile les soleils les plus lumineux.

— Eh bien… Vous savez, je vous l'ai dit… A l'origine, cette association c'était surtout l'œuvre de Jeannine Morel… Et puis…

Elle hésitait, Mme Viaud, se demandant si elle devait dire ou se taire.

— … Après tout ! A présent, M. Parvillier est mort et puis c'est de l'histoire ancienne. Voilà : un peu avant son décès, Jeannine Morel était très affaiblie. Elle a donc démissionné de son poste de présidente, un nouveau bureau a été élu. Le nouveau bureau de l'association s'est rapidement fâché avec Claude Parvillier. Il était en désaccord avec son action. Il y a même eu des accusations portées contre lui.

— Des accusations ? Lesquelles ? Attentat à la pudeur ? Pédophilie ?

Bernadette Viaud sursauta.

— Mon Dieu, quelle horreur ! Non ! Pas du tout ! Qu'est-ce que vous allez chercher !

— Excusez-moi, dit benoîtement Zamanski.

Bernadette Viaud ne se formalisa pas davantage. Les policiers voient le mal partout. Ils sont payés pour ça.

— Ce qui s'est passé, c'est que certaines personnes dans l'association se sont agacées de ne jamais avoir de comptes précis. Elles ont commencé à soupçonner M. Parvillier d'être un peu léger avec l'argent que nous lui envoyions, de le détourner, quoi. Le conseil d'administration a exigé des justificatifs. Claude Parvillier s'est mis en colère. Il y a eu des échanges de lettres terribles. Finalement, le bureau l'a démis de ses fonctions et a confié la Case des enfants à un pasteur de Bamako. Inutile de vous dire que M. Parvillier a très mal pris tout cela. Il a eu le sentiment que nous confisquions son œuvre, qu'on le chassait de chez lui.

— Pourquoi ? Il n'était pas propriétaire de sa maison, à Bamako ?

— Mais non ! C'est l'association qui l'avait achetée pour lui ! Quand il est venu s'installer à Blainville, dans la maison de ses parents, il n'a plus voulu nous revoir. Il avait coupé les ponts entre lui et nous. C'est dommage. Je crois savoir qu'ici, il était plutôt isolé. En fait il devait ressasser son histoire. C'est bien triste, mais c'est ainsi. Enfin, tout cela appartient au passé. L'association actuelle, la Case du Christ Sauveur, n'a plus rien à voir avec ces histoires !

Elle jeta un œil discret à sa montre, aux chaises qui restaient à empiler.

— Voilà, inspecteur, je vous ai tout dit. Il faudrait que je rejoigne mes amis pour finir de ranger la salle. Je peux y aller ?

— Madame Viaud, encore une question : Claude Parvillier en juin-juillet est retourné à Bamako. Vous savez pour quelles raisons ?

Elle eut une mimique d'impuissance.

— Non. Je n'étais même pas au courant de ce voyage. Je vous l'ai dit, nous n'avions plus de relations avec lui. En tout cas, moi, je ne le voyais plus. Je suppose qu'il est retourné voir des amis. Il a habité là-bas tellement longtemps.

— Et lorsqu'il habitait à Bamako, personne d'entre vous n'est jamais allé voir sur place ce qui s'y passait réellement ?

Elle le regarda, étonnée comme s'il venait de lui révéler une incongruité. C'est vrai, elle n'avait jamais songé à aller au Mali vérifier l'utilisation des fonds versés. Pas plus elle que n'importe quel autre membre de l'assoce.

— C'est bizarre, mais ça ne nous est jamais venu à l'esprit, dit-elle songeuse. En fait, je vous l'ai dit, tout cela, c'était l'œuvre de Jeannine Morel. C'est avec le temps et surtout avec la disparition de Jeannine qu'on s'est aperçus que notre action avait pris de l'importance. Un peu comme si l'absence de Jeannine nous avait tous ramenés à la réalité. Peut-être qu'on a ouvert les yeux, les bouches aussi se sont ouvertes. Oui certains ont posé des questions à Claude Parvillier. Lui a très mal pris les choses…

Elle le regarda, un peu gênée. Elle eut un sourire timide.

— Vous permettez. Il faut vraiment que j'y aille, à présent.

Il lui sourit, il comprenait. Il la regarda rejoindre le tout petit groupe qui finissait d'empiler les chaises dans le fond de la salle, qui passait un coup de balai énergique. Toujours comme ça, les réunions publiques. On est plusieurs dizaines à écouter la bonne parole mais, lorsqu'il s'agit de ranger, on se retrouve à quatre couillons. Bernadette Viaud faisait partie de ces quatre-là. Ce devait être dans sa nature, elle était de ces humains qui, quoi qu'il arrive, restent pour essuyer les verres, passer la serpillière, éteindre la lumière et fermer la porte. De ces gens qui ont le devoir inscrit dans les neurones et qui pourrissent la vie de la vaste communauté des demi salauds.

Zamanski libéra sa chaise. Comme il n'avait pas l'intention de filer un coup de main, il se dirigea vers la sortie.

— Bernadette ne vous a pas tout dit. Je la connais. C'est une brave femme et elle n'aime pas dire du mal des gens mais ce Parvillier, c'était tout de même un drôle de zig !

Il avait un peu plus de soixante ans, grand et mince, le dos légèrement voûté, les épaules rentrées. Il avait abordé Zamanski à la sortie de la salle, il voulait lui parler. Richard lui avait proposé de faire quelques pas. Il faisait un peu frisquet, et la marche aide aux confidences.

— Un drôle de zig ? Qu'est-ce que vous voulez dire ?

— Je connais bien l'histoire de la Case des enfants. J'étais très impliqué dans la vie de l'association. Les questions d'aide au développement du tiers-monde, tout ça, ça m'a toujours intéressé. Bref, dès le début, j'étais au côté de Jeanine. Autant vous dire que je sais comment ça s'est passé !

Ton aimable, sourire avenant. Le type même du bon citoyen qui s'apprête à dégoiser sur les voisins. Richard s'attendait au pire mais le pire est souvent plein d'enseignements.

— Et comment ça s'est passé ? Monsieur ?

— Ah oui, c'est vrai, je ne me suis pas présenté. Benoît Delaume. Je suis enseignant en retraite. J'étais directeur d'école, à Blainville. Oui, ce qui s'est passé, je veux parler des accusations contre Claude Parvillier. Bon, c'est bête tout ça. Enfin, tant que Jeannine Morel était en vie, personne n'osait rien dire, mais à sa mort, ça n'a plus été pareil, n'est-ce pas. Elle avait un caractère de cochon, Jeannine. Un cœur d'or mais un caractère de cochon. Lui poser la moindre question c'était prendre le risque de s'entendre traiter de timoré, de suspicieux. Dieu n'a que faire des questions, il a juste besoin d'engagement. Tout ça, c'était bien beau, mais dès qu'elle a lâché prise, des membres de l'association ont commencé à soupçonner Parvillier de s'en mettre plein les poches. C'est vrai que les comptes qu'il nous donnait étaient plutôt vagues pour ne pas dire inexistants…

Ils étaient revenus à leur point de départ. Sur le parking où ne stationnaient plus que quelques voitures. Zamanski repéra une bagnole, une 407 Peugeot avec deux hommes à l'intérieur. Il entraîna Delaume vers l'arrière du bâtiment. Son cœur battait un peu trop vite, mais la présence de son flingue sous son aisselle droite le rassurait.

— Bernadette Viaud m'a dit que jamais personne n'était allé à Bamako pour voir les choses de plus près. Comment vous expliquez ça ?

— C'est loin, Bamako, vous savez, et les Charentais, depuis Champlain, ne sont plus très aventureux…

Samuel de Champlain : parti de Brouage, un port de la région, pour aller implanter la première colonie en Nouvelle-France, c'était au début du XVIIe siècle. Le monde avait un peu changé entre-temps, quand même !

Delaume poursuivait :

— … C'est comme ça, personne n'a eu l'idée d'aller voir ce que faisait Parvillier dans sa baraque, là-bas. Dans le fond, pour les gens ici, l'important, c'était de se retrouver, d'organiser un loto, des collectes. Une fois la somme réunie, ce qu'elle devenait, ce à quoi elle servait, c'était secondaire et on s'en fichait un peu. Tous, nous faisions confiance à Parvillier, c'était bien pratique, finalement. C'est pour ça que j'ai trouvé que les accusations portées contre lui étaient injustes. C'est facile d'accuser autrui quand on ne sort pas de son pavillon ! Et puis il faut bien voir que toute cette histoire, c'est aussi une sorte de guerre de religion.

Zamanski sourit.

— Une guerre de religion ? A Blainville ? Je n'étais pas au courant !

Benoît Delaume le regarda, navré.

— Ne vous moquez pas. Je ne vous parle pas de la Saint-Barthélemy. Mais vous comprenez, l'installation, il y a quelques années, d'une église évangélique à Blainville a eu des conséquences dans la communauté protestante. Une partie des fidèles ont quitté le temple du centre-ville pour rejoindre les évangéliques. Ça a créé des tensions, bien sûr. Les évangéliques sont très militants, très prosélytes. Ils entrent dans les associations, se font élire aux conseils d'administration, deviennent membres du bureau. C'est comme ça qu'ils ont pris le contrôle de la Case des enfants. Et ce sont eux qui ont accusé Parvillier de détournement de fonds. Ils ont fini par le virer pour mettre un pasteur africain à sa place. Evidemment, Parvillier ne l'a pas accepté, il était furieux, bien décidé à ne pas se laisser faire.

— Bernadette Viaud m'a dit qu'il avait coupé les ponts avec les membres de l'association.

Ils revenaient vers le parking.

— Ce n'est pas tout à fait vrai ! Il est venu plusieurs fois perturber des réunions publiques des Moïse.

— Les Moïse ? Cette histoire d'adoption d'enfants ? Je ne vois pas le rapport.

Benoît Delaume le regarda avec étonnement.

— Vous n'êtes pas au courant ? "Moïse sauvé des sables" est une action complètement portée par l'église évangélique de Blainville. Marie-Dominique Becquerelle, la responsable de l'opération, est elle-même un membre de cette église. Parvillier l'a accusée publiquement d'être une intégriste, un agent de l'impérialisme américain. Quant au pasteur Mandarrou, son successeur à la Case des enfants, là-bas à Bamako, il l'a accusé de se livrer à un trafic d'enfants à adopter.

Zamanski avait compris le rôle des évangéliques dans l'action "Moïse sauvé des sables". Il suffisait d'entendre le discours de Marie-Do, de l'écouter chanter aussi. En revanche, l'accusation de trafic d'enfants…

— C'était à quel moment ? demanda-t-il.

— L'hiver dernier, lorsque Marie-Do et son compagnon ont commencé à mettre en route l'action leur projet. Parvillier est venu à plusieurs réunions pour dénoncer ce qu'il appelait une escroquerie, un pillage néocolonialiste. Quel ramdam ! Chaque fois, il se faisait sortir par Marie-Do et ses amis. Elle a l'air gentille comme ça, l'Antillaise, très oiseau des îles souriant chantant ! Mais il ne faut pas lui marcher sur les pieds ! Elle sait se défendre, la Marie-Dominique !

Que faisait Delaume dans cette affaire ? Il n'avait pas l'air d'un propagandiste de la foi, pas l'air d'un allumé de Dieu.

— Et vous, monsieur Delaume, qu'est-ce que vous pensez des accusations de trafic d'enfants adoptables portées par Parvillier ?

Il soupira en haussant les épaules.

— A vrai dire, je n'en sais rien. Je pense surtout que Parvillier perdait la boule. Il ne digérait pas d'avoir été évincé de son œuvre. Je suis d'une vieille famille parpaillote charentaise, voyez-vous. Ce qui ne m'a pas empêché d'être enseignant de l'école laïque, mais ça, c'est une autre histoire. Je suis croyant, mais je trouve que Marie-Do et ses amis sont un peu trop extrémistes dans l'expression de leur foi. Mais de là à les traiter d'agents de l'impérialisme américain ! Il ne faut pas exagérer. Quant à Parvillier, je me dis que tout le temps qu'il était en Afrique, il n'a pas dû se rendre compte que le monde changeait autour de lui. Lorsqu'il s'est installé là-bas, il y avait trois milliards d'individus sur la planète, nous sommes plus du double ! Alors évidemment les règles du jeu changent, n'est-ce pas... L'action que menaient des gens comme Parvillier n'est plus adaptée.

— Pourtant, Marie-Dominique Becquerelle et ses Moïse sauvés des sables ressemblent beaucoup à Parvillier et à sa Case des enfants, remarqua Zamanski.

— Oui... C'est vrai. Marie-Do refuse, elle aussi, les institutions, les grandes ONG, mais...

Zamanski le regarda :

— Mais vous voulez accueillir un enfant.

L'ancien directeur d'école eut un geste d'impuissance navrée.

— Moi ? Vous savez, des enfants j'en ai. Je suis même grand-père ! C'est ma femme, ma seconde femme, qui en veut. Elle est beaucoup plus jeune que moi et elle ne peut pas enfanter. Alors on a rejoint les Moïse. C'est une solution comme une autre. A vrai dire, je n'ai pas trop le choix...

Gestion des contradictions. Pour satisfaire le désir d'enfant de sa femme qui pourrait être sa fille, le mec Delaume s'était embringué dans une aventure menée par une marchande-d'acras-ayant-foi-en-Dieu.

Ils étaient revenus devant la porte de la salle, salle qui était à présent éteinte, les derniers participants ayant quitté les lieux. Sur le parking, il n'y avait plus que deux bagnoles : la Ford de Laurence et une Picasso, sans doute la voiture de Delaume. La Peugeot était partie. Zamanski ne se sentait pas soulagé pour autant.

— Vous saviez que Parvillier était accusé de viols sur mineurs ?

Delaume s'arrêta net.

— Comment ça ? Des viols ? Et accusé par qui ?

— Par des gosses dont il s'est occupé. Ils ont porté plainte contre lui, à Bamako.

Le retraité secoua la tête.

— N'importe quoi ! Quand on veut se débarrasser de son chien, on le traite d'enragé ! Je ne peux pas croire à de telles histoires ! C'est de la calomnie, un coup monté. Non. Pas Parvillier, pas la Case des enfants.

Et il s'en alla, fuyant le flic et une réalité qu'il entrevoyait bien malgré lui et qui semblait ne pas lui convenir.

Et Zamanski se retrouva seul, bien seul, sur ce parking suréclairé par une municipalité qui ne lésinait pas sur le lampadaire. Il se tenait immobile dans une espèce de brume orangée qui faisait de lui une parfaite cible.

Il se secoua et rejoignit la Ford de Laurence Fuzier. Il ne voulait pas rentrer chez lui. Il connaissait un motel sur la route de Saintes qui ne fermait ni de l'année ni de la nuit. Il y avait aussi Mornac avec la cabane et le voilier.

23

C'est en sortant de Breuillet qu'il fut rejoint par la Peugeot 407 avec les deux types à son bord. Cette bagnole, il l'avait déjà vue deux fois. La première fois, c'était en sortant de chez Claire Bronsard-Parvillier. La deuxième, c'était sur le parking de la salle communale. Et maintenant, elle était dans ses rétros. Ils roulaient sur la nationale récemment mise en deux fois deux voies. La petite Ford, avec ses 185 634 kilomètres au compteur, ne tiendrait pas la distance. Le cœur de Richard battait un peu trop fort à son goût, présence désagréable de la peur. Il y avait longtemps qu'il ne l'avait pas subie. Enfin, peut-être pas si longtemps que ça. Peut-être qu'ils vivaient ensemble, qu'elle s'était installée discrètement dans son cœur et ses pensées et qu'elle prospérait sans rien dire, sans rien faire, comme une tumeur maligne qui attend de prendre des forces avant de foutre le bordel dans tout l'organisme pour mieux le détruire. Oui, la peur, il la connaissait. Il y était habitué, enfin dans la mesure où l'on peut s'y habituer. Avec le temps, l'expérience, il avait fini par se convaincre qu'elle était inévitable, normale, qu'il fallait faire avec. Oui, il connaissait bien cette sensation d'inquiétude moite que l'on subit avant une partie de saute-dessus, lorsqu'on grimpe l'escalier et que l'on sait que ce ne sera pas facile. *A priori*, ce n'est jamais facile.

Les deux types lui laissaient un peu de mou, trois centaines de mètres. Zamanski ne savait pas ce qu'ils voulaient. Suivre ses déplacements pour rendre compte ? A qui ? Delarive et ses employeurs officieux ? L'Africain anonyme ?

Mais Amidou Diop et Claire Parvillier avaient été assassinés. Le taux de mortalité autour de l'ancien chercheur était plutôt élevé. Les deux hommes de la Peugeot y étaient peut-être pour quelque chose. Ou peut-être pour rien.

Richard ralentit pour laisser venir la Peugeot. Il essaya de distinguer le visage de ses deux suiveurs. D'après ce qu'il voyait, aux lueurs de la planche de bord, ils ne ressemblaient pas plus à des psychopathes qu'à des fonctionnaires de l'Intérieur. Des hommes jeunes encore, une petite trentaine d'années, et pour ce qu'il en percevait : pas le genre de mecs avec qui il aurait aimé boire un verre ou passer une heure ou deux à discuter. Ils ne lui firent aucun appel de phares. Il accéléra. La Peugeot en fit autant, rattrapant la Ford presque à la coller au pare-chocs. Zamanski vira d'un coup sec sur la bretelle de sortie Saujon-Sud. Sans même ralentir, il tourna en direction des marais. Sa roue avant droite mordit sur le bas-côté. Déséquilibrée, la Ford fit une embardée, se mit à tanguer dangereusement. Richard se cramponna au volant en même temps qu'il entendit un enjoliveur de roue s'en aller, mécontent de ses conditions de travail. Dans son rétro, Zamanski vit la Peugeot qui faisait marche arrière sur la nationale pour prendre la bretelle de sortie. Il avait gagné cinq à six cents mètres. Il accéléra, tapant un cent trente sur une route qui n'était vraiment pas faite pour ça. Un couple de mômes s'embrassait à l'abri d'un arrêt de car. La Peugeot l'avait rejoint, ses phares dans les rétros. Cent trente sur cette route ! Un gamin qui traverserait, pas possible, trop tard, pas la saison. Dans la Ford, ça brinquebalait dur. La caisse décolla au passage à niveau de la ligne du chemin de fer touristique La Tremblade-Saujon. Le "train des huîtres", mais tout était "des huîtres" dans le coin. Pas casser d'essieux. Putain de gendarmes couchés, en ce moment il détestait la gendarmerie. La Peugeot refaisait son retard. Le conserver pourtant. La semer avant Mornac, abandonner la Ford, se perdre dans l'obscurité du bourg et aller se planquer là où personne ne le chercherait. Il rattrapa la route qui suivait l'estuaire de la Seudre, tourna en direction de Mornac, traversa un bourg à toute vitesse, et tant pis pour la limitation à trente et les ralentisseurs ! La Peugeot était à cent cinquante mètres. Richard ouvrit sa veste, dégrafa son holster. Il ne sortit pas son automatique. N'oublie jamais : si tu sors ton flingue c'est que tu as l'intention de l'utiliser et si tu l'utilises, alors c'est que tu as l'intention de TUER…

A l'entrée de Mornac, il prit la direction de la zone portuaire, de biens grands mots pour désigner les exploitations ostréicoles installées en sortie de bourg. La Peugeot le suivait toujours. Encore une fois il feinta le chauffeur de la 407 en tournant dans une rue étroite qui s'enfonçait dans le bourg. Il laissa le phare droit et un morceau du pare-chocs contre un mur. Serait contente, Laurence. Pas près de reprêter sa bagnole. Il ralentit, éteignit ses phares, changea plusieurs fois de direction, empruntant l'une après l'autre les ruelles du village. Etroites certes, mais éclairées. Qu'est-ce qu'ils avaient, les maires de la région, à semer des lampadaires partout. La lutte contre l'insécurité ! Tu parles. Zamanski ne se sentait pas du tout en sécurité.

Il déboucha sur le parking réservé aux touristes, pila derrière le bâtiment des toilettes publiques. Il sortit et, dans une foulée contrôlée, prit la direction du port et de ses cabanes.

Il entendit des crissements de pneus sur le gravier, des claquements de portes. Zamanski poursuivit sa course, il arriva place du Marché, tourna dans la rue de l'Eglise. Il était essoufflé. Merci l'alcool et le tabac. Il ralentit. Plus de jus. Il se plaqua contre le mur de l'église, protégé par l'ombre de l'édifice. Un type passa. Grand, sportif. Surentraîné. Ce n'était pas une filoche, mais une chasse. Zamanski reprit son souffle. Ses poumons faisaient un bruit audible à plusieurs centaines de mètres à la ronde, au moins. Le type avait disparu, la route était libre.

Richard repartit en rasant les murs. Il reçut le coup avant de voir son agresseur. Une douleur violente au plexus qui le plia en deux.

— Connard !

Le mec était sûr de lui, sûr de sa supériorité. Il saisit le poignet droit de Richard pour l'immobiliser par une clé.

Zamanski ne lui en laissa pas le temps. Réflexe. Il lança son genou dans les couilles du type, un aller-retour le plus rapide qu'il put, efficace puisque le mec souffla en relâchant sa prise. Zamanski se dégagea. Essoufflé, courbé sur sa douleur, il prit la fuite en direction du port. L'autre derrière le poursuivit en clopinant.

Richard arriva sur la petite esplanade, les restaus et cafés étaient fermés. Vers l'église, des chiens s'étaient mis à aboyer. Zamanski observa les parages puis traversa la place, la poitrine toujours endolorie et ses poumons en recherche d'air.

Il s'engagea sur la route qui longe le chenal en surplomb. La cabane et son voilier n'étaient plus qu'à trois cents mètres, à peu près. Alors le deuxième mec apparut, le flingue pendant à la main. Voyant Zamanski, il releva sa ligne de mire. Richard plongea au sol, et dévala le talus en roulant sur lui-même. Il s'arrêta juste en bordure de l'eau, se mit sur ses genoux, sortit son arme. Son agresseur s'était approché du bord. Richard était protégé par l'ombre du talus, mais pas le type dont la silhouette se détachait sur fond d'éclairage public. Une vraie cible de stand de tir. Mais il ne voulait pas tirer sur son agresseur, pas avoir à répondre d'un homicide. Sauf à y être contraint. Légitime défense. Courbé pour rester à l'abri de l'obscurité, il se remit en marche en direction des cabanes. Il progressa d'une cinquantaine de mètres jusqu'à un ponton qui lui barrait le chemin. Il lui fallait remonter sur la route. Le type y était toujours. Aucune raison qu'il se tire. Allait être rejoint par son pote et alors… Beretta au poing, Richard escalada le talus en rampant. Il commençait à en avoir sérieusement assez.

Avant de se relever, il prit le temps d'observer le terrain. Personne. Il se redressa. Il allait se remettre en marche lorsque l'homme surgit de l'angle de la première cabane. Il visa Zamanski, tira.

Richard répliqua. Tir, recul, odeur de poudre. Le mec avait lâché son arme, il se tenait la cuisse droite des deux mains. Les détonations se répandaient sur les eaux du marais, se répercutaient sur les murs du bourg. Des clebs se mirent à aboyer, des fenêtres s'allumèrent. Pour parfaire l'atmosphère de guerre civile, Zamanski tira deux nouvelles balles en direction de Mars ou de la Lune, peu importe. Il dépassa le ponton, redescendit le talus et reprit sa course. Le *P'tit Galu* n'était plus qu'à cent mètres. Essoufflé, endolori, il le rejoignit, prit pied sur le pont, se faufila sous la bôme.

Le premier mec avait rejoint son équipier blessé.

— Putain ! On le trouve ce connard et on le fume !

Richard, recroquevillé dans le cockpit, sortait le trousseau de clés de sa poche. Ses mains tremblaient, ses oreilles sifflaient. Il parvint à ouvrir le rouf, dégringola plus qu'il ne descendit les marches, se reçut durement sur le sol de la cabine, se traitant de tous les noms parce qu'il s'était fait mal et que tout ça faisait du bruit, beaucoup de bruit. Il referma le panneau du rouf.

Avançant dans l'obscurité, il se cogna à la table des cartes, jura de façon obscène putain de bordel de merde, entra dans la cabine, tout à l'avant, où il prenait ses habitudes, referma derrière lui. Il se jeta sur la couchette inférieure, le flingue toujours en main, pointé sur la porte et un éventuel intrus. Il souffla. Voilà, il était dans sa tanière, prêt à arroser de plomb et sans sommation toute personne hostile ou amie qui viendrait à pousser la porte.

Voir ce qui se passe, justement, Richard ne le pouvait pas. Le hublot de sa couchette donnait sur le large et il ne voulait pas se déplacer de crainte de trahir sa présence à bord en faisant gîter le rafiot.

Au-dessus du bateau, sur la route, les deux types le cherchaient toujours. Richard pouvait les entendre, énervés, dangereux. Il souffla. Il s'en était bien sorti, mieux qu'Amidou Diop et Claire Bronsard. Alors, sur le marais résonnèrent les deux tons des sirènes de police. Lointains d'abord, puis de plus en plus proches ! Appelée par les populations apeurées, la cavalerie flicarde arrivait.

— Les flics ! On dégage !

Richard put jouir de quelques minutes de répit avant que la lueur des gyrophares n'éclaire la cabine. Les bourres arrivaient. De Marennes ou de La Tremblade, peu importe. Il n'avait pas l'intention d'aller au-devant des collègues rendre compte de son agression. Sans faire de bruit, il s'installa sur sa couchette un peu plus confortablement, gardant son arme à portée de main. Commença alors un étrange quart, les yeux fixés sur la poignée de la porte, à ressasser la même question qui faisait des ronds dans sa cervelle fatiguée, comment, mais comment ils faisaient pour le retrouver aussi facilement où qu'il aille ?

Au-dessus de lui, sur la route, les flics enquêtaient…

24

Le matin tardait à réveiller la ville, un matin souffreteux et gris ; un matin d'hémisphère nord. Rien à voir avec celui de l'Afrique qui vous asperge de lumière et vous menace des plus grandes chaleurs. Emmanuel Kouassy se trouvait dans la chambre anodine d'un hôtel de classe internationale, situé dans le 7e arrondissement de Paris, à proximité de l'Unesco. L'Ivoirien se tenait à la fenêtre, le regard perdu dans cette ville riche encore, tellement prospère, mais terne et fatiguée comme une rentière en fin de vie. Kouassy était contrarié. La mission qui lui avait été confiée ne se déroulait pas comme souhaité. Ce n'était pas surprenant. Elle se déroulait en France et, avec les Français, ce n'est jamais facile. Il y a trop d'histoires entre la France et l'Afrique. Il n'aurait pas dû accepter. Mais avait-il les moyens de refuser ? Ce qui est fait est fait. Il n'y avait pas à revenir là-dessus. Il fallait aller de l'avant et s'adapter aux circonstances. Et les circonstances étaient défavorables, de plus en plus défavorables. D'abord le suicide de Parvillier et la disparition des documents recherchés, ensuite l'exécution d'Amidou Diop. Enfin, et beaucoup plus grave, le meurtre de la sœur de Parvillier. Il avait laissé trop d'autonomie à Martin et son acolyte. Ils avaient pour mission de suivre le policier. Qu'ils interrogent Claire Parvillier pour savoir ce que le flic lui avait demandé, pour s'assurer qu'elle ne possédait pas de copie des documents, cela pouvait se comprendre. Mais pourquoi la tuer ? Aucune raison. Une erreur d'appréciation. Pire : une erreur tactique. C'était l'inconvénient avec des hommes tels que Martin. De bons soldats, entraînés, dévoués, durs à la tâche, mais trop habitués à obéir à des consignes strictes. Pas assez d'initiative, d'initiative réfléchie et adaptée. A Grenoble,

Martin avait fait ce qu'il avait appris sur les divers théâtres d'opérations : passer le terrain au napalm puis questionner les survivants, s'il y en a. Claire et Claude Parvillier, Amidou Diop. Les policiers français allaient mettre en relation ces trois morts. Et puis il y avait eu l'accrochage avec le policier du commissariat de Blainville.

Ce fonctionnaire n'avait pas l'ordinateur de Parvillier. Il ne l'avait jamais eu et ne savait rien, presque rien. C'était un fait acquis. Mais à présent, il voulait savoir et il se montrait obstiné. Kouassy avait chargé Martin et Kader de l'intercepter et de lui faire perdre l'envie de poursuivre son enquête. Echec total. L'homme s'était défendu avec son arme. Kader avait été blessé. Le flic avait eu de la chance de tomber sur Kader. Avec Patrick Martin, il ne s'en serait pas aussi bien sorti.

Le jour s'était enfin levé et l'Afrique avait pris en charge la vieillarde opulente. Elle vidait ses poubelles, rénovait ses immeubles, refaisait ses rues, gardait ses banques, ses supermarchés. L'Afrique des travailleurs avec ou sans papiers, taillables et corvéables à presque merci, gens pour lesquels Emmanuel Kouassy avait finalement peu d'estime, très peu d'estime.

Il prit son téléphone cellulaire et appela Bamako. Il obtint facilement l'attaché commercial.

Il lui fit un rapport circonstancié sur la situation. Le président de l'Amicale des entrepreneurs ivoiriens au Mali l'écouta sans l'interrompre. L'échec de la mission renforçait la position du commanditaire face au prestataire de services.

— Mon cher, vous avez échoué et c'est fâcheux... Je vais en référer. Je vous rappellerai pour vous communiquer les nouvelles dispositions. Restez joignable.

Kouassy n'était pas homme à s'abandonner aux contrariétés. Il appela le service d'étage et commanda son petit-déjeuner.

Il était en train de savourer une macédoine de fruits frais lorsque l'attaché commercial le rappela.

— Voici les ordres. Vous revenez à Bamako. Ici, vous aurez pour mission de nettoyer les traces de cette affaire. Il vous faudra faire le ménage en quelque sorte, tout faire disparaître, n'est-ce pas. Je me fais bien comprendre ?

C'était on ne peut plus clair.

— La mission que vous me proposez aura bien sûr un coût qui n'est pas compris dans le contrat initial, fit Kouassy.

— Cela va de soi. De cela aussi nous aurons à parler. Quand pouvez-vous prendre l'avion ?

Un vol Air France décollait le soir même de Roissy-Charles-de-Gaulle.

— Parfait. Vous serez attendu à votre arrivée.

— Et pour les deux hommes qui travaillent avec moi ? demanda Kouassy.

— Les services de notre ambassade à Paris sont prévenus. Ne vous inquiétez pas. Vos amis vont être gérés comme il convient. Où peut-on les trouver ?

Emmanuel Kouassy donna l'adresse du pavillon, dans la banlieue de Bordeaux.

— Nous allons nous occuper d'eux.

Kouassy avait nettement entendu les guillemets mis à "occuper".

Il eut une pensée pour Patrick Martin. Le nommé Kader il s'en fichait, mais Patrick, c'était un frère d'armes. Son destin ne lui était pas indifférent. De là à le prévenir, il y avait une distance qu'il ne parcourrait pas. Mais c'était à regret. Patrick était un guerrier, il comprendrait.

Cette ville, ce pays commençaient à lui peser. Il était temps de les quitter, de rejoindre le continent africain. Il se versa une seconde tasse de café.

*

Ce n'était pas leur immeuble, pas vraiment mais pourtant il le connaissait bien, c'est ici qu'ils habitaient, au quatrième, il en était sûr, il le savait. Véra était à la maison, elle l'attendait. Il grimpait l'escalier, un escalier sans fin. Il était de plus en plus fatigué par ce rêve, ce cauchemar familier. Ses jambes étaient lourdes, ses pieds pesants. Chaque marche semblait vouloir le retenir pour l'empêcher d'arriver à temps. Il s'épuisait. La détonation retentit dans la cage d'escalier, il ne pouvait en être autrement. Il n'arrivait jamais à temps chez eux. Jamais il ne parvenait à arrêter son geste, à l'empêcher de se tuer. Toujours la détonation, entre deux étages. Et son monde qui s'effondre. Des voisins sortaient sur le palier, ahuris, apeurés. Quelqu'un frappait à une porte. Des coups répétés qui le sortirent de son rêve.

Zamanski se réveilla en sursaut et se cogna à la couchette du haut. Douleur et confusion.

On frappait à la porte du rouf. Il prit son arme.

— Il y a quelqu'un ?

Il reconnut la voix de Sandrine Lemarchand, la copine des propriétaires du voilier. Zamanski sortit de sa cabine, traversa le carré, ouvrit la porte du rouf.

Elle le regarda, ébahie. Il réalisa qu'il avait son flingue en main. Il le rengaina avec un sourire qui se voulait désolé en même temps que rassurant.

— Entrez, murmura-t-il.

La jeune femme descendit les quelques marches et le rejoignit dans le carré. Elle paraissait plus intriguée qu'effrayée. Il lui fit signe de s'asseoir.

— Je savais bien qu'on était monté à bord cette nuit ! C'est à cause de vous tout ce bazar ?

Zamanski, par le hublot du carré, vit passer au ralenti une voiture du commissariat. A son bord, da Silva et Aspéréghi.

— ... Il y a eu des coups de feu. Un homme a été tué ou blessé, on a trouvé des traces de sang dans la rue, mais pas son corps. La police fouille partout à sa recherche, interroge les habitants du bourg.

Elle posait cette question sur le même ton qu'elle aurait demandé qui a fini le pot de confiote.

Zamanski sortit sa brême qu'il montra à la jeune femme.

— Je suis un flic, pas un truand.

Elle regarda la carte avec attention.

— Vos collègues vous recherchent. Ils ont trouvé votre Ford Fiesta amarrée au parking des touristes. Ils se demandent où vous êtes passé. Ils ont l'air inquiets. Quelle histoire dans les cabanes ! Ils pensent que c'est sur vous qu'on a tiré. Vous devriez leur dire que vous allez bien, non ?

Richard répondit qu'il n'en avait pas l'intention, ce qui dépita Sandrine Lemarchand. Il lui expliqua d'une voix calme et rassurante qu'il avait été victime d'une agression et qu'il avait dû tirer en situation de légitime défense. Il avait blessé l'un de ses agresseurs. Un type dangereux...

Elle ne semblait pas convaincue, mais elle ne paraissait pas vouloir appeler au secours, ameuter la flicaille. Même si elle ne croyait pas ses histoires, il ne lui faisait pas peur. Une bonne chose.

— Qu'est-ce que vous faites aujourd'hui ? demanda Zamanski, un rien désinvolte.

Sandrine Lemarchand l'observait tranquillement, comme elle devait observer les sautes de vent dans ses voiles.

— Moi ? Je dois aller au boulot, il faut que je finisse de ranger l'école de voile pour l'hiver. Pourquoi ?

— Vous vous souvenez de votre proposition de baptême de mer ? Je crois que c'est le jour. Je vous engage comme skipper pour la journée. Je vous paie, hein !

Elle sourit. Une romanesque, cette fille. L'idée d'aider un flic en cavale semblait l'amuser. Parce que c'est bien de ça qu'il s'agissait, se tirer de Mornac par un moyen que les collègues du commissariat n'imaginaient pas.

— Vous voulez aller où ? En Angleterre ?

Il sourit.

— Non. La Rochelle suffira. On en a pour combien de temps ?

Pour toute réponse, elle sortit son portable, fit un numéro. Elle écouta avec attention ce que son correspondant ou sa correspondante lui disait.

— OK, c'est bon. Je viens d'écouter le bulletin de Météo-France, vent de sud-ouest, temps dégagé. Pas d'avis de coups de vent en cours. Vous avez du bol, c'est le temps idéal pour une première sortie.

— Il y a une boulangerie ouverte à Mornac ? Avant de partir, allez donc nous acheter de quoi faire un café et des croissants, des pains au chocolat. J'ai faim.

Il sortit de sa poche une poignée d'euros et les clés de la Ford.

— Vous donnerez ces clés à la boulangère de façon que la propriétaire de la Ford puisse les récupérer.

Elle sourcilla :

— Dites, ce serait possible d'obtenir un "s'il vous plaît" ?

Il lui sourit, un bon gros sourire plein d'excuses.

— Vous avez raison. Si vous pouviez faire cela, je vous en serais extrêmement reconnaissant. Cela et le reste.

— Le reste ?

— Je parle de la sortie en mer, jusqu'à La Rochelle !

25

D'abord sur le canal puis sur la Seudre, ils naviguèrent au moteur. Sandrine Lemarchand avait montré à Zamanski comment tenir le cap. Il était donc à la barre pendant qu'elle s'affairait pour préparer les voiles, en gardant tout de même un œil sur la direction que suivait le bateau.

Concentré sur le compas, Richard se disait que ce n'était pas la façon la plus désagréable de se faire la malle. Le *P'tit Galu* descendit le fleuve aidé par le courant de la marée descendante. De temps en temps, Sandrine Lemarchand, tenant compte des balises, lui indiquait un léger changement de cap. Elle le faisait d'une voix sûre et calme, ce qui est toujours appréciable pour un débutant. Les toiles prêtes à être hissées, elle revint près de Richard.

— Ça va ?

Elle était radieuse. Le sourire lumineux de celle qui fait ce qu'elle aime et sait le faire. Elle avait oublié qu'elle convoyait un bonhomme douteux qui avait tiré sur un inconnu.

— On hissera les voiles dès qu'on aura passé le pont de l'île d'Oléron. On est à marée descendante, on ne devrait pas avoir de problèmes…

Zamanski ne voyait pas trop bien où était le problème.

— Le tirant d'air, c'est-à-dire la hauteur hors tout du bateau. Il faut pouvoir passer sous le pont. Ça serait con de rester coincé sous le tablier, à attendre les basses eaux. Mais je connais la passe et le *P'tit Galu*, pas d'inquiétude.

N'était pas habitué, Zamanski à se laisser guider par une femme beaucoup plus jeune que lui. Elle, ça ne lui posait pas de problème. Elle assumait sereinement les responsabilités que confèrent les compétences.

Elle reprit la barre. Zamanski descendit dans le carré pour appeler Delarive. Il prit son portable, puis le regarda avec une soudaine suspicion. Comment ils avaient fait pour savoir où il se trouvait ? Grâce ou à cause de son téléphone portable. En localisant les appels qu'il avait passés. Cela nécessitait de gros moyens techniques. Les deux types de la Peugeot n'étaient pas seuls. Ils avaient derrière eux une équipe lourde qui avait accès à des services techniques. Officiels ou officieux. Africains ou français. Delarive ? La conseillère aux affaires africaines ? Zamanski se sentit pris dans les mailles imperceptibles d'un filet, le centre d'un réseau de satellites qui dénonçait à des malveillants le moindre de ses déplacements. Il ouvrit un hublot et balança son téléphone à la mer. "Va te faire foutre, Big Brother !"

— Sandrine, vous pouvez me prêter votre portable ?

C'était beaucoup demander. Elle pouvait accepter de sortir en mer sans l'avoir prévu, convoyer un flic douteux, mais prêter son portable !

Après négociations, elle le lui tendit. Zamanski fit le numéro de Delarive.

Il l'obtint presque immédiatement.

— Richard ? Où tu en es ?

Il y avait de l'inquiétude dans la voix de M. l'inspecteur général. Richard sourit, inquiéter un inspecteur général n'est pas donné à n'importe qui.

— Tu es au courant, je suppose, pour la sœur de Parvillier.

Richard confirma.

— Tu as des informations ?

Zamanski rapporta ce qui s'était passé ces dernières quarante-huit heures. Delarive ne commenta pas.

— Tu étais informé de la plainte déposée contre Parvillier pour viols sur mineurs ? demanda Zamanski.

Le haut fonctionnaire hésita

— ... Oui. Nous l'avons appris très récemment. Des plaintes déposées par trois de ses anciens protégés, juste après le départ de Parvillier pour Paris. Les plaignants sont aujourd'hui majeurs. Les faits remontent à plusieurs années. Ils ont accusé Parvillier de les avoir contraints à des attouchements et même davantage que des attouchements, tout ça en échange du gîte et du couvert. Les plaintes ont été déposées auprès du procureur de Bamako, c'était à la fin août. Il devait les transmettre au parquet de Saintes. Parvillier s'est tué avant, on pourrait dire qu'il s'est tué à temps. Maintenant, savoir si ces accusations sont vraies ou si c'était un moyen calomnieux de faire pression sur lui…

— Il a avoué les faits à sa sœur.

— Admettons. Qu'est-ce que tu comptes faire maintenant ?

— Moi ? Poursuivre. Aller au Mali pour apprendre sur quoi travaillait Parvillier. J'ai besoin d'un billet d'avion et d'un peu de fric.

Delarive mit très peu de temps pour donner son aval.

— Correct. Je vois que tu fais exactement ce que tu sais faire, le flic !

En dehors de toute procédure et en échangeant des coups de feu… Sans doute la nouvelle façon de faire des administrations d'Etat : du dynamisme et du rendement !

La fin de l'entretien consista à régler des problèmes d'intendance. Richard appela ensuite le commissariat, il laissa un message à l'agent d'accueil, message destiné à la lieutenant Fuzier : les clés de sa voiture l'attendaient à la boulangerie de Mornac.

Enfin il téléphona à l'agence de Jacqueline Bissel. Il obtint le répondeur. Il fit le code d'interrogation à distance. Il y avait six messages. Cinq concernaient des annulations de rendez-vous. Enfin il entendit la marchande de biens qui donnait des nouvelles de sa vieille cousine. L'état de santé de cette dernière était rassurant. Le message se terminait par : "A part ça, tout va bien, rien à signaler."

Zamanski, soulagé, rendit le portable à sa propriétaire. Il avait soif. Il ouvrit les placards du carré à la recherche de bouteilles oubliées par les propriétaires. Il ne trouva qu'un pack de bière. Il ouvrit une canette et rejoignit Sandrine à la barre.

— Vous en voulez une ?

Elle fronça les sourcils.

— Jamais d'alcool en mer. A terre, tu peux te mufler autant que tu veux, mais en mer, tu restes sobre.

Ce n'était pas négociable. Zamanski regarda sa canette avec regret et la jeta par-dessus bord.

— Et on ne jette pas de saloperies à la baille. Les poissons ne boivent que de l'eau !

Elle commençait à devenir pénible. Mais Richard devait le reconnaître, il aimait bien son autorité rassurante. Et puis elle le tutoyait.

— C'était pas pour les poissons, dit-il penaud. Juste une offrande à Neptune pour que la mer nous soit favorable.

Elle sourit en haussant les épaules.

Ils arrivaient en vue du pont de l'île d'Oléron.

— Dès qu'on l'aura franchi, tu reprendras la barre. Tu te mettras face au vent de façon à ce qu'on puisse hisser la toile.

— Il faudra que je tourne à gauche, c'est ça ?

Elle sourit.

— Si tu veux, sauf que tu n'es pas dans une bagnole mais sur un bateau, alors disons que tu vas virer à bâbord.

Le bateau, poussé par son moteur, remonta le Coureau d'Oléron, ce passage entre l'île et le continent. Le ciel s'était dégagé, il faisait bon, Richard se sentait bien. Il s'abandonna à la mer et à la confiance qu'il avait dans le bateau et dans celle qui le barrait. Il ressentit une sorte d'exaltation lorsque le *P'tit Galu* passa sous l'arche centrale du haut pont de béton. Un moment radieux, celui vécu par un amiral de retour d'un long périple et qui franchit l'arc de son triomphe.

— On hisse les voiles ?

Sandrine Lemarchand regarda la direction du vent.

— Pas tout de suite. Je préfère qu'on sorte du Coureau. Il y a encore des bancs un peu chiants. Autant éviter d'avoir à faire des virements de bord.

Ils poursuivirent donc leur route, accompagnés par le ronronnement du moteur et les inévitables odeurs de gasoil.

Le moteur, elle l'arrêta enfin. Elle montra à Zamanski comment maintenir le voilier nez au vent puis elle rejoignit le mât. Elle s'affaira avec des gestes assurés. Zamanski gardait un œil sur le cap, un autre sur la jeune femme qui tirait sur une corde, pardon, sur la drisse de grand-voile. Elle revint dans le cockpit, enroula la drisse sur un winch après l'avoir passée dans un des taquets fixés sur le rouf. Elle montra à Zamanski comment manœuvrer le winch, il fallait qu'il fasse gaffe à la manivelle pour ne pas la faire tomber à l'eau. Elle retourna au pied du mât pour aider la montée de la voile. Zamanski moulinait. La voile faseyait dans un vacarme de toile quelque peu inquiétant.

Sandrine le rejoignit, prit la barre et lui ordonna de poursuivre la manœuvre. La voile était hissée. Elle lui montra comment frapper la drisse au taquet. Puis elle commença à dérouler le génois. Ce fut une manœuvre encore plus délicate. Mais pour elle, ça ne posait pas de problème. Elle se déplaçait avec l'aisance de celle qui se trouve dans son élément. Il y avait une sorte de grâce dans ses déplacements et ses gestes efficaces. Revenue dans le cockpit, elle montra à Zamanski comment régler les voiles.

Alors ce fut, après toute cette agitation, le calme du navire qui avait trouvé le vent et pactisait avec lui. Le voilier avançait dans le silence des éléments en paix.

— C'est vraiment ta première sortie en mer ? lui demanda-t-elle.

Il confirma d'un signe de tête.

— Pas mal pour un débutant.

Elle souriait. Et Richard prit cela pour une belle récompense.

Au dire de Sandrine Lemarchand, ce fut une "bonne nav". Au milieu de l'après-midi, ils étaient en vue de La Rochelle. Ils amenèrent les voiles et c'est au moteur qu'ils entrèrent au port.

Arriver à La Rochelle en bateau, c'est autre chose qu'y arriver en bagnole. En mer, il n'y a pas, pas encore, de lotissements pavillonnaires ni de zones commerciales, cet étalement de hangars à consommer qui ont à jamais salopé les abords des villes.

Le passage entre les deux tours, ces gardiennes hautaines, fut pour Richard une révélation. Il aimait bien la voile.

Lorsque le bateau fut amarré à l'un des quais des Minimes, il demanda combien il devait à la jeune femme pour son baptême de mer. Elle lui dit de laisser tomber. Sortir en mer, c'était toujours, enfin, presque toujours un plaisir. Surtout sur le bateau de François et Paola.

— Comment tu vas faire pour rentrer à Mornac ?

Zamanski n'imaginait pas qu'on puisse manœuvrer seul le douze mètres.

— Ne t'inquiète pas. Je ne manque pas de copains prêts à embarquer pour une sortie.

Les copains, Zamanski les imaginait jeunes, beaux, musclés, marrants… de vrais connards quoi !

Avant de quitter le bord, Richard cacha son arme et son holster dans un des coffres situés sous les couchettes. Il pourrait toujours les récupérer plus tard.

Sandrine et lui se quittèrent sur une poignée de main des plus viriles.

Une heure plus tard, Zamanski était dans le TGV pour Paris. De là, il prit le métro et le RER. O le RER et la traversée de la banlieue nord ! Toujours un vrai plaisir, surtout après une sortie en mer, après une "bonne nav" ! Le RER donc, en direction de Roissy où l'attendait un envoyé de Delarive qui lui donna un billet pour Bamako, une enveloppe contenant cinq mille euros en espèces et divers documents devant faciliter son passage des frontières. En échange, Zamanski signa un reçu.

II

BAMAKO

26

On peut aborder l'Afrique, ce vaste continent mystérieux, de bien des façons, par exemple en descendant à la station de métro Château-Rouge, ou à celle de la Porte-d'Aubervilliers. On peut aussi atterrir à l'aéroport international de Bamako Sénou. Zamanski opta pour cette dernière solution.

Son vol se fit sans romantisme et sans difficulté. Très vite, après le décollage, un maigrelet croissant de lune vint rejoindre l'extrémité de l'aile et accompagna l'Airbus dans sa route vers le sud. Après cinq heures de vol, l'avion amorça sa descente sur Bamako. Par le hublot Zamanski put apercevoir un pays inconnu, endormi dans une nuit qui semblait plus profonde qu'en Europe. L'avion se posa sur une piste bordée de grandes herbes sèches. Quelques installations défilèrent, un avion de transport militaire sommeillait devant un hangar.

L'Airbus s'immobilisa enfin devant le bâtiment principal et les passagers, libérés de leurs ceintures, se préparèrent à sortir. Richard resta assis. Il n'était pas pressé. Son bagage tenait dans le coffre de cabine. Il laissa donc passer les Maliens impatients de toucher le sol natal. Enfin, il se leva, récupéra son sac et se dirigea vers la sortie. Il répondit aimablement aux salutations de l'équipage puis s'engagea sur la passerelle.

Ça se passe rarement comme on l'a imaginé. Il s'attendait à un blitzkrieg de chaleur et d'odeurs, un choc annonciateur de débâcles physiologiques. Ce ne fut qu'une brise à peine plus chaude qu'à Blainville, une nuit d'été.

L'avion sur le tarmac et la file de passagers rejoignant la navette évoquaient une vignette d'Hergé extraite de *Zamanski au Mali.*

Richard pénétra dans l'aéroport et se dirigea vers le poste de police. Devant le tapis roulant des bagages, la foule était détendue.

“Ici, à Bamako, c’est relax ! expliqua un grand jeune homme rieur. Ce n’est pas partout comme ça en Afrique !” Les voisins acquiescèrent. Richard ne fit pas attention à un Africain qui avait voyagé en classe affaires. Pour cause, de lui il ne connaissait que la voix. En revanche, Emmanuel Kouassy reconnut le flic de Blainville. La venue de ce dernier au Mali justifiait, si nécessaire, la nouvelle mission que lui avait confiée l’attaché commercial ivoirien : faire le ménage. Emmanuel Kouassy se demanda s’il devait informer son commanditaire de ce nouveau développement. Il décida que ce n’était pas utile. Par contre il devrait tenir compte de la présence de Zamanski à Bamako, une présence indésirable.

Le commissaire Habib Kéita et son adjoint Sosso* attendaient Zamanski à la sortie de l’aéroport.

Richard avait fait la connaissance de Habib lors d’un colloque de flicards à Paris. Il avait sympathisé avec ce grand type d’une bonne cinquantaine d’années, aux cheveux grisonnants et qui défouraillait ses éclats de rire à tout propos.

Habib l’accueillit au sens propre à bras ouverts, lui souhaitant la bienvenue. Puis ayant demandé à son adjoint de prendre le bagage, il entraîna Richard en direction du parking, où un 4x4 de la brigade criminelle les attendait.

Richard s’installa à l’arrière de la Toyota, Habib prit place à côté de Sosso qui conduirait. Le commissaire expliqua à Richard que son coup de téléphone l’avait pris au dépourvu. Il regrettait de ne pouvoir l’accueillir chez lui mais il lui avait trouvé une chambre dans un hôtel confortable, à la sortie de Bamako sur la route de Magnambougou : l’hôtel des Manguiers. Richard remercia.

— Je n’ai pas très bien compris ce qui t’amène au Mali, Richard, mon ami.

Zamanski sourit :

— Je ne suis pas très sûr de l’avoir compris moi-même !

Les deux flics bamakois éclatèrent de rire.

— Dis-moi, Richard, ce sont là les derniers progrès de la police scientifique ? Tu prends l’avion pour Bamako, et une fois arrivé, tu enquêtes pour découvrir les raisons de ta venue ? Sérieusement, raconte-moi.

— J’enquête sur un ancien expatrié qui a vécu ici une quinzaine d’années.

* Voir *L’Empreinte du renard* et *La Malédiction du lamantin* de Moussa Konaté, aux éditions Fayard.

— Oui, c'est ce que tu m'as dit au téléphone. Claude Parvillier, c'est ça ? J'ai regardé dans les fichiers, mais nous n'avons rien sur lui sinon qu'il est arrivé, les années passées, que de jeunes délinquants que nous avions arrêtés nous donnaient son adresse.

— Il s'est suicidé.

De nouveaux éclats de rire :

— Je croyais qu'il n'y avait que chez nous, les sauvages, que les meurtres s'appelaient suicides !

OK, l'humour de Habib serait le prix à payer pour la suffisance des flics français, leur confiance dans les techniques scientifiques, leurs discours plus ou moins fabriqués sur les respects de la procédure et des droits de l'homme. Richard passa outre. Il rapporta en quelques phrases ce qu'il savait de Parvillier, de son travail à Bamako, la Case des enfants. Il évoqua aussi Amidou Diop.

— … Parvillier est venu à Bamako en juin. Il était en retraite mais, néanmoins, il poursuivait son travail de chercheur. Il avait l'intention de publier un article. On ne sait pas sur quel sujet. L'ordinateur sur lequel il travaillait et tous ses documents ont disparu. Ce qui est sûr c'est que son travail dérangeait. Ce devait être un sujet très sensible, dangereux parce qu'à ce jour trois personnes sont mortes. On pense que ça a un rapport avec sa mort et celle de son assistant, Amidou Diop.

Habib se retourna. Il fronça les sourcils.

— Trois morts ?

— Oui, Parvillier mais aussi Amidou Diop, le jeune étudiant malien qui travaillait avec lui, et enfin sa sœur.

Habib était impressionné. Puis, souriant :

— Encore un coup de la délinquance des banlieues ? Comment on dit, Sosso ?

— Les jeunes issus de l'immigration, patron.

— Oui, c'est ça, Sosso, les jeunes appartenant à une minorité visible, "présentement" !

— Sauf qu'ici, à Bamako, j'ai comme l'impression que le visible est plutôt majoritaire, "présentement" ! répondit Zamanski.

Et tous les trois rirent.

La voiture roulait sur une large avenue dégagée.

— … Parce qu'il est tard dans la nuit, précisa Habib, mais tu verras, dans la journée, c'est parfois pire que dans le Paris de Bertrand Delanoë !

La voiture, tournant le dos au fleuve, grimpa sur une colline, tourna à droite dans une allée de terre qui longeait des murs protégeant des villas. Ils entrèrent dans l'une d'elles qui était en fait un hôtel, l'hôtel des Manguiers.

— Te voici arrivé, Richard. Tu vas te reposer et demain matin, tu prends un taxi pour nous rejoindre à la brigade criminelle. Et là, nous verrons ce que nous pouvons faire pour t'aider.

Le commissaire Kéita accompagna Richard à la réception, une grande pièce rafraîchie par des ventilateurs et son carrelage de marbre.

Habib se présenta au réceptionniste en donnant son titre, rappelant qu'il était de la brigade criminelle mais c'était inutile parce que visiblement le jeune homme connaissait de réputation et le commissaire Habib et la brigade criminelle.

Zamanski suivit l'employé à l'étage, ils longèrent une coursive jusqu'à sa chambre. Elle était climatisée, spacieuse, meublée de façon spartiate d'une armoire massive et d'un lit à moustiquaire. Richard posa son sac sur le lit, ôta son pull de laine, roula les manches de sa chemise puis il rejoignit les deux flics locaux qui l'attendaient dans le hall d'entrée.

— Alors Richard, tu es bien installé ?

C'était parfait autant que ça pouvait l'être.

Rassuré, Habib partit.

Zamanski traversa la cour et entra dans un jardin qui servait de terrasse à un snack-bar-restaurant installé dans une case. Un guerrier en béton polychrome, lance à la main, montait la garde sur son cheval. Zamanski s'installa à une table et commanda une bière, une Far, la bibine locale semblait-il. Il en avala la première gorgée dont tout a déjà été dit, il s'alluma une cigarette et, tout étourdi de se retrouver là, décida de jouir du calme du jardin et de la douceur de la nuit.

27

Zamanski sortit de l'hôtel et marcha jusqu'à l'avenue de l'OUA, jusqu'au "goudron", et qui était aussi la route n° 7. Au coin, il y avait un garage à ciel ouvert, c'est-à-dire un vague terrain ombragé avec une cabane et une vingtaine de bagnoles bien avancées en âge attendant les tripes à l'air que les mécanos montent sur les unes les pièces récupérées sur les autres. Ça sentait l'essence, et l'huile de vidange que la terre absorbait sans protester.

Arrivé à l'avenue, Richard arrêta un taxi, une R 9 au pare-brise fissuré et à la porte du conducteur fermée par une ficelle. Il discuta le prix de la course parce que le type lui demandait le double du prix indiqué par le patron de l'hôtel comme étant le tarif normal d'une course. Ils s'entendirent pour mille CFA et Richard embarqua dans la bagnole qui n'avait plus d'amortisseurs, qui n'avait plus grand-chose d'une voiture à vrai dire, mais tout de même un moteur, des roues, un arbre de direction et un volant et ça suffisait bien comme ça. A se demander pourquoi là-haut, dans le Nord, très au nord, on faisait tant d'histoires avec les contrôles techniques. Le taxi entra dans les remous d'une circulation bouillonnante et colorée, euphorisante. Et s'imposa à l'esprit du flic le titre d'un livre de René Dumont que leur avait conseillé Claude Parvillier lors d'un de ses cours : *L'Afrique noire est mal partie.* Et Parvillier leur avait répété la réponse de Senghor : L'Afrique noire est peut-être mal partie… Il n'empêche, elle est partie.

Et c'était vrai. Le chauffeur toussait, la Renault brinquebalait mais, cahin-caha, ça avançait. Ils étaient arrivés sur le pont des Martyrs, franchissaient le Niger. Oui, le Niger ! Et c'était autre chose que la Seine ou la Gironde, le Niger. Presque aussi bien que l'Oubangui en tant qu'évocation de grands voyages exploratoires, appel à toutes les rêveries d'exotisme. Le Niger donc, très large et bordé sur sa rive d'une tentative de *skyline*.

Le fleuve franchi, ils pénétrèrent dans la ville par le square Patrice-Lumumba, un martyr de la cause africaine et qui rappelait à Zamanski des photos dans les journaux et des reportages télé de sa petite enfance.

Le taxi le laissa devant l'immeuble de la DPN, pour direction de la police nationale. Zamanski franchit le portail gardé par un planton dans un uniforme bleu nuit impeccablement repassé. Il expliqua qu'il avait rendez-vous avec le commissaire Kéita de la brigade criminelle. Le planton appela un collègue qui conduisit Zamanski jusqu'au bureau de Habib, une vaste pièce emplie de dossiers et de pièces sous scellés, décorée comme il se doit d'une reproduction de la constitution et du portrait en couleurs d'ATT, le président de la République.

Il y avait un second bureau avec un ordinateur, et derrière l'écran, Sosso.

— Entre Richard, entre mon cher ! Alors, comment ça va ?

Habib se leva et vint embrasser son collègue.

— … Prends un siège et assieds-toi. Nous avons des informations qui doivent t'intéresser mais, d'abord, prends ceci.

Et Habib, fier et heureux, lui tendit une petite boîte qui contenait un téléphone portable et son chargeur. Rose le téléphone, un vrai rêve de gamine !

— … Il y a une carte dedans, j'ai mis mon numéro, celui de la brigade et aussi celui de Sosso. Comme ça, nous pouvons nous joindre facilement.

Zamanski remercia en souriant :

— Il y avait le téléphone rouge entre Washington et Moscou, il y a à présent le téléphone rose entre Bamako et Paris !

— Et ce n'est pas pour des appels érotiques, n'est-ce pas ! A ce propos, je me suis renseigné auprès du procureur de Bamako. Comme tu me l'as dit, il y a bien eu trois plaintes déposées contre Claude Parvillier, trois plaintes pour viols sur mineurs par un adulte ayant autorité. Elles ont été déposées le 20 août au tribunal de Bamako. Parvillier était déjà rentré en France. Il n'a donc pas pu être arrêté à son passage à l'aéroport. Mais le procureur a lancé un mandat d'arrêt international et il a fait suivre auprès du parquet de Paris. Ce Claude Parvillier, même en France, risquait de gros ennuis. Nous savons que vous ne plaisantez plus avec le tourisme sexuel et la pédophilie.

— Dis-moi, Habib, vous traitez beaucoup de plaintes portées pour agressions sexuelles à Bamako ?

— Il nous arrive d'avoir à enquêter sur des agressions sexuelles mais je dois dire que ce n'est pas l'essentiel des affaires criminelles.

— Je suppose que ce n'est pas parce que cette criminalité n'existe pas.

— Non, mon ami, c'est bien sûr. Elle existe, mais pour poursuivre les criminels, il faut que les victimes portent plainte. Et malgré le travail d'information que nous effectuons avec l'aide des organismes compétents, il faut bien reconnaître que les femmes victimes n'osent pas encore entreprendre ce type de démarche.

— Quant aux hommes ?

— Les hommes ?

— Oui, les hommes qui sont victimes d'une agression.

— Ah oui ! Jamais un homme ne viendrait porter plainte parce qu'il a été violé ou parce qu'on a abusé de lui dans son enfance !

— Pourtant, ces trois types l'ont fait.

Habib sourcilla, hochant la tête d'une manière dubitative. Derrière son bureau, Sosso, visiblement gêné, attendait la réponse de son patron.

Celui-ci sourit :

— Eh oui mon cher ! Ce que ces garçons ont fait est rare, très rare. Ils sont allés au tribunal pour déposer leur plainte, ils ont surmonté leur honte, et prouvé qu'ils avaient confiance dans la justice et dans la police ! Ce sont des jeunes gens courageux.

Puis devenant soudain suspicieux.

— Richard, tu mets en doute leur bonne foi, la véracité des faits dont ils se plaignent ? Ça te semble impossible qu'un expatrié se livre à de tels actes ?

Voyant où son collègue voulait en venir, Richard le rassura :

— Non, Habib tu te trompes. Je n'imagine rien à propos des expatriés en général et de Parvillier en particulier. D'ailleurs il a lui-même reconnu les faits devant sa sœur. Ce qui m'étonne, je te l'ai dit, c'est que les victimes de Parvillier aient porté plainte. Tu as leurs noms ?

Le commissaire se détendit. Il sourit, eut un signe de tête d'approbation, chercha parmi les documents et dossiers posés sur son bureau.

— Ah voilà !

Il consulta une note manuscrite sur une feuille à en-tête de la brigade criminelle.

— Il s'agit d'Aboubakar Diakité, Lamine Traoré, et Boulaye Djanka. Figure-toi que l'adresse qu'ils ont donnée au procureur, c'est celle d'une mission, la Case du Christ Sauveur, dans le quartier Sema, à Badalobougou, de l'autre côté du fleuve.

Zamanski nota les renseignements.

— Je voudrais aussi m'informer sur la vie de Parvillier, à Bamako. Voir le quartier où il habitait, sa maison, rencontrer les gens qu'il fréquentait, les Français qui vivent à Bamako.

— Alors tu dois aller à l'Institut culturel français. C'est le point de rencontre de tous les Français de Bamako. Il se trouve à l'angle du boulevard de l'Indépendance et de l'avenue de la Nation.

C'était en fait un établissement composé de deux bâtiments d'un étage, de forme cubique, reliés par une structure métallique recouverte de végétation qui ombrageait une cour servant de point de rencontre et de cafétéria. Quelques personnes étaient attablées, des touristes rougeoyants transpirants qui prenaient un peu de repos et des rafraîchissements dans cette enclave occidentale. Zamanski s'adressa au garçon qui se tenait derrière le comptoir. Il lui demanda où se trouvait le bureau du directeur.

Il lui indiqua le premier étage, dans le cube de droite. Zamanski grimpa l'escalier et se présenta à une jeune fille qui avait tout l'air d'une stagiaire issue d'une grande école et qui lui demanda, avec juste ce qu'il faut d'affectation souriante, ce qu'il désirait.

— Parler au directeur de l'institut.

Une réponse étonnante de la part d'un homme, un touriste ? un homme d'affaires ? qui n'était pas porté sur l'agenda du patron.

Elle eut un sourire large et très pro. Le sourire spécial réservé aux lourdauds qui n'ont rien appris de la marche du monde et de ses complexités.

— C'est que M. le directeur est très occupé.

Elle consentit cependant à prendre son téléphone. Sage décision.

— Michel ? Il y a à l'accueil monsieur… ?

— Richard Zamanski.

— … M. Zamanski qui désire vous parler. Vous pouvez le recevoir ?

A l'autre bout du fil, c'est-à-dire de l'autre côté de la cloison, ça semblait poser problème. Pour couper court, Zamanski fit le geste magique qui ouvre presque toutes les portes : il sortit sa carte de flic où il est indiqué en toutes lettres noires sur bleu-blanc-rouge que l'on doit répondre et prêter main-forte à son détenteur.

— Michel ? Il est de la police. Oui, bien sûr, de la police française… D'accord.

Elle raccrocha, sourit.

— M. Berroyer va vous recevoir.

Et la porte s'ouvrit sur un homme grand, chauve et maigre, aux environs immédiats de la soixantaine et qui tendait la main en souriant :

— Monsieur Zamanski ? Je suis Michel Berroyer. Si vous voulez entrer…

Zamanski le suivit dans une pièce pas très grande et pas non plus très confortable, le bureau d'un responsable ne disposant peut-être pas des moyens nécessaires à l'accomplissement de sa fonction. Michel Berroyer lui désigna une chaise et regagna son fauteuil, derrière son bureau chargé de dossiers.

— Qu'est-ce que je peux pour vous ? demanda-t-il en posant son menton sur les pouces de ses mains jointes.

— J'enquête sur un Français qui a vécu à Bamako, un chercheur : Claude Parvillier.

— Claude Parvillier ? fit le directeur en se redressant d'étonnement.

— Vous le connaissez ?

— Oui, bien sûr ! Quand je suis arrivé ici, il habitait encore Bamako. C'était une des grandes figures de la communauté française, le grand spécialiste du Mali, celui que l'on rencontrait en premier lorsqu'on s'installait. Depuis, il a pris sa retraite et il est rentré en France, en Charente-Maritime, je crois.

Berroyer se montra soudain intrigué, méfiant.

— Mais pourquoi vous m'interrogez sur M. Parvillier ? Il lui est arrivé quelque chose ?

— Vous n'êtes donc pas au courant ? fit Zamanski. Parvillier est décédé. Il a été retrouvé mort chez lui. Le parquet a ouvert une enquête.

Là, il mentait. Mais il fallait bien qu'il justifie sa démarche. Pourvu que l'autre ne lui demande pas une commission rogatoire !

— Parvillier, mort ? Non, je ne savais pas. C'est difficile à admettre. Je l'ai vu, c'était en juin ou juillet. Il avait l'air en pleine forme. Qu'est-ce qui lui est arrivé ? Il a été assassiné ?

Richard eut une mine dubitative. La réalité est tellement complexe ! Comment répondre à une telle question !

— Nous pensons plutôt à un suicide mais ce n'est pas très clair, d'où ma présence ici.

Berroyer hocha la tête, visiblement impressionné.

— Oui, je comprends. Tout de même…

— Vous m'avez dit qu'il était venu en juin, reprit Zamanski. Vous l'avez donc vu lors de son séjour.

— Oui, bien sûr. Il est venu plusieurs fois à l'institut pour travailler.

— Et il était comment ? Il vous paraissait soucieux, déprimé ?

— Claude Parvillier ?

Mimique dubitative.

— Non, je vous l'ai dit, j'ai le souvenir d'un homme dynamique, motivé, ayant des projets. Non, pas l'air d'un type qui va se tuer !

— Il ne vous a pas fait part d'ennuis, de soucis ?

— Vous savez, Claude était une connaissance plus qu'un ami, vous voyez ? Nos relations n'étaient pas telles que, s'il avait eu de graves soucis intimes, il m'en aurait parlé, du moins je ne le pense pas. Claude Parvillier, je vous l'ai déjà dit, du temps où il vivait ici, était une des figures de la communauté française de Bamako. Il était là depuis longtemps, une petite vingtaine d'années je crois. Cela dit, il n'était pas non plus très impliqué dans la vie de la communauté. Vous savez, les Français à l'étranger vivent un peu en vase clos. Lui, au contraire, tenait à se maintenir un peu à l'écart. Il voulait vivre avec les Bamakois. Il n'était pas du genre à habiter le quartier de l'Hippodrome ou celui du fleuve. Il habitait un quartier populaire. Et puis il avait beaucoup de travail avec son refuge pour enfants... Vous êtes au courant, je pense ? Il s'occupait de gamins abandonnés qui survivent dans la rue... C'est formidable ce qu'il faisait pour eux, c'est exceptionnel ! Claude Parvillier, c'était un type remarquable, mais en même temps, c'est vrai, un peu secret, un peu replié sur lui-même, vous voyez ?

Ce que voyait Richard c'est qu'avec l'apparition de la flicaille en fond de tableau, le portrait de l'ancien chercheur se modifiait. De type très sympa et dynamique, il devenait un peu mystérieux, voire secret.

— Est-ce qu'il y a des gens à Bamako avec lesquels il était lié, est-ce qu'il avait des amis, disons, intimes ?

Berroyer prit la peine de réfléchir. Il fronçait les sourcils, son front se plissait.

— Oui bien sûr ! Vous devriez rencontrer Jean-Louis Baumet. Il enseigne l'économie au lycée, un type très pointu. Parvillier et lui s'entendaient bien. Enfin, d'après ce que je crois savoir. Je dois avoir son adresse et son numéro de téléphone.

Il sortit d'un tiroir un répertoire, le consulta, nota les indications sur une feuille qu'il tendit à Zamanski.

— Voilà, ce n'est pas très loin d'ici, vers la gare... Je repense à Claude... C'est fou ! Je le revois encore en train de travailler à la médiathèque du centre.

— Justement. Il faisait des recherches. Il vous a dit sur quel sujet ?

Berroyer écarta les mains d'impuissance puis les joignit de nouveau.

— Oui... Très très vaguement. Il m'a parlé du rôle des églises réformées au Mali et plus généralement en Afrique. Mais encore une fois nos relations n'étaient pas telles qu'il m'aurait révélé le contenu de son ouvrage. Non... Il venait ici surtout pour lire la presse et utiliser la connexion Internet. Il n'y en a pas à l'hôtel où il était descendu. En ville, il y a bien quelques cybercafés, mais il faut payer, et de toute façon, pour travailler, ils sont moins confortables que notre médiathèque.

Soudain, Richard vit la silhouette droite et blanchie de son ancien prof franchir la porte de l'Institut culturel. Alors lui apparut cette étrangeté. Depuis le temps qu'il "enquêtait" sur

Claude Parvillier, jamais il ne s'était senti proche de lui, sans doute parce que Parvillier, en France, n'avait été nulle part chez lui. La villa de Blainville était celle de ses parents. Chez sa sœur, il avait été un étranger de passage avant d'être un indésirable que l'on chasse. C'est en enquêtant ici, à Bamako, que Richard retrouverait son ancien prof, qu'il donnerait un peu de consistance aux souvenirs de cette existence. Ici, entre Niger et collines, dans le petit monde des expatriés français, parmi les millions de Bamakois, il pourrait comprendre ce qu'avait été le chercheur, ce qui avait agité sa pensée, motivé ses actes et mené à sa mort.

— Je peux visiter la médiathèque ?

Autant demander au directeur des lieux s'il voulait une subvention.

— Sans problèmes, c'est un lieu public, vous savez ! C'est une des plus belles des centres culturels à l'étranger. Plus de trente mille titres ! J'ai fait un gros travail dessus depuis que je suis arrivé. C'était là une de mes priorités : offrir aux habitants de Bamako une médiathèque confortable, facile d'accès, un vrai centre de documentation et d'étude. Si vous voulez me suivre !

Zamanski sortit à la suite du directeur qui avertit la jeune femme qu'il faisait visiter la maison à l'inspecteur au cas où on le chercherait.

Le flic suivit donc Berroyer à travers les locaux, adaptant son pas à celui du dirlo, un pas pressé, de responsable toujours sur la brèche, ne subissant ni le temps ni les événements, cherchant au contraire à les précéder. Mieux : à les créer !

Berroyer traversa le patio, adressant à chacun un salut, une parole aimable, rappelant à l'occasion un prochain événement qu'il ne fallait surtout pas manquer.

Ils entrèrent dans une vaste salle où travaillaient quelques jeunes gens préparant l'avenir du Mali.

— Et voilà, fit Berroyer d'un geste circulaire et impérial. Notre médiathèque ! C'est une belle réalisation, n'est-ce pas ?

C'était un lieu agréable qui donnait envie de s'installer et d'attendre que le soleil décide de briller un peu moins sur cette portion de planète. Il y avait une clim performante et silencieuse, des PC connectés sur le web, des livres en nombre, des revues. Calme, fraîcheur et connaissance, que demander de plus ? Mais à bien y réfléchir, Zamanski aurait préféré se trouver sur le pont du *P'tit Galu.* En ces heures de chaleur bamakoise, la "nav" avec Sandrine Lemarchand revêtait de plus en plus l'aspect d'un bon souvenir.

— Vous permettez ?

Suivi de Berroyer, il se dirigea vers le comptoir d'accueil, au centre de la salle, comptoir derrière lequel se tenait une Malienne, forte femme grave, mais pas rébarbative. "Aminata Touré, bibliothécaire", c'est ce qu'indiquait le cartel posé sur le comptoir.

La femme se leva. Parce que c'était le directeur et qu'il était en compagnie d'un inconnu. Un inconnu mais français, donc pas n'importe qui.

Berroyer lui présenta Zamanski.

— Je voudrais vous poser quelques questions à propos d'un Français qui a fréquenté votre médiathèque, il y a quelques mois, précisa le flic avec son sourire le plus aimable.

La femme interrogea Berroyer du regard.

— Je vous laisse avec Mme Touré, décara ce dernier. J'ai quelques dossiers urgents à boucler… Si vous avez besoin de moi, n'hésitez pas, vous savez où me trouver.

Zamanski le remercia. Il regarda le directeur rejoindre la sortie puis revint à la bibliothécaire.

— De quel homme voulez-vous parler, inspecteur ? lui demanda-t-elle d'une voix sourde.

— D'un nommé Claude Parvillier. Il a habité longtemps à Bamako avant de retourner en France. Le directeur de l'Institut culturel m'a appris qu'il était venu plusieurs fois travailler ici, dans votre médiathèque, c'était en juin et en juillet.

La femme joignit les mains en souriant, un sourire radieux :

— Vous parlez du professeur Parvillier ! Oh oui, je le connais bien. Il a fait plusieurs conférences, ici au centre. C'est un homme bon et un grand savant.

Son visage devint grave.

— Vous êtes policier. Il est arrivé quelque chose au professeur ?

— Il est mort. Il s'est suicidé.

Elle s'assit.

— M. Parvillier s'est donné la mort… C'est une nouvelle tellement triste ! Comment a-t-il pu faire cela ? Il était donc tellement malheureux ? Et seul aussi ! Personne n'est venu l'aider ?

— Apparemment non, fit Zamanski sur un ton consterné. Mais avant de mourir, M. Parvillier faisait des recherches pour écrire un livre ou un article. Est-ce qu'il vous en a parlé lorsqu'il est venu ici ?

— Oh non ! Et puis je ne me serais pas permis de lui poser des questions sur son travail.

— Il vous a demandé des livres ?

Elle réfléchit :

— Non. Lorsqu'il venait ici, il lisait surtout les journaux, *Le Monde*, *Libération* et puis aussi la presse malienne, la presse africaine francophone. Oui, c'est ça, il lisait des journaux et puis il travaillait sur les ordinateurs.

— Il ne venait pas avec son ordinateur portable ?

Mme Touré sourit :

— Si bien sûr ! Il avait son ordinateur à lui, mais il ne parvenait pas à le connecter sur le réseau Internet. Alors pour faire des recherches sur l'Internet, pour lire le courrier sur sa messagerie, il utilisait un de nos ordinateurs. Il transférait même des documents de son portable à l'ordinateur avec une clé USB, vous voyez. Je le vois encore ! C'est comme s'il était là !

Elle désignait une salle séparée de la bibliothèque par une cloison en verre. Une dizaine d'ordinateurs y étaient installés.

— … Il aimait s'installer sur le poste, là-bas, près de la fenêtre. Il y était bien. Il était tellement gentil. Et toujours souriant ! Le sourire de la science et du cœur. Quelle tristesse que sa mort !

Quelque chose qui ressemblait à un espoir un peu fou, et même un espoir totalement barge s'insinua dans le crâne du flic et de neurones en neurones fit son chemin.

— Vous permettez ?

Et Zamanski se dirigea vers l'ordinateur désigné.

Une jeune beauté y était en train d'analyser les perspectives économiques de l'Afrique de l'Ouest pour les dix années à venir à moins qu'elle ne tchatât avec ses potes.

— Mademoiselle, je suis désolé de vous déranger, mais j'ai besoin de consulter ce poste, dit Zamanski avec un sourire qu'il voulait aimable.

La jeune fille leva la tête et consentit à le regarder, façon altesse impériale qu'un manant vient déranger dans ses ablutions intimes.

— Mais moi, je n'ai pas encore fini. Vous n'avez qu'à prendre un autre PC.

C'était plus crié que dit.

— Désolé, mais c'est celui-ci que je veux. Alors je vous prie de bien vouloir me le laisser.

Mais ça ne se passerait pas comme ça.

— Hé là, où il se croit le toubab ! A La Courneuve ? On n'est pas en France, ici. Ici, c'est le Mali et ni Sarkozy ni les keufs français ne font la loi. Le colonialisme, c'est fini depuis 1960, il ne faudrait pas l'oublier !

Et elle retourna à son clavier, poursuivant avec une lente application ce qu'elle avait entrepris.

Zamanski rongea son frein et ses envies de paires de claques, il attendit. Ça aurait pu prendre des heures, l'accès étant gratuit et illimité. Cela ne prit que quelques minutes. Elle éteignit l'appareil, se leva très hautaine et quitta les lieux avec un petit bruit de bouche qui exprimait assez le mépris qu'elle avait pour le Blanc.

Il la regarda s'éloigner, superbe gazelle à fesses rebondies et seins d'une fermeté outrageante. *Fuck off !*

Il s'assit et alluma la bécane. Ainsi donc il était sur l'ordinateur qu'avait utilisé Parvillier. Qu'est-ce qu'il y avait fait ? Des recherches ? Zamanski ouvrit Internet Explorer et, dans la barre d'outils, cliqua sur l'historique des consultations. Il ne fallait pas rêver. L'appareil était programmé pour ne garder aucun souvenir des pages consultées. Il ne saurait donc quels sites Parvillier avait consultés au début de l'été, ni même ceux que la jolie pimbêche avait ouverts. Zamanski cliqua sur les icônes des disques durs. Il parcourut la liste des fichiers et des applications quelquefois que Parvillier y aurait oublié des documents. Il ne trouva rien d'intéressant et puis, pour ouvrir ces fichiers, la machine lui demandait une autorisation qu'il n'avait pas. Pour retrouver les traces laissées par le chercheur il faudrait saisir l'unité centrale et l'envoyer à une unité spécialisée de la flicaille. Là, des techniciens très pointus sauraient bien faire parler la machine. Mais sans commission rogatoire internationale, mieux valait ne pas y penser, au risque de se faire du mal.

Richard recula sa chaise et regarda par la fenêtre. Elle surplombait une ruelle bordée de concessions, parcelles plus ou moins vastes entourées de murs et bâties de maisonnettes en parpaings. Dans les cours, dans la ruelle, des femmes faisaient la cuisine et des jeunes filles la lessive dans des bassines de plastique colorées. Un groupe d'une dizaine de gamins de huit à dix ans sortit et s'égaya comme une volée de piafs insouciants et libres. Vue imprenable sur la vie quotidienne des familles bamakoises. Des enfants, beaucoup d'enfants. Parvillier aimait s'installer ici, près de la fenêtre. Bah voyons !

Zamanski se leva et retourna auprès de la responsable des lieux.

— Alors inspecteur ? Vous avez trouvé ce que vous cherchiez ?

— Hélas non, madame. Mais je voudrais demander un renseignement au directeur du centre. Vous pouvez l'appeler par téléphone ?

La femme fit un numéro sur son poste téléphonique. Elle obtint son patron, tendit le combiné à Zamanski.

— Monsieur Berroyer ? Est-ce que vous connaissez l'adresse électronique de Claude Parvillier ?

— Oui, certainement. Après son départ, nous avons échangé un ou deux mails. Vous patientez un instant ?

Zamanski l'entendit qui pianotait.

— Voilà : c.parvillier@orange.fr…

C'était d'un banal !

Zamanski remercia bien poliment et le directeur et Mme la bibliothécaire. Il sortit de la médiathèque. Avant de quitter l'Institut culturel, il commanda une Far à la cafétéria, dernière halte avant l'éprouvante traversée de l'avenue de l'Indépendance surexposée et surchauffée.

28

L'avenue de l'Indépendance semblait interminable. Des gamins jouaient sur un terrain de foot. Les taxis libres ou occupés ralentissaient pour l'inviter à monter à leur bord. Mais Richard refusait. Il marchait avec courage et détermination. Bientôt, il se sentit égaré, inutile, tout petit homme blanc posé par erreur sur le plateau tournant d'un immense four à micro-ondes. Une sorte de panique lui fit battre le cœur en même temps que sa chemise se trempait de sueur. Vacillant, il rejoignit un terrain arboré qui entourait le building d'une banque. Il s'assit sur un muret à l'ombre bienveillante d'un imposant manguier. Il retrouva son calme. Autour de lui, ça vivait dans l'indifférence de ce qu'il venait de subir. Il prit son joli portable rose et fit le numéro de Jean-Louis Baumet.

Il obtint une voix électronique qui lui proposa de laisser un message ou de rappeler un peu plus tard. Le prof devait être en cours. Zamanski fit le numéro du commissaire Habib, il eut plus de chance.

Le flic de Bamako lui demanda comment se passait sa première matinée africaine.

Zamanski le rassura :

— Grâce à la bière locale, je ne suis pas encore tout à fait desséché. Pour le reste, je m'adapte. Dis-moi, Habib, est-ce que tu connais un hacker à Bamako ?

— Un "hacker", Richard ? Qu'est-ce que c'est que ça, un "hacker" ?

Le pénible avec les francophones non français, c'est qu'ils refusent de parler le franglais, par principe. La palme d'or en ce domaine revenant aux Québécois !

— … Tu veux parler d'un pirate de la Toile ?

Va pour le “pirate de la Toile” !

— … Que me demandes-tu là, mon cher ? Tu n’ignores pas qu’au Mali comme en France, le piratage informatique est un délit, ah oui ! Un officier de la police judiciaire ne saurait avoir des relations avec ce genre de délinquant. Et puis tu sais, moi, je m’intéresse davantage aux traditions qu’à l’informatique !

Habib éclata de rire.

— Loin de moi de soupçonner ton intégrité, cher collègue. Mais s’il te plaît, Habib, j’ai besoin d’un type vraiment doué en informatique et qui n’a pas trop de scrupules envers la loi, tu vois ?

De l’autre côté du satellite, son interlocuteur réfléchissait.

— Richard ? Je vais en parler à Sosso. Les jeunes ont moins de réticences envers ces techniques que nous, les anciens. S’il a une idée, je te la dirai. A part cela, mon cher, où en es-tu dans ton enquête ?

Zamanski lui rendit compte de sa visite à l’Institut culturel.

— Quel que soit le climat, un poulet reste un poulet ! déclara Habib en riant.

Le commissaire Kéita était un type vraiment sympathique, mais son rire commençait à agacer le flic toubab. D’ailleurs, à cette heure, il était près de midi, tout commençait à l’agacer. Zamanski se demanda comment poursuivre ses recherches. Il avait envie de se rendre à l’ancienne adresse de Parvillier pour voir la fameuse Case des enfants. Depuis le temps qu’il en entendait parler. Mais il ne savait pas où elle se trouvait exactement, ni comment s’y rendre et il avait oublié de le demander à Habib et au directeur de l’Institut culturel et il s’en voulut.

Au pied de son arbre, il se sentit fatigué, inadapté aux conditions locales. Après tout, il n’était ici que depuis à peine douze heures. La lumière, la chaleur et, plus encore, la pollution, ce mélange d’oxyde de carbone et de gaz d’échappements, l’épuisaient. Le ciel était gris poussière et le soleil voilé. Il eut envie de la relative fraîcheur du jardin de l’hôtel. Et puis il y avait une piscine ! Une piscine, cette sorte de baignoire un peu grande emplie d’eau claire, légèrement chlorée et FRAÎCHE !

Il quitta son muret et arrêta un taxi. Le chauffeur l’embarqua pour mille cinq cents CFA. C’était plus cher qu’à l’aller, mais Zamanski ne se sentait pas la force de marchander, il n’était pas à quatre-vingts centimes d’euro près.

Il passa les heures suivantes dans le jardin de l'hôtel, parmi les manguiers et les ficus. Il déjeuna d'un "poulet bicyclette" sans doute nommé ainsi parce qu'il était aussi charnu qu'un cadre en duralumin. A l'autre bout du jardin, un grand type était adossé au tronc d'un arbre, les jambes allongées. Il ne dormait pas, il était parfaitement immobile, aussi inerte que les statues de ciment polychrome qui décoraient les lieux. Une immobilité fascinante, à vous donner envie d'aller vérifier si l'homme était vivant. Zamanski finit son repas et somnola en repensant aux derniers jours passés. Il imagina qu'il prenait de l'altitude. Il vit le parc de l'hôtel rapetisser, de même la ville de Bamako, le Mali… Il s'élevait de plus en plus. Il aperçut la côte Atlantique, la pointe de l'Espagne, les Pyrénées enneigées, la France avec la Garonne, la Gironde et Blainville comme un grain de beauté posé sur la lèvre supérieure de l'estuaire. Si loin et, pourtant, sur la même planète. Comme elle lui semblait paisible la station balnéaire de l'Atlantique ! Et désirables son climat tempéré et sa lumière bienveillante. Il repensa à la cabane, au voilier, la sortie en mer. Une évasion plus qu'une sortie, à vrai dire. Il revit Sandrine Lemarchand à la barre du *P'tit Galu*. Son assurance paisible, exempte de toute prétention, lui avait plu. Richard avait été impressionné par cette grande fille peu causante. Quelle était sa vie ? Directrice de l'école de voile, mais encore… Mariée ? Maquée avec un moniteur de voile musclé bronzé, terriblement funky ? Mère de famille peut-être ? Non. Trop disponible pour avoir un enfant à charge. Elle avait accepté d'embarquer trop facilement pour avoir un gamin à prendre à la sortie de l'école. Comment était-elle, une fois sa veste de quart, ses bottes et son pull marin retirés ? Un peu plus d'un mètre soixante-dix, soixante-cinq kilos, dans les trente ans, cheveux châtain clair, les yeux bleus, le visage un peu large avec une bouche aux lèvres pleines. Il l'imagina dans une petite robe noire, de celle que l'on enfile, après 5 heures du soir, pour se rendre à une mondanité. Pas son genre, les mondanités. Moins féminine que Jacqueline Bissel, moins sexe. Sandrine Lemarchand négociait avec les courants, le vent, la force des marées, pas avec des couples mûrissants ayant quelques centaines de milliers d'euros à claquer dans un T3 super sympa avec vue imprenable sur la mer. Jacqueline… l'Africain au beau parler l'avait menacée implicitement. Et lui, Richard, avait eu peur pour elle. Il eut soudain envie de l'appeler. Il voulait l'entendre pour vérifier que tout allait bien, pour apprendre qu'elle passait des heures paisibles à l'abri, en toute sécurité. Il voulait surtout vérifier qu'elle ne lui en voulait pas, qu'elle n'avait aucun ressentiment à son encontre. Et ce désir lui fit un peu honte. Il n'échappait pas à la salauderie.

Ce soir, du téléphone de l'hôtel, il interrogerait le répondeur de l'agence immobilière. Il entendrait la voix de Jacqueline Bissel répéter le message signifiant que tout allait bien. Il fallait qu'il en soit ainsi. Ce ne pouvait être autrement. Il le voulait, plus que tout.

A cette heure, à Blainville, les collègues du commissariat travaillaient. Aspéréghi dirigeait la brigade en son absence, da Silva, Diaby, Laurence Fuzier. Laurence… Elle, c'était Delarive qui l'avait menacée… Il fallait qu'il avance dans ses recherches, qu'il sache lui aussi ce qu'avait découvert Parvillier et qui avait d'une certaine façon entraîné sa mort, celle d'Amidou Diop et de Claire Parvillier.

Richard rouvrit les yeux. Il commanda une autre bière que la femme de la buvette vint lui servir dans une parfaite indifférence puis il sortit son portable rose pour appeler Jean-Louis Baumet, l'ami de Claude Parvillier à Bamako.

Il obtint une voix avec un accent du Sud-Ouest. Zamanski se présenta, expliqua qu'il téléphonait sur les conseils de Berroyer, le directeur de l'Institut culturel. Il apprit à son interlocuteur la mort du chercheur.

— Oh putain ! Mais qu'est-ce qui lui est arrivé ?

— Suicide…

— Suicide ? Claude ? Mais pourquoi ? C'est dingue, on l'a vu il y a à peine trois quatre mois, il ne donnait pas l'impression d'un type qui veut se foutre en l'air.

— Justement monsieur Baumet, je voudrais que vous me parliez du séjour de Parvillier à Bamako. Pouvons-nous nous rencontrer ?

Baumet lui proposa de passer chez lui à partir de 17 heures. Il habitait le quartier de l'Hippodrome, sur la route de Koulikoro. Rue n° 212 porte 75.

En attendant, Zamanski décida d'enfiler un slip de ville qui pouvait passer pour un maillot de bain et de profiter de la piscine de l'hôtel.

Elle se trouvait tout au fond du jardin. Richard passa devant le somnolent qui ne jugea pas nécessaire d'ouvrir un œil. Une bien curieuse installation, la piscine de l'hôtel des Manguiers. En général, les piscines sont creusées dans le sol. Celle-ci était construite en hauteur, un parallélépipède de béton d'une trentaine de mètres de long pour vingt de large et haut de deux bons mètres. Pour se baigner, il fallait donc grimper un escalier étroit et raide, aux marches peu profondes et au carrelage dangereusement glissant. Sous des cieux plus septentrionaux, l'installation aurait fait hurler d'indignation n'importe quel membre de commission de sécurité. Mais ici, apparemment, tout le monde s'en fichait et Zamanski le premier. Il n'est pas désagréable d'avoir à faire attention à ce que l'on fait et de prendre en charge sa propre sécurité. Ça donnait plus de valeur aux bienfaits escomptés du bain.

Le bassin était entouré d'une étroite bordure carrelée, longée par une rambarde et heureusement parce que, sinon, attention à la chute ! L'eau était claire et fraîche, une vraie bénédiction. Et puis il y avait le paysage. Erigée en bordure de plateau, la piscine surplombait une vallée consacrée aux cultures maraîchères, un délire de salades, de tomates, d'épinards, de haricots verts que des types cultivaient sous le soleil vraiment pas miséricordieux pour les prolétaires.

Zamanski s'offrit une vingtaine de longueurs d'un crawl qui se voulait vigoureux. Il était bien, trop bien pour que ça dure.

Un groupe de Français, trois filles et deux garçons, entre vingt et vingt-cinq ans, vinrent bientôt troubler son bain. Ils plongèrent criant chahutant s'éclaboussant, un joyeux barouf qui repoussa Zamanski dans un angle du bassin. Il n'était plus question de faire des longueurs appliquées mais il n'avait pas envie pour autant de sortir affronter le cagnard.

Il resta donc à se javelliser le corps et l'esprit en suivant vaguement ce que disaient les jeunes gens, au sens propre une attention flottante. Il s'agissait des membres d'une ONG chrétienne qui profitaient de deux heures de détente.

A un moment, celle qui était le leader du groupe, il en faut toujours un, rappela qu'il fallait en profiter parce que, dès demain, on entrerait en plein taf, taperait dans la butte, cognerait dans le dur. L'équipe se retrouverait enfin au complet à la case et tous partiraient vers le nord-est. L'opération “Moïse sauvé des sables” entrait enfin dans sa phase finale.

Richard quitta son refuge et, en de lentes brassées appliquées, le nez et les yeux au ras de l'eau, façon gator vicieux, se rapprocha du groupe.

— Ça fait du bien ! s'exclama-t-il en émergeant près de la jeune femme.

Elle le regarda avec un grand sourire.

— C'est vrai, hein ? Qu'est-ce que c'est bon !

Zamanski accéléra sur la voie express des banalités.

— Quelle chaleur ! Vous êtes en vacances ?

— Oh non ! Je travaille. Enfin disons que je suis en mission, je fais partie d'une ONG. Et vous ?

— Moi ? Je suis ici pour le business. Je travaille dans une banque.

Cette dernière phrase dite sur un ton d'excuse, comme pour se faire pardonner ses activités mercantiles.

— ... Et votre ONG, c'est quoi ? Vaccination, alphabétisation, aide au développement ?

— Non non. Nous participons à une évacuation sanitaire d'enfants.

— Ici à Bamako ?

Elle le regarda en souriant. Un joli visage, nez à la retrousse, regard vif et joyeux.

— Non, pas à Bamako, ce serait trop simple ! Mais à l'est, près des frontières algérienne et nigérienne. Vous savez, c'est la région où vivent les Touaregs. Il y a pas mal de troubles, même si la presse internationale n'en parle pas. Ils sont trop pauvres et pas assez nombreux pour intéresser les médias. Il n'empêche, tous les jours il y a des heurts entre groupes armés. Tous les jours, il y a des blessés, des morts ! Les populations sont obligées de fuir. C'est une guerre larvée. Et dans ce cas, ce sont les plus fragiles qui souffrent le plus, les femmes, surtout les enfants.

Ils passèrent quelques instants à réfléchir à ce qu'elle venait de dire. Le groupe chahutait : éclaboussures, éclats de rire, les garçons qui poussent les filles, les filles qui crient.

— Ça ne doit pas être facile, fit Zamanski avec une pointe d'admiration. Et vous allez rester longtemps là-bas ?

— Non. Deux ou trois jours au grand maximum. Nous réunissons les enfants orphelins que nous ont signalés les villageois et nous rentrons avec eux en France. Il va nous falloir faire vite. Il ne faut pas que nous nous retrouvions entre les différents groupes armés !

— Dites donc, c'est dangereux votre affaire !

Elle haussa les épaules en souriant :

— Un peu. C'est une vraie opération de commando.

— Et vous êtes aidés par les autorités locales ?

Elle le regarda avec amusement.

— Vous savez, en Afrique, les autorités locales, c'est un jour je veux et le lendemain je ne veux plus. En fait, tout dépend du bakchich ! Les fonctionnaires locaux, c'est corruption et compagnie ! C'est aussi pour ça que nous devons faire vite.

— Et vous êtes à l'hôtel ? lui demanda Zamanski.

— Non. On n'a pas les moyens. Nous sommes venus juste pour prendre un verre et profiter de la piscine ! Nous sommes hébergés dans une mission évangélique, la Case du Christ Sauveur.

Elle le regarda soudain inquiète, réalisant qu'elle en avait peut-être trop dit et cherchant comment mettre fin à cet entretien tout en restant polie.

Elle jeta un bref regard à sa montre.

— Oups ! Déjà ! Comme le temps passe ! Bien, je vais rejoindre mes amis. A une prochaine fois, peut-être...

Richard lui souhaita bonne chance et, de nouveau seul, il passa quelques minutes à barboter et réfléchir.

Comment se faisait-il que les volontaires de l'opération "Moïse sauvé des sables" se retrouvent dans le même hôtel que lui ? Un hasard ou un coup monté ? Monté par qui, pour quoi ? Il n'y avait pas tant d'hôtels disposant d'une piscine à Bamako et les Manguiers étaient un endroit agréable et pas trop cher, convenant tout à fait à la bourse de jeunes militants humanitaires désargentés. Donc ni un hasard ni un coup monté mais le produit d'une réalité économique.

Mais il y avait autre chose. L'action "Moïse sauvé des sables" était une opération de commando menée au nom de l'amour mais en dehors des autorités maliennes et peut-être même en dehors des lois et règlements nationaux et internationaux. Une action humanitaire qui, vue sous un autre angle, pouvait passer pour un enlèvement massif d'enfants africains au profit d'Occidentaux en mal de progéniture. A la réunion d'information, à Breuillet, Marie-Dominique Becquerelle avait parlé de près de cent cinquante enfants. Est-ce que c'est cela qu'avait découvert Claude Parvillier ? Un trafic d'enfants à destination des pays développés ? Aujourd'hui, les enfants comme autrefois les matières premières ? Parvillier avait peut-être reconnu sous le masque souriant de l'opération "Moïse" la sale vieille exploitation coloniale. Il s'apprêtait à la dénoncer. Auquel cas, les organisateurs auraient riposté en le faisant accuser de pédophilie par trois de ses anciens protégés.

Ça pouvait se tenir.

Il devait en parler à Habib Kéita.

En attendant, il était l'heure d'aller chez Jean-Louis Baumet. Richard sortit du bain, descendit avec précaution les marches de l'escalier qui tue. Au pied de son arbre, le mec avait bougé. Il prenait même le thé en discutant avec un copain.

29

Le taxi laissa Zamanski à l'entrée d'une rue en latérite bordée de murs au crépi qui foutait le camp par plaques. Le quartier était arboré, une brise venait du fleuve, il faisait presque bon. Le numéro 75 avait une porte à double battant munie d'un interphone avec caméra incorporée. Zamanski sonna. Un jeune Malien vint lui ouvrir. Zamanski se présenta et le jeune homme le fit entrer. Richard le suivit dans une allée qui traversait un jardin où stationnait une Nissan 4x4. L'allée conduisait à une villa avec un toit en terrasse. Zamanski grimpa quelques marches et entra par une porte-fenêtre dans un vaste salon.

Un homme, dans les quarante ans, un mètre soixante-dix, trapu et brun, vint à lui, souriant, la main tendue.

— Richard Zamanski ? Jean-Louis Baumet. Très heureux. Asseyez-vous.

Il remercia le Malien d'un sourire, Malien qui se retira pour rejoindre son poste près de l'entrée.

Richard s'installa dans un canapé.

— Nana ! Nana, vous pouvez nous apporter des boissons s'il vous plaît.

Une Malienne longue et silencieuse vint avec un plateau équipé de verres, un choix de jus de fruits et une bouteille de Perrier à la fraîcheur merveilleuse.

Zamanski ne résista pas à cette vision digne des meilleurs campagnes publicitaires, il demanda de l'eau.

Baumet fit le service en bavardant : depuis combien de temps Zamanski était à Bamako, comment il trouvait la ville…

— Je suis arrivé hier soir, maugréa Zamanski que ces mondanités tropicales agaçaient un peu.

Le prof leva son verre à son séjour. C'était charmant tout ça et tellement bien élevé.

Une femme fit son entrée, jolie silhouette dans une robe beige sans manches et raisonnablement courte, visage agréable, les cheveux coupés au carré, les fesses rondes et le regard éveillé.

Baumet fit les présentations :

— Martine, mon épouse. Le commandant Zamanski… Martine, je te l'ai dit ? Claude s'est suicidé. C'est incroyable, non ?

Elle ne semblait pas partager son étonnement.

— Ce n'est pas non plus tout à fait surprenant. C'est un peu le problème des expatriés. Quand on a passé plusieurs dizaines d'années à l'étranger, le retour en France est parfois hard. On se sent perdu, totalement déphasé. Surtout si on est en retraite et qu'on n'a plus grand-chose à faire !

— Mais je ne comprends pas, reprit Baumet intrigué. Claude s'est suicidé et vous venez ici, à Bamako pour enquêter ? Est-ce que ça veut dire que sa mort n'est pas une affaire si simple ?

Richard fit une mimique signifiant qu'il ne pouvait en dire plus.

— OK, je comprends.

— Berroyer, le directeur de l'Institut culturel, m'a dit que vous connaissiez bien Claude Parvillier, fit Zamanski.

Les deux se regardèrent.

— Oui, surtout moi, répondit Baumet. Parvillier était économiste de formation et moi, vous savez, je suis prof d'éco. Alors, évidemment, nous avions des choses à nous dire. En réalité, c'est plutôt moi qui venais le trouver pour lui demander de l'aide. C'était un type remarquable, très très pointu. Un grand spécialiste du Mali et plus généralement de l'Afrique de l'Ouest. D'ailleurs il avait de qui tenir, son père avait été administrateur colonial, vous le saviez ?

Zamanski confirma d'un signe de tête.

— … C'est l'héritage de notre passé colonial. Nous avons encore une grande école de recherche concernant l'Afrique et l'Asie. Ça ne durera pas… Cette tradition scientifique est en voie d'extinction. Encore une ou deux dizaines d'années et la présence française en Afrique sera complètement effacée par les Saoudiens et les Chinois mais enfin…

Zamanski l'interrompit :

— Comment vivait Claude Parvillier à Bamako ?

Baumet soupira :

— Bah ! comment vous dire… Un peu comme n'importe quel expat, vous savez. Nous sommes un petit groupe et nous nous connaissons tous plus ou moins. Nous nous retrouvons dans les mêmes lieux, le restau de l'Institut culturel, le Diplomate, le Blabla… Et puis il y a les réceptions à l'ambassade, pour le 14 Juillet, pour les vœux du Nouvel An, tout le tralala.

— Sauf que Claude n'y participait pas tellement, intervint madame. On ne peut pas dire qu'il était très lié avec les expats. Je dirai même qu'il les fuyait, tu n'es pas d'accord ?

Baumet accepta de prendre en compte la remarque de madame.

— Ecoute Martine, c'est faux ce que tu dis. Quand on organisait des soirées, souviens-toi, il venait !

— C'est parce qu'il nous aimait bien, on avait des relations amicales avec lui, surtout toi d'ailleurs. Et puis tous les deux, vous vous appréciiez vachement. Mais en dehors de ça…

Madame était assise sur le bord du canapé, les bras enserrant ses jolis genoux. Son mari était affalé dans son fauteuil. Zamanski assista à la partie de ping-pong verbal, un peu molle la partie. Ils n'en viendraient pas aux mains à ce sujet.

Jean-Louis Baumet poursuivait :

— Bon, pour faire simple, on peut dire qu'il y a deux types de résidents européens, ici à Bamako, comme ailleurs. Il y a ceux qui s'installent dans des quartiers comme celui-ci réservés, entre guillemets bien sûr, on n'est plus au temps de la colonie et il n'y a plus de ville blanche, de quartier colonial, donc un quartier où l'on trouve des Occidentaux et les Maliens friqués et puis il y a les expats qui préfèrent habiter dans des quartiers populaires, pour vivre parmi les Maliens, la vie des Maliens, enfin c'est ce qu'ils disent ! Parvillier faisait partie de ceux-là. Il avait trouvé une concession à la Sema, près du fleuve.

— C'est là qu'il hébergeait les gamins des rues ?

Martine Baumet sourit :

— Ah oui, la Case des enfants ! Vous êtes au courant ! Il avait transformé sa concession en une espèce d'orphelinat, de refuge.

— Comment ça se passait ? demanda Zamanski.

— Bof, plutôt bien, fit monsieur, pas très convaincu. En fait de centre d'hébergement, disons plutôt qu'il ouvrait sa porte aux mômes qui y frappaient. Ce qui est généreux et en même temps un peu inconscient parce que les mômes en question, il faut bien voir que ce ne sont pas des petits anges. Ils sont dans la survie. Si tu n'es pas le plus fort, tu crèves ! J'y suis allé quelques fois. C'était un peu le foutoir là-dedans, avec des gamins partout, des fringues récupérées genre tee-shirts publicitaires périmés envoyés de France, tout ça traînait dans tous les coins, et puis deux ou trois mamas qui faisaient la tambouille... C'était pas vraiment un centre éducatif agréé par la DASS, si vous voyez ce que je veux dire !

— Vous savez que trois de ses anciens protégés ont porté plainte contre lui ?

Baumet fronça les sourcils, madame resta impassible.

— Non. Plainte pour quelle raison ?

— Viols sur mineurs par adulte ayant autorité.

Le couple se regarda dans un silence gêné.

— Claude ? Des plaintes contre lui, pour viol ? C'est invraisemblable cette histoire. Quand ça ?

— A la fin du mois d'août, auprès du parquet de Bamako.

— Mais ça se serait passé quand ? En juillet, lors de son dernier séjour ?

Le couple affichait une vraie consternation.

— Non. Les faits remontent à l'époque où il vivait à Bamako. Il aurait abusé des gamins dont il s'occupait.

Jean-Louis Baumet réagit :

— N'importe quoi ! On n'en a jamais entendu parler. Ici, personne n'est au courant. C'est dingue !

Jean-Louis Baumet était outré, madame plutôt gênée.

— Mais vous êtes sûr de la réalité des faits ? Vous savez, la parole des enfants, il ne faut pas toujours s'y fier.

— C'est aussi pour cela que je suis ici, répondit Zamanski.

Martine Baumet se redressa :

— Bon, Claude était homo, il n'en parlait pas mais c'était évident. Mais de là... Avec des enfants ! Et ceux qu'il accueillait, en plus ! si c'est vrai, c'est dégueulasse !

Son mari intervint.

— Hé, Martine, on se calme.

Puis s'adressant à Richard :

— Vous savez, ici, la majorité, ça ne veut pas dire grand-chose. Les gamines de seize ans sont souvent mariées et ont déjà un enfant si ce n'est pas deux. Pour les garçons, c'est la même chose ! Quant à la prostitution, officiellement il n'y en a pas. Le Mali a été un pays socialiste. C'est un peu comme à Cuba ou dans les pays de l'Est à la grande époque. Le peuple n'a pas besoin de se prostituer pour manger à sa faim, les mœurs décadentes des pays impérialistes n'ont pas cours dans la région. Ajoutez à cela que le Mali est un pays à très grande majorité musulman. Cela dit, tout le monde sait qu'il y a des prostitués filles et garçons. Et leurs clients ne leur demandent par leur carte d'identité pour vérifier si ils ou elles sont majeurs. Certains des mômes que Claude accueillait chez lui se prostituaient pour survivre. Dans la rue, ils se prostituent et chez Parvillier ils crient au viol ? C'est bizarre cette histoire...

Sa femme leva les yeux au ciel d'agacement :

— Jean-Louis, arrête, tu veux ? Encore un peu et tu vas nous faire croire qu'ils font ça pour leur plaisir, parce que les Noirs, c'est bien connu, ils aiment faire l'amour, ils ne pensent qu'à ça ! N'importe quoi ! Quelle que soit la latitude, vendre son cul, c'est vendre son cul et ça se fait rarement par plaisir.

Il fit un signe de la main pour la calmer.

— OK Martine, te fâche pas, tu as évidemment raison.

— Moi, ce qui m'étonne, reprit-elle, c'est que ces trois jeunes aient porté plainte. Porter plainte pour viol, ce n'est déjà pas facile pour une femme, en France, alors vous imaginez, à Bamako ? Qui plus est de jeunes mecs !

Cette réflexion, Zamanski se l'était déjà faite. Il fallait absolument qu'il rencontre les plaignants. Mais en attendant :

— Avant de se tuer, Parvillier travaillait sur un article qu'il voulait publier. Il vous en a parlé ?

— Oui, un peu. Il bossait sur le rôle des églises évangéliques dans la scolarisation et l'aide à l'enfance. Ces dernières années, Claude avait centré ses recherches sur les questions d'éducation, sur l'histoire de la scolarisation au temps du Soudan français et puis sur les politiques d'éducation des jeunes Etats africains. Quand on l'a revu en juillet, il était vachement remonté contre les églises évangéliques.

— En réalité, précisa Martine Baumet, il ne digérait pas d'avoir été viré de la Case des enfants. Il voulait régler ses comptes.

Son mari confirma :

— Il faut le comprendre aussi. L'association qui soutenait son œuvre ici, à Bamako, lui a demandé de vider les lieux pour mettre un pasteur évangélique à sa place. En fait, Claude vivait surtout des subventions qu'il recevait de France par le biais de l'association qu'avait créée les membres d'une paroisse protestante. Les membres de l'assoce ont commencé à mettre leur nez dans les comptes et je crois qu'ils se sont aperçus que ça n'allait pas.

— Des détournements de fonds ?

— Pas vraiment mais Claude était bordélique, je pense qu'il se servait dans la caisse sans faire gaffe, il n'était pas du genre à séparer les divers comptes.

— Train de vie luxueux ? demanda Zamanski.

— Non pas vraiment. Claude n'était pas le type à se faire construire une piscine aux frais de la princesse ou à rouler en 4x4 neuf mais quand il avait besoin de se payer un billet d'avion, je pense qu'il prenait le fric là où il le trouvait, vous voyez ? Je parlerai plus de mauvaise gestion que de malhonnêteté. Et puis je pense que les Maliens qu'il employait devaient pas mal se servir ! Sans parler des mômes qu'il hébergeait ! Toujours est-il que les membres de l'association ont fini par lui demander des comptes. Je ne sais pas ce qu'ils ont trouvé, ce qu'ils lui ont reproché, mais Claude s'est retrouvé à la porte de chez lui. Car il faut vous dire que la concession où il habitait appartenait en réalité à l'association.

— C'est Parvillier qui vous a raconté ça ? demanda Richard.

— En gros, reprit Jean-Louis Baumet. En tout cas, c'est ce que nous avons fini par comprendre.

— Maintenant, poursuivit Martine Baumet, avec ce que vous venez de nous dire, les accusations de pédophilie, tout ça… on comprend mieux pourquoi l'association qui le soutenait lui a demandé de partir.

C'était cohérent. “Tu vires en douceur ou on révèle que tu te sers du fric que te versent nos chers paroissiens pour satisfaire ta sexualité dépravée.” Parvillier s'était barré, pas content, mais il s'était barré. Et pourtant le scandale avait éclaté, ou plutôt avait failli éclater. Parvillier s'était suicidé à temps.

— Amidou Diop. Ce nom vous dit quelque chose ? demanda Zamanski.

— Amidou ? Bien sûr. C'est un des gamins que Claude a adoptés, une adoption à la mode africaine parce qu'en France, ça ne correspond à rien. Amidou ne s'appelle pas Parvillier.

— Quel genre, cet Amidou ?

— Un gamin super intelligent, répondit Jean-Louis Baumet. Un des rares à avoir compris que Parvillier pouvait être une chance pour lui de s'en sortir. Claude l'a inscrit à l'école. Ce n'est pas le seul pour lequel il a fait ça, mais c'est le seul à avoir été assidu. D'ailleurs je l'ai eu comme élève. J'ai rarement vu un jeune qui percutait aussi vite. Il a passé son bac, ici, au lycée français et puis il est allé à Bordeaux pour suivre des études d'histoire. Tout ça, grâce à Parvillier qui le soutenait. Vous savez ce qu'il devient ? Je l'aimais bien ce gosse.

— Il est mort assassiné après avoir été torturé.

— Oh ! putain ! fit Baumet bouleversé.

Madame avait mis la main devant sa bouche comme pour bâillonner un cri d'effroi.

— Amidou… Et vous croyez que ça a un rapport avec les histoires de Claude ? dit Jean-Louis Baumet d'une voix grave.

— Ça reste à déterminer… Je reviens au travail de Parvillier durant son séjour ici, en juin-juillet. Vous n'en savez pas plus ?

— Vous savez, nous ne nous sommes pas beaucoup vus. Il est venu dîner ici une fois et puis j'ai pris un verre avec lui en ville. Je crois aussi qu'il est retourné à son ancien domicile pour revoir des gamins.

— Il ne vous a pas laissé de documents, une copie de son travail ?

— Non. Pourquoi l'aurait-il fait ?

Ça aurait été trop beau.

Le couple d'expatriés était sous le choc. Ce que Zamanski leur avait appris, les accusations portées contre Parvillier, la mort de son jeune protégé, tout cela leur rappelait la précarité de leur situation, ici, à quelques milliers de kilomètres de la mère patrie, ils jouissaient de conditions de vie agréables, jolie villa, personnel de maison, revenus plutôt confortables mais pour combien de temps encore ? Zamanski allait partir lorsqu'il demanda :

— Où se trouve le quartier de la Sema ?

— Là où habitait Parvillier ? C'est sur l'autre rive, pas très loin du palais de la Culture. Vous dites au chauffeur la rue 50, et là, vous n'aurez qu'à demander aux habitants la case du Blanc. Ils connaissent… Mais vous savez, ça a drôlement changé depuis que Claude est parti !

— Oui, je sais c'est devenu une mission évangélique.

— Oui, c'est ça. Maintenant ça s'appelle la Case du Christ Sauveur.

Zamanski prit congé en remerciant les Baumet. Il sortit, accompagné du maître de maison.

Arrivés sur le goudron, Baumet s'arrêta pour regarder Richard avec la gravité qui sied aux sujets délicats. Le flic se prépara.

— Dites-moi, je sais que c'est un peu… un peu bête. Mais. Vous nous avez dit que Claude s'était suicidé, qu'Amidou avait été assassiné après avoir été torturé…

Richard n'avait pas évoqué le meurtre de Claire. Il le regretta. La sœur Parvillier méritait d'être mentionnée à titre de victime.

— … Vous pensez que Martine et moi, on risque quelque chose ? Après tout, nous connaissions bien Claude Parvillier. Nous l'avons même vu au mois de juillet.

Zamanski réfléchit. Il revit Nana, la jeune servante, le jeune mec qui faisait office de portier. Il haussa les épaules d'impuissance, soupira.

— Je ne sais pas, monsieur Baumet. Pourquoi s'en prendrait-on à votre épouse ou à vous ? Parce que vos revenus représentent dix mille fois le salaire moyen local ?… Non, je ne sais pas.

Et il laissa l'expat, sur cette remarque un peu fielleuse mais réaliste. L'ennui avec les pauvres c'est que la misère leur fait parfois perdre la tête. La princesse de Lamballe, en son temps, en avait fait la douloureuse expérience. Zamanski se souvenait d'une photo d'un *Paris-Match* de son enfance. Début des années soixante, juste après l'indépendance du Congo ex-belge. Un Blanc, le visage ensanglanté, les mains levées, se rendait aux miliciens qui venaient de tirer sur sa voiture, tuant sa femme et ses deux enfants. "Petits Blancs, vous serez tous…"

Parvenu au goudron, il arrêta une spacieuse R 25 qui ne devait avoir que quatre cent cinquante mille kilomètres au compteur (et pourtant elle roule !) et qui avait peut-être connu les fesses d'un ministre mitterrandien, allez savoir…

30

Le taxi passa le fleuve. Le soir venait, un soir opaque de pollution due aux échappements des véhicules en tout genre et à la fumée des centaines de milliers de réchauds à bois sur lesquels cuisaient les repas et bouillait l'eau du thé. La bagnole prise dans le flot fumant de la circulation traversa le centre-ville, passa le pont Fahd, puis tourna à droite pour longer le fleuve. Elle quitta la route pour des latérites défoncées, bordées de maisons qui n'étaient pas toutes finies de construire. Des hommes, assemblés sur le seuil, discutaient en prenant le thé. Des enfants couraient. Le chauffeur s'arrêta plusieurs fois pour demander son chemin. Enfin la voiture stoppa. Le chauffeur se retourna et dit :

— Voilà, patron, tu es arrivé ! C'est ici la case du Blanc.

Ils se trouvaient devant un portail encadré de deux grands ficus. Une grande croix verte récemment peinte décorait le portail.

Zamanski paya la course en laissant un pourboire généreux.

Claude Parvillier avait voulu habiter parmi les Bamakois. De fait, dans ce quartier de la Sema, Richard se sentait un peu comme un flic de proximité égaré dans une cité qui pleure la victime d'une bavure. Sauf que là, il n'avait pas les moyens d'appeler les CRS en renfort.

Il se traita de petit Blanc stupide et poussa le portail.

Il ne savait pas à quoi ressemblaient les lieux, du temps où Parvillier y habitait, mais cela avait dû changer. Autour d'une cour, il y avait un bâtiment principal avec un toit en terrasse et puis d'autres, plus modestes, dont l'un, surmonté d'une croix et qui servait de salle pour le culte. Un groupe d'enfants jouaient au foot avec un chiffon roulé en boule tandis que d'autres, assis autour d'une table, écrivaient sur des ardoises ou lisaient sous la surveillance d'un jeune homme blanc bien patient. Des femmes assises sur leurs talons préparaient le repas du soir.

L'arrivée de Zamanski fit sensation. Les gamins interrompirent leur match pour se regrouper autour de lui, se poussant du coude, se le montrant du doigt en échangeant des remarques en bambara, du moins Zamanski pensa que c'était du bambara. En tout cas, ils se fichaient de lui, si pâle, un peu rouge, un peu chauve et transpirant de partout. Ceux de l'étude les rejoignirent.

Un homme sortit du bâtiment principal, tapa dans ses mains et ordonna aux enfants de laisser le visiteur tranquille, enfin c'est ce que crut comprendre Zamanski. L'homme vint au-devant de lui, les trente ans à peine dépassés, prospère, sapé d'un costume gris bien coupé, d'une chemise blanche au bouton de col dégrafé, le visage rond terriblement souriant avec une fine moustache et un bouc impeccablement taillés, moustache et bouc servant un peu de rideau de scène à la bouche dispensatrice de paroles inspirées.

— Cher monsieur ! Qu'est-ce que je peux pour vous ?

Zamanski dit qu'il voulait parler au pasteur Honoré Mandarrou.

— Mais je suis le pasteur Honoré, Honoré Mandarrou ! En quoi je peux vous aider, mon frère ?

Zamanski se présenta en sortant sa carte.

— Oh ! Je vois ! Un policier français parmi nous !

— Je suis chargé d'enquêter à propos de la plainte déposée contre Claude Parvillier par trois jeunes du centre, expliqua Zamanski.

L'autre prit un air pénétré, hocha la tête :

— Oui oui, je vois… Cette triste histoire. Venez ! Allons dans mon bureau pour en parler plus à l'aise.

Zamanski le suivit dans le bâtiment principal. Ils entrèrent dans une pièce décorée d'une croix sans Christ et de photos en noir et blanc. Des portraits d'enfants africains tellement pauvres mais tellement souriants !

Sur le bureau d'un bois brut peint en marronnasse sombre, il y avait un PC et une bible ouverte. Le pasteur désigna un siège à Zamanski.

— Asseyez-vous, mon cher. Alors comme ça vous êtes venu de France enquêter sur les agissements de ce triste individu, ce Claude Parvillier sorti de l'enfer, l'enfer qui est, paraît-il, pavé de bonnes intentions ! Et vous avez une commission rogatoire, n'est-ce pas ?

Cela dit avec jovialité. Il n'empêche, le pasteur connaissait la musique, du moins à peu près. D'ici qu'il demande pourquoi Zamanski n'était pas accompagné d'un policier malien…

— Pas de commission rogatoire, répondit Richard d'un ton badin. Disons que j'agis dans le cadre d'une enquête préliminaire.

— Humm ! Je vois, je vois. Eh bien, je vous écoute et si je peux vous aider, je le ferai de façon… préliminaire.

Et le pasteur éclata de rire.

— Je voudrais interroger les trois jeunes qui ont porté plainte contre Claude Parvillier, fit Zamanski. Vous pensez que c'est possible ?

— Oh oui, je comprends ! Ces jeunes méritent qu'on s'intéresse à eux et que l'on écoute leur triste aventure. Ils ont eu le courage de dénoncer les dépravations de celui qui avait l'outrecuidance de se dire leur bienfaiteur ! Il était temps que ce scandale prenne fin, n'est-ce pas ! Ce sont des garçons courageux, vous pouvez me croire. Je suis de ceux qui les ont soutenus dans cette démarche de vérité, qui les ont accompagnés dans leur lutte contre les ténèbres du vice…

Le pasteur était en période d'échauffement. Il se préparait pour un sermon de durée indéterminée sur la prospérité du vice et les malheurs de la vertu. Zamanski l'interrompit :

— Ils sont toujours hébergés au centre ?

— Oh non ! Du moment où j'ai pris la direction de ce que vous appelez le centre, et qui est en fait une mission, j'ai, et je dois le dire, entièrement en accord avec nos amis français, modifié les orientations de nos activités pour les axer davantage sur l'enseignement de la foi et le partage dans la prière. Grâce aux dons, j'ai pu faire construire ce modeste temple.

Il désigna d'une main de prélat la salle de prière, de l'autre côté de la cour.

— … Modeste par la taille mais pas par la ferveur de ceux qui y prient, vous pouvez me croire sur parole ! Quand je pense aux moqueries des musulmans, lorsqu'ils m'ont vu bâtir ce temple. Ça servira d'étable pour les cochons ! disaient-ils.

Mauvaise parole et grande erreur ! Aujourd'hui, ce ne sont pas des cochons que ce temple abrite mais des fidèles de plus en plus nombreux !

— Alors, vous n'accueillez plus d'enfants comme le faisait Parvillier ?

— Si bien sûr ! Nous accueillons des enfants pour leur apprendre à lire la parole de Dieu, mais nous ne les hébergeons plus.

— Et mes trois plaignants, Aboubakar Diakité, Lamine Traoré et…

— Boulaye. Boulaye Djanka… Vous savez, inspecteur, comme je vous l'ai dit, nous les avons accompagnés dans leur démarche, nous les avons soutenus pour qu'ils aillent jusqu'au bout, pour qu'ils portent plainte auprès de la justice contre ce mauvais homme, et c'était difficile, vous pouvez me croire. A bout de bras, nous les avons portés. Bamako est une mégapole, c'est le centre politique et économique de notre pays mais c'est aussi un grand village, et dans un village tout se sait, vous vous doutez bien. La honte, inspecteur, quelle était leur honte ! J'avais beau leur dire et redire que tout cela n'était pas leur faute, qu'ils étaient des victimes et qu'ils devaient se plaindre à la justice ! Il n'empêche, ils avaient honte ! Pire, ils craignaient que tout le monde ne se moque d'eux, leurs amis, les jeunes des bandes qu'ils fréquentent, tout le monde ! Pourtant, ils l'ont fait. Ils ont porté plainte ! Quel courage ! Oui, avec l'aide du Seigneur, ils sont allés devant M. le procureur. Mais une fois qu'ils ont fait ce qu'ils devaient faire, une fois qu'ils ont dénoncé ce méchant homme et ses agissements contre nature, ils ont choisi de se faire oublier. Je regrette inspecteur, mais je crains que vous ne puissiez les retrouver facilement. Ils ont dû retourner en brousse, auprès de leur famille.

Zamanski sourcilla.

— Mais ils étaient orphelins !

Le pasteur leva les mains au ciel.

— Vous savez, ici, ce n'est pas la France. Il y a toujours, dans une concession, un cousin, des tantes, des oncles, des grands-parents qui peuvent vous reconnaître même si la situation économique difficile que traverse notre pays fait que des jeunes comme eux ne sont pas toujours les bienvenus.

— Et vous savez dans quels villages ils se trouvent ?

— Hélas non. Ils n'ont rien dit à personne. Ils avaient peur que leur mauvaise réputation ne les rattrape.

Zamanski faisait la gueule.

— Ils ne vous ont jamais dit d'où ils étaient originaires ?

— C'étaient ce qu'on appelle des enfants des rues, inspecteur. Et le Mali est un pays étendu… Ils sont allés là où le Seigneur les a envoyés… Je suis désolé pour votre enquête, mais je ne peux vous être d'une grande utilité, n'est-ce pas ?

Zamanski décida d'attaquer la montagne sacrée par une autre face :

— Que savez-vous d'Amidou Diop ?

Le bon pasteur prit un air sévère.

— Amidou Diop ? C'était le protégé de "M." Parvillier. Lorsque l'association a demandé à ce dernier de se retirer du centre et de quitter ses fonctions de soi-disant directeur, il a osé exiger qu'une bourse soit versée à son protégé pour l'aider à faire des études en France ! Et le bureau a eu le tort de céder à cette requête.

Zamanski lui demanda s'il était informé de l'assassinat du jeune homme.

— Oui, j'en ai été informé et je dois dire que cela ne m'a pas étonné.

— Pourquoi ?

— Parce que ce garçon s'adonnait à la mauvaise vie avec son protecteur. Il était notoire ici, à Bamako, que cet Amidou était un des amants de Claude Parvillier. Tout ce que nous pouvons faire, c'est prier pour qu'il obtienne la miséricorde de Notre-Seigneur ! Sa mort et celle aussi de Claude Parvillier, nous prouvent, si c'est nécessaire, qu'il n'y a rien de bon à attendre en vivant dans le péché. Que Dieu les ait en pitié !

Le pasteur était au courant de la mort de Parvillier et de celle de l'étudiant de Bordeaux. Il était donc mieux informé que les Baumet. Mais par qui ?

— Mais par la communauté de Blainville, inspecteur ! Et puis, vous savez…

Petit sourire de connivence gourmande.

— … vous savez, rien de ce qui concerne la communauté malienne émigrée ne nous est étranger, ici au pays.

— Le téléphone "malien", fit Zamanski d'un ton entendu.

Mandarrou éclata de rire.

— Le téléphone malien. C'est très bon, ça, le téléphone malien !!!

La nuit était tombée, comme ça, d'un coup. Une grande louchée d'obscurité et pas seulement dans les âmes, sur la terre, partout. Le pasteur avait allumé sa lampe de bureau, ce qui lui donnait un air encore plus… allumé.

Quelle que soit la face escaladée, le flic n'apprendrait rien de ce saint homme visiblement doué pour noyer le poisson dans un flot de paroles polluées de bondieuseries et de mensonges. Il en avait marre du prêchi-prêcha pastoral. Il soupira, laissa tomber ses bras comme pour demander grâce. Zamanski se leva en remerciant brièvement le pasteur Honoré Mandarrou. Celui-ci le raccompagna à la porte de la mission en l'assurant une fois encore, la dernière, de ses prières. Le flic sortit. Le portail à croix verte, ce n'était pas celle d'une pharmacie, se referma en claquant comme l'aurait fait la porte d'une maison d'arrêt.

Au moment où il allait s'éloigner, un véhicule arriva, un minibus japonais conduit par une femme que Zamanski reconnut immédiatement : Marie-Dominique Becquerelle, la patronne chanteuse de la paillote antillaise de Saint-Gilles. Elle était en compagnie du groupe de jeunes gens que Richard avait rencontrés à la piscine de l'hôtel des Manguiers.

Marie-Dominique Becquerelle le reconnut ! Il le sut à son visage étonné. Elle pila net, le moteur cala.

Zamanski ne lui laissa pas le temps de descendre du véhicule. Il partit à grandes enjambées, tourna dans une rue, se perdit dans l'obscurité.

Putain qu'il faisait sombre malgré les rares lampadaires et les quelques lueurs venues des cases. Comme partout dans la ville, devant les portes des maisons, des hommes étaient réunis autour de petits braseros sur lesquels chauffait la bouilloire du thé ou devant une télé qui diffusait un match de foot. La fumée de ces feux de charbon de bois piquait la gorge, les yeux et vous donnait des envies de campagne et d'air pur.

Ombre parmi les ombres, Zamanski se dirigea vers les lueurs lointaines de la route goudronnée et les bruits de sa circulation.

A l'entrée d'une petite épicerie, un groupe de jeunes mecs discutaient, assis sur des parpaings. Richard s'arrêta.

— Je cherche trois gars qui fréquentaient la case du Blanc : Aboubakar Diakité, Lamine Traoré, Boulaye Djanka. Est-ce que vous les connaissez ?

Les types le regardèrent sans étonnement. Ils discutèrent entre eux, en bambara métissé de français.

L'un d'eux se leva :

— Non, on les connaît pas. Tu demandes là-bas, aux jeunes qui jouent au foot. Eux, ils savent, peut-être.

Zamanski se dirigea vers la place indiquée, une esplanade de terre battue, éclairée par trois lampadaires. Dans un angle, il y avait une boutique avec quelques tables et chaises dépareillées sur le pas de la porte : un café-restaurant qui ne servait pas d'alcool.

Il s'adressa aux consommateurs leur posant la même question concernant Aboubakar, Boulaye, Lamine.

Inconnus mais qu'il demande à ceux qui jouaient, là.

Ils étaient une bonne trentaine, des gars sportifs, âgés de dix à vingt ans répartis en plusieurs groupes qui tapaient le ballon ou commentaient le match.

Il alla de l'un à l'autre. L'étonnant c'est que les gars étaient aimables, acceptant de l'écouter, de réfléchir à ce qu'il leur demandait mais non, ils ne connaissaient pas les trois jeunes en question et ils retournaient à leur partie et Zamanski se disait que c'était bien la peine de faire plusieurs milliers de kilomètres en avion pour se livrer à une enquête de voisinage. L'enquête de voisinage avec l'interrogatoire du voisin absent le jour du crime est la base du métier de flic, son humble grandeur.

Zamanski reprit la direction du goudron dans le but de trouver un taxi et de rentrer à son hôtel. Il avait envie de dîner. Un bon morceau de poulet bicyclette avec du riz et une ou deux Far, c'est ce qu'il lui fallait.

Il eut alors l'impression qu'on le suivait.

Il sortit les mains de ses poches, prêt à se défendre, s'il le fallait. Il ralentit pour laisser le suiveur le rejoindre. Arrivé sous un lampadaire coiffé d'une écheveau de câbles emmêlés, il se retourna d'un mouvement brusque qui surprit le mec, un jeune âgé de vingt ans tout au plus, une jolie gueule. Zamanski le saisit au collet.

— Qu'est-ce que tu me veux ?

Il devait avoir l'air féroce parce que le môme se mit à trembler. Il bredouilla :

— Du calme, papa. Tu cherches quelqu'un et moi je sais où il est.

— Qui ça ?

— Celui que tu appelles Aboubakar Diakité. Tu me donnes dix mille CFA et je te dis où tu peux le trouver.

Zamanski lâcha le col du jeune.

— Cinq mille, c'est tout ce que ça vaut. A prendre ou à laisser.

Et il se remit en marche.

— Attends papa, sept mille. Et à ce prix tu as la vraie vérité !

Va pour une dizaine d'euros.

Zamanski mit la main à sa poche, en sortit une poignée de billets de mille CFA chiffonnés usés qu'il montra à son possible informateur.

— Vas-y, je t'écoute mon gars.

Le jeune mec se lança. Il connaissait bien Aboubakar et puis les deux autres aussi, Lamine et Boulaye. Il avait connu aussi Claude, le Blanc qui habitait la Case des enfants avant que ce ne soit une mission. Oui, il le connaissait. Il ouvrait sa porte aux enfants et aux jeunes qui ne savaient pas où dormir, qui n'avaient rien à manger. Tu allais chez lui, il te faisait entrer, tu pouvais passer la nuit. Il y avait toujours plein de jeunes chez lui, des enfants, plein. On disait qu'il les appelait dans son bureau et que là, il leur demandait de faire des choses et c'était vrai. Et puis aussi dans son lit, des fois. Et puis le Blanc était parti et il avait été remplacé par le pasteur Honoré. Ce n'était plus pareil. Il savait qu'Aboubakar et ses deux copains avaient porté plainte contre le Blanc. C'est le pasteur qui leur avait demandé de faire ça. Il leur avait même donné de l'argent pour qu'ils le fassent, pour qu'ils dénoncent le Blanc de la Case des enfants. Cent mille CFA. Chacun. C'est ce qu'ils disaient mais lui, Fofana, ne les croyait pas. Mais c'est vrai aussi qu'on les avait vus dans les maquis*, à boire et à faire la fête.

— Et maintenant, où ils sont tous les trois ? s'impatienta Zamanski.

— Ils font du business autour de la gare des Somatra.

— La gare des Somatra ?

— Oui, c'est la gare routière dans le quartier de Sogoniko, sur la route de Bougouni. C'est là que tu les trouveras.

* Maquis : boîte de nuit.

31

En ce début de matinée, il y avait du monde dans le bureau du commissaire Kéita. Sosso, son adjoint, mais aussi trois hommes dont un en uniforme et une femme vêtue d'un somptueux boubou bleu nuit.

— Entre Richard, entre. Comment ça va, ce matin ? Prends un siège et sois le bienvenu.

Et Habib Kéita fit les présentations.

Il y avait là un fonctionnaire de l'Education et de l'Alphabétisation, un responsable de l'administration territoriale, un capitaine de la gendarmerie. La femme était une responsable du ministère de la Promotion de la femme, de l'enfant et de la famille et plus précisément de la direction de la Protection de l'enfance et de l'Adoption.

— Mon cher Richard, après ce que tu m'as dit hier soir, au téléphone, j'ai immédiatement prévenu ma hiérarchie. Le directeur de la brigade criminelle a décidé de tenir d'urgence une réunion de travail avec les différentes administrations concernées par notre affaire. Peux-tu nous répéter ce que tu m'as dit au téléphone ?

— A propos de Parvillier ?

— Pas seulement, Richard, pas seulement ! A propos aussi de cette opération, "Moïse sauvé des sables", c'est bien ça ?

Zamanski fit donc un rapport le plus clair possible sur l'opération "Moïse sauvé des sables". Il le fit d'une voix neutre, en évitant toute figure de style. Néanmoins il ne se sentait pas à l'aise. D'une certaine façon, il faisait l'informateur, dénonçant auprès d'autorités étrangères des agissements peut-être délictueux qu'étaient en train de commettre des compatriotes.

L'assistance l'écoutait avec l'attention d'un jury de grand oral ou de cour d'assises. Personne pas même Habib ne l'interrompait. Pas la moindre expression sur ces visages concentrés.

Lorsqu'il eut fini, il y eut un silence, silence que rompit Habib pour remercier Zamanski.

Puis il y eut un échange de points de vue. Chacun s'exprima mais en bambara, ce qui fait que Zamanski ne put comprendre ce qui se disait et qu'il se sentit encore un peu plus seul, un peu plus "balance".

Visiblement, ce qu'il avait dit provoquait de la consternation et de l'agacement dans l'assemblée. La fonctionnaire de la Promotion de la femme s'adressa à Zamanski :

— Commandant Zamanski, est-ce que je peux vous demander à quel titre vous intervenez, ici, au Mali ?

Elle parlait le français en accentuant chaque syllabe, donnant à chaque mot le poids d'une déclaration solennelle.

"Parce qu'on m'a tiré dessus, qu'un haut fonctionnaire du ministère de l'Intérieur qui fut un ami très proche tient mon adjointe et parce qu'un de tes concitoyens exerce sur ma personne un harcèlement téléphonique et menace une occasionnelle amante..."

C'est ce qu'il aurait pu dire, il en avait envie. Il se contenta d'évoquer la mort de Parvillier comme étant un suicide quelque peu douteux. La justice française, le parquet de Saintes avaient été informés des plaintes portées contre l'ancien coopérant. Zamanski avait été envoyé à Bamako pour complément d'information.

Un discours qui ne tenait pas debout du simple point de vue de la procédure, un baratin qui aurait fait pisser de rire un étudiant médiocre en première année de droit. Et qui ne trompait personne, ici. Surtout pas la femme du ministère de la Promotion de la femme qui le regardait en plissant les yeux.

— ... Mais, concernant Parvillier et ses agissements, je ne vous apprends rien. Je suis sûr que vos services le connaissaient bien, poursuivit Zamanski.

Là, il courait le risque qu'elle prenne très mal cette remarque un brin perfide.

— Oui oui ! Nous savions à quoi nous en tenir concernant ce personnage.

L'officier de gendarmerie prit la parole.

— Ce que vous nous dites, commandant, attire notre attention et bien sûr nous alarme. Au Mali, l'adoption est encadrée et nous sommes très vigilants à ce sujet...

La femme approuva d'un hochement de tête.

— Nos services ont à lutter contre des réseaux plus ou moins légaux, poursuivit-elle. Mon ministère fait des campagnes d'information, mais cela ne suffit pas toujours. Vous avez parlé d'une opération qui concernait près de cent cinquante enfants qui doivent être évacués vers la France pour y être accueillis. C'est un nombre considérable ! Il nous faut vérifier auprès des autorités décentralisées que toute cette affaire se déroule en conformité avec la réglementation malienne et les textes internationaux.

Elle sourit.

— Mais cela dit, et de toute façon, je tiens, au nom des services de mon ministère et de la république du Mali, à vous remercier pour votre coopération, commandant Zamanski.

Les autres membres de la réunion approuvèrent d'un signe de tête poli. Malgré cela, Zamanski percevait une vague hostilité à son égard. Et c'était bien compréhensible. A peine débarqué de l'avion, lui, un citoyen de l'ancienne puissance coloniale, sortait de sa poche un lièvre des plus douteux et, le tenant par les oreilles, l'agitait devant cet aréopage de fonctionnaires maliens. Il aurait voulu prouver l'incompétence de leurs administrations respectives qu'il ne s'y serait pas pris autrement.

Il se leva en déclarant qu'il ne voulait pas déranger l'assistance dans son travail. Tous avaient certainement des décisions à prendre et cela ne le regardait pas. Puis, s'adressant à Habib, il dit qu'il avait quelque chose à lui demander, à titre privé. Pouvait-il lui consacrer une minute, une toute petite minute ? Habib s'excusa auprès de ses collègues et fit signe à Zamanski de le suivre dans le couloir.

— Alors ? Qu'est-ce que je peux pour toi, mon cher ?

Zamanski s'excusa. Il assura son collègue qu'il n'avait pas voulu faire le malin devant tous ces gens, ses collègues.

— Mon cher, tu ne fais en rien le malin devant je ne sais quels Noirs sous-développés. Tu fais ton travail de flic, comme moi je le fais ici, à Bamako. Et il se trouve, mon ami, que ton enquête est simplement en passe de devenir la nôtre.

Une façon de voir, qui convenait tout à fait à Richard.

— Habib, je cherche toujours à rencontrer les trois plaignants de l'affaire Parvillier. J'ai appris qu'ils faisaient du business du côté de la gare Somatra, sur la route de Bougouni. Est-ce que Sosso pourrait m'accompagner pour m'aider ?

Habib sourit.

— Je ne suis pas un hôte convenable, Richard. Je ne t'ai même pas fait visiter notre capitale ! Je suis très occupé, tu comprends, j'ai beaucoup de travail. Mais si tu veux, je peux demander à mon jeune adjoint de te guider et de te faire visiter… une gare routière par exemple ? Qu'en penses-tu ?

Les deux hommes se sourirent. Un bon sourire d'amicale connivence. Au-delà des histoires de l'Histoire, des couleurs de peau et des niveaux de développement économique. Deux types qui s'appréciaient, se respectaient et… s'aimaient bien, tout simplement.

Sosso et Richard sortirent de la brigade criminelle. Ils rendirent son salut au planton. Richard s'apprêtait à arrêter un taxi lorsque Sosso lui dit que ce n'était pas la peine. Il avait un moyen plus rapide, plus pratique, plus économique, un moyen "plus plus plus", et il montra avec fierté une moto rouge et bleue avec la flèche d'un éclair peinte sur le réservoir : POWER K.

Sosso avait un casque pour lui mais pas pour Richard. Qu'importe ! A la grâce de Dieu et des chauffards ! se dit Richard en enfourchant la bécane. Et ils partirent pour une course fumante mais aérée le long des larges avenues aboutissant à de vastes ronds-points décorés d'étonnantes sculptures, ici un éléphant, là une coupe de foot géante, là encore un arc élevé à l'Indépendance… Ils franchirent le fleuve sur le pont des Martyrs, suivirent la route nationale sur plusieurs kilomètres. La conduite de Sosso était sûre, prudente finalement et le trajet agréable. Le commissaire avait confié à son adjoint le flic toubab. Sosso se devait de le rendre en bon état.

Et puis le jeune homme ralentit, traversa l'avenue d'un virement décidé et vint s'arrêter sur une vaste esplanade où stationnaient des taxis, des bus Sotrama et des cars Mercedes dont certains portaient encore la raison sociale de l'entreprise allemande qui les avait étrennés. Des enfants, des femmes proposaient aux voyageurs de petits sachets d'eau potable, de la nourriture à grignoter, des fruits, des canettes de soda. C'était l'Afrique comme sur les photos et dans les reportages vus mille fois. Mais là, c'était en vrai.

— Chef, tu attends dans ce café, et moi je cherche tes trois jeunes.

Zamanski fit ce que Sosso lui proposait. Il s'installa et commanda un jus d'ananas en boîte parce que la gargote ne vendait pas de bière. Et il suivit du regard le jeune flic qui allait d'un groupe à l'autre, échangeant des poignées de main, des rires, discutant aussi... Des cars arrivaient, d'autres partaient avec leurs voyageurs et dans les soutes et sur le toit : sacs ventrus, poulets maigrelets, moutons effarés.

Richard flottait dans le flux énergétique de cette foule affairée, se répétant en boucle : "L'Afrique noire est mal partie – mais elle est partie !" Encore un peu et il se serait levé pour scander des pieds des mains : L'AFRIQUE-NOIRE-EST-MAL-PARTIE-N'EMPÊCHE-QU'ELLE-EST-PARTIE !

Sosso n'était plus là. Disparu le jeune flic. Restait sa moto.

Inquiet honteux comme après un bref fixe, Zamanski se leva et partit à la recherche de l'adjoint de Habib. Il calma son inquiétude en se disant que l'inspecteur n'était pas un gamin placé sous sa responsabilité. Qu'est-ce qu'il lui prenait ces derniers temps à se sentir responsable de tout le monde ? Laurence Fuzier n'était pas non plus une gamine et lui, Richard, n'était pas responsable de ses amours. Quant à Jacqueline... Il fallait absolument qu'il interroge le répondeur de l'agence. Il le ferait à l'hôtel.

Il revint vers la gargote, prêt à prendre un taxi pour retourner à la brigade criminelle lorsqu'il aperçut Sosso qui lui faisait signe. Il se fraya un passage à travers la foule pour le rejoindre.

— Alors ? lui demanda-t-il. Tu sais où ils sont ?

— Difficile à dire, chef. Vous voyez, tout autour, il y a plein de jeunes, des enfants qui vivent et travaillent ici. Ils s'abritent sous des bâches, dans des caisses, des cartons, avec quelques planches. Ils vivent de petits boulots comme vous dites, ils lavent les pare-brise, ils vendent des cartes de téléphone. Il a fallu que je discute beaucoup avec beaucoup de jeunes et d'enfants pour avoir des informations sur vos trois gars.

— Alors ? s'impatienta Zamanski.

— Bah ! je vous l'ai dit… Pas facile ! Ils sont partis, chef. Tous les trois ! D'après ce que j'ai compris, un homme, un inconnu, on parle d'un Ivoirien qui roule dans un gros 4x4, est venu les chercher hier. Il est parti avec deux d'entre eux.

— Et le troisième ?

— Lui aurait refusé de les suivre. Il disait qu'il n'en avait pas envie. Mais ici tout le monde dit qu'il avait peur !

— Et tu sais où je peux le trouver ?

Sosso hocha la tête en souriant, une mimique qui voulait dire "T'inquiète pas, mon gars ! Avec moi, pas de soucis, j'assure !"

— En brousse. D'après ce que j'ai appris, le troisième, Aboubakar Diakité, c'est son nom, est retourné en brousse, chez une de ses tantes, à Kouala, dans la région de Koulikoro.

32

Zamanski avait imaginé une piste en latérite défoncée. Or, la route de Koulikoro n'avait rien à envier à une nationale européenne. Il avait aussi imaginé un paysage de terre cuite et recuite, semi-désertique. Ils roulaient à travers un plateau légèrement bosselé, planté de grands arbres avec, çà et là, des villages. Bref, un paysage qui évoquait moins le Sahara que le bocage poitevin. Mais alors le bocage poitevin en plein été, un été de canicule à cause de la végétation sèche. Sosso était au volant, Habib avait pris place à son côté. Zamanski, seul sur la banquette arrière, se la jouait touriste que l'on emmène à la découverte du pays. Ça roulait, il faisait beau, on était bien. Sosso, sur les ordres de son chef, avait monté la clim à fond.

— Richard, tu devrais venir plus souvent nous voir. Pour te conduire, le chef de la brigade a consenti à nous prêter sa propre voiture de fonction. Ce n'est pas tous les jours que nous avons la chance de voyager dans un tel confort, n'est-ce pas Sosso ?

L'adjoint approuva en riant.

— Vous ne voulez pas vous faire nommer au commissariat n° 1, patron ?

Zamanski sourit.

— Je crois bien que depuis l'indépendance, ce n'est plus possible !

A une centaine de kilomètres de la capitale, ils quittèrent la nationale pour une route secondaire d'abord goudronnée puis en latérite et la voiture poursuivit son chemin dans un nuage de poussière rouge qui correspondait enfin aux soirées diapos des voisins “qui ont fait l'Afrique”.

Ils arrivèrent dans un village dont on ne voyait que les murs de terre ou de parpaings. Ils s'arrêtèrent sur une place qui paraissait centrale. Les trois flics sortirent de la voiture. Un groupe d'enfants accoururent en criant. Habib les chassa d'un geste de la main puis, suivi de Zamanski, alla se mettre à l'ombre d'un grand arbre. Sosso partit à la recherche du chef de village.

— En brousse, il faut toujours commencer par le saluer. Il sait beaucoup de choses et tout sur ce qui se passe là. Ce qui ne veut pas dire qu'il accepte de dire ce qu'il sait, soupira Habib.

Sosso revint bientôt en compagnie d'un homme grand, aux cheveux grisonnants avec des lunettes imitation écaille et vêtu d'un boubou blanc. Le commissaire Habib Kéita se précipita au-devant du chef.

Ce furent les salutations d'usage et les présentations. Zamanski prit la main que l'homme lui tendait et le salua en s'inclinant. Le chef n'était pas beaucoup plus âgé que Habib mais ce dernier s'adressait à lui avec respect. Du moins c'est ce que devinait le flic français parce que l'échange entre le commissaire de la brigade criminelle et le vieux chef n'était pas en français. L'Afrique francophone, compte là-dessus ! pensa Zamanski qui commençait à en avoir assez de suivre l'enquête en VO non sous-titrée ! En tout cas, les deux vieux sages parlaient d'Aboubakar, parce que Richard entendit ce nom plusieurs fois dans la conversation.

Zamanski et Sosso attendaient en silence et à l'écart. Enfin, les deux "patrons" se séparèrent après s'être salués comme il convient.

Habib s'adressa à Zamanski.

— Le chef m'a affirmé qu'Aboubakar était bien au village depuis avant-hier. Il est revenu de Bamako et il est hébergé dans la concession de l'une de ses tantes maternelles. Je sais où le trouver.

Les trois hommes remontèrent en voiture pour quelques centaines de mètres, Habib expliquant à Sosso l'itinéraire à suivre. La voiture s'arrêta devant la porte d'une concession. Sortir de la voiture climatisée pour affronter la chaleur était une épreuve redoutable. Pourtant Zamanski suivit ses deux collègues.

Les flics franchirent l'enceinte de la concession et se retrouvèrent dans une cour qui distribuait plusieurs cases rondes avec des toits de chaume. Des femmes, à l'ombre d'un arbre, pilaient des céréales.

L'arrivée des trois hommes les interrompit. L'une d'elles vint à eux.

Habib se présenta et présenta ses deux collègues. Il lui dit en français qu'il voulait voir Aboubakar, pour affaire le concernant.

Calamité ! Un policier, un commissaire en plus, et un commissaire de Bamako ! Et avec un policier français ! Elle eut un geste d'agacement comme pour chasser les mouches de la contrariété et démarra très fort, la voix très haut perchée :

— Ah là là ! Qu'est-ce qu'il a fait encore ce bon à rien, là ! Avec cet Aboubakar, il n'y a rien de bon à attendre, que des ennuis ! Je savais bien que s'il était revenu ici, c'est parce qu'il a fait des bêtises en ville.

Habib la rassura :

— Il n'a rien fait, mais je désirerais tout de même lui parler. Mon collègue français et moi, nous avons des questions à lui poser à propos de la plainte qu'il a déposée au commissariat.

Elle leva les mains au ciel. Les autres femmes regardaient ahuries :

— Lui, il a déposé une plainte au commissariat ! Hou là là ! Mais c'est le monde à l'envers, le soleil à minuit et la lune en plein jour ! Et de quoi il se plaint ce monsieur ? Je peux le savoir ?

Habib resta évasif. Expliquer qu'Aboubakar avait porté plainte pour viol de la part d'un "toubab" n'aurait pas accru le peu d'estime dont il semblait jouir dans les parages.

Mais, à ce moment, un jeune type sortit d'une des cases et se dirigea vers la porte de la concession en rasant l'ombre.

Raté. La femme l'avait repéré.

— Aboubakar ! Aboubakar ! Viens voir là, un peu. Ces messieurs veulent te parler !

Mais l'autre, plutôt qu'obéir, détala.

— Hé là ! cria Sosso. Arrête-toi, c'est un ordre !

Mais le jeune type avait franchi la porte et disparu dans la rue.

— Arrête-toi tout de suite, je te dis !

— Au lieu d'alerter tout le village, tu ferais mieux de courir après, fit Habib agacé. Sosso démarra suivi de Habib. Restait

Zamanski, seul avec les femmes, les femmes qui s'étaient levées pour s'en venir à lui et l'encercler.

Elles criaient. Et si elles n'avaient pas grande estime pour Aboubakar, elles en avaient encore moins pour les flics locaux, les Blancs en général, les Français en particulier et, en dessous de tout, les flics français bien connus pour les reconduites à la frontière. La grandeur civilisatrice de la police française est décidément méconnue à l'étranger.

Zamanski jugea raisonnable de battre en retraite. Il quitta la cour et, n'ayant rien de mieux à faire, se lança lui aussi à la poursuite d'Aboubakar le fuyard. Ce qui était un peu présomptueux de sa part. Il prit un pas de course qu'il voulait régulier et raisonnable mais il fut tout de suite trempé de sueur. De partout, des hommes jeunes et vieux, des enfants sortaient, alertés par les cris de Sosso ou avertis par le téléphone mandingue. Que des Noirs ! Partout ! Un vrai cauchemar pour mec borné de la BAC !

Zamanski suivit la direction qu'avaient prise Habib et Sosso. Il tourna dans une ruelle puis dans une autre très semblable toujours suivi par des villageois, surtout des jeunes, qui semblaient méconnaître la légendaire hospitalité des Africains. Tout se perd !

Habib et Sosso s'étaient évaporés et lui, Zamanski, était en train de se paumer dans ce bled chauffé à blanc. Il décida de rejoindre la place du village et d'attendre près de la bagnole. Il était trempé, il en avait soupé.

Il retourna donc vers le 4x4 en espérant que Sosso aurait laissé les clés sur le démarreur, et qu'il pourrait mettre la clim en marche.

La voiture était toujours là, mais pas le commissaire ni son adjoint. Soudain Habib déboula sur la place :

— Vite Richard ! Tu montes !

Habib prit le volant et Zamanski la place du mort. Habib démarra sur les chapeaux de jantes, tout à fait police scientifique à Miami sauf qu'on était loin de Miami.

— Notre Aboubakar court vite, mais Sosso a été champion de course de fond de l'équipe de la police !

Habib déclencha l'avertisseur deux tons et roula aussi vite que le lui permettaient l'état des rues et les curieux qui s'y regroupaient.

Le flic semblait connaître le village comme s'il était du secteur. Comment il s'y prit, Zamanski n'en eut aucune idée, mais le fait est qu'ils débouchèrent juste au ras du fuyard. Habib pila dans un spectaculaire nuage de poussière et le môme vint s'affaler sur la caisse, rejoint par Sosso qui lui mit la main au collet. Tous deux étaient hors d'haleine.

— Aboubakar, je t'arrête pour refus d'obtempérer et délit de fuite ! déclara le commissaire Habib en lui passant les bracelets.

— Patron ! Vous êtes toujours le meilleur pilote de la brigade ! commenta Sosso haletant.

Zamanski se demanda si c'était sincère ou si c'était une séance de léchage de cul supérieur. Mais ces deux-là se connaissaient trop bien pour que la flagornerie ait place dans leurs rapports.

Ils embarquèrent le jeune type qui retrouvait son souffle et du coup sa frayeur. Sosso prit place à côté de lui. Zamanski embarqua à côté de Habib qui démarra.

Ils firent quelques kilomètres en direction des collines. Le commissaire arrêta enfin le 4x4. Ils sortirent leur prisonnier de la voiture et l'emmenèrent à l'ombre d'un imposant caïlcédrat, où ils le forcèrent à s'asseoir. Habib s'assit sur une pierre, genoux croisés, il fit signe à Sosso et à Zamanski d'en faire autant.

Le jeune était tête baissée, épaules rentrées. Il n'en menait pas large. Il se retrouvait au milieu de la brousse, face à trois flics avec les fourmis pour seuls témoins. Qu'allait-on lui faire ? Les deux flics se tenaient sans rien dire, jouissant de l'ombre du grand arbre. Le silence indifférent des tourmenteurs qui savent que le temps est de leur côté. Alors le temps, ils le prennent ! Mais Habib n'avait pas l'air d'une brute. Les interrogatoires au troisième degré ne semblaient pas son genre. Mais que savait Zamanski de son collègue ? Habib et Sosso n'étaient pas nés de la dernière pluie, ils avaient eu à faire le flic sous divers régimes politiques dont certains ne s'étaient pas embarrassés longtemps de leurs opposants.

L'immobilité des deux flics devenait pesante. Comme le jeune mec, Zamanski attendait. Dans cette partie de flicopoly, il jouait en simple visiteur. Ce n'était pas à lui de poser des questions. Prendre la parole avant le commissaire et son adjoint eût été leur faire perdre la face, les rétablir dans un rapport supposé aboli depuis les indépendances.

Ils se trouvaient au flanc d'une colline plantée de ces grands arbres plus élancés que les baobabs trapus, des caïlcédrats, c'est ainsi que Habib les avait nommés, caïlcédrats ou "acacias de la savane". L'air était suffocant. Une fournaise au sens propre, l'impression épouvantable d'être dans le souffle brûlant d'un incendie de forêt. A nouveau, Zamanski pensa à Blainville et à sa plage sous le soleil bon enfant de l'automne. Il y pensa comme on pense à un paradis quitté que l'on ne retrouvera jamais plus.

— Tu t'appelles Aboubakar Diakité. Tu es originaire de quel village, Aboubakar ?

Habib venait de rompre le silence bourdonnant. Il commençait l'interrogatoire jugeant que le jeune homme, un gosse vieilli, avait assez cuit dans sa peur et sa sueur.

— Tioribougou…

Le jeune avait murmuré, la tête toujours baissée, le regard réglé sur la vie des fourmis.

— Et pourquoi tu es parti de Taribougou ?

— Mes parents sont morts.

— C'est pour ça que tu es allé à Bamako ?

— Une des sœurs de ma mère habite dans le quartier de Bagadadji.

— Et pourquoi tu n'es pas resté auprès de ta tante ?

— Son mari me battait.

— Dis plutôt que tu as préféré rejoindre les voyous des rues, tu pensais que la vie te serait plus facile en rejoignant les bandes de jeunes toujours prêts à voler, à se livrer aux trafics, à la vente des produits de contrebande !

— Les jeunes comme toi, qui traînent dans la rue, vous êtes la plaie de ce pays ! ajouta Sosso.

— Et tu allais chez le Français, toi aussi ?

Le jeune type fit oui de la tête.

— Pourquoi ? demanda Habib. Attention à toi, ne me mens pas !

— Il nous donnait à manger, on pouvait dormir chez lui aussi.

— Et pourquoi tu as porté plainte contre lui ?

— C'est pas moi, je voulais pas. C'est le pasteur Mandarrou qui nous a forcés. Il nous a dit que si on ne dénonçait pas ce diable alors, on serait maudits, que les serviteurs de Satan nous prendraient, qu'ils nous tueraient pour nous punir de nos péchés !

Il avait dit ces derniers mots en criant, dans une grande agitation, celle de la trouille intense, Zamanski pensa à un animal qui se débat avant d'être égorgé. Le jeune poursuivit d'une voix plus basse, presque penaude, celle d'un jeune enfant qui décrit ses peurs :

— … C'est un homme puissant, le pasteur Mandarrou, il roule en 4x4 Mercedes. Nous on a compris, les serviteurs, comme il disait, c'est pas ceux de Satan, mais c'est les siens ! Et on a compris qu'ils pouvaient nous tuer. Et puis le pasteur nous a promis de l'argent. Cent mille CFA si on allait se plaindre à la justice. Alors on a accepté, avec Lamine et Boulaye. C'est le pasteur qui nous a conduits à la justice pour se plaindre, pour dire ce que le Français nous faisait quand on vivait chez lui.

— Et qu'est-ce qu'il vous faisait ? demanda le commissaire d'une voix sévère.

Le jeune mec se taisait. Il ne pouvait pas le dire.

Habib insista.

— A nous, tu peux parler. On ne le répétera pas au village. Si tu n'es pas capable de le dire, alors, c'est que ce sont des mensonges !

A ce dernier mot, le jeune se rebiffa. Il ne mentait pas. Le Français il vous appelait dans son bureau et là il vous touchait le sexe, il vous forçait à le caresser… Et puis aussi, des fois il faisait venir des jeunes dans sa chambre…

— Il n'y a qu'à vous trois qu'il faisait ça ?

— Non, à tous il le faisait, presque à tous…

L'autocar suivait la nationale 4, il traversait la plaine de la Woëvre. Le prof d'éco était assis à côté de lui… Il lui parlait de musique. Le chauffeur du car avait allumé l'autoradio sur une chaîne qui diffusait une émission de musique classique. Le présentateur dissertait sur Haydn et son oratorio *La Création* qui à bien des égards annonçait l'opéra wagnérien. Le prof disait qu'il aimait Haydn. Lui, Richard, ne connaissait tout au plus que le nom, nom qu'il lui arrivait de confondre avec celui de Haendel, rien à voir…

— Et pourquoi vous y retourniez, toi et tes amis ?

Pas très difficile à deviner. La faim, la possibilité de dormir ailleurs que dans les rues. Peut-être aussi pour échapper à la violence, à la peur et tout cela malgré le prix à payer.

— Le Français ne nous battait pas, lui…

Simple et consternant. Il nous tripotait, mais il ne nous battait pas.

— Dis-moi, Aboubakar. Claude Parvillier, celui que tu appelles le Français, est revenu au mois de juin à Bamako, est-ce que vous vous êtes revus ?

Le jeune hocha la tête.

— Et est-ce qu'à nouveau il a abusé de toi ? Des autres ?

— Non. Non. Il traînait dans les rues, il posait des questions à tous les jeunes.

— Qu'est-ce qu'il voulait savoir ?

Aboubakar haussa les épaules.

— Je sais pas moi, ce qu'il voulait.

Habib haussa le ton.

— Encore une fois, tu mens Aboubakar. Tu sais très bien ce qu'il cherchait et nous aussi nous allons l'apprendre. Tôt ou tard ! Nous autres, à la brigade criminelle, nous finissons par tout savoir ! Alors, fais-nous gagner du temps, c'est dans ton intérêt !

Le jeune type capitula :

— Pendant l'hivernage, le Blanc est revenu à Bamako. Il voulait revoir des amis, sa maison, revoir les enfants qu'il avait hébergés, mais il ne les a pas retrouvés, pas tous. Le pasteur Honoré les avait chassés parce que c'étaient des débauchés, c'est ce qu'il disait et puis il y a des enfants qui ont été adoptés et qui sont partis. Mais Claude, le Français, a rencontré Lamine au marché rose. Ils ont parlé. Le Français lui a posé des questions sur les enfants qui étaient adoptés en France ou chez des gros d'Afrique, en Côte-d'Ivoire ou au Gabon, pour travailler, pour servir de boys à des riches. Surtout il a posé des questions sur Oumar.

— Oumar ?

— Oui, c'était un petit qui venait chez le Français. Il a disparu. Le pasteur a dit qu'il avait été adopté mais le Français disait que c'était pas vrai.

Zamanski intervint :

— Donc en juin-juillet, tu rencontres le Français, Claude Parvillier. Il te pose des questions sur des enfants de la Case et une fois qu'il est retourné en France, à la fin du mois d'août, tu portes plainte contre lui sur les conseils du pasteur Honoré, c'est bien ça ?

Aboubakar hocha la tête.

— Et pourquoi tu as quitté Bamako ? demanda Sosso. Ceux qui t'ont vu avant-hier m'ont dit que tu courais comme si tu avais tous les diables au derrière !

— J'avais peur, j'ai encore peur, bredouilla Aboubakar.

Et à le voir, c'était vrai. Une trouille atroce.

— De qui ? De quoi ?

— Du pasteur Honoré, chuchota-t-il.

— Pourquoi ? demanda Habib. Lamine, Boulaye et toi vous étiez en affaire avec lui. Il vous a même donné de l'argent pour votre témoignage contre le Français.

— Non non ! Il ne nous a même pas donné l'argent qu'il nous avait promis. Il nous a seulement donné cinquante mille CFA à chacun. Le reste, c'était pour après. Il nous a expliqué qu'il n'y avait pas seulement la plainte à porter. Ensuite il faudrait témoigner devant le juge et puis aussi devant le tribunal de Bamako et peut-être même en France. Il fallait qu'on reste près de la mission pour quand la justice aurait besoin de nous.

— Ça n'explique pas pourquoi tu t'es sauvé de Bamako. Pourquoi tu as pris la fuite quand nous sommes venus te chercher dans la concession de ta tante !

— J'ai cru que vous étiez les hommes du pasteur. Ils me recherchent, ils me font peur...

— Pourquoi ? demanda le commissaire Kéita qui n'était pas sûr de pouvoir démêler la comédie de la réalité d'une menace.

— Un homme, un Ivoirien, est venu nous chercher Boulaye, Lamine et moi. On ne l'avait jamais vu. Mais lui nous connaissait. Il nous a dit qu'il venait d'ouvrir un maquis sur la route de l'Hippodrome et qu'il cherchait des jeunes pour travailler, servir derrière le comptoir, surveiller l'entrée. Boulaye et Lamine sont montés dans sa voiture mais moi j'ai pas voulu. Je me méfiais, j'avais pas confiance, je ne le croyais pas. Je sais bien qu'il n'y a aucun maquis qui se construit sur la route de l'Hippodrome. Quand je lui ai dit que je ne voulais pas monter avec lui, il s'est énervé, il est devenu menaçant, il a sorti une arme pour me forcer à monter, une arme avec un silencieux. Boulaye et Lamine, en voyant ça, se sont mis à crier, ils voulaient sortir de la voiture mais lui, il avait mis le verrouillage électronique. Ils étaient prisonniers. Ils criaient, alors il a ouvert sa portière et il leur a tiré dessus, une balle chacun. Après, il allait me tuer. Mais juste à ce moment-là, un camion de Dakar est passé, un gros camion, très long, avec des sacs de ciment.

J'ai traversé juste devant lui et je me suis sauvé. Le tueur ivoirien n'a pas pu me rattraper. J'ai quitté Bamako, je suis venu me réfugier chez ma tante… J'ai peur. J'ai peur que l'Ivoirien ou un des amis du pasteur me trouvent et me tuent…

Habib regarda Zamanski :

— Richard, mon cher, qu'est-ce que tu en penses ?

Richard pensait à l'Africain qui parlait le "français comme ça". Est-ce que c'était le même que celui qui voulait se débarrasser des trois plaignants ? Envoyé par qui ? Paris ? Abidjan ?

— Ecoute Habib, si on croit ce môme, tu as sous la main le témoin d'un double meurtre. Il me semble qu'à ta place, je le garderais à l'abri des accidents, bien au chaud, en sécurité, au cas où…

Le commissaire Kéita réfléchit puis, se levant :

— Si tu étais à ma place, Richard, je t'approuverais de faire ce que je vais faire. Parce que, vois-tu, ce que tu me proposes de faire, c'est exactement ce que j'étais en train de penser que j'allais faire. Tu me suis ?

— Moi, pas très bien, murmura Sosso.

Richard et Habib éclatèrent de rire devant le jeune Aboubakar éberlué. Puis devenant soudain sérieux, le commissaire Kéita s'adressa au jeune homme :

— Aboubakar Diakité, je te place en garde à vue pour refus d'obtempérer et délit de fuite…

Sosso passa les menottes à Aboubakar qui protesta d'abord puis s'enferma bien vite dans un silence déprimé.

— … Nous allons le ramener au village et nous le confierons à la gendarmerie qui prendra soin de lui. Je veillerai à ce qu'il soit bien traité. J'en parlerai au commandant du poste et au chef du village. Mais avant, nous prendrons sa déposition.

Puis s'adressant au jeune type :

— Et toi, encore une fois, gare à toi si tu nous as menti ! N'oublie pas. Nous finissons toujours par connaître la vérité.

Tous les quatre embarquèrent dans la Toyota. Bientôt la clim fit bénéficier les passagers d'un joyeux courant d'air venu tout droit du pôle et propre à vous filer une bronchite carabinée. Mais Zamanski ne se sentait pas de demander l'arrêt des bienfaits du progrès en matière de confort automobile.

Arrivés à la gendarmerie locale, les deux flics bamakois emmenèrent leur prisonnier. Zamanksi attendit au frais que les formalités s'accomplissent et que Kéita prenne le témoignage d'Aboubakar. Les deux flics devaient avoir, en tant que membres de la brigade criminelle, compétence sur l'ensemble du territoire malien. Richard se demanda pourquoi ils n'avaient pas ramené avec eux leur témoin. Mais en y réfléchissant, il comprit que c'était préférable qu'Aboubakar Diakité soit embastillé dans cette gendarmerie de province plutôt que dans une prison de la capitale, où il n'aurait pas été à l'abri d'un accident fâcheux.

Le temps passait lentement. Richard se sentait lui aussi prisonnier dans cette bagnole. Il regrettait de ne pas avoir emporté avec lui un livre, par exemple celui de Cohen sur l'histoire des administrateurs coloniaux. Cette place de village avec son arbre à palabres et sa gendarmerie auraient fourni un décor propice à la lecture de ce bouquin.

Enfin les deux flics revinrent. Habib avait un dossier sous le bras. Ils embarquèrent. C'est Habib qui se mit au volant. Sosso s'assit à la droite de son patron. A l'arrière, Richard demeurait le touriste qu'on trimballe.

Habib s'appliqua pour démarrer. Après tout, c'était la voiture du directeur de la police.

— Alors Richard, qu'est-ce que tu penses de l'audition de notre témoin ? demanda-t-il. Puis, avec un sourire ambigu : Tu auras remarqué que nous autres, policiers africains, nous ne pratiquons plus systématiquement la torture !

— Remarquez, patron, quand j'ai vu les fourmis au pied de l'acacia des savanes, je me suis demandé si vous ne vouliez pas que je cherche la fourmilière pour demander aux travailleuses de bien vouloir nous aider dans notre recherche de la vérité !

Le commissaire partit d'un grand rire.

— Sosso, tu sais bien qu'on n'attache plus les suspects, le derrière sur une fourmilière ! Les règlements de la Sécurité sont formels. Cette pratique est interdite en présence d'un collègue étranger !

Et les deux flics de rire en chœur. Habib retrouva son calme parce que la circulation nécessitait de se concentrer sur la conduite. Des camions venant de Côte-d'Ivoire se suivaient. Leur chargement était extraordinaire tout autant que leur vétusté. Heureusement, à leur volant, les chauffeurs semblaient capables de réagir à tout incident : rupture d'essieu, pneu qui éclate, freins qui lâchent, marchandise qui se répand sur la chaussée. Des types plutôt rassurants les camionneurs maliens, mais quand même !

— Sérieusement Richard. Qu'est-ce que tu en penses ?

— D'après le jeune mec, les plaintes contre Parvillier n'étaient pas spontanées, mais ça, nous nous en doutions. Ces plaintes étaient un moyen de le faire taire... A part ça, on ne sait toujours pas ce que Parvillier voulait dénoncer dans l'article qu'il rédigeait.

— Tu l'as dit toi-même, Richard : cette opération "Moïse sauvé des sables" ! C'est cela qu'il voulait dénoncer ! Et il y avait de quoi. Cette pseudo-évacuation sanitaire ressemble davantage à un rapt d'enfants qu'à une opération humanitaire !

Dans ce cas, Parvillier n'avait pas besoin de revenir au Mali. Il était plusieurs fois intervenu dans les réunions publiques des Moïse et il pouvait écrire un article dans la presse française.

— A propos des Moïse, où en êtes-vous, tes collègues et toi ? demanda-t-il.

Habib prit quelques secondes pour réfléchir. C'était un sujet sensible, Richard le savait.

— Nous avons prévenu les autorités de Kidal, le chef-lieu de région. Au niveau national, il semble bien que personne n'était vraiment informé.

Richard n'insista pas.

Le 4x4 suivait un énorme semi-remorque transportant du sable. Habib se concentrait sur sa conduite, cherchant le moment propice où il pourrait doubler le poids très lourd.

— En même temps, Habib, d'après Aboubakar, lors de son dernier séjour, Parvillier ne s'intéressait pas à l'opération "Moïse sauvé des sables".

— C'est vrai, il recherchait des jeunes qu'il avait accueillis dans sa case.

— ... Et qu'il ne retrouvait pas. En particulier un certain Oumar...

Sosso intervint :

— Patron, si vous me permettez d'entrer dans la discussion, il faudrait d'abord s'assurer que ce que nous a dit Aboubakar est vrai. Il explique qu'il s'est sauvé de la capitale parce que sa vie était en danger, surtout, il dit qu'il a été témoin du meurtre de ses deux copains. Mais est-ce bien vrai ? Peut-être nous a-t-il raconté des mensonges.

— Tu as raison, Sosso. Et pour ça, il faudrait retrouver des témoins de l'exécution de Lamine et Boulaye, les deux autres plaignants, ou retrouver leurs corps.

— Habib, demanda Zamanski, est-ce que tu as réfléchi à ma demande ?

— Quelle demande ?

Habib était mal à l'aise.

— Je cherche un internaute pirate.

— Ah oui, c'est vrai… Tu sais, Richard, toutes ces technologies de pointe ne me sont guère familières. J'enquête plus volontiers en écoutant les griots, les sorciers, les devins qu'en pianotant sur le clavier d'un ordinateur. Mais j'ai demandé à Sosso d'y réfléchir. Quand nous serons arrivés à Bamako, il pourra t'en parler.

33

— Le commissaire Habib ne voulait pas que je vous parle du hacker en sa présence, expliqua Sosso. Le patron est un homme très droit, c'est un Kéita, un descendant de l'empereur Kéita. C'est un incorruptible. Il sait bien que le piratage informatique est un délit et il ne veut pas être complice de cela.

Un commissaire descendant d'empereur ? Y avait-il en France, des flics de la famille Bonaparte ? Peut-être du côté d'Ajaccio ?

Les deux flics étaient installés à la terrasse d'un café du centre-ville. Zamanski en était à sa deuxième Far, Sosso sirotait son jus d'ananas.

A leur arrivée à la brigade criminelle, le commissaire Habib Kéita avait proposé à Sosso d'accompagner Zamanski pour prendre un verre. Lui avait à faire, il regrettait de ne pouvoir les accompagner.

— Les jeunes, vous avez sûrement des choses à vous dire, avait-il dit avec un sourire complice.

Les jeunes ! Zamanski aurait largement pu être le père de Sosso !

Et il avait suivi Sosso à pied, le long de l'avenue Modibo-Kéita en direction du centre. Ils étaient passés devant la cathédrale qui avait tout l'air d'une église pour trains miniatures avec son petit square, son bassin et ses jets d'eau sans eau. Ils avaient tourné dans la rue Dijon où une brasserie avec terrasse les attendait.

— Oui, poursuivait Sosso avec une admiration rêveuse, un grand homme le commissaire Habib Kéita. Mais j'ai réfléchi à votre problème et je dois dire que j'ai trouvé la solution ! La solution a un nom et ce nom c'est Arouna N'Diaye. Lui et moi, nous sommes cousins !

Cette déclaration faite avec une emphase certaine. Le jeune flic n'était pas peu fier de cette parenté. Heureuses gens, les Maliens qui avaient toujours dans la manche un grand-oncle ou un petit-cousin pour les sortir de la panade du quotidien. Lui, Zamanski, était un "tout-seul-au-monde". D'accord, il avait Laurence Fuzier, Jacqueline aussi. Mais leurs relations n'avaient pas grand-chose à voir avec ce tissu serré d'affection, de devoirs et d'obligations qui semblait, ici, unir les gens et qui leur permettait de survivre.

Non, rien à voir. D'autant que l'amitié du commandant Richard Zamanski ne réussissait pas toujours aux bénéficiaires. Lolo et Jacqueline se retrouvaient dans les ennuis à cause de lui. Comment pourrait-il rattraper le coup auprès de chacune d'elles ? Mais Sosso, toujours aussi enthousiaste, poursuivait l'éloge du cousin :

— … Partout en ville, on le surnomme Azerty Arouna, tellement il est à son aise avec un clavier d'ordinateur. Sincèrement, c'est le prince de la Toile, le lion du web. Je suis sûr que si à Bamako il y a un homme, un seul, qui peut entrer dans les fichiers du Pentagone, alors c'est mon cousin Azerty Arouna. Je lui ai téléphoné. Il vous attend chez lui à partir de 7 heures. Je vais vous donner son adresse, ce n'est pas loin d'ici, il habite dans le quartier Badialan, entre l'avenue Mamadou-Konaté et l'avenue de l'Indépendance…

— Et qu'est-ce qu'il fait comme boulot, quand il ne pirate pas ?

— Arouna ? C'est un collègue, il est flic ! C'est un des inspecteurs chargés de la police de la communication et des techniques d'information !

Et Sosso éclata de rire.

Pourquoi s'en faire ? Pas de problèmes, que des solutions !

Azerty Arouna habitait un immeuble de deux étages, vestige de la période coloniale, avec balcons et volets à clairevoie. Lorsqu'il frappa à la porte de l'appart, un grand type qui n'avait pas trente ans, large d'épaules et au visage sympathique lui ouvrit.

— Ah mais c'est le commandant Zamanski ! Le renard de la police française, la terreur des malfaiteurs et des sans-papiers ! Sosso m'a prévenu de votre visite.

La vacherie était drôle. Enfin, il fallait la prendre comme telle.

— Seriez-vous Arouna le lion de la Toile, le cousin de Sosso ? répondit Richard sur le même ton.

— Eh oui bien sûr ! C'est moi, "présentement" !

Puis sur un ton plus sérieux :

— Entrez mon cher collègue et soyez le bienvenu !

Zamanski suivit le jeune homme dans un salon où une très belle femme entourée de trois jeunes enfants blottis contre elle regardait la télé, une installation home cinéma impressionnante.

— Aminata, mon épouse et puis Amina, Django et Fanta, mes enfants.

De toute évidence, le jeune flic était fier de ce tableau de famille. Et il avait quelques raisons pour ça. C'étaient de très beaux enfants, intimidés par la présence de ce Blanc inconnu qui venait de faire irruption dans leur foyer.

La jeune maman se leva. Zamanski la salua.

— Venez commandant, allons dans mon bureau, je vais voir ce que je peux faire pour vous.

A sa suite, Zamanski entra dans une pièce, davantage un atelier de réparation informatique qu'un bureau. Il y avait des ordinateurs partout : sur le sol, la table servant de bureau, sur les étagères d'une bibliothèque bricolée. Des PC plus ou moins récents, des Mac, des portables, des écrans plats, des claviers en arabe, claviers QWERTY, AZERTY, et même un clavier en cyrillique. Tout cela allumé ou en veille, connecté, mis en réseau.

Zamanski réellement impressionné siffla.

— Pas mal.

— Hé chef ! Il faut ce qu'il faut. On n'est pas des primitifs, ici. Asseyez-vous.

Zamanski débarrassa une chaise d'un IBM qui l'occupait et s'installa à côté du tigre de la Toile. Non, pas le tigre, mais le lion, le lion du web.

— Alors, chef qu'est-ce que je dois chercher ? Le compte bancaire du président Sarkozy ?

Zamanski expliqua qu'il voulait consulter le courrier d'un nommé Claude Parvillier.

— Est-ce qu'il a un ordinateur ? Est-ce qu'il reste connecté ?

— Non. Son portable a disparu. Quant à l'utilisateur, il est mort !

Azerty Arouna fit la grimace.

— Là, ça va être plus difficile. Vous avez son adresse électronique ?

Zamanski la lui donna.

L'empereur des pirates maliens réfléchit.

— Tu sais patron, on ne va pas passer des heures à franchir des coupe-feux, à craquer des codes, on va aller au plus simple.

— C'est comme tu veux, fit Zamanski qui venait d'adopter le tutoiement.

Arouna sortit un portable, fit un numéro, obtint un certain Nico à qui il expliqua la situation. Il y eut des oui, des non, des *right man*, des *as you want* et le prince des claviers raccrocha.

— Ça va me coûter cent unités, mais avec Nico, nous allons gagner du temps.

— Cent unités ? fit Richard qui se doutait bien qu'il faudrait raquer à un moment ou à un autre mais qui s'inquiétait quand même un peu des tarifs pratiqués par le cousin de Sosso.

Celui-ci expliqua :

— Dans notre réseau, nous avons mis au point une monnaie virtuelle pour faciliter les échanges de services et de fichiers, c'est ce qu'on appelle les unités. Nico m'en a demandé une centaine pour le service qu'il va me rendre.

— Et moi, je te devrai combien pour le service que tu vas me rendre ?

— Toi, commandant, tu ne me dois rien. Tu es un invité, un ami de Sosso, alors la solution de ton problème, c'est cadeau.

Zamanski remercia. Sincèrement, il était touché. Incidemment, il demanda qui était Nico.

— Ah ça, *man* ! c'est un grand secret ! Je ne peux pas te le dire.

— Un Malien ? insista Zamanski, piqué.

— Non. Un Céfran ! Un ingénieur de France Télécom !

Richard dut faire une drôle de tête parce que l'autre éclata d'un rire tonitruant, rire qu'interrompit une incroyable sonnerie : son portable. C'était Nico.

Portable dans la main gauche, la droite pianotant sur le clavier, Azerty Arouna effectua plusieurs opérations. A un moment il demanda à Richard de lui rappeler l'adresse électronique de Parvillier.

Il la rentra dans la bécane en faisant remarquer que c'était une chance que personne n'ait songé à fermer la messagerie.

Il entra encore une ligne de caractères et le contenu de la boîte à lettres de Claude Parvillier s'afficha sur l'écran Sony 20 pouces.

— *Yes, man !* Ça marche ! hurla le lion des octets.

Zamanski sursauta mais, dans la maison, on devait être habitués car ni les trois bambins ni leur jolie maman ne vinrent s'enquérir de ce qui se passait.

Les deux pirates s'échangèrent des salutations ésotériques et Arouna raccrocha.

— Et voilà, chef. Vous êtes dans la boîte à lettres de votre client ! Vous avez une commission rogatoire signée par un juge d'instruction ? Bien sûr, la CNIL est informée de votre enquête, n'est-ce pas ?

Qu'il était drôle le cousin de l'adjoint du commissaire Habib Kéita !

— Quel est le mot de passe de la messagerie ? demanda Zamanski.

L'autre haussa les épaules :

— "bamako". Tout en minuscules, bien sûr !

Bamako ? Mais c'était évident. Comment n'y avait-il pas pensé plus tôt ? Amidou Diop, le protégé bien-aimé de Parvillier était peut-être mort torturé pour ne l'avoir pas su. Bamako !

Zamanski s'intéressa au courrier de Parvillier.

Lors de son séjour au Mali, en juin et juillet, il avait échangé des messages avec Amidou Diop, sa sœur Claire (ils n'étaient pas encore fâchés), avec un éditeur scientifique, un collègue de l'université de Limoges. Il s'était adressé aussi quelques messages, quatre en tout.

Richard s'en étonna auprès du collègue informaticien.

— Rien d'extraordinaire, chef. Ton client était à Bamako, loin de chez lui. Il travaillait tous les jours sur son ordi et il n'avait pas envie de perdre son travail. Un accident de disque dur est vite arrivé, sans compter qu'on peut toujours se faire voler le portable ou la clé USB. Le plus simple et le plus sûr, c'est d'envoyer à sa propre adresse les documents. Quoi qu'il arrive, ils sont stockés sur un serveur, quelque part sur la planète et on peut les récupérer n'importe où, n'importe quand. Il suffit d'avoir une connexion et d'ouvrir sa boîte à lettres.

C'est ce que ton bonhomme a fait. Regarde, il s'est envoyé des mails avec des pièces jointes.

— Et je peux entrer dans sa boîte quand je veux ?

— Maintenant que tu as le *login* et le *password*, c'est sans problème ! Tu veux essayer ?

Arouna, le *king* du clavier, ferma les différentes applications et céda sa place à Richard.

— A toi de jouer, dit-il. D'abord tu vas sur Google et tu demandes le portail d'Orange…

Zamanski suivit les directives du hacker et obtint sans difficulté la messagerie électronique de son ancien prof.

Il n'avait plus qu'à remercier le jeune collègue malien pour son aide et son accueil.

Zamanski salua toute la maisonnée et sortit raccompagné par Arouna. Au moment de le quitter, ce dernier lui tendit un petit carton avec un numéro de portable.

— Hot-line ouverte vingt-quatre heures sur vingt-quatre. N'hésite pas en cas de problème ! Mes copains et moi, nous t'apporterons une solution immédiate.

Zamanski n'en doutait pas. Ils se quittèrent sur un clin d'œil et une poignée de main virile.

Une fois dans la rue, Zamanski arrêta un taxi, une Datsun. Même à Bamako, il était capable d'arrêter un tacot. Pas si mal pour un flic céfran !

Vite dit ! A bord, il y avait déjà un client, une femme aux formes généreuses. Mais où était le problème ? La passagère rangea ses rondeurs et Zamanski prit place à ses côtés pour une course torride et parfumée qui lui donna une brève envie de régression !

34

Et merde ! Le PC mis à la disposition des clients de l'hôtel était utilisé par une jeune femme, une Africaine.

Ecouteurs enfoncés dans les oreilles, les yeux dans l'écran, elle flottait dans l'espace de son cybermonde. Richard ne savait pas comment était son monde, mais la navigatrice, elle, était sacrément belle. Une longue liane à la peau claire vêtue d'un jean ajusté au plus près et d'un tee-shirt qui laissait entrevoir, entre ceinture et creux des reins, un bout de dentelle rouge fléchant la direction à suivre.

Elle dût se sentir observée car elle sortit de l'écran, retira ses écouteurs, se retourna.

— Vous voulez utiliser l'appareil ? demanda-t-elle en souriant. Je n'en ai pas pour longtemps.

Comment pouvait-on être aussi belle ? Une princesse peule, pensa Richard qui n'y connaissait rien en princesse et encore moins en Peule mais ça lui était venu comme ça, un cliché parmi tous ceux qu'il subissait depuis son arrivée, "L'Afrique noire est mal partie", "Petits Blancs vous serez tous mangés", "débrouillardise mécanique des Africains", "poussière de latérite"… Ces expressions toutes faites auxquelles l'esprit décontenancé du petit-bourgeois occidental se raccroche. Donc, "princesse peule" !

Richard lui répondit qu'il n'était pas pressé. Il alla dans le jardin et commanda à la mama du snack une Far et un poulet bicyclette avec des pommes de terre et une salade de tomates.

Il était en train de se battre avec une cuisse de poulet lorsque la jolie personne de l'Internet vint le trouver.

— Eh bien, j'ai fini.

Elle était debout, il était assis. Elle attendait.

— Je vous offre un verre ?

Elle eut la coquetterie de réfléchir avant d'accepter.

— Vous êtes gentil.

Quel âge avait-elle ? Vingt ans ? Peut-être plus, peut-être moins, beaucoup moins, allez savoir dans la nuit du jardin. Cheveux mi-longs décrêpés, jambes fines et interminables, le port altier.

— Je m'appelle Kadiatou, et vous ?

Richard, enchanté, se présenta.

— Vous êtes à Bamako pour le travail ?

Il confirma d'un sourire.

La mama de la cantine encore moins souriante que d'habitude consentit à se déplacer au signe que lui fit Zamanski. Kadiatou commanda un Coca light. Elle regarda Zamanski attentivement…

— Laissez-moi deviner… Vous êtes journaliste. Je me trompe ?

Elle avait vu juste, elle était ravie, vraiment.

— Et c'est la première fois que vous venez au Mali ?

Il confirma d'un signe de tête.

— Alors, qu'est-ce que vous pensez du pays ?

S'ensuivit une suite de considérations des plus générales sur le Mali, l'Afrique, le monde. Kadiatou était étudiante en gestion. Pourquoi pas. Richard était bien journaliste.

Ses sourires, sa voix douce et chantante avec parfois une langueur sensuelle et prometteuse sur les voyelles de certains mots, "j'aiiiiiiiiiime", "tellement bieeeeeeen", "merveeeeeeilleux", confirmait ce qu'il avait assez vite compris. En matière de gestion, la gestion des rapports humains, les rapports humains tarifés, Kadiatou n'était plus une étudiante !

Mais le moment arrivait d'aller dans la chambre. Il fallait encore faire semblant de s'intéresser à l'avenir du Mali. Ou à son passé. A l'empire mandingue, par exemple, à l'empereur Aboubakar II qui s'était embarqué avec plusieurs milliers de pirogues sur l'océan pour aller découvrir où se couchait le soleil. Les griots racontent qu'il y est arrivé, qu'il est l'un des premiers découvreurs de l'Amérique…

Et dans le feu de ces évocations glorieuses, elle s'était approchée de Zamanski. Il sentait son parfum. Il croyait reconnaître du patchouli ou du santal. Il n'était pas très doué en parfum. Véra aimait le *N° 19* de Chanel. Il lui en offrait souvent, c'était à l'époque de sa splendeur de flic, lorsqu'il contrôlait à peu près les événements sur les trottoirs de la 18, mais c'était il y a longtemps. Jacqueline Bissel portait un parfum de Guerlain, plus poudré à base de jasmin. Celui de la jeune femme était moins sophistiqué, un parfum simple et ancien venu du temps des légendes, de la Bible, fragrances de terres rares et de bois précieux mêlées à celles de la peau : le parfum de la reine de Saba.

Elle avait fini son Coca.

— Tu reprends quelque chose ?

Elle ne broncha pas au tutoiement, il était naturel entre cet homme qui aurait pu être son père, voire son grand-père et elle.

Elle passa au whisky, il suivit.

La matrone les leur servit avec une totale désapprobation pour ce qui se passait sous ses yeux, spectacle de la débauche à laquelle se livraient les incroyants.

— Et qu'est-ce que tu penses des femmes maliennes ?

Elle avait croisé ses interminables jambes de façon à ce que l'un de ses genoux, le droit, frôle par inadvertance la cuisse de Zamanski. La femme malienne ? Elle se penchait sur la question ce qui permettait à Richard de vérifier que la femme malienne, du moins celle avec laquelle il avait affaire ce soir, se passait de soutien-gorge, ce truc difficile à dégrafer dans les moments intenses… Des seins fermes et pointant. La jolie reine et ses servantes devaient en avoir d'aussi beaux et ça devait sacrément exciter le grand Salomon !

Elle n'allait pas tarder à lui soumettre la carte de ses bienfaits tarifés, avec ou sans préservatif, pourquoi pas, allons-y franchement. Le rapport qualité-prix serait sans aucun doute imbattable et puis, sous ces latitudes, le sexe, l'amour étaient tellement simples, tellement naturels. Alors oui, pourquoi pas ?

C'est ce qu'avait dû se dire le jeune Parvillier lors de son premier séjour, mais lui c'étaient les garçons qui l'intéressaient. Jeunes, de plus en plus jeunes ! Parvillier avait dû appeler en renfort les fantômes de Gide et de Genet. Et ils ne lui avaient rien interdit. Pourquoi l'auraient-ils fait ? Que ce soit à Abidjan ou à Bamako, tout le monde s'en foutait de ce que Parvillier faisait avec les mômes qui franchissaient sa porte ! Et ça avait duré des années, années pendant lesquelles le monde avait changé. On dénonçait le tourisme sexuel. Les curés, instits et autres éducateurs tripoteurs n'étaient plus intouchables. Les victimes parlaient, elles étaient enfin écoutées, les prédateurs étaient poursuivis et condamnés. Et Parvillier s'était retrouvé avec une plainte et la menace de plusieurs années de prison. Attentat à la pudeur et viols sur mineurs de moins de quinze ans !

— Les femmes maliennes sont formidables et toi, Kadiatou, tu es sublime ! déclara Richard en faisant signe à la patronne du snack pour payer.

— Je t'accompagne ? On prend un verre dans ta chambre ?

— J'aimerais beaucoup. Mais, tu vois, j'ai du travail. Que veux-tu, il faut bien que j'écrive mon article !

Et il quitta la jeune beauté en se traitant de triple con. Mais c'était ainsi.

Il rentra dans le hall, s'installa devant l'ordinateur et refit les manœuvres que lui avait enseignées Azerty Arouna, le roi de la Toile. Il entra sans aucune difficulté dans la messagerie de Claude Parvillier. Il commença par ouvrir les messages que le chercheur s'était envoyés, enregistra sur le disque dur les pièces jointes, et commença à les lire l'une après l'autre.

C'étaient des notes de lecture, des extraits de textes et d'articles de journaux sur le rôle des églises protestantes dans la vie quotidienne malienne, plus particulièrement sur le travail mené par ces mêmes églises auprès des enfants maliens. Parvillier décrivait le prosélytisme des églises évangéliques aussi actif sinon plus que le prosélytisme musulman. En Afrique mais aussi sur les autres continents.

Le texte le plus important, le plus documenté s'appelait : *Un exemple du rôle des églises évangéliques dans les réseaux d'adoption : la Case du Christ Sauveur à Bamako.*

Parvillier expliquait que le pasteur Honoré Mandarrou avait fait adopter plusieurs dizaines d'enfants maliens par des familles européennes et nord-américaines, et cela en un peu moins de deux ans. Il signalait que ces adoptions étaient beaucoup plus faciles et rapides que par les filières habituelles. Parvillier dénonçait l'absence de contrôle de la part des autorités maliennes, absence due à la faiblesse des moyens des administrations concernées et à la corruption de certains de leurs fonctionnaires. Surtout il dénonçait le fait que les adoptions étaient une source de revenus considérable pour les églises concernées. Parvillier citait des chiffres, plusieurs dizaines de millions de CFA. Pour le chercheur, il s'agissait d'un véritable trafic d'enfants adoptables.

En annexe, il décrivait une opération en train de se mettre en place, parfait exemple des dérives qu'il dénonçait : "Moïse sauvé des sables".

Le budget de l'opération s'élevait à plus de sept cent cinquante mille euros réunis en France auprès des membres de paroisses évangéliques et de familles volontaires pour accueillir un enfant. Parvillier citait des noms, les procédures mises en place par les émissaires de l'association afin de sélectionner les enfants "accueillables". Il donnait aussi le calendrier de l'opération : deuxième quinzaine d'octobre, première quinzaine de novembre.

Finalement, rien que ne sache déjà Richard. Où se trouvait le scandale ? Faire en sorte que des dizaines de gamins réfugiés bénéficient des avantages de la vie dans un pays développé auprès de parents d'accueil aimants n'était pas moralement répréhensible !

Zamanski sortit dans le jardin de l'hôtel et alla commander une Far à la case snack-bar. Ce n'était plus la matrone, mais un grand type édenté qui faisait le service. Avec sa bouteille et un verre, Richard alla s'asseoir à l'une des tables. Il sortit son paquet de Camel, alluma une cigarette et se mit à jouir de l'instant qui passe sous la nuit étoilée, à peine voilée par les lumières et la pollution de la ville proche. A quelques tables de là, la belle Kadiatou gérait un nouveau client. Plus jeune que Zamanski, l'allure du cadre en déplacement, le costume de bonne coupe froissé et la chemise bleu ciel défraîchie par le voyage, la cravate dénouée par les tropiques. Mais à l'éclat des rires, ça semblait bien se présenter pour tous les deux.

Zamanski vida sa bière, fuma une seconde Camel et retourna au turbin.

Cette fois, il s'intéressa au courrier que Parvillier avait échangé avec sa sœur, avec Amidou et d'autres personnes plus ou moins proches. Dans l'ensemble, c'étaient des lettres sans grand intérêt dans lesquelles il exprimait son plaisir d'être à nouveau à Bamako même si la ville avait changé. Il lui semblait que le niveau de vie s'était un peu amélioré. De grands travaux étaient entrepris.

Les mails avec Amidou étaient plus intimes. Et s'il avait fallu une preuve de la nature de leur relation, ces messages l'auraient fournie. Les messages de Parvillier, pas ceux d'Amidou Diop. En effet, celui-ci se montrait beaucoup plus distant envers son parrain, c'est ainsi qu'il le nommait, son cher parrain. Certes, il lui exprimait son amitié, son affection mais en des termes beaucoup moins sensuels que ceux utilisés par le chercheur. Parvillier se permettait parfois une allusion à leurs étreintes, une expression érotique, Amidou Diop jamais. Parvillier disait son amour, pas Diop. Un amour qui s'était mal terminé. Le jeune Malien avait payé très cher ses relations avec le chercheur. Claire Bronsard-Parvillier aussi était morte. En collectant ces informations et en tapant ces messages, le chercheur retraité ne se doutait pas qu'il fabriquait une machine infernale qui allait l'emporter lui et ses proches. De toute évidence il n'avait pas mesuré les risques qu'il prenait ni la force de ceux qu'il dénonçait.

Un courriel daté du 9 juillet intéressa Zamanski.

Je suis allé voir Mandarrou, je lui ai parlé de l'article, des indices, le tee-shirt, la fracture au bras gauche. Pour toute réponse, il m'a traité de pervers satanique. Je lui ai répondu en lui disant que j'avais cherché Oumar, que personne ne savait où il était, ni ce qu'il était devenu. A ce moment-là il a appelé un des sbires qui travaillent avec lui et ils m'ont jeté à la porte, comme un chien. Ils m'ont expulsé de cette case où j'ai habité si longtemps ! Il n'empêche, Mandarrou et toute sa clique sont non seulement des salauds et des profiteurs, mais aussi des criminels. Cela, mon prochain article le montrera on ne peut plus clairement. Je vois Mme Touré, la bibliothécaire, qui me fait signe. La médiathèque va bientôt fermer. Il faut que je te quitte. Après-demain je rentre. Tant mieux, tu me manques et je t'embrasse.

Claude.

Lors de son interrogatoire, Aboubakar avait parlé d'Oumar. Il avait raconté que Parvillier le cherchait partout dans les rues de la ville. Un gamin prétendument adopté grâce à l'action du pasteur Mandarrou. De toute évidence, Parvillier n'avait pas cru à cette adoption.

35

Richard était allongé, nu, sur un lit aux draps défaits, dans une chambre très sombre. Il avait chaud, il suait. Il avait envie d'ouvrir une fenêtre, il n'y en avait pas. Il ne discernait pas bien le fond de la pièce, mais il savait qu'il y avait des gens qui passaient, indifférents à sa présence, sur ce lit. Quelqu'un s'approcha : une femme vêtue d'une robe blanche, une sorte de longue tunique. Il reconnut Kadiatou, la jeune prostituée de l'hôtel. "Tu m'as attendue. Je sais bien que tu en as envie. Pourquoi tu m'as refusée ?" Et elle se dévêtit. Sa robe tomba. Elle n'eut à faire aucun geste, aucune contorsion, la robe tomba comme une voile dont on aurait sectionné la drisse. Kadiatou nue, son corps élancé, ses fesses et ses seins de jeune princesse. Dans un mouvement très lent, elle monta sur le lit, s'agenouilla près de lui et se pencha sur son sexe. Il bandait. Mais là-bas, au fond de la pièce, ça allait, ça venait. La présence de ces inconnus le gênait. Il avait très envie de la jeune fille, très envie de faire l'amour avec elle, mais pas devant ces gens. Il fallait qu'ils fichent le camp, qu'ils les laissent seuls, tous les deux. Il allait se lever, leur dire de s'en aller, les chasser avec violence, s'il le fallait. Mais quelqu'un s'approcha. Il l'entendit avant de le voir. Des pas légers, des pas d'enfant intimidé. Il entendit murmurer : "Moi y en a vouloir te sucer…" Kadiatou était toujours à son côté, disponible, indifférente. Elle lui prit son sexe, commença à le caresser. Et puis il vit l'enfant, un garçon frêle d'une dizaine d'années, vêtu d'un short de foot et d'un tee-shirt crasseux, le bras gauche tors. "Moi sucer toi." Et il vit la plaie, très large, qui lui déchirait la gorge. Il se dressa, horrifié. Tout au fond de la pièce, un téléphone sonnait.

Richard, égaré, trempé de sueur et le cœur battant, trouva son téléphone dans la poche de son pantalon.

C'était Habib.

— Richard ? Comment ça va ce matin ? Je te réveille ? Deux corps ont été trouvés dans la région de Ségou. Des corps non identifiés, des hommes jeunes tués par balles. J'ai pensé à Boulaye et Lamine, les deux amis d'Aboubakar. Avec Sosso, nous allons à Ségou. Nous passons te prendre…

Richard brassait à contre-courant pour rejoindre les rives de la réalité. Il faisait jour. Il regarda sa montre. 7 h 10.

— Richard ? Tu m'as entendu ? Tu vas bien ?

— Oui Habib, ça va. Tu me donnes un petit quart d'heure, le temps de prendre une douche et un café ?

De la flotte et un café. Il lui fallait bien cela pour sortir de ce rêve dégueulasse.

La Toyota roulait en direction de Ségou, une ville en aval du Niger, à un peu plus de deux cents kilomètres de la capitale. Habib conduisait. Une conduite prudente et respectueuse des limitations de vitesse, ce qui impatientait visiblement le jeune Sosso. Mais il n'osait trop le montrer, on ne critique pas la conduite de son supérieur hiérarchique !

La stéréo de la voiture diffusait une cassette d'Ali Farka Touré. Richard écouta *Dofana, vingt kilomètres*, une chanson qui vantait les mérites de villageois qui sous la conduite de leur chef, Mohamed Ag Ahmed, avaient créé un "paradis terrestre dont rêvent des milliers et des milliers d'êtres". Et Richard sut que cette musique au rythme chaloupé serait à jamais la bande-son de son séjour. *Dofana, vingt kilomètres.*

La veille au soir, la gendarmerie de Ségou avait appelé le commissaire Kéita de la brigade criminelle de Bamako. Les corps de deux jeunes, à peine vingt ans, venaient d'être repêchés en amont du barrage de Markala. La gendarmerie menait l'enquête. Les deux victimes avaient été tuées par balles avant d'être jetées dans le fleuve.

— Tu es sûr que c'est eux ? Aboubakar nous a dit qu'ils avaient été tués à Bamako. Tu crois qu'ils ont descendu le fleuve en deux jours ? fit Zamanski sceptique.

Habib lâcha le volant pour lever les mains au ciel.

— Je ne suis sûr de rien. Sinon que deux cadavres ne peuvent descendre le fleuve de Bamako à Ségou. Ça c'est impossible. On les aurait repêchés bien avant.

— A moins que le tueur n'ait décidé de se débarrasser des corps loin de la capitale où les deux jeunes étaient connus, remarqua Sosso d'une voix timide.

— C'est aussi ce que j'ai pensé, jeune homme, et c'est pour cette raison que j'ai décidé de me rendre sur place. Puis se tournant vers Richard :

— Dis-moi, mon ami. J'ai entendu dire que tu avais trouvé une aide précieuse en ville ?

Zamanski sourit.

— Tu sais ce qu'on dit par ici. Pas de problèmes, que des solutions ! Oui, j'ai pu lire ce que Parvillier avait écrit lors de son séjour, des brouillons pour son étude, des lettres aussi...

Il fit un bref résumé du texte concernant le trafic d'enfants à adopter dont la Case du Christ Sauveur semblait le centre, du moins à Bamako. Il parla aussi de l'opération "Moïse sauvé des sables".

Le flic malien l'écoutait avec une consternation silencieuse. Il pouvait accepter la pauvreté de son pays, la corruption et l'incompétence de certains fonctionnaires et responsables politiques. Il les regrettait mais il faisait avec. Mais il y avait des limites au supportable et le sort fait aux enfants en était une.

— Ainsi, dit-il, il apparaît de plus en plus sûrement que Parvillier voulait dénoncer cette pseudo-opération humanitaire. C'est pour cela qu'on a voulu le faire taire en révélant ses relations criminelles avec les enfants. A propos de cette opération, même si cela doit rester très confidentiel, je peux te dire que j'ai été prévenu par le ministère de la Promotion de la femme et de la famille. Il est apparu que cette ONG n'avait pas les autorisations pour leur opération d'évacuation sanitaire. Le fonctionnaire à qui j'ai eu affaire parlait d'un véritable enlèvement d'enfants à grande échelle. Le premier ministre a été informé et la gendarmerie de Kidal mobilisée. L'opération "Moïse sauvé des sables" va être interrompue et ses membres arrêtés. Il y a trop de zones d'ombre dans leur démarche...

Zamanski n'évoqua pas la disparition d'Oumar. Il voulait d'abord retrouver l'article de journal auquel Parvillier avait fait allusion dans son courriel à Amidou Diop. Pour ça, il lui fallait retourner à la médiathèque de l'Institut culturel.

Il était près de midi et ils atteignaient les environs de Ségou. Habib s'arrêta à un restoroute, une bicoque en bois recouverte de tôle et entourée de quelques fauteuils et tables en Grosfillex. De grands arbres ombrageaient un vaste terrain servant de parking aux taxis-brousse, bus et camions.

Habib commanda un thé et un jus d'ananas pour Sosso. Zamanski prit une bière.

Auparavant, ils avaient traversé une forêt de balanzans, des arbres épineux aux troncs noueux, typiques de cette région. Ils sont sacrés et ils perdent leur feuillage durant la saison des pluies, avait expliqué Habib qui tenait à faire le guide touristique pour son collègue français. Zamanski s'était poliment émerveillé mais bon, ce n'était tout de même pas la forêt de Tronçais ni celle de Fontainebleau. Cependant il fallait ménager les susceptibilités locales. A ce propos, Zamanski déclara qu'il ne souhaitait pas suivre Habib et Sosso à la gendarmerie de Ségou ni à la morgue de l'hôpital.

— Mais pourquoi Richard ?

— Parce que moi, ici, je suis un touriste et je n'ai rien à faire dans une enquête criminelle, ton enquête. Je risque de vous emmerder plus qu'autre chose…

Habib sourit.

— Tu ne nous importunes en aucune façon, mon cher. Mais c'est comme tu l'entends.

Richard sut que son collègue lui savait gré de son attention. La présence d'un flic blanc au côté du chef de la brigade criminelle de Bamako aurait pu être mal perçue par les gendarmes.

— C'est une belle ville, tu sais, Richard. C'est l'ancienne capitale du royaume bambara. Longtemps, même sous les Français, Ségou a été la capitale du Mali. Tu verras, il y a encore de nombreux souvenirs de la présence coloniale. Pendant que Sosso et moi nous travaillerons, pauvres de nous, toi, le touriste, tu pourras découvrir la ville et la beauté de ses femmes.

— Méfiez-vous, patron, intervint Sosso. On dit que les femmes ségoviennes maîtrisent à merveille l'art érotique ! Alors gare !

Et les deux flics maliens rirent.

Zamanski fit la grimace. La beauté malienne, il l'avait rencontrée la veille avec la sublime Kadiatou. Il n'y avait gagné qu'un rêve aux images poisseuses.

Après avoir dit qu'ils lui téléphoneraient à la fin de leurs démarches, Habib et son adjoint laissèrent Zamanski à l'entrée de l'ancien quartier colonial. De fait, Ségou apparaissait comme une jolie ville aux maisons de terre rouge, plus calme et plus aérée que Bamako. Mais Zamanski n'avait pas envie de la visiter. Trop chaud ! Il se dirigea vers le fleuve, à gauche de la route nationale, le fleuve parce qu'il y a de l'eau, et que l'eau, c'est la fraîcheur.

Il trouva une rive animée, ombragée aussi, rive qu'il longea jusqu'à rencontrer un café à la terrasse paisible. Il posa les fesses sur une chaise en plastoc tressé et, commanda une Far. Il était bien, il n'irait pas plus loin.

Il rêvassa devant le spectacle du fleuve aussi large que la Gironde en son estuaire, le fleuve et ses pirogues de pêcheurs. Il passa le temps à jouir du simple fait d'être vivant et de se trouver à la terrasse d'un troquet, au bord du Niger. Niger, Niger, ce mot gardait toujours en lui sa force magique et sa puissance d'évocation : expéditions d'explorateurs remontant le grand fleuve à la découverte de sa source et de ses affluents. Blancs avec leurs casques coloniaux et leurs fusils, sur les pirogues halées par les Noirs aux corps d'athlètes, le tout sous le regard de lavandières aux seins nus, Niger, Niger. Clichés, de couleur sépia. Conneries ! Habib lui en avait touché quelques mots. "Tu sais, Richard, il ne faut pas croire que la colonisation dans les années 1880 s'est faite facilement. Les Blancs lorsqu'ils sont arrivés n'ont pas trouvé des terres disponibles habitées par quelques peuplades arriérées, heureuses de se soumettre à des étrangers. En réalité, c'étaient de véritables Etats, des empires et qui se sont défendus pour conserver leur indépendance. La colonisation, c'est avant tout une conquête militaire qui a entraîné des milliers de morts !"

Sûr que Parvillier aurait eu des chose à dire sur le Niger et l'histoire de la colonisation et puis Edmond, son père, l'ancien administrateur colonial, chef de cercle, chef de région… De même le vieux Cazenave, racorni dans son appartement parisien du 16e arrondissement devenu trop vaste pour abriter ses derniers jours, comme une trop grosse lanterne pour la flamme vacillante de son existence. Pensait-il au Niger, Cazenave, lorsqu'il préparait les cartons de son déménagement pour sa résidence médicalisée, dernière station avant le caveau de famille ? Il devait revoir les maisons rouges, les grands arbres, les berges et la vaste étendue du fleuve que descendent les pirogues silencieuses comme un rêve. Peut-être pensait-il à la beauté des jeunes femmes affairées sur la rive. Il avait bien dû avoir des maîtresses, des épouses à la manière africaine.

Zamanski déjeuna, un plat de poisson pour changer, un filet de capitaine, délicieux. Il en était à sa quatrième Far, de quoi se sentir ballonné et flottant. Il avait expérimenté les toilettes locales, pas si terribles que ça, après tout. On se fait un monde de peu de chose... Et puis Habib l'appela. Sosso et lui en avaient fini avec la gendarmerie et la morgue. Où donc se trouvait-il ? Richard le lui dit. Qu'il ne bouge pas, ils venaient le chercher.

— Deux hommes, jeunes, type africain, une vingtaine d'années, taille un mètre soixante-quatorze pour l'un, un mètre quatre-vingt-deux pour l'autre. Tués par balles de 11,43. Une balle chacun, tirée à bout touchant dans la région du cœur puis ils ont été jetés dans le fleuve. La date des décès est difficile à déterminer après leur séjour dans l'eau. Mais elle ne doit pas remonter à plus de trois jours, ce qui pourrait correspondre à la date où les deux jeunes ont été tués par l'Ivoirien en 4x4 Mercedes. Nous avons pu faire des photos des visages. C'est Sosso qui les a faites avec un appareil photo numérique. Moi, je ne suis pas encore très familiarisé avec toute cette technique moderne ! Il faudrait que je retourne en France faire un stage de remise à niveau !

— Vous m'emmènerez avec vous, commissaire ? demanda Sosso.

— Le jeune policier que tu es n'a nullement besoin de stage de remise à niveau, c'est bon pour les anciens comme moi ! plaisanta Habib.

— Et qu'est-ce que tu comptes faire ? demanda Zamanski.

— Eh bien, grâce à Sosso, nous avons fait parvenir les photos des victimes à la gendarmerie de Koulikoro, et j'ai demandé au commandant d'aller chercher le jeune Aboubakar pour les lui montrer. A ce propos, je ne regrette pas de l'avoir mis en état d'arrestation. Ainsi nous l'avons à notre disposition. D'ici ce soir, nous devrions savoir si les deux inconnus du fleuve sont bien ses amis Lamine et Boulaye !

— A propos de tueurs, les collègues de Ségou ont des idées sur celui ou ceux qui ont descendu les deux types ? demanda Zamanski.

— Peu de chose. C'est la même arme qui a servi à tuer les deux jeunes. Ils pensent aussi que c'est un ou des étrangers.

— Pourquoi ?

— Les habitants de la région du fleuve ne jettent pas les cadavres dans le Niger, cela ne se fait pas. Tu sais, Richard, le Niger, que nous appelons Djoliba, est sacré. Dans ses eaux vivent des divinités. On n'y jette pas n'importe quoi, surtout pas des hommes que l'on a assassinés. Cela risquerait de mettre le fleuve en colère. Ne ris pas, Richard. C'est ainsi pour beaucoup d'entre nous. Et puis, divinités ou pas, les gens savent bien qu'il y a un barrage et que tôt ou tard, les corps que l'on veut faire disparaître seront trouvés par les ouvriers qui travaillent au barrage de Markala. C'est d'ailleurs ce qui s'est produit…

36

Stéphane de Villedieu, au volant d'un gros Toyota Land Cruiser, roulait en tête du convoi. Il vivait ce qu'il aimait le plus au monde : rouler dans l'urgence sur une piste africaine. Il était 8 heures du matin. Encore deux heures et la chaleur serait insupportable. Pour eux mais surtout pour les enfants.

L'équipe avait passé les derniers jours à les réunir à Ti-n-Essako, dans les bâtiments abandonnés de ce qui avait d'abord été une caserne française puis une gendarmerie malienne désaffectée. Il leur avait fallu remettre en état les installations, les latrines, le puits. Ils avaient nettoyé les bâtiments pour les transformer en dortoir, en infirmerie et en cuisine. Enfin, les premiers enfants étaient arrivés des villages du Niger proche. Des enfants sans parents, délaissés, abandonnés de tous, enfants que les chefs des villages désignaient et que des femmes amenaient.

Et Stéphane de Villedieu avait pu vérifier qu'il n'avait rien oublié de son savoir de logisticien, donnant ordres et conseils, répondant à dix questions à la fois, résolvant cent problèmes en même temps. Il avait montré aux autres et à lui-même l'exacte mesure de son talent. Marie-Do en était tout impressionnée. En Charente, depuis qu'ils étaient ensemble, il lui avait souvent décrit les situations de l'extrême qu'il avait vécues lors de ses missions. Mais là, ils les vivaient ensemble, côte à côte. Marie-Dominique connaissait enfin la chaleur du Sahel. Elle devait affronter les fonctionnaires ineptes et corrompus, négocier par interprètes interposés avec la méfiance des villageois, l'esprit borné des chefs de village. Elle avait découvert l'extraordinaire nuit du désert et la beauté divine du matin. Enfin, elle avait décelé la présence de Dieu dans le sourire d'un petit, la gentillesse d'une femme et l'hospitalité de ces gens dépourvus de tout.

Surtout, ils allaient emmener en France plusieurs dizaines d'enfants à qui ils offriraient une vie meilleure. Bref, au volant de son Land Cruiser turbo diesel, six cylindres, 4.2 litres pour cent soixante-dix chevaux, Land Cruiser à l'effigie de l'association (un enfant écartant d'un geste les sables tel Moïse ouvrant la mer Rouge), Stéphane de Villedieu de la Renaudière était un homme parfaitement heureux. Et à ses côtés, Marie-Dominique était en amour !

A la fin de la nuit, ils avaient réveillé les enfants et, après un bref repas, ils les avaient embarqués dans les dix véhicules de l'association, direction Kidal et son aérodrome où l'avion et son équipage attendaient. Il roulait, Stéphane de Villedieu de la Renaudière comme avant lui son grand-père, il y avait plus de soixante ans de cela. Sauf que le grand-père, c'était au volant d'un Dodge lancé à la poursuite des colonnes italiennes ou des patrouilles de l'Afrikakorps.

Marie-Do ne disait rien. Depuis quelques kilomètres, il la devinait inquiète. Normal, quand on évacue une base. On quitte un lieu dans lequel on a vécu des moments forts, on perd les repères que l'on s'est construits. Le retour est toujours difficile, parfois dangereux. Marie-Do, mains jointes, priait. En silence. Stéph posa sa main sur son genou, le caressa. Elle lui sourit. Une fille courageuse, une femme bien. A l'arrière, les enfants étaient passés de l'excitation à la crainte. Et puis ils s'étaient endormis, vaincus par la chaleur et le bruit du moteur.

— Ne t'inquiète pas. Tout va bien, tout est sous contrôle, dit Stéphane.

Mais il n'en était pas si sûr. La veille, pour la première fois, les fonctionnaires de Ti-n-Essako, ces "partenaires incontournables" grassement rémunérés, s'étaient montrés nerveux, désagréables. Ils avaient demandé des documents officiels du ministère de la Promotion de la femme, de l'enfant et de la famille. Ces documents, bien sûr, ils ne les avaient pas, ils ne les avaient jamais eus. D'ailleurs, il n'avait jamais été question qu'ils aient de quelconques documents. Lorsqu'il s'agit de sauver des vies, on se passe de papiers timbrés tamponnés par le chef, le sous-chef, le surnuméraire. C'était ça, l'esprit *French doctor*, l'esprit Moïse sauvé des sables : aux chiottes les papelards ! Du coup, ils avaient dû passer plusieurs heures à palabrer avec les sous-chefs, puis avec les chefs, les responsables, les délégués, les représentants du gouverneur. Tous sourcilleux, soudain, mais encore achetables. Au retour de cette négociation épuisante, Stéphane avait réuni l'équipe en cellule de crise. Il avait bien fallu avouer à ceux qui n'en avaient pas conscience l'extrême précarité de leur situation. Ils intervenaient sans aucune autorisation et en dehors de tout règlement. Cette révélation avait suscité quelques remous chez les nouvellement arrivés. Les autres, le noyau dur de l'équipe, savaient à quoi s'en tenir, dès le début. Stéphane avait laissé chacun s'exprimer afin d'évacuer les craintes et d'éviter les frustrations et les rancœurs. C'est indispensable dans une situation de crise. A condition toutefois de ne pas se laisser déborder et de conclure sur des directives précises. Très vite, il avait repris la parole. En phrases brèves, il avait évoqué les jours qu'ils venaient de passer ensemble, avait rappelé ce qu'ils avaient vu, ce dont ils avaient été les témoins. Et à côté, dans les dortoirs, cent trente-quatre enfants dormaient. Cent trente-quatre enfants que des gens dans une misère inimaginable leur avaient confiés.

Dès le début, "Moïse sauvé des sables" était un coup de commando. A présent, il fallait en précipiter l'achèvement. La décision d'évacuer le camp fut prise. On partirait dès le lendemain, tôt, très tôt. Dans l'urgence mais sans panique. Tous avaient approuvé. Le moyen de faire autrement ?

Et maintenant, ils roulaient.

L'équipage de l'avion avait été informé, le plan de vol établi. A cette heure, l'appareil était prêt à décoller, direction Madrid puis Bordeaux.

Au milieu de la journée, ils arrivèrent en vue de Kidal. A l'entrée de la ville, il y avait un barrage de gendarmerie. Un barrage important. Un déploiement de force inhabituel. Plusieurs 4x4, six camions, plusieurs dizaines d'hommes en armes.

Stéphane arrêta son véhicule en faisant signe aux autres d'en faire autant. Geste inutile. Qu'auraient-ils pu faire d'autre ? Il sortit. Un officier, un colonel de la gendarmerie, vint à sa rencontre. L'homme, dans la trentaine, grand et d'allure martiale, salua.

— Qu'est-ce que c'est, là ? fit-il en criant. Qu'est-ce que c'est que cette colonne de véhicules ?

Stéphane se présenta, il expliqua.

Le colonel l'interrompit :

— Vous avez des documents de l'administration malienne ?

Dans les voitures, les enfants s'étaient réveillés. Apeurés par la vue des soldats et plus encore par l'inquiétude de ceux qui les accompagnaient, ils se mirent à pleurer.

37

De retour à Bamako, en fin d'après-midi, Habib et Sosso laissèrent Zamanski devant l'Institut culturel. Richard alla directement dans la salle de la médiathèque. Une vingtaine de jeunes gens, des Maliens, consultaient des documents. Mme Touré, la bibliothécaire, renseignait un couple de touristes francophones, des Suisses s'il fallait en croire leur manière d'accentuer les voyelles en fin de phraaaases ! La femme voulait des livres sur les arbres du Mali. Ils commençaient un voyage de trois semaines le long du fleuve alors ils voulaient s'infooormeeeer. La bibliothécaire leur recommanda quelques titres en leur expliquant sur quelles étagères ils les trouveraient. Elle avait reconnu Zamanski. Elle lui fit un sourire de connivence pour l'encourager à patienter. Les deux Helvètes finirent par libérer le comptoir et celle qui le tenait.

— Bonjour, inspecteur. Vous venez à nouveau travailler dans notre médiathèque ?

— Madame Touré, vous m'avez dit que M. Parvillier, lorsqu'il venait travailler ici, consultait les journaux.

— Oh oui ! C'est vrai ! Les journaux de France et puis aussi les journaux francophones d'Afrique de l'Ouest.

Zamanski réfléchissait :

— Mais, dites-moi. C'étaient les journaux récents, du jour ou bien il recherchait des informations plus anciennes ?

— Tous ! Il en a lu beaucoup. Surtout les journaux maliens et ceux de Côte-d'Ivoire. On aurait dit un homme de retour à la maison après un long voyage et qui veut savoir tout ce qui s'est passé durant son absence, vous voyez inspecteur ?

— Et vous pouvez me dire où je peux trouver ces journaux ?

Bien sûr qu'elle le pouvait et elle en était fière !

— Ils sont archivés par titre et par date.

Elle lui montra un rayonnage, à proximité de la salle des ordinateurs.

— Je peux ?

Il pouvait.

Parvillier avait séjourné en juin et en juillet. Zamanski décida de consulter les canards à partir du mois de décembre 2005. Il prit les collections de *Fraternité Matin*, de *L'Intelligent d'Abidjan*, du *Nouveau Réveil*, qui sont des quotidiens ivoiriens. Il prit aussi les exemplaires de *L'Essor*, un journal malien. Et il lut.

Il était à la recherche de faits divers. Et ils ne manquaient pas, les faits divers, dans ces journaux qui tenaient en même temps du grand journal d'information national et du quotidien de province. Il s'initia aux arcanes de la vie politique africaine riche en troubles, en discours, en inaugurations et en conférences relatés dans un français très imagé qui ne craint ni l'emphase ni l'hyperbole. Il y avait le sport aussi, l'inévitable foot, la préparation de la CAN, la Coupe d'Afrique des nations, et puis les événements culturels concernant des rois du rythme, des empereurs de la danse, des princesses de la chanson. Evénements qui, vus de Blainville, pouvaient sembler un peu dérisoires : inauguration d'une station de pompage, d'un tronçon de route, d'une école en brousse mais qui prouvaient que "l'Afrique était partie" et que, bien qu'à l'agonie, elle était plutôt vivante. Cependant, il ne trouvait pas l'article auquel Parvillier avait fait allusion. Dans la salle de la médiathèque, les usagers s'en étaient allés les uns après les autres. Seul restait Zamanski.

La bibliothécaire vint à lui. Il était près de 19 heures et elle devait fermer la médiathèque.

— Vous avez trouvé ce que vous cherchiez ? demanda-t-elle d'une voix dont l'amabilité cachait la gêne.

Elle regardait les journaux étalés sur la table de travail, elle était impressionnée. Toutes ces informations qui avaient composé au jour le jour les nouvelles du pays et qui n'étaient plus que de la matière à archives destinée aux chercheurs des temps à venir et aux flics pugnaces.

Non. Il n'avait pas trouvé. Pas encore. Et il devait avoir l'air désolé Zamanski, désolé ou teigneux, l'air du type qui n'a pas envie de s'arrêter en si bon chemin et qui n'a pas l'intention de remettre au lendemain l'achèvement du travail commencé. Mme Touré le comprit parce que :

— Je pense à une chose, là maintenant, inspecteur. Ce soir il y a une projection dans la salle de l'institut. Si vous voulez rester, je peux laisser exceptionnellement la médiathèque ouverte en prévenant Lassana, le responsable de la sécurité. C'est une mesure exceptionnelle, bien sûr. Mais c'est pour vous, inspecteur et aussi en souvenir du professeur Parvillier.

C'était extraordinaire de gentillesse, il le pensait vraiment et il le lui dit. Elle le laissa pour rejoindre son comptoir, il se replongea dans la relation des événements quotidiens du Mali et de la Côte-d'Ivoire. Il l'entendait qui rangeait son bureau, préparait ses affaires. Elle quitta la médiathèque laissant seul dans les lieux un Richard Zamanski qui commençait à désespérer de trouver l'article cité par Parvillier.

Et puis les premiers spectateurs franchirent l'entrée de l'Institut culturel. Des Européens pour la grande majorité, la communauté des Français de Bamako et sa région et quelques touristes qui profitaient de l'aubaine d'un spectacle. Et personne ne s'étonna de voir un homme seul, installé dans la médiathèque, en train de consulter des piles de journaux.

La nuit était venue. Zamanski en avait marre. Il allait déclarer forfait, plier les gaules, comme disait son pêcheur à la ligne de père. Il était fatigué, se sentait crasseux. Il allait rentrer à l'hôtel se doucher, passer des vêtements propres, prendre un verre, peut-être même plusieurs et dîner. Il avait bien mérité ces plaisirs simples ! Malheureusement, le flic se souvint que Parvillier consultait aussi Internet. Alors Richard entra dans la salle des ordinateurs et s'installa devant un poste. Par chance il n'y avait pas besoin de mot de passe. Il ouvrit l'inévitable Google et tapa "enfants assassinés Mali". Le moteur de recherche lui proposa 145 000 occurrences. Zamanski ne se découragea pas.

Les articles traitaient surtout des enfants tués par la maladie et la malnutrition, ils traitaient aussi des accidentés du rallye Paris-Dakar…

Son portable sonna. C'était Habib.

— Richard ? Comment tu vas mon cher ami ? Je ne te dérange pas ?

La voix du commissaire était joyeuse, il exultait.

— … Je voulais te tenir informé des derniers développements de notre affaire.

Pour ce qui était de se tenir informé, ce soir, Zamanski n'était pas en reste.

— Les Moïse sauvé des sables ? fit-il en réprimant un bâillement.

— Non, pas ça. Mais je veux te parler des deux jeunes trouvés dans le Djoliba. Le commandant de la gendarmerie de Koulikoro m'a téléphoné. Il a montré à Aboubakar les photos des deux victimes que lui avait adressées Sosso. Aboubakar a eu la peur de sa vie ! Il faut dire que ce genre de photos impressionnent, tu sais ce que c'est ! Il n'empêche. Il a reconnu formellement ses deux copains. Donc ce qu'il nous a dit était vrai : un inconnu cherche bien à faire taire les trois jeunes qui ont porté plainte contre Claude Parvillier. Et nous, nous avons bien fait de mettre en garde à vue notre témoin.

— Qu'est-ce que tu comptes faire, Habib ?

— Dès demain, je vais rendre visite au pasteur Honoré Mandarrou. Il commence à m'intéresser cet homme. Je pense qu'il a des choses importantes à nous dire. Et toi, Richard, qu'est-ce que tu fais à présent ?

Zamanski lui répondit qu'il s'initiait à la vie locale.

Habib éclata de rire.

— La vie locale ! Heureux homme que tu es ! Je ne te dérange pas davantage… dans ton initiation ! Je te rappelle demain ! Passe une bonne nuit, mon ami. Et sois prudent. N'oublie pas de te couvrir !

Sacré Habib qui imaginait que son collègue était en train de lutiner une Bamakoise de rencontre ! Richard retourna à ses recherches en soupirant. Plutôt que faire le crétin devant un écran, il ferait bien mieux de "gérer" la belle Kadiatou. Ou de se laisser gérer par elle. Qui sait ? Elle serait peut-être à l'hôtel, quand il rentrerait.

Et de nouveau il parcourut les nombreux liens que lui proposaient les moteurs de recherche. Il commençait à désespérer lorsque, enfin, il trouva. Un article d'Infomali.com daté de février :

"Le corps mutilé d'un enfant découvert par des paysans de la région d'Ouélessébougou."

Content que son obstination fût ainsi récompensée, mais secoué par ce qu'il venait de lire, Richard Zamanski éteignit l'ordinateur, remit la chaise à sa place. Il empila du mieux qu'il put les dizaines de journaux qu'il avait consultés puis il referma la porte de la médiathèque sur l'horreur entrevue. Plusieurs détonations le firent sursauter. Des coups de flingue. Il réalisa qu'elles venaient de la salle de cinéma de l'institut où les expats s'initiaient au grand banditisme en regardant *Truands* du fils Schoendoerffer.

Agacé par sa frayeur, Zamanski sortit sur l'avenue de l'Indépendance. Il arrêta un taxi. Direction son hôtel.

38

Une fois dans sa chambre, il se doucha et changea de fringues. Le matin, il avait laissé à l'accueil deux chemises et un jean à nettoyer, et le soir même, ses vêtements l'attendaient propres et repassés. Ce n'était pas du luxe parce que sa garde-robe limitée devenait vraiment crade de poussière et de sueur. Lavé cleané à neuf, il alla dans le jardin de l'hôtel négocier un repas avec la tenancière du snack. Il dîna en profitant de la douceur relative de la nuit et en observant un groupe d'hommes d'affaires africains qui liquidaient des Far en compagnie de filles toutes plus belles les unes que les autres. Kadiatou n'était pas de ce joyeux groupe. Il alla dans le hall d'accueil et demanda au jeune de la réception le téléphone. Sur le répondeur de l'agence de l'Europe, il n'y avait que trois messages enregistrés, des messages professionnels, mais pas celui convenu entre Jacqueline et lui.

Zamanski raccrocha, attendit quelques minutes puis refit le numéro. De nouveau il entendit M. Verdier décommander son rendez-vous, Mme Lefrançois confirmer le sien, enfin l'entreprise Lecuyer signalait que les devis pour l'appartement du front de mer étaient prêts. Mais pas la voix de Jacqueline. Pas le message convenu.

Elle avait peut-être oublié. Peut-être avait-elle eu mieux à faire que parler à son répondeur enregistreur.

Zamanski sortit dans la cour. Il alluma une Camel. Non, ne pas s'inquiéter, refuser de céder à cette peur diffuse qu'il sentait venir. Il pensa à Claire Bronsard-Parvillier, habitée par la colère contre son frère, la déception qu'il lui avait causée. Elle vivait les toutes dernières heures de son existence. Quelle avait été sa terreur, sa révolte aussi contre cette méchanceté incompréhensible dont elle était victime ? Il imagina ses pensées lorsque, après avoir été violentée, elle avait vu l'un de ses agresseurs sortir son arme, lorsqu'elle avait compris qu'il allait la tuer, que son existence s'arrêtait là, soudain et sans raison. Non. Jacqueline avait fait la rencontre d'un qui l'avait invitée à dîner. Et à cette heure, alors que lui, Zamanski, tournait en rond dans la cour de l'hôtel, elle devait s'envoyer en l'air avec un mec qui assurait. Du moins le lui souhaitait-il. Oui, c'est ça. S'envoyer en l'air, baiser et se faire baiser. Pas se faire tuer ! Il jeta sa cigarette et l'écrasa d'un pied agacé. Il décida d'aller faire un tour, pour se calmer.

La nuit appartient aux esprits. Il n'y avait personne dans la rue qu'éclairaient chichement quelques lanternes à l'entrée des villas cossues. Zamanski passa devant le garage en plein air. Les bagnoles étaient gardées par un dormeur couché sur un matelas à l'abri de la cabane, sommeil bercé par le ronron électrique de la glacière. Zamanski arriva à la nationale qui, elle, était éclairée par des lampadaires. La nuit reculait donc à l'aide des lampes à vapeur de sodium. Mais qu'en était-il des esprits bons ou méchants ?

Il prit la direction du pont des Martyrs et du centre-ville. Il marcha une demi-heure durant, se rapprochant du fleuve, sans avoir d'idées précises quant au but qu'il poursuivait. Il refusa les propositions d'une dizaine de taxis qui tenaient à prendre en charge ce "patron" égaré. Et puis il céda. Un mec au volant d'une Mercedes qui avait dû en voir depuis le jour où elle était sortie des chaînes Daimler-Benz de Stuttgart. Carrément contemporaine de Helmut Schmidt et de la bande à Andreas Baader, la Merco de Bamako !

— Où on va, chef ?

— Dans le quartier de la Sema, à la Case du Christ Sauveur. Tu connais ?

Le chauffeur à la bouille ronde et souriante connaissait. Il expliqua que c'était davantage l'heure d'aller au maquis qu'à l'église ! Il en connaissait un, plusieurs même dans le quartier de l'Hippodrome, par exemple, le Diplomate, c'est une bonne boîte avec une bonne ambiance, les plus belles filles de Bamako, patron, et de la musique ! Les meilleurs groupes de Bamako passent au Diplomate. Il y avait aussi le Blabla…

— La Case du Christ Sauveur…

— Comme tu veux, patron. Comme ça tu pourras prier pour moi !

Et dans un grincement de boîte fatiguée, le taxi démarra. Il quitta la nationale et s'engagea dans les latérites du quartier du fleuve. Zamanski retrouva l'odeur forte de l'eau et du poisson. Les phares éclairaient des silhouettes qui allaient à la poursuite de leur vie dans ce qu'elle a de secret et prévisible en même temps. Que faisait Sosso ? Et Habib ? Habib avec sa femme et ses enfants devaient regarder la télé. Quant au jeune Sosso, participait-il à la nuit bamakoise ? Son salaire de flic le lui permettait-il ?

Il avait bien fait de prendre un taxi. Seul il ne se serait pas retrouvé dans le dédale du quartier. Alors qu'il commençait à soupçonner le chauffeur de ne savoir où aller, il vit l'ex-demeure de Parvillier devenue église évangélique. Un néon grillagé éclairait le dessus de la porte.

— On est arrivés, patron !

— Tu continues un peu… Jusqu'à la place. Et puis tu fais demi-tour.

Le petit bonhomme ne souriait plus. Qu'est-ce que c'était que ce toubab…

— Là. Tu peux t'arrêter… Tu prends combien pour la nuit ?

— Quoi, patron, pour la nuit ? Tu veux dire quoi, là maintenant ?

— Ce que je dis, c'est qu'on attend et on attend longtemps. Tu ne roules pas, tu n'uses pas ta bagnole, tu ne consommes pas d'essence, tu attends jusqu'à ce que je te dise de démarrer. Alors combien ?

L'homme réfléchit, proposa une somme comme ça pour voir, cinquante mille. Zamanski marchanda. Ils finirent par se mettre d'accord pour trente mille CFA, payables au fur et à mesure.

— Et qu'est-ce que nous attendons, là, maintenant ?

Richard haussa les épaules.

— Le Christ. On m'a dit qu'il devait passer cette nuit, dans le quartier.

— Ah ça, c'est pas bon, patron. Il ne faut pas rire avec la religion !

La nuit appartient aux esprits et aux flics qui planquent sans raison.

Ils stationnaient à deux cents mètres de la porte du pasteur Honoré.

— Tu m'attends, hein ?

— Pas de problèmes ! Tu paies, je t'attends !

Et Zamanski sortit. Il se dirigea vers l'entrée de la mission rendue verdâtre à cause du néon qui l'éclairait comme un lieu indéterminable. Et la croix peinte sur le vantail était davantage le signal d'une impasse qu'un signe religieux. Ça sentait les détritus qui ont macéré dans leur jus et sous le soleil, une odeur qui avoisinait celle des parfums lourds d'Arabie et d'ailleurs. Avec l'habitude, pas désagréable, mais avec l'habitude et Zamanski commençait à la prendre. Il dépassa l'entrée du bouiboui christique d'un pas nonchalant puis il fit demi-tour comme un type qui vient de se rendre compte qu'il a oublié ses clés, qui ne se rappelle plus pourquoi il est sorti, qui a perdu ses intentions bonnes ou mauvaises.

D'où il était, il distinguait à peine la Mercedes garée dans l'obscurité. Zamanski revint vers elle. Inutile de laisser gamberger le taximan trop longtemps. Avec ce que Richard lui avait laissé, le chauffeur pouvait démarrer et le laisser planté là. Et Richard n'avait pas envie d'être planté.

Il rejoignit donc la voiture et s'installa non pas à l'arrière mais à la place du mort, la meilleure pour planquer. Un flic c'est ça : un mec payé pour attendre qu'un quidam passe à l'acte. Il y a toujours un quidam qui passe à l'acte, à un moment ou un autre. Il y a suffisamment de bonnes raisons de le faire, et encore plus de mauvaises !

Le 17 février, dans un bois de la région d'Ouélessébougou, à une centaine de kilomètres au sud de Bamako, des villageois avaient découvert le corps d'un enfant déterré par des bêtes sauvages. La gendarmerie avait été appelée, une autopsie avait été pratiquée. L'enfant, un garçon de huit à dix ans, avait été égorgé, son cadavre mutilé. Il manquait plusieurs doigts, le sexe. Dans son article, le journaliste dénonçait des pratiques sacrificielles imbéciles et criminelles. Les éléments permettant d'identifier le corps, un short de foot et un tee-shirt publicitaire très abîmés ainsi que les traces d'une fracture ancienne à l'avant-bras gauche, étaient insuffisants et la victime était restée sans nom. Les enquêteurs avaient conclu qu'il s'agissait très probablement d'un enfant abandonné. Le journaliste précisait qu'ils étaient des centaines à survivre de petits boulots et de mendicité dans les rues, autour des gares routières des grandes villes d'Afrique.

Concernant le tee-shirt, le journaliste avait rapporté un détail, un détail qui avait sans aucun doute intéressé Parvillier. Sur le tissu était imprimé "Blainville vacances tranquilles".

Parvillier savait, lui, d'où provenait ce tee-shirt publicitaire. Et cet enfant au bras fracturé, il le connaissait.

Le chauffeur sortit un paquet de Marlboro.

— On ne fume pas, patron ! fit Zamanski. C'est un taxi non fumeurs !

— Hé là, depuis quand je ne peux pas fumer dans ma voiture !

— Depuis que je suis client.

L'autre rangea son paquet en râlant.

Ils restèrent d'abord sans rien dire et puis ils se mirent à parler d'eux. Lui s'appelait Saïd, il avait sept enfants. Il était plutôt content de son sort, ne se plaignait pas trop, même si c'était la crise. Il avait vécu douze ans en France, sans papiers. Il avait travaillé dans la restauration, le bâtiment et puis il en avait eu assez de l'hospitalité française, il était rentré au pays. A tout prendre, il préférait encore négocier avec les flics bamakois qu'avec ceux de la préfecture de Paris. Ici, on pouvait toujours s'en tirer avec un billet de mille. A Paris, c'était plus difficile, plus cher !

— Je suis flic, dit Zamanski d'une voix neutre.

L'autre rigola bien fort.

— Non, c'est pas vrai ce que tu me dis là ! A Paris ?

— Non… En province, dans la région de Bordeaux.

Le temps passa à échanger des points de vue sur la politique, Sarkozy, Bush, la France, l'Afrique, le Mali, le monde comme il va. Sur les jours passés et ceux à venir, la naissance, la vie, la mort. Ils approchaient de l'échange de cartes de visite et d'invitations : quand tu veux, tu es chez toi chez moi !

Il était près d'une heure et demie. Saïd avait prévenu sa maisonnée qu'il ne rentrerait pas. Moyennant quoi, Zamanski allongeait les billets de cinq mille avec la régularité d'un taximètre.

Mais tout cela ne serait pas vain parce que ça passa à l'acte. Un 4x4 Mercedes se gara devant le portail de la mission. Un type en sortit, un Noir grand, carré d'épaules mais à la silhouette un peu empâtée sous son costume bien coupé.

39

Emmanuel Kouassy poussa le portail de la mission, il entra. Il se tint un bref instant dans l'encoignure, concentré sur le passage lointain des voitures sur la nationale, l'obscurité mouvante des feuillages dans la nuit. A l'intérieur de la mission, tout semblait endormi, mais au rez-de-chaussée du bâtiment, une fenêtre était éclairée. La cible veillait.

L'après-midi même, l'attaché commercial avait contacté Kouassy. Depuis son arrivée à Bamako, les événements se précipitaient. La police malienne avait découvert le corps des deux jeunes plaignants, elle recherchait le troisième. Par ailleurs, les autorités venaient d'arrêter les membres d'une ONG en relation avec le pasteur Mandarrou. Pour l'attaché commercial, la police allait remonter jusqu'à la Case du Christ Sauveur, c'était inévitable. Le pasteur évangéliste en savait trop. Il était en relation avec trop de gens proches de la présidence. Il fallait le faire taire. Lui et le féticheur. Les faire taire sans plus attendre. Kouassy avait revu ses tarifs à la hausse, une façon de faire payer à son interlocuteur le ton qu'il prenait pour s'adresser à lui. Un ton autoritaire qui trahissait la panique du bureaucrate confronté à une crise majeure. Faire taire le pasteur et le féticheur. Au plus vite. Kouassy avait accepté cette mission. Et toute mission doit être exécutée, quoi qu'il en coûte.

Il traversa la cour en enjambées silencieuses. Arrivé à la porte du bâtiment principal, il enfila une paire de gants, précautions inutiles en réalité mais autant faire les choses comme il faut. Il sortit son arme, un automatique Heckler & Koch USP Tactical calibre .45. Une arme un peu exagérée pour traiter un pasteur mais c'était son arme. Il y adapta le réducteur de son. Il entra.

La cible travaillait à son bureau. Elle leva la tête et vit un homme armé qui se tenait dans l'embrasure de la porte, un inconnu. Trop bien vêtu pour être un simple voleur, trop sûr de lui. Le pasteur voulut lui demander ce qu'il voulait mais l'autre lui fit signe de se taire en posant un doigt sur ses lèvres. Puis de la main, il lui ordonna de venir à lui. Honoré Mandarrou, impressionné par le calme de l'intrus, par son arme aussi, se leva avec précaution, marcha en direction de la porte en veillant à ne pas faire de bruit. Quoi qu'il en soit de cet homme, Honoré Mandarrou ne pouvait faire autrement que lui obéir et lui montrer sa soumission. Il avança, pensant qu'il avait affaire à l'ange du démon, l'ange de l'extermination. Il avait peur. Surtout il sentait sa propre résignation et cela le déprimait, une angoisse triste, invalidante. Il s'approcha de l'inconnu en l'interrogant du regard. Celui-ci lui répondit d'un coup de crosse à la pointe du menton, un geste rapide, précis, imparable.

Kouassy retint le pasteur dans sa chute. Il le traîna jusqu'au siège qu'il venait de quitter. Mandarrou était inerte, lourd. Il l'assit et poussa le tout sous le plateau du bureau. Il l'appuya de tout son poids contre le dossier. Parfait. Le pasteur était coincé par le fauteuil et le bureau. Il ne pourrait pas se lever. Kouassy prit un rouleau de Scotch et enroula les avant-bras de sa victime aux bras du fauteuil. Il sortit un mouchoir de sa poche, un mouchoir propre et repassé qu'il fourra dans la bouche du pasteur qui revenait à lui. Kouassy attendit un peu puis murmura à l'oreille de son prisonnier ce qu'il voulait : le nom du sacrificateur. Il le lui demanda en baoulé, leur langue maternelle. Dans ce type de dialogue, mieux vaut éviter les erreurs de traduction. Mandarrou comprit que parler serait mourir. Il trouva assez de volonté pour refuser ce que l'homme lui demandait. C'était stupide. Kouassy le savait. Mandarrou s'en doutait. Emmanuel Kouassy chercha du regard un instrument. Il ouvrit un tiroir. Dans le fouillis, il y avait un paquet de cigarettes, des Dunhill de contrebande, un briquet jetable, un cendrier. Ainsi le saint homme s'adonnait au tabac avec discrétion. Kouassy prit une cigarette, l'alluma. C'était dégueulasse. Sa dernière cigarette remontait à quinze ans. Il arracha la chemise du pasteur, appliqua sa main gauche sur la bouche bâillonnée et écrasa la cigarette sur le sein gauche de l'homme d'Eglise. Il sentit le corps supplicié se tendre en même temps qu'il entendit son cri étouffé. “Le nom du féticheur et l'endroit où on le trouve !" Il alluma une deuxième cigarette, tira dessus pour que le bout soit rougeoyant. Le pasteur transpirait, il avait les yeux exorbités. A nouveau Kouassy écrasa la clope sur la poitrine de sa victime. Celui-ci se fit sur lui.

Kouassy ne prenait pas de plaisir à ce qu'il faisait. Pas non plus de déplaisir excessif. L'attaché lui avait appris l'exécution de Patrick Martin et de Kader par les services de l'ambassade à Paris. Une mesure conservatoire regrettable, un dommage collatéral en quelque sorte, avait conclu l'attaché commercial. L'homme qui était sur ce fauteuil puant l'angoisse et la douleur n'arrivait pas à la cheville de Patrick Martin. Son agonie médiocre vengeait la mort de ce soldat magnifique. Amidou Diop, l'ami de Parvillier, avait lui aussi souffert, il était mort. De même les enfants que ce type avait vendus à un prétendu sorcier pour fabriquer de prétendus fétiches. Le pasteur ne méritait pas qu'on s'apitoie sur son sort. Pourtant il résista un peu plus longtemps que ne l'aurait pensé Kouassy. La peur de mourir vous donne parfois du courage, un courage inutile, inconvenant. Mais Honoré Mandarrou s'épuisait. Ses traits étaient tirés, son visage trempé de sueur et de larmes, sa barbe bien taillée engluée de bave. Enfin, il céda. Il montra qu'il voulait parler. Kouassy desserra son bâillon.

— Alors ? Le féticheur ? Où ?

Et Honoré Mandarrou dit tout : le nom du féticheur mais surtout l'endroit où il se trouvait et comment on pouvait s'y rendre. Amen.

Kouassy, satisfait, replaça le bâillon. Le pasteur s'agita dans ses liens. Il savait. Kouassy recula de trois pas pour éviter les projections de sang et de matière cervicale. Il prit en main son HK .45, visa le crâne, tira. Une balle. C'était très largement suffisant.

Très calmement, Emmanuel Kouassy récupéra la douille éjectée, les mégots de cigarettes puis sortit de la pièce sans même un regard pour sa victime.

Richard, intrigué, nerveux, sortit son paquet de Camel.

— Mais je croyais… commença le chauffeur de taxi.

— Ton taxi est redevenu fumeurs !

Dans la concession, il ne se passait rien, en tout cas rien que l'on entendît. Peut-être que le visiteur était en train de se confesser, mais, chez les réformés, on ne se confesse pas. Le flic patienta une quinzaine de minutes puis il sortit. Evidemment il n'était pas armé. De quoi frissonner même sous les tropiques !

Il retourna à la Case du Christ Sauveur, poussa le battant du portail. A peine entré dans la cour, il rencontra le visiteur qui sortait du bâtiment, un flingue à la main. Pas le temps de réagir. L'autre lui avait déjà balancé son poing à la pointe du menton. Un coup précis efficace. Richard se retrouva au sol, à demi sonné.

— Commandant Zamanski ! Vous cherchez l'ordinateur de votre ami Parvillier ? Vous savez, ce n'est plus nécessaire… Saluez votre compagne de ma part.

Richard, impuissant, rageur, attendait le coup de grâce. Il se recroquevilla. Mais il ne se passa rien. L'homme s'en alla d'un pas rapide.

Richard, ahuri, se releva en titubant. Il pénétra d'un pas vacillant dans le bâtiment. L'odeur qu'il percevait annonçait l'horreur. Il entra dans le bureau. Dégueulasse. Le pasteur Mandarrou était assis torse nu à son bureau. Il avait la moitié gauche du crâne éclatée. Zamanski, au bord de la nausée, sortit aussi vite qu'il put. Une fois dans la rue, il vit les feux du 4x4 qui s'éloignaient. Il rejoignit son taxi, se jeta sur le siège à côté du chauffeur.

— En route ! Tu suis le Mercedes.

— Mais où on va, là ?

Saïd le regardait, effrayé.

— En enfer, mon pote ! Et au tarif spécial ! Trente mille CFA de mieux si tu parviens à garder le contact avec cette bagnole.

Le bonhomme accepta de démarrer. C'était parti pour une course poursuite dans les rues du faubourg, à condition que la Mercedes du temps de Baader ne rende pas sa dernière bielle au premier carrefour ! Sainte Ulrika, priez pour nous !

Zamanski sortit son portable, fit le numéro de Habib. Il obtint sa messagerie. Et merde !

Il appela Sosso. Le jeune flic répondit.

— Sosso ? Je viens d'être témoin d'un meurtre ! Un mec vient de fumer le pasteur Honoré Mandarrou à la Case du Christ Sauveur dans le quartier de la Sema ! Il a pris la fuite. J'essaie de le suivre !

Ils avaient rejoint le goudron. Le 4x4 avait trois à quatre cents mètres d'avance. Il avait pris la nationale, tournant le dos au fleuve et au centre-ville. Il y avait assez de circulation pour que l'homme, devant, ne se sente pas suivi, du moins pour le moment.

— Inutile de te rapprocher, dit Zamanski. Tu te contentes de le suivre en gardant la distance.

Richard repensait à cette rencontre percutante. Il n'avait jamais vu ce type. Mais sa voix, oui, cette voix, il l'avait reconnue. Celle de l'Africain beau parleur. L'homme des menaces. Il ne s'était pas caché. Ses allusions étaient claires. Il rappela Sosso.

— On roule sur la route nationale, en direction de…

Il interrogea son chauffeur du regard.

— Bougouni, patron !

Zamanski répéta les indications que venait de lui donner son chauffeur.

— Je suis dans un taxi. Une Mercedes. Essaie de nous rejoindre le plus vite que tu peux. Et garde ton portable ouvert. J'appelle Habib !

40

Le taxi tenait la distance. Il faut dire que le mec devant ne forçait pas. Il tapait un petit cent dix de rentier. Ce n'était pas l'allure d'un tueur ayant des flics au cul !

Zamanski avait enfin pu joindre Habib. Il l'avait réveillé, sorti du lit. Il lui avait fait un bref rapport sur les événements récents.

Le commissaire prévenait la brigade pour qu'elle se rende sur les lieux du crime. Lui allait tenter de le rejoindre.

Ils étaient sortis de la ville et de ses faubourgs. A présent, ils suivaient une route à deux voies, bien signalées et en bon état, un investissement de la Communauté européenne selon un panneau d'affichage planté fièrement à son commencement. De temps en temps, Richard se retournait pour guetter l'arrivée de Sosso à travers la lunette arrière empoussiérée. Un coup d'œil jeté à la va-vite, un coup d'œil inquiet. Il interrogeait aussi son chauffeur pour savoir où ils se trouvaient. Aussitôt, il téléphonait à Sosso pour lui répéter leur position. Le jeune flic le rassurait, il arrivait. Mais au troisième appel, il lui fit remarquer qu'il était à moto et que ce n'était pas facile de répondre au téléphone.

— OK. Silence radio !

Sur la nationale, il n'y avait que quelques camions surchargés et de rares voitures. L'autre, devant, n'allait pas tarder à repérer ses poursuivants.

Le téléphone de Zamanski sonna. C'était Sosso.

— Richard ? Je suis juste derrière toi.

Zamanski se retourna. Il aperçut le phare de la Power K. Il ouvrit sa vitre à demi coincée, fit un signe de la main. Sosso lui répondit par un appel de phares. Zamanski se sentait mieux. Il n'était plus seul.

Cinquante kilomètres plus loin, ils traversèrent un bourg, Ouélessébougou. Alors Richard sut où ils allaient.

Encore quelques kilomètres et le 4x4 prit une route en latérite qui partait en direction de la forêt de Soussan.

— Arrête-toi un peu plus loin, ordonna Zamanski au chauffeur.

— A vos ordres patron !

Saïd s'était pris au jeu de la filature. Il n'était plus nécessaire de négocier avec lui. C'était déjà ça. Il gara sa Mercedes sur le bas-côté. Sosso en fit autant. Zamanski sortit du véhicule pour rejoindre le jeune flic.

— Alors chef, les touristes sont témoins de meurtre, à présent ?

Sosso semblait ravi de la tournure imprévue qu'avait prise sa nuit.

— Le type a tourné à droite, répondit Richard qui ne se sentait pas d'humeur à plaisanter.

— Oui ! J'ai vu. Il a pris la piste de Mpiéla. Pourquoi on ne le suit pas ?

— On lui donne un peu de mou. Appelle Habib et dis-lui où nous sommes.

Et il regagna la voiture.

— Bien, Saïd. On reprend la poursuite. Essaie de rouler sans allumer tes phares.

Le chauffeur le regarda, ahuri. Rouler la nuit, sans phares, alors que, justement, les phares fonctionnaient ! Les Français étaient fous.

La piste traversait une plaine plantée d'arbres fantomatiques, gardiens de la nuit et des rêves. On pouvait suivre le 4x4 à la poussière qu'il soulevait, cette turbulence spectrale qui se détachait de la grande noirceur. Zamanski pensa à *Stagecoach*, un vieux film de Ford. Ce n'était plus un trajet en bagnole mais en diligence. Ne manquaient que les Indiens et la cavalerie. A propos de cavalerie, il souhaita que Habib et ses collègues rappliquent sans tarder.

Et la poursuite continua. Rien d'excité, une filoche pépère. Exotique certes, mais pépère. Qui était ce type ? Un tueur professionnel ? Un membre des services officieux ? Etait-ce lui qui avait tué les deux gosses trouvés dans le fleuve ? Lui qui avait assassiné Amidou Diop, l'amant de Parvillier ? Quelles étaient ses relations avec les tueurs de Claire Parvillier ? Beaucoup de questions mais un fait établi : il ne pouvait pas ne pas s'être aperçu qu'il était suivi, et pourtant, il ne réagissait pas. A croire qu'il n'en avait rien à foutre. Un type confiant dans sa puissance de feu… ou dans son impunité.

Le portable rose sonna. C'était Habib.

— Richard, mon ami, nous approchons. Des hommes de la brigade sont intervenus à la Case du Christ Sauveur. Ils ont trouvé le corps du pasteur, comme tu me l'avais dit. J'ai prévenu la gendarmerie de Bougouni. Ils doivent arriver en renfort. Où tu en es ?

— Nous roulons toujours sur la piste de Mpiéla. L'homme est toujours devant nous…

— Sois prudent, Richard. Nous avons affaire à un tueur. Il n'a aucun scrupule.

A présent, la route grimpait le long d'une colline. Les arbres étaient plus nombreux, la nuit plus sombre encore.

— Arrête-toi ! fit Zamanski.

Et Saïd pila.

— Qu'est-ce qu'il y a patron, là ?

Richard sortit.

Sosso s'arrêta près de Zamanski, demanda ce qui se passait.

— On a paumé notre gus. Demi-tour. Passe devant et essaie de trouver le chemin qu'il a pris.

Zamanski rejoignit son véhicule.

Ils repartirent en suivant la Power K. Le jeune flic roulait lentement, observant les bas-côtés de la route. Il prit une petite piste qui partait à gauche. Le taxi suivit.

C'était plus un mauvais chemin qu'une piste. Ça hoquetait, brinquebalait, roulait, tanguait. Zamanski, cramponné à son siège, se dit que c'était un entraînement pour la prochaine sortie en mer. Saïd protestait qu'il était un chauffeur de taxi urbain. Il faisait la ville, il ne desservait pas la brousse ! Zamanski lui rappela qu'il était en mission pour la police.

— … Et pas n'importe laquelle, Saïd, la brigade criminelle ! A partir d'aujourd'hui, tu n'as plus rien à craindre des flics de la circulation ! A la moindre contravention, tu pourras appeler le commissaire Kéita !

— A condition que j'aie encore un taxi !

Et ce n'était pas une crainte lancée en l'air. Bagnole broyée, chômage assuré.

Sosso s'était arrêté. Saïd en fit autant. Richard rejoignit le jeune flic.

— Qu'est-ce qui se passe ?

— Il est là, dans les parages, murmura le jeune flic.

De fait, le tout-terrain était à l'arrêt. Les claquements discrets de mécanique refroidissant se mêlaient à la rumeur nocturne de la brousse. Il faisait nuit. Une nuit que Zamanski ne connaissait pas, la nuit d'avant l'électricité, la nuit intégrale du fond des temps. Il fallait vraiment avoir à faire pour affronter cette obscurité. Et le type, le grand Black, avait à faire. Le portable de Sosso retentit, bruit incongru. Sosso répondit. C'était Habib qui s'inquiétait de savoir ce qui se passait. L'adjoint fit le point sur la situation, expliqua le plus précisément possible où ils se trouvaient.

— … Oui, chef, ne vous inquiétez pas !

Et il raccrocha. Il annonça à Zamanski que le commissaire avait été rejoint par un groupe de gendarmes et qu'ils se trouvaient sur la nationale pas très loin de l'embranchement d'Ouélessébougou. Ils seraient là dans un peu moins d'une demi-heure.

— En attendant, essayons de retrouver notre mec… Tu as ton flingue, Sosso ?

Le jeune homme le rassura. Il était armé.

Ils descendirent à travers bois, sans vraiment savoir où ils allaient mais avec l'intuition puissante que c'était là que ça se passait.

Ils marchèrent trois ou quatre cents mètres en suivant un vague sentier qui les mena à une espèce de clairière.

Ils distinguèrent les contours sombres d'une cabane, une construction faite de bric et de broc, semblait-il.

— Passe-moi ton flingue, murmura Zamanski.

Sosso hésita, Richard le lui prit des mains. Il reconnut un 7,65 court, une arme en service chez les flics français, dans les années cinquante. Ça ne rajeunissait personne, mais l'essentiel était que ça tire sans vous péter dans les mains.

Dans la baraque, aucune lumière, pas de bruit. Les deux flics progressaient en essayant d'être discrets. Zamanski se cassa la gueule. Pour la discrétion, c'était réussi. Et puis ils la perçurent, l'odeur. D'abord doucereuse, puis de plus en plus forte, devenant une puanteur nauséeuse qui révoltait l'organisme. Celui ou ceux qui habitaient là vivaient sur un tas d'immondices... Les deux flics étaient arrivés aux abords de la cabane. Tout était calme, aucun signe de vie. Le grand mec devait pourtant être dans les parages. Il n'était pas parti. Ils auraient entendu sa voiture démarrer. Oui, il était là, très près sans doute et ce n'était pas rassurant.

Richard ralentit. Arme brandie, sécurité abaissée, le doigt sur le pontet, il avançait. Trop tendu pour se traiter de connard, se reprocher son imprudence. Avec une lunette infrarouge, l'autre avait tous les moyens de suivre leur avance, de les aligner dans sa ligne de mire. S'arrêter pour attendre les renforts était d'une évidente sagesse. Mais il y avait cette cabane et sa puanteur.

Zamanski y arriva. Il discerna une entrée que fermait un vague tissu d'apparence loqueteuse. C'était un sale endroit, il s'y passait des choses sales et ce mot battait son esprit. “Sale, sale, sale...”

Il écarta le rideau. Arme à la main, il entra avec une prudence extrême. Sur le fond de la puanteur, se détachait une autre odeur, plus récente, chaude encore, celle du sang répandu.

Il ne voyait rien. Une obscurité de fond de puits, de sépulcre. Peut-être celle du néant d'après la mort.

Richard sortit son briquet.

La flamme vacillante révéla un bric-à-brac, un fouillis de déchetterie répugnante, linges sales, bouteilles de plastique emplies de liquides incertains, bassines en émail écaillées, miroir brisé. Il piétinait du meuble, du gluant. Il abaissa son briquet.

C'était une gadoue sanglante dans laquelle reposait un corps. Celui d'un homme sans âge, maigre, vêtu de haillons, le visage émacié, les yeux exorbités déjà ternes, la gorge tranchée.

Et ce n'était pas tout, comme si ce n'était pas assez. Zamanski discerna sur une espèce de caillebotis un corps en voie de décomposition. Un enfant d'une dizaine d'années, un garçon. Son corps avait été amputé de plusieurs doigts, il avait été émasculé.

Zamanski sortit comme on sort d'un mauvais rêve, en chancelant, le cœur battant. Il heurta quelque chose de vivant, Sosso.

— N'entre pas... C'est dégueulasse, à gerber... Viens, remontons près des bagnoles. Le mec... Il faut le coincer...

Ils repartirent en direction des voitures. Sosso voulut savoir ce qu'il y avait dans la cabane. Zamanski le lui dit en quelques mots :

— Un type, une espèce de clodo, égorgé. Récent... Et puis un môme aussi. Mort depuis plus longtemps. Avec des doigts qui manquent, le sexe aussi...

Sosso ne dit rien. Richard était occupé à avancer, à s'éloigner de ça, de l'horreur sale, de l'infection. Occupé à calmer ses pensées confuses et ses organes en émoi. Il essayait de respirer profondément mais ça puait toujours, partout. Cette puanteur, il en était sûr, était sur lui, avait imprégné ses fringues, ses cheveux, son âme.

Ils marchaient. Et lui, Richard, avait l'impression de parcourir les territoires bouleversés de ses cauchemars.

Soudain ils entendirent un cri. C'était Saïd, le chauffeur du taxi. Un moteur puissant démarra, la Mercedes tout-terrain du tueur.

Les deux flics coururent vers la piste. Et cette course aveugle dissipa la nausée de Zamanski.

Ils arrivèrent essoufflés sur le chemin. Le tout-terrain Mercedes n'y était plus et Saïd, plié par la douleur, reprenait son souffle.

Les deux flics l'entourèrent.

Sosso lui demanda ce qui s'était passé.

— Un homme. Il est venu sur la piste. Je lui ai demandé ce qui se passait. Il m'a pas répondu ! Il m'a donné un coup de poing au ventre. Et puis il a démarré avec son 4x4 !

Sosso prit son portable pour rendre compte à Habib. Le commissaire lui ordonna de venir au-devant de lui.

Zamanski remonta dans le taxi, Sosso reprit sa moto. Les deux véhicules démarrèrent. Ils sortirent du chemin, récupérèrent la piste en direction de la nationale.

Zamanski subissait sans mot dire les plaintes du chauffeur. Il n'était pas payé pour prendre des coups, il regrettait d'avoir pris le toubab. Avec les Blancs, c'était toujours comme ça. Des histoires à n'en plus finir.

Zamanski ne disait rien. Il revoyait le cadavre, le cadavre de l'enfant. Cette vision entrevue à la lueur de son briquet. A douter que ce fût vrai. Mais il y avait l'odeur. Les cauchemars n'en ont pas.

Enfin, ils virent les phares de plusieurs voitures et de camions stationnés en désordre sur le bord de la piste. Le 4x4 Mercedes du tueur était encastré dans le flanc d'une camionnette de la gendarmerie.

Sosso s'arrêta. Zamanski ordonna au chauffeur d'en faire autant.

— On peut pas faire autrement, patron ! C'est un barrage de gendarmes ! fit Saïd goguenard.

Zamanski ne prit pas le temps de répondre. Il sortit et alla rejoindre les bagnoles et un groupe d'hommes qui entouraient le chauffeur du 4x4 menotté. Habib vint à lui.

— Richard, mon ami. Tu vas bien ?

Zamanski le rassura.

— Qu'est-ce qui s'est passé ? demanda-t-il en désignant l'attroupement.

— Notre homme a essayé de forcer le barrage. Mais nous l'avons arrêté.

Le grand type se tenait droit, impassible, indifférent à l'agitation qui l'entourait. Richard sut alors que c'était fini, que ça s'arrêtait là, sur cette piste. Il n'y avait plus rien à craindre ni pour lui, ni pour Jacqueline. Celui qui se tenait silencieux, menotté, avait le calme indifférent de celui qui a accompli sa mission.

— Et toi, Richard. Qu'est-ce qui t'est arrivé ?

Zamanski raconta : la planque devant la Case du Christ Sauveur, la mort du pasteur et la poursuite jusqu'à ce bois, là-haut, plus loin et la découverte de la cabane avec un corps d'enfant en décomposition et celui d'un homme récemment égorgé.

— Et lui ? Qu'est-ce qu'il dit de tout ça ?

Habib soupira.

— Ce monsieur est ivoirien. Il appartient au corps diplomatique, Richard. La seule chose qu'il dit c'est qu'il ne parlera pas avant qu'on ait prévenu son ambassade.

41

Que savait-il de Habib, du commissaire Habib Kéita ? Il avait fait sa connaissance lors d'un colloque, ce genre de machin où l'on se rend sur ordre parce que votre supérieur a la flemme d'y aller, il a mieux à faire, n'a pas trois jours à perdre. Alors il vous envoie à sa place en espérant que vous serez sensible au cadeau qu'il vous fait, pensez : écouter des criminologues rendre compte de leurs dernières recherches, des hommes de terrain décrirent leur vécu en des phrases convenues qui tiennent compte des dernières directives ministérielles, paroles en langue mélaminée, contreplaquée, agglomérée, qui ressemble à du bois mais tellement plus lourd et beaucoup moins cher.

Ça se passe en général dans les locaux d'une grande école, en l'occurrence celle des commissaires de police. Trois jours passés à aller de l'amphi aux salles où se tiennent les ateliers de réflexion. Quel cadeau ! Un soir, on tente une virée hors les murs, drivé par le régional de l'étape qui vous emmène dans un bistrot sympa, un petit restau qui ne paie pas de mine mais qui offre une carte au rapport qualité-prix imbattable, ce qui permet au collègue de se faire mousser en se faisant accueillir par le patron à grand renfort de claques dans le dos, de tutoiement et de "Je t'ai réservé à toi et à tes collègues la meilleure table. Non tu ne commandes pas, tu me laisses faire, tu sais que tu peux me faire confiance, hein ?", et on absorbe une bouffe finalement quelconque en disant que c'est fameux, remarquable voire intéressant, très à la mode, du moins en gastronomie, l'adjectif "intéressant" !

Habib Kéita avait dénoté. Une espèce d'accident de colloque. D'abord, évidemment, parce qu'il était étranger. Mieux qu'étranger : malien. Oui, ça existait les flics maliens ! Succès assuré. Et puis il y avait sa manière d'être, cette façon de prendre tout ça à la légère et de le montrer mais sans cynisme, sans méchanceté. Enfin il y avait son rire qui désarçonnait médiateurs et participants rondement attablés. Sa façon de se tenir, aussi. Droite sans raideur, princière sans orgueil. Cet homme veillait à ne pas s'éloigner de l'idée qu'il se faisait de l'humain. Richard et lui avaient sympathisé. Amitié d'occasion qui ne dure que le temps de la rencontre et qui s'oublie dès le quotidien retrouvé.

Mais Richard lui avait téléphoné avant d'embarquer pour Bamako. Et Habib l'avait attendu à sa descente d'avion, il l'avait accueilli. Et puis il y avait eu cette nuit, celle de la cabane dans les bois, l'arrestation de l'Ivoirien.

Et Zamanski se rendait au rendez-vous fixé par Habib, sur les rives du fleuve, en aval du pont des Martyrs.

C'était un large terrain vague recouvert d'une herbe rase et sèche avec, ici ou là, un arbre.

Sur la rive en face, il y avait les barres bétonnées des hôtels internationaux avec, derrière, la ligne des collines où se trouvaient le palais présidentiel et l'hôpital du Point G.

Habib était assis sur un bloc de béton oublié. Il regardait le fleuve.

Richard s'approcha, le commissaire ne réagit pas.

— Ne tourne jamais le dos aux voyous, Habib !

Le commissaire se retourna, il sourit. Un sourire chagriné qui essayait de faire bonne figure même si c'était au-dessus de ses moyens, très au-dessus.

— Assieds-toi, Richard, prends place. Je n'ai rien à t'offrir. Le café n'est pas encore ouvert.

— Il semblerait qu'il ne soit pas encore construit.

— Tu sais, chez nous, ce n'est pas un problème. Quelques planches, de la tôle, un générateur, une glacière, et l'établissement est créé.

— Avec des chaises, quand même.

— Ah oui, bien sûr des chaises. En attendant je t'offre un coin de parpaing.

Zamanski se posa et regarda lui aussi le fleuve s'écouler. Il semblait n'y avoir rien d'autre à faire.

— Vois-tu, Richard, lorsque je suis fatigué, je viens m'asseoir ici, au bord du fleuve. Je lui confie mes pensées, mes soucis. Je demande au Djoliba de les accepter. Il les prend et il les emporte loin, très loin de moi. C'est un grand service qu'il me rend. Il me décharge de ma peine, de mes mauvaises pensées. Je lui raconte mes histoires, il m'écoute. Et puis je me lève et je m'en vais plus léger. Djoliba est un ami fidèle, un ami sur qui je peux compter.

— La journée a été difficile ?

Habib haussa les épaules.

— Pas tant que la nuit, mais difficile quand même. Difficile à accepter, à admettre.

— Tu as auditionné le mec ?

— Oui. Ça n'a pas été difficile. Le mec, comme tu le nommes, s'appelle Emmanuel Kouassy. Il est ivoirien. Enfin c'est ce que prétendent les papiers qu'il nous a présentés. Mais ce genre d'individu a autant de passeports que de noms.

— Intouchable ?

— Oh oui ! Richard. Intouchable. Et si je ne l'avais pas su, je te prie de croire que le téléphone était là pour nous le rappeler, à moi et à Sosso.

— Il a beaucoup sonné ?

— Le téléphone ? Il n'a pas arrêté. A croire qu'aujourd'hui les plus hauts personnages de l'Etat n'avaient rien d'autre à faire qu'appeler ce pauvre bougre de commissaire Habib !

Richard sortit son paquet de Camel, alluma une cigarette le temps que son collègue poursuive son récit. Mais ça ne venait pas. Il fallait le lui demander.

— Et alors ?

C'était une question de pure politesse, une manière de montrer à l'autre que la suite l'intéressait. Mais la suite, Zamanski croyait la connaître. Rien de neuf, quel que soit le soleil. La saloperie, la violence, partout présente, partout pareil. Un cancer alimenté par l'avidité et des masses de fric. Une maladie qui gangrenait le monde. Tous les deux étaient bien placés pour le savoir, en première ligne.

— Alors, j'ai fait ce qu'un fonctionnaire doit faire. J'ai obéi, Richard. J'ai obéi. Et notre ami si important est parti. Pas au volant de son gros 4x4 mais sur la banquette d'une limousine, avec des plaques d'immatriculation du corps diplomatique.

— Tu as pu savoir ce qu'il avait fait et pourquoi il l'avait fait.

— Oh oui ! Comme il ne risquait rien de la justice malienne ni de la justice ivoirienne, ni même de la justice d'aucun pays de ce monde, il nous a expliqué pourquoi nous l'avions trouvé à la sortie de ce bois, cette nuit. Il nous l'a dit avec bonne volonté. Sosso n'a même pas eu besoin de chercher une fourmilière ! Ce qu'il nous a dit, ce qu'il nous a raconté, seul un ami peut l'entendre, un ami et le fleuve. Les paroles qui s'envolent allègent l'âme de celui qui les prononce, n'est-ce pas ?

Zamanski sourit.

— Dans ce cas, elles alourdissent celui qui les écoute.

— Les amis ne sont-ils pas faits pour cela ? Djoliba, le fleuve, lui est fait pour cela. Je le sais, c'est un ami, mon ami. Mais toi ?

— Qu'est-ce qu'il t'a dit, le mec, c'est comment son nom, déjà ?

— Peu importe son nom. Lemec, ça lui va bien, tu ne trouves pas ? Colonel Lemec des services super-secrets d'un pays extra-secret. Un grand conteur, ce colonel Lemec. Ses histoires disent le désir de tout avoir et la crainte de tout perdre. Il y a des marchands, des trafiquants, des sorciers, des sortilèges et des enfants, Richard, des enfants ! Toute l'eau du Djoliba ne saurait nous laver de ce que nous savons, de ce que nous avons vu. La Côte-d'Ivoire est malade, comme tout ce continent. Mais elle, c'est une maladie déclarée, avec le nationalisme, la xénophobie, la lutte des clans et des mafias. Autour du pouvoir, certains craignent de perdre leur place et de tout perdre avec elle.

Le commissaire Kéita parlait d'une voix mécanique. Surtout, il ne riait pas. Sa tristesse était au-delà du rire.

Dans le soir venant, une pirogue avec un enfant assis à la proue remontait le fleuve en silence. Niger, Niger, putain que c'était beau ! Habib poursuivait :

— Tu sais, en Afrique, ce n'est pas comme en Europe. Lorsque celui qui était au pouvoir en est chassé, il n'a plus droit à rien. Ses successeurs ne lui offrent pas un siège au Conseil constitutionnel, il n'a pas de retraite dorée avec bureau, secrétaire et voiture de fonction payés par l'Etat. Rien de tout cela. Bien souvent il s'en va en exil, heureux de ne pas avoir reçu une rafale d'arme automatique pour tout remerciement. Là, je te parle des présidents, des chefs qui sont au sommet de l'Etat mais c'est aussi vrai pour les autres, ceux qui se trouvent en dessous, les ministres, les hauts fonctionnaires, les diplomates et leur famille voire leur ethnie, toute cette clientèle qui profite des bienfaits de ses maîtres. Ah oui, un changement du pouvoir en panique plus d'un, tu peux me croire ! Et presque tous les moyens sont bons pour s'en protéger... Jusqu'au sacrifice... Jusqu'à l'ultime sacrifice, le meurtre d'enfants ! Le pasteur Honoré Mandarrou avait mis en place un trafic d'enfants. Nous ne manquons pas d'enfants malheureux, ici. En Europe, aux Etats-Unis, il ne manque pas de femmes, de familles qui sont prêtes à beaucoup pour adopter un enfant. La Case du Christ Sauveur mettait les uns en relation avec les autres. Moyennant de l'argent, bien sûr. Beaucoup d'argent.

— C'est ce que Claude Parvillier avait découvert.

— Oui. Et il comptait le dénoncer sans doute pour se venger d'avoir été chassé de chez lui, de sa vie en Afrique. Mais il y a bien pire, bien plus horrible.

— Les sacrifices d'enfants, dit Zamanski à voix basse.

— C'est cela Richard. En février les gendarmes de la région d'Ouélessébougou ont découvert le cadavre mutilé d'un jeune garçon victime d'un crime rituel. Ils n'ont pas pu découvrir qui avait fait cela ni l'identité de la victime.

— Mais Parvillier, lui, la connaissait cette identité. Grâce au vêtement trouvé sur le garçon, il savait que le môme avait fréquenté son refuge.

— Oui, Richard, c'est ce que tu m'as dit. Mais là encore, Parvillier n'a rien dit. Mandarrou l'a fait taire en dénonçant ses mœurs...

— Le type dans la cabane ?

— Les gendarmes interrogent les villageois des environs. Ce n'est pas facile. Ils n'aiment pas parler de ce genre d'histoire aux gendarmes. Ils ont peur, alors ils disent que les fonctionnaires ne peuvent pas comprendre, qu'ils ne sont pas initiés. Mais cet homme-là n'était pas un initié, c'était un malade que les villageois fuyaient parce qu'ils le craignaient. Ils disent que le bois autour de la cabane est maudit. Ils n'y allaient jamais. Les gendarmes ont découvert autour de la cabane plusieurs corps d'enfants. Chaque jour, en Afrique, des enfants se font enlever, se font tuer par des fous qui se prétendent sorciers. Ce sont des malades, Richard, des pervers car il n'y a aucune loi, aucune tradition qui autorise à tuer un enfant. Il y a eux et puis également il y a leurs complices, ceux qui se livrent à ce genre de trafic et puis ceux qui achètent ces prétendus fétiches, ces prétendus philtres pour réussir dans leur carrière ou en amour.

— Pas qu'en Afrique, Habib. Partout la même folie, la même violence.

Le commissaire Kéita soupira :

— Je sais, Richard. Toi et moi savons cela.

— Et l'homme que nous avons arrêté cette nuit ?

— Le colonel Lemec, comme nous avons décidé de l'appeler ? Lui, c'est un bon serviteur. Ses chefs lui ont dit de faire le ménage alors il a fait le ménage. La présidence ivoirienne a été informée de cette affaire. Il fallait éviter un possible scandale. Que des proches du président assassinent des enfants et se livrent à des actes de sorcellerie pour mener leur carrière politique risquait de nuire à l'image de la présidence ivoirienne. Les amis étrangers peuvent accepter beaucoup mais il y a des limites. Et la présidence de la Côte-d'Ivoire a besoin de ses soutiens étrangers. Alors on a chargé des services spéciaux de faire le ménage en France mais aussi à Bamako. Il peut retourner à Abidjan, il y est attendu. Je pense qu'il sera promu. Peut-être même qu'il recevra une décoration.

— Ou une balle dans la nuque.

— Va savoir, Richard, va savoir. Une chose est sûre : il ne risquera rien de la justice malienne. Les ordres sont les ordres. Le ministre de la Sécurité m'a fait remarquer que les coupables avaient été punis et que par conséquent, il n'y avait plus rien à faire. Il fallait fermer les dossiers et les enfermer tout au fond du placard le plus sombre, celui que l'on n'ouvre jamais. C'est ainsi, mon cher. Toi et le fleuve, vous êtes les seuls à savoir la fin de cette histoire. Je ne sais pas ce que vous en ferez. Mais de toute façon, ceux qui auraient pu parler sont morts.

Les deux flics restèrent sans rien dire. Zamanski réfléchissait à ce que venait de lui dire Habib. Faire tuer un enfant pour rester au pouvoir. Rien de nouveau chez les barges. Mais cette pensée n'était pas supportable. Alors il retourna dans la cabane du sorcier. A nouveau, il s'approcha de la masse sombre de la bicoque, frayant son chemin dans la densité de la puanteur. A nouveau, il entra dans la cabane, alluma son briquet... A nouveau le corps de l'homme allongé sur le sol gluant, celui putréfié de l'enfant. Cette dépouille immonde, il l'avait à peine entrevue, assez cependant pour voir l'abdomen gonflé, les phalanges manquantes des mains, le bas-ventre mutilé. Un instant très bref, un rapide aperçu et il avait détourné le regard, éteint la flamme du briquet, la molette devenait brûlante, il était sorti, cherchant à s'éloigner de l'horreur et de son odeur. Mais là, au bord du fleuve, assis au côté de Habib, il n'éteignait pas la flamme du briquet, il ne détournait pas le regard. Sa pensée s'arrêtait sur le cadavre supplicié. Elle mettait en pause le déroulement du récit pour dépasser les mots et rejoindre la réalité de l'enfant, la terreur de ses derniers instants. Il avait besoin de cela pour retrouver la compassion due aux victimes, la révolte contre l'injustice qui leur est faite. Habib sans doute croyait en Dieu, lui, Zamanski, n'y croyait pas. En revanche, le mal existait. Le petit Oumar l'avait rencontré et le mal l'avait empoigné. Il ne s'était trouvé personne pour défendre le gamin, personne pour le protéger.

La nuit était venue. Habib se souvint qu'il avait une famille, des enfants à protéger, Zamanski devait faire son bagage avant de prendre le taxi pour l'aéroport. Son avion décollait à 23 h 40. Les deux flics se dirent adieu, sur cette grève que l'obscurité rendait inquiétante. Ils se séparèrent en se promettant de s'appeler, de se revoir, sachant qu'ils n'en feraient rien.

Il y avait peu de passagers dans l'Airbus d'Air France. Zamanski put donc bénéficier de trois sièges pour lui tout seul ce qui lui permit de sommeiller, ses rêves mêlés au chuintement monotone des réacteurs et de l'air conditionné. Il sourit à la vision de l'hôtesse arpentant l'allée de l'avion en vaporisant un insecticide. Décidément ce qui venait du sud n'était pas le bienvenu dans nos contrées. Pas plus les hommes que les insectes !

A Roissy, un inconnu tenant une ardoise Veleda avec écrit dessus “commandant Zamanski” l'attendait.

Richard pensa l'ignorer et suivre son chemin. Mais il faisait froid et le jour n'était pas encore levé sur la banlieue nord, un jour qui promettait d'être bruineux, triste. Cette promesse ne vous encourageait pas à prendre le formidable RER en direction de la merveilleuse gare du Nord. Et puis Richard avait informé Delarive de son retour. Autant en assumer les conséquences et jouir des facilités. Il se présenta donc au porteur d'ardoise.

— Si vous voulez bien me suivre, commandant. Une voiture vous attend.

Et dans la voiture, Delarive qui patientait en compagnie du *Nouvel Obs.* Le magazine avait fait sa une sur "«Moïse sauvé des sables». Le scandale des enfants volés".

— Monte Richard, prends place.

— Bien aimable d'être venu me chercher.

— J'ai voulu t'éviter les transports en commun. Le choc thermique est suffisamment éprouvant.

C'est vrai qu'il faisait froid, un putain de froid qui avait un goût d'agonie.

Delarive demanda au chauffeur de pousser la climatisation à fond dans le rouge.

— Beau travail à Bamako, fit Delarive d'une voix distraite.

Avant de prendre l'avion, Zamanski lui avait rendu compte des derniers événements.

— Tu as besoin d'un rapport écrit sur mon séjour ?

— Inutile. Tout cela était dans l'informel et doit le rester.

— Dans l'informel ! Les morts, eux, n'étaient pas informels, tu peux me croire. Tu as fait remonter les informations ?

— Tu veux dire auprès de la "suceuse surdiplômée" ?

— Je parle de la brillante jeune femme promise à une brillante carrière.

Delarive sourit.

— Tu deviens poli, on dirait !

— Que veux-tu, camarade. Les voyages vous ouvrent l'esprit, ils aident à appréhender l'autre dans toute sa complexité… Alors ?

— Oui, bien sûr.

— Réactions ?

— Aucune. Ce qui de sa part est plutôt bon signe.

42

Zamanski passa les deux derniers jours de son congé, chez lui, à claquer des dents recroquevillé dans son fauteuil, à proximité du convecteur électrique. Il commençait à craindre une crise de paludisme lorsqu'il finit par se sentir mieux. Son corps avait admis le changement de climat. Alors Richard se déplia, quitta son manteau pour un blouson de cuir (après tout nous n'étions qu'à la mi-novembre et le thermomètre consentait un raisonnable douze degrés).

Dès son retour il avait téléphoné à Jacqueline Bissel. Elle lui avait répondu très fraîchement.

— J'envisageais d'appeler tes collègues pour porter plainte.

— Pourquoi ?

— Les clés, Richard. Tu te rappelles que je t'ai confié les clés d'un bien, il y a bientôt deux semaines, et depuis, je n'ai pratiquement plus eu de nouvelles de toi ! Je ne sais pas ce que tu en penses, mais ça ressemble à une escroquerie, non ? D'autant que j'ai appris que tu avais fait une sortie en mer avec le voilier.

A quoi bon lui raconter ce qui s'était passé ces derniers jours ? Que dire sinon sa difficulté à donner une réponse à plusieurs questions dont une immédiate, l'achat d'une cabane et d'un voilier et l'autre en suspens derrière, adjacente, en quelque sorte subsidiaire, voulait-il poursuivre cette histoire avec elle.

— Quand est-ce que je peux venir signer la promesse de vente ?

Ils avaient pris rendez-vous.

Enfin il retourna au commissariat reprendre son poste.

Il n'eut pas à répondre aux questions de ses collègues concernant la fusillade de Mornac. Delarive avait fait prévenir la direction régionale. Affaire classée sans suite. La consigne était redescendue. Circulez il n'y a rien à voir, encore moins à dire. Ce genre de fonctionnement très en vogue depuis quelques mois n'améliora pas l'estime dont jouissait le flic venu de Paris auprès de ses collègues. Et pour justifier son teint hâlé, il expliqua qu'il avait répondu à l'invitation d'un collègue de Bamako qui le tannait pour qu'il vienne séjourner chez lui. Oui, ça avait été intéressant, passionnant même. Aspéréghi évoqua l'arrestation des membres de l'association Moïse sauvé des sables.

— Vous êtes au courant, une nana de la région est impliquée, Marie-Dominique Becquerelle, vous savez l'Antillaise propriétaire de la paillote sur la plage de Saint-Gilles ? Elle est embastillée à Bamako.

Difficile de n'être pas au courant, ça faisait les titres des journaux et les premières pages des magazines. Le petit Nicolas avait décidé de prendre l'affaire en main et d'aller lui-même chercher nos concitoyens, s'il le fallait.

Da Silva demanda si son voyage avait un rapport avec toute cette histoire.

Zamanski haussa les épaules.

— J'étais en vacances, Olivier. Mais c'est vrai, à Bamako, tout le monde ne parlait que de ça.

Laurence Fuzier lui faisait la tête à cause de l'état dans lequel elle avait retrouvé sa voiture, sur le parking de Mornac. Richard s'offrit de participer à la remise en état de la Ford. Elle ne dit pas non. Pour le reste, elle ne posa pas de questions. D'abord parce que c'étaient les ordres de la hiérarchie, ensuite parce qu'entre elle et son chef de groupe, il y avait des choses qui n'avaient pas besoin d'être dites.

Zamanski reprit donc la gestion des affaires courantes que les directives hiérarchiques de plus en plus nombreuses alourdissaient jusqu'à l'absurde. Il fallait faire du chiffre et prouver l'efficacité des services au détriment de l'efficacité. Les annonces quotidiennes de réformes menées tambour crevé par le président nouvellement élu créaient une ambiance énervée, fatigante, une espèce de surexcitation démagogique difficile à supporter. Zamanski se disait que ça devait être comme ça en Allemagne dans les années trente. Il se passait toujours quelque chose d'extraordinaire. Mais il fallait raison garder, n'est-ce pas ? La France de Nicolas n'était pas l'Allemagne d'Adolf. Donc le travail banal et sans gloire d'un flic dans un commissariat de province.

Il était seul avec Laurence dans son bureau. Elle prenait un café, il fumait une Camel.

— Dis-moi, Laurence, le matin où tu m'as appelé chez Parvillier. Tu te souviens.

Elle fit la gueule, mauvais souvenir. Il n'allait pas lui reprocher une nouvelle fois d'avoir parlé à Mouson dans son dos ?

— Oui, je sais, le type qui s'est suicidé…

— … Je t'avais demandé d'interroger les boîtes d'informatique pour savoir si Parvillier leur avait remis son ordinateur à réparer.

— Oui. Je me souviens même que, sur le coup, ça m'a semblé bizarre parce qu'un type qui a décidé de se foutre en l'air ne fait pas réparer sa bécane.

— Tu as quand même enquêté ?

— Affirmatif. J'ai appelé les boîtes de Blainville, il y en a trois, et puis à Saint-Gilles aussi. J'ai poussé jusqu'à Saintes.

Il lui sourit, un sourire gentil :

— Bravo, lieutenant. Belle conscience professionnelle ! Et alors ?

— Nada. Aucun mec du nom de Parvillier n'a laissé son ordi à réparer.

— Laurence, c'est quoi le boulot autour d'une scène de crime ? Tu peux me le rappeler ?

Elle le regarda. O Laurence ! Que de questions. Qu'est-ce qu'il me veut ? Où veut-il en venir ? Commence à faire chier ce mec…

— Tu te fous de moi ?

— Non, je suis sérieux. Je te demande de me rappeler le boulot quand on découvre un macchabée. Du basique.

Elle soupira.

— Je ne sais pas à quoi tu joues, Richard, je ne sais pas ce que tu essaies de me faire dire, ce que tu imagines.

Imperturbable. Il avait ferré une idée et il la laissait filer dévidant le moulinet de ses pensées. Lorsqu'il aurait son bateau, il pourrait se mettre à la pêche au gros, la pêche au dérisoire argenté !

— Ça commence par quoi une enquête criminelle ?... Le “b.a.-ba” du boulot, en quelque sorte.

Elle récita :

— Appel au procureur, appel au SRPJ, appel à l’identité judiciaire...

— Bien, lieutenant Fuzier. Et ensuite...

— Enquête de voisinage, enquête sur la personnalité de la victime, le bordel habituel...

— Précisément ce qu’on n’a pas fait pour Parvillier.

Elle secoua la tête d’agacement.

— Je te rappelle que nous avons d’abord pensé à un suicide plié carré comme tu dis et puis tu as décidé d’appeler les collègues d’Angoulême et d’envoyer le DCD à l’institut médicolégal. Le boulot en question c’est eux qui ont dû se le farcir.

— Ils ne l’ont pas fait.

— Non, parce que l’autopsie a confirmé que c’était un suicide.

— C’est vrai, Laurence. Suicide. Circulez, il n’y a rien à voir. Affaire résolue, la criminalité recule. Je te propose un truc, on reprend le dossier là où on l’a laissé : enquête sur le compte bancaire de l’intéressé, relevé des appels téléphoniques reçus et envoyés, enquête sur la personnalité de la victime.

— A quel titre ? Au nom de quoi ? Tu peux me dire ?

— Au nom de l’initiative, Laurence. Tu es au courant ? Travailler plus pour gagner plus, du chiffre, des résultats ! Nom de Dieu, n’attends pas de ton supérieur des ordres, des directives. Travaille dans son esprit ! Et si tu te trompes, tu le sauras bien assez tôt !

Elle le regarda stupéfaite.

— Tu déconnes ou quoi ?

— Comme d’habitude Laurence, à pleins tubes.

43

Zamanski arrêta sa voiture un peu avant le lycée Sainte-Marie, une boîte privée située à la sortie de Blainville, à proximité du McDo et de la zone commerciale. Etienne Demeure y redoublait sa terminale ES. Le jeudi, il quittait les cours à 15 heures. Zamanski l'avait vérifié auprès de l'administration.

Il était en avance. Les bons élèves sont toujours en avance. Au portail, un grand type s'était mis en faction, sans doute un surveillant chargé de filtrer les entrées et les sorties. C'est pour cela que les parents payaient, pour être sûrs que leurs mômes sortent et entrent à l'heure prévue. A Sainte-Marie, les gosses, on les surveillait et c'était bien comme ça avec tout ce qu'on voyait ! Mais pour le moment le grand type n'avait qu'une rangée de scooters à surveiller.

Zamanski sortit. Il traversa la route pour arriver devant le surveillant, grand et maigre sous son pull marin bleu et sa parka marron. Proche de la quarantaine. Trop vieux pour être un pion. Peut-être le principal adjoint ou le conseiller d'éducation. Dans le temps, le temps où Parvillier était jeune prof, on les appelait des "surgés".

Zamanski sortit sa carte.

— Etienne Demeure est en terminale ES2. Les cours finissent à 15 heures, c'est bien ça ?

L'homme consulta un classeur souple dans lequel étaient reliés des emplois du temps.

— Exact. Qu'est-ce qui se passe ?

— Il y a d'autres issues à l'établissement ?

— Ah non ! On ne peut entrer ou sortir que par cette porte. Il a fait des bêtises ?

— Il est du genre à en faire ?

— Etienne ? Non. Il est un peu flemmard mais c'est pas un méchant. Alors ? Qu'est-ce que vous lui voulez ?

— Vérifier un point avec lui, un point de détail, fit Zamanski d'un ton badin.

On entendit la sonnerie de fin de cours et l'établissement s'ébroua de son sommeil studieux. Des gamins apparurent dans l'allée.

— Le voilà, c'est lui Etienne Demeure.

Zamanski le reconnut avec ses cheveux bouclés, sa belle gueule d'ange vêtu de l'uniforme djeune : futal trop large tombant sur les fesses et l'inévitable sweater à capuche. Mais le môme ne dissimulait pas sa tête dessous. L'établissement était libre et libéral mais le libéralisme a des limites et le style caillera en est une.

Il était parmi un groupe de garçons et de filles, criant chahutant, gonflés d'énergie et d'hormones, portable et casque à la main. Pensez, les cours les avaient coupés de leur tribu, il fallait vite fait reprendre contact des fois qu'il se soit passé quelque chose ! Encore cinquante mètres et certains sortiraient leur paquet de clopes, mais pas tout de suite, pas avant d'avoir franchi le portail et s'être éloignés du conseiller d'éducation.

Etienne Demeure était à côté d'une grande et belle liane blonde, fille déjà femme. A côté, mais un peu en retrait, comme un regret. Et cette image provoqua chez le flic une rapide décharge de pensées confuses. De nouveau avoir vingt ans !

Il les laissa approcher. Tout aussi brièvement il pensa à ce qui allait suivre. Vérifier une idée, une intuition. Au cas où il ne se serait pas trompé, ce ne serait pas plaisant. Le môme avait dix-huit ans depuis le mois de février, il était donc majeur lors des faits. Mais au fond, pour ce que ça changeait.

Le jeune sortit de sa poche sa carte de lycéen en regardant l'homme qui l'attendait à côté du conseiller d'éducation. Ce n'était pas un parent d'élève, les parents d'élèves de Sainte-Marie attendent leur progéniture sans descendre de leur 4x4. Non, pas un parent. D'ailleurs il le connaissait, il l'avait déjà vu, il était venu chez lui pour parler à sa mère. Un flic. Celui qui avait enquêté après la mort de Claude Parvillier.

— Etienne ? Tu as quelques minutes, je voudrais te parler…

Le jeune homme fit une grimace.

— Hé Clem, tu m'attends ?

La belle se retourna, aperçut Zamanski.

— Pas le temps, Etienne. Je dois y aller… On s'appelle.

Et elle le laissa. Seul, très seul.

— Tu viens ? fit Zamanski.

— Où ça ?

— Marchons, veux-tu ?

Ils traversèrent la route pour longer un reste de forêt que grignotaient les lotissements et les magasins de la zone d'activité.

— Elle est belle.

— Qui ça ?

— Ta copine, Clem' C'est quoi Clem ? Clémence ? Clémentine ?

— Clémence… C'est pas ma copine.

Et il le regrettait.

Lui, Zamanski, son regret d'adolescence s'appelait Claudine. L'approche de l'autre… Pas facile.

— Comment ça va le lycée ?

Le garçon haussa les épaules…

— Bof. Pas mal. Pourquoi ?

Zamanski marchait d'un pas vif, le môme suivait. Les bagnoles les dépassaient en accélérant. C'était l'entrée d'une longue ligne droite bien dégagée. Mais limitée à cinquante. Un vrai bonheur pour les radars de la gendarmerie.

— Ton devoir d'éco, celui de la mi-octobre… C'était quoi le sujet ?

Le jeune Etienne fronça les sourcils pour bien montrer qu'il cherchait.

— J'sais plus. Ah si ! C'était sur les marges de manœuvre des pays membres de l'UEM en matière de politique économique. Pourquoi vous me demandez ça ?

— Et tu as eu une bonne note ?

Le môme haussa les épaules.

— J'sais plus, moi… Ouais… Si, j'ai eu quinze, je crois… Mais… Pourquoi vous me demandez ça ? Vous êtes payé pour enquêter sur mes résultats scolaires ?

Il fallait bien se montrer à soi-même que l'on n'est pas impressionné par le premier flic venu.

— Quinze ? Sur vingt ? Pas mal ! C'est Parvillier qui t'a aidé ? Ta mère m'a dit qu'il te filait des cours particuliers, qu'il t'aidait dans tes devoirs.

— Non il a pas pu, cette fois-là. Il était mort.

Zamanski sourit :

— C'est vrai. Quand tu es arrivé chez lui, il était mort.

Un camion passa. Déplacement d'air, sifflement du turbo.

— Mais j'ai pas dit ça !

Il était révolté mais pas trop. Comme s'il n'y croyait pas lui-même. Pas un coriace, Etienne Demeure.

— Alors qu'est-ce que tu as fait le soir du 12 octobre ?

— Moi ? Je sais plus…

— Fais un effort Etienne. C'était la veille du matin où ta mère a trouvé Claude Parvillier mort dans son bureau… Ce matin-là, tu n'es pas allé en cours, tu étais mal fichu. Alors, la veille au soir, qu'est-ce que tu as fait ? Tu dois bien te souvenir.

— Je sais pas, moi. Je suis resté à la maison. J'avais du boulot à faire pour le bahut.

— Un devoir d'éco, par exemple. J'ai appelé ta mère tout à l'heure. Elle m'a dit que ce soir-là, tu étais sorti. Vous vous êtes même disputés. Elle voulait que tu restes à la maison. Mais toi, tu es sorti quand même. Pour aller où ?

Zamanski avait ralenti sa marche.

— Je sais plus. Chez des potes…

— Lesquels ? Si je leur téléphone, ils confirmeront que vous avez passé la soirée ensemble ?

Ils avaient dépassé le petit bois, longeaient à présent une butte sur laquelle était construit un magasin de sport. Encore un peu et ils arriveraient devant le concessionnaire Audi BMW, point de regroupement de tous les mâles *upper-class* de la région.

Plusieurs dizaines de mètres passées à lister les différentes possibilités d'occuper quelques heures d'un soir d'octobre à Blainville : les copains, le ciné, faire du scoot sur le boulevard de la plage, peut-être prendre un verre au Drakkar. On pouvait aussi imaginer une répétition du club théâtre du lycée ou une discussion à l'aumônerie sur l'amour et l'amitié…

— Ecoute Etienne, on va gagner du temps. Ce soir-là tu es allé chez Parvillier. Tu étais à la bourre, tu n'avais pas fait ton devoir d'éco. Alors tu es allé le voir pour qu'il t'aide, peut-être même pour qu'il le fasse à ta place. Quand tu es arrivé, tu as sonné mais il n'a pas répondu. Mais tu avais les clés, ta mère les garde. Tu les lui avais prises ?

— Mais non ! C'était pas fermé.

— D'accord, c'était pas fermé. Tu as sonné. Il n'a pas répondu.

— Il y avait de la lumière !

— Alors tu es entré. Disons que tu étais inquiet, que tu te demandais ce qui se passait. Tu l'as appelé, rien. Tu es allé dans son bureau et c'est là que tu l'as trouvé. D'abord tu as cru qu'il dormait…

— Non. En fait, j'ai tout de suite vu qu'il était mort. Il ne respirait plus. Et puis il y avait les boîtes de médocs sur la table, à côté de son lit. Elles étaient vides. J'ai pris son pouls, sur son cou…

— Tu sais faire ça, toi ?

— En fait, on l'a appris au collège, dans les cours pour porter secours… Il était mort.

— Claude Parvillier était mort. Normalement, tu aurais dû appeler ta mère, prévenir les flics, les pompiers… Tu ne l'as pas fait… Tu ne l'as pas fait, parce que tu as voulu profiter du fait que tu étais seul… Tu as ouvert les tiroirs du bureau, tu as trouvé le portefeuille de Parvillier, tu t'es servi. Combien ? Cent ? Deux cents ?

— A peine cinquante…

— A peine cinquante ! Vraiment pas grand-chose mais c'est vrai que là où il avait décidé de se rendre, Parvillier n'avait pas besoin de fric. L'au-delà ne fait pas encore partie de la zone euro. Tu sais la zone euro ? Avec tout ce qu'elle entraîne de limitations dans les politiques économiques de ses pays membres ! Et puis tu as vu l'ordinateur sur le bureau. Tu t'es dit que Parvillier n'en aurait plus besoin, il n'y a pas de connexion Internet dans les tombes. Alors tu l'as pris. Pour le revendre, pour te faire un peu de tune ?

— Mais non, c'était pas pour le vendre, c'était pour Clémence ! En fait, elle venait de planter le sien. Je me suis dit que ça lui ferait plaisir si je le lui donnais pour la dépanner.

— Je vois. Un cadeau d'amour en quelque sorte.

Le jeune homme haussa les épaules.

— Elle a été contente au moins ? Ça a remonté ta cote auprès d'elle ?

— Bof… De toute façon, ses vieux lui en ont acheté un le week-end suivant… Ils sont pétés de tune. Son père est médecin et sa mère est kiné. Pour eux, le fric c'est pas un problème.

A cet endroit, ils dominaient la route. Des voitures tournaient à gauche pour entrer sur le parking du centre commercial, les autres filaient vers Saintes ou vers n'importe où, un pavillon dans un lotissement, un appartement dans une cité. Chacun sa vie, avec ses emmerdes et leurs compensations.

— C'est con tout ça ! Je pense à un truc, Etienne. Sur le bureau, l'ordi de Parvillier était ouvert ? Il y avait une lettre à l'écran ?

— Je crois bien, oui. Il avait écrit des trucs. Il disait qu'il était victime d'une campagne de calomnies, qu'on trouverait une étude qu'il avait écrite… Des trucs comme ça pour expliquer qu'il s'était tué.

— Et qu'est-ce que tu en as fait ? Tu l'as sauvegardée ? Tu as imprimé les textes ?

— Non… En fait j'ai tout effacé avant de filer l'ordi à Clem. J'ai réinitialisé le disque dur, j'ai réinstallé des logiciels…

Bien sûr. Il ne fallait pas que la belle puisse connaître la provenance du cadeau.

Etienne s'était arrêté.

— Qu'est-ce qui va m'arriver maintenant ?

— Tu es majeur. Nous allons aller au commissariat, je vais prendre ta déclaration, et puis je vais te déférer au parquet. Le procureur décidera.

— Je vais faire de la prison ?

Le môme était inquiet. Il n'était donc pas abruti. “Faire de la prison !” Il y avait vol, pour un montant de trois à quatre cents euros à tout casser, mais il n'était pas entré par effraction. De nuit, mais pas en bande. Même pas de refus d'assistance à personne en danger, il avait eu l'idée de vérifier que Parvillier était mort.

Au pire une peine avec sursis. Beaucoup de frais de justice pour pas grand-chose, pour qu'une “indélicatesse” ne reste pas impunie. Beaucoup de paperasse pour trois fois rien : Amidou Diop enlevé, torturé avant d'être exécuté, la sœur Parvillier assassinée, l'Elysée en émoi, et puis Kouassy, l'envoyé d'Abidjan, qui fait le ménage à Bamako, les deux mômes, le pasteur Honoré et le sorcier, tous liquidés à cause d'un ordinateur introuvable. Trois fois rien. Mais ça, Etienne Demeure ne pouvait pas le savoir.

Zamanski soupira. Il commençait à en avoir marre de ces conneries. Marre de ces “délinquants” à la manque. Pas vraiment méchants, parfois très cons, plutôt mal élevés…

— Dégage ! Rentre chez ta mère. Rends-toi service, passe ton bac, fais-toi oublier…

Le môme restait planté, les bras ballants.

— Fiche le camp, je t'ai dit. Rentre chez toi.

— C'est vrai ? Je peux.

Et il fit demi-tour, quelques pas puis il se mit à courir, vite, très vite.

Zamanski perçut un "Merci m'sieu"…

Merci. Le môme était capable de dire merci. Tout n'était peut-être pas fichu !

Zamanski resta seul sur son bord de route. C'était l'heure que certains qualifient de bleue, celle qui précède le retour chez soi et la fermeture des portes sur les emmerdements quotidiens. Il regarda le paysage, un paysage de plateau très légèrement plissé avec au loin, à l'orée des champs labourés, l'aérodrome et sa piste goudronnée, sa tour de contrôle et son hangar. Richard essaya de retrouver les termes que Parvillier aurait utilisés pour décrire ce paysage. Pénéplaine relevée ? Habitat dispersé ? Paysage de bocage remembré ? Agriculture intensive ?… Il sortit une Camel, l'alluma et il rejoignit sa bagnole.

44

Sandrine Lemarchand sortit le *P'tit Galu* du chenal au moteur. Arrivé dans la Seudre, elle mit cap sur la sortie de l'estuaire. C'était marée montante, il fallait faire gaffe au courant contraire mais il y avait une bonne brise de nord-ouest qui permettrait de descendre le fleuve en naviguant au près.

— Tu mets le bateau face au vent, oui comme ça… Tu arrêtes le moteur et tu m'aides à hisser la grand-voile.

Zamanski regarda la jeune femme s'activer sur le pont. Agile, assurée, efficace dans sa veste de quart rouge vif, son jean délavé, ses bottes de marin.

Il étrennait sa veste de quart achetée la veille dans une grande surface d'articles de sport. Pour le pull, important le pull, il ne faut surtout pas avoir froid en mer, il n'avait pas lésiné. Il avait pris quelque chose de vraiment bien, pure laine 100 % mouton, dans un magasin spécialisé, sous les voûtes du port de plaisance.

Un œil sur le cap, l'autre sur la jeune femme, il moulinait comme un malade le winch de grand-voile. Sandrine l'encourageait avec des "encore", "plus vite", "on hisse", "c'est mou". Et il se disait que s'exciter comme ça, sur la manivelle, ça avait quelque chose de masturbatoire. Masturbatoire parce que celle qui s'activait sur le pont avait de l'allure, une allure somme toute très excitante, d'où la manivelle, oh hisse hé ho !

Ils descendirent la Seudre très tranquillement, puis, sortant de l'estuaire, ils mirent le cap sur Blainville.

En partant de chez lui, il avait trouvé dans sa boîte une lettre du Mali. C'était Habib. Et lui qui pensait ne plus jamais avoir de nouvelles du commissaire Kéita ! Elle contenait juste la photocopie d'un article de *L'Intelligent d'Abidjan*, le quotidien de la Côte-d'Ivoire. C'est ainsi que Zamanski apprit la mort d'un ministre. Les causes semblaient obscures, une enquête était ouverte. Habib n'avait ajouté aucun commentaire. Il savait que Zamanski comprendrait.

Encore un mois et ce serait Noël. Il faisait pourtant beau et doux. C'était une journée idéale pour sortir en mer, un de ces cadeaux que la région offre sans trop compter. Sandrine avait réglé les voiles, Zamanski barrait. La jeune femme s'était installée à l'avant du mât pour prendre le soleil.

Zamanski la regardait. Allongée au pied du mât, la tête reposant sur le sac à spinnaker, elle buvait la lumière. Elle le vit qui la regardait.

— C'est une nav super, non ? Alors, finalement, tu l'achètes, le *P'tit Galu* ?

— Si tu te maries avec moi !

Elle ne réagit pas. Pas tout de suite. Puis :

— Tu aimes les mômes ?

Avant qu'il ne réponde, elle se redressa, courroucée :

— Le cap ! Bordel ! Fais gaffe ! Tu es capable de suivre un cap, non ?

Suivre un cap ? Oui, il devait en être capable.

BIBLIOGRAPHIE

De nombreux livres et documents m'ont accompagné durant l'écriture de *Djoliba, fleuve de sang* parmi lesquels :

Moussa Konaté, *La Malédiction du lamantin*, Fayard noir.
Moussa Konaté, *L'Empreinte du renard*, Fayard noir.
Moussa Konaté, *L'Afrique noire est-elle maudite ?*, Fayard.
Sébastien Philippe, *Une histoire de Bamako*, Grandvaux.
Olivier Douville, "Enfants et adolescents en danger dans la rue, à Bamako, questions cliniques et anthropologiques à partir d'une pratique", *Psychopathologie africaine*, XXXII.
Collectif, *Le Mali des talents*, Cauris.
William B. Cohen, *Empereurs sans sceptre*, Berger-Levrault.
William B. Cohen, *Français et Africains. Les Noirs dans le regard des Blancs, 1530-1880*, Gallimard, "Bibliothèque des histoires".
René Dumont, *L'Afrique noire est mal partie*, Le Seuil.
Jean Chatenet, *Petits Blancs, vous serez tous mangés*, Grandvaux.
Sven Lindqvist, *Exterminez toutes ces brutes*, Le Serpent à Plumes.
Ryszard Kapuscinski, *Ebène, aventures africaines*, Pocket.

REMERCIEMENTS

Djoliba, fleuve de sang est une fiction. Personnages et péripéties ont été inventés pour les besoins du récit.

Des personnes réelles m'ont aidé à divers titres dans mon travail. Toute ma reconnaissance va ici :

– aux habitants de Bamako pour leur gentillesse, et tout particulièrement aux chauffeurs de taxi !

– à l'écrivain Moussa Konaté qui a autorisé la rencontre de "mon" Richard Zamanski avec "son" commissaire Habib Kéita et l'adjoint de ce dernier, Sosso ;

– à Aboubakary Bary qui m'a accueilli à bras ouverts et m'a fait connaître son pays. Merci pour le temps passé ensemble et nos nombreuses discussions.

Je salue de même Christophe Gironde qui m'a dirigé vers la Case des chercheurs, dans le quartier ACI 2000 : mon chaleureux souvenir à son personnel ainsi qu'à ses hôtes de passage.

Je salue cordialement le directeur du Centre culturel français à Bamako et Sébastien Philippe, architecte bamakois.

Enfin, je remercie Nelly Bernard, mon éditrice, pour sa lecture attentive et ses remarques avisées.

OUVRAGE RÉALISÉ
PAR L'ATELIER GRAPHIQUE ACTES SUD
ACHEVÉ D'IMPRIMER
SUR ROTO-PAGE
EN SEPTEMBRE 2010
PAR L'IMPRIMERIE FLOCH
À MAYENNE
POUR LE COMPTE DES ÉDITIONS
ACTES SUD
LE MÉJAN
PLACE NINA-BERBEROVA
13200 ARLES

DÉPÔT LÉGAL
1re ÉDITION : OCTOBRE 2010

N° impr. : 77557
(Imprimé en France)